Knaur

Von Benoîte Groult sind außerdem erschienen:

Leben will ich
Salz auf unserer Haut
Wie die Freiheit zu den Frauen kam
Das Benoîte-Groult-Lesebuch
Die Hälfte der Erde
Ödipus' Schwester
Gleiche unter Gleichen
»Ein Tier mit langen Haaren«

Von Benoîte und Flora Groult ist außerdem erschienen:

Tagebuch vierhändig
Liebe und so weiter …
Es war zweimal
Juliette und Marianne

Von Benoîte Groult, Paul Guimard u.a. ist außerdem erschienen:

Verwandte Geschichten

Über die Autorin:

Benoîte Groult wurde 1920 geboren. Nach dem Studium der Literaturwissenschaften arbeitete sie bis 1953 als Journalistin beim RTF. Ehe sie 1972 mit ihrem ersten eigenen Roman an die Öffentlichkeit trat, publizierte sie drei Bücher mit ihrer Schwester Flora. Benoîte Groult gehört der Jury für den *Prix Femina* an und ist mit dem Schriftsteller Paul Guimard verheiratet. Sie hat zwei Töchter und drei Enkelinnen.

Benoîte Groult

DIE DINGE, WIE SIE SIND

Roman

Aus dem Französischen von
Mauki Venjakob

Knaur

Die französische Originalausgabe erschien unter dem Titel
»La Part des Choses« bei Editions Grasset et Fasquelle, Paris

Besuchen Sie uns im Internet:
www.droemer-knaur.de

Vollständige Taschenbuchausgabe März 1999
Droemersche Verlagsanstalt Th. Knaur Nachf., München
Dieser Titel erschien bereits unter der Bandnummer 3095.

Die deutschsprachige Ausgabe erschien erstmals 1979 im
Paul Zsolnay Verlag Gesellschaft m.b.H., Wien/Hamburg

Umschlaggestaltung: Agentur Zero, München
Satz: Ventura Publisher im Verlag
Druck und Bindung: Ebner Ulm
Printed in Germany
ISBN 3-426-62031-6

5 4 3 2 1

1
Kerviniec

Und plötzlich diese Freude, von der ich nichts sagen kann, außer daß sie unsinnig ist. Doch man muß sie als unsinnig hinnehmen, zugeben, daß alles Glück nicht anders sein kann als unsinnig. Aber man muß es intensiv erleben.

IONESCO

Marion scharrte in der Erde herum, um sie mit getrocknetem, geruchsfreiem, in einer Plastikpackung gepreßtem Mist zu düngen; dabei beobachtete sie aus dem Augenwinkel drei orangefarbene Eschscholtzias, die im Winde bebten. Es waren die letzten in ihrem Garten. Marion liebte die Eschscholtzias wegen ihres zarten Blattwerks, der flammenden Farbe und auch wegen dieses orthographisch so unwahrscheinlichen Namens. Seit langem schon versuchte sie, eine zu überraschen, wenn sie abends die Blüten schloß; sicherlich ging das so schnell, daß man die Bewegung der Blütenblätter mit bloßem Auge verfolgen konnte. Man mußte sie bloß in flagranti ertappen; sie schließen sich eine Stunde vor Sonnenuntergang. Selbst in der Vase, in ein nordseitiges Zimmer verbannt, kennen sie die Stunde des Sonnenuntergangs.

Marion sah zu, wie der Tag zur Neige ging, einer dieser Nachsaisontage, an denen die Schönheit der Natur deren Absurdität so genau ausgleicht, daß etwas wie ein Burgfriede sich ausbreitet und es ganz normal ist, daß die Fragen ohne Antworten bleiben. Die Dämmerung ergoß sich sanft über die Erde, nahm zuerst die Felder in Besitz, dann Sand und Wasser mit leisen Schritten, wie sie hier im bretonischen Cornouailles üblich sind. Zwischen den beiden Inseln, die man vom Garten aus sehen konnte, lag völlig reglos ein Boot. An Bord waren zwei Gestalten zu erkennen, auch sie reglos, die das Glück und die Einfachheit zu verkörpern schienen; sie saßen an ihrem gewöhnlichen Platz auf diesem gewöhnlichen Meer, das blaß und ruhig war heute abend, zwischen diesen ebenfalls gewöhnlichen Inseln mit ihren schwarzen Felsen im Westen, wo stets ein Kormoran stand – auf seinem Platz auch er und sichtlich glücklich, dort zu sein. Einer der beiden Männer hatte Rheumatismus und der andere eine bettlägerige Frau, die nicht und nicht sterben wollte.

Aus einiger Entfernung aber schienen sie geradezu in seliger Vollkommenheit zu baden in diesem Augenblick, der weder Tag war noch Nacht, weder Jugend noch Alter, weder Liebe noch Leid: eine göttliche Entrücktheit.

Marion wandte den Kopf: Na also, sie haben es wieder einmal geschafft! Die Blüten der Eschscholtzia hatten sich sanft geschlossen und glichen nun umgestülpten Regenschirmen. Verstohlen zog sich jetzt auch die Welt zurück – mit einemmal würde es Nacht sein, in einem Augenblick, der nicht zu fassen ist, ebensowenig wie bei der Eschscholtzia. Das Meer würde bald feindlich sein, andere Welten würden am Himmel aufflammen und die beiden Männer in ihrem uralten Boot plötzlich verloren und schwach erscheinen. Die bettlägerige Frau würde wieder leiden, die Suppe fade schmecken, und Marion würde einen blödsinnigen Appetit auf Kaviar haben oder aber auf einen sehr schönen Unbekannten, der sich, einen dezenten Duft ausströmend, vor ihr verneigt.

Sie warf einen letzten Blick auf ihren winzigen Garten; unter großen Mühen hatte sie ihn dem Sand der Dünen abgerungen, die ihn auf allen Seiten umgaben, auf ihre Stunde wartend, auf die geringste Nachlässigkeit lauernd, um wieder ihre Herrschaft über dem Stück Land aufzurichten, und Marion frag-

te sich, warum sie so glücklich war, wenn sie in diesem viereckigen Flecken Grün rackerte. Mit zwanzig waren ihr Gärten ziemlich gleichgültig gewesen. Wen interessiert das schon in diesem Alter? Man liebt die Natur allgemein, keinen Baum im besonderen. Gärtnern ist etwas für alte Leute.
Als Marion das Unkraut nicht mehr von den Nutzpflanzen unterscheiden konnte, ging sie widerwillig ins Haus, um ihre Koffer zu packen, erfüllt von dieser unklaren Sehnsucht, die sie jedes Jahr überkam, wenn sie diesen Ort für sechs Monate verließ. Hierbleiben – jahraus, jahrein, den Winter hier ertragen, anstatt wegzuziehen wie ein Storch; die Vögel persönlich kennenlernen, die in den Garten kamen, viel lesen, sich Zeit nehmen – Zeit, sich zu langweilen ... Unerfüllbarer Traum, dem sie sich regelmäßig hingab. Heute verbringt man sein ganzes Leben damit, zu verlassen, was man liebt, um das Unbekannte kennenzulernen, und diese Reise ans Ende der Welt, die Marion mit Yves unternehmen sollte, erschien ihr plötzlich uninteressant, und die Tropen kamen ihr vulgär vor. Wenn man sich mitten in seinen Garten setzen kann mit dem glückseligen Gefühl, sich im Mittelpunkt der Welt zu befinden, wenn man weiß, daß man bei Südostwind die Heulboje von Merrien hören wird, und wenn man sie dann hört und sich mit immer neuer Genugtuung

sagt: »Jaja, die Heulboje von Merrien! Der Wind kommt aus Südost ...«, wenn man starrsinnig das »Fschschsch« der Wellen am Strand erregender findet als alle anderen »Fschschschs«, wenn man schließlich das Bedürfnis hat, den Geruch der Heimat in der Nase zu spüren wie eine Arznei, jedesmal wenn man unglücklich ist – warum dann anderswohin eilen? Marion fühlte hartnäckig westlich, französisch, ja bretonisch, ja, sie fühlte sich sogar hier verwurzelt, genau zwischen Pont-Aven und Trévignon, da, wo die bebauten Felder bis zum Meer hin abfallen, wo man die Boote an den Bäumen am Ufer festbindet wie Vieh, wo die Grenzen der beiden Welten, Land und Meer, ineinander übergehen und wo diese beiden Welten alle sechs Stunden auf dem sanften, hellen Sand der Strände einander Terrain abtreten.

Ein *Zuhause* haben heißt nicht bloß irgendwo wohnen, sondern *bleiben*. Heute hat man nicht mehr ein Zuhause; man hält sich da und dort auf, man zerstückelt die Zeit in austauschbare Fetzen, das Land in austauschbare Stücke. Man tilgt die Natur aus, lötet die Jahreszeiten. Man möchte Kenia im Januar, das Freiluftschwimmbecken im Schnee, Karawanen mit Fernseher und das zaristische Rußland in der Sowjetunion – für einen lächerlichen Pauschalbetrag. Verglichen mit diesen vollklimati-

sierten Wüsten, den aseptischen Rundreisen in choleraverseuchten Ländern, mit dem Nordpol, von der warmen Kabine einer Boeing aus gesehen – was zählt schon dieses Fleckchen Erde mit seinen vier Jahreszeiten, von denen zwei scheußlich sind (und man weiß nie vorher, welche, dem Himmel sei Dank), mit dem launischen Atlantik, den (blühenden) Kamelien im Februar und dem Ginster im Herbst, von denen niemand etwas hat; weder die, die hier wohnen, weil sie ja daran gewöhnt sind, noch die, die nicht von hier sind, weil sie ja immer anderswo sind! »Im Grunde«, sagte sich Marion, »lieben Yves und ich die Bretagne genauso, wie wir unsere Eltern lieben: Wir sind froh, sie am Leben zu wissen, aber unfähig, länger als einen Tag mit ihnen zusammenzusein.«
»Ich liebe Kerviniec mehr als alles andere«, sagte Yves oft.
»Man hat kein Recht zu sagen, daß man einen Ort mehr liebt als jeden anderen, wenn man keine Gelegenheit ausläßt, anderswohin zu fahren!« antwortete dann Marion, die sich in der Rolle der getreuen, logischen und jeglicher Leichtfertigkeit abholden Gattin gefiel.
»Deine Auffassung von Liebe ist totalitär. Weil ich Kerviniec liebe, muß ich nicht auf Tahiti verzichten«, gab Yves zurück, der es sich zur Gewohnheit

gemacht hatte, Marion die zwar brillante, aber auch frivole Rolle des Liebhabers vorzuspielen.
Beinahe spielerisch, im Scherz, waren diese Rollen bequeme Gewohnheiten geworden, unter deren Deckmantel sie beide ruhig, zu ruhig lebten; und infolge dieser Trägheit, die zu langem Zusammenleben entspringt, taten sie so, als glaubten sie, diese in den schematischen Zeiten ihrer Jugend eingeführten Gewohnheiten seien auch nach zwanzig Jahren Ehe noch gültig. Nur selten wagt man, die Karte zu überarbeiten, die man vom anderen in der Zeit der ersten Entdeckungen entworfen hat, als man den Kurs nur so ungefähr steuerte und Länder für Kontinente hielt, die nur Inseln waren ... Aber man möchte sich weiterhin an diese skizzenhafte Karte halten und vergessen, daß dieses Kap nur deshalb Kap der Guten Hoffnung heißt, weil man es selbst so getauft hat. Die eheliche Liebe besteht demnach darin, seiner Karte einigermaßen ähnlich zu sein.
Marion also gab Yves zu verstehen, daß sie nicht darauf brannte, mit ihm nach Tahiti zu fahren. Das war jedoch zum Teil falsch. Was sie wirklich wollte, war genau das, was ihr schließlich widerfuhr: daß nämlich Umstände, die unabhängig waren von ihrem Willen, sie zwangen zu fahren, es ihr aber gleichzeitig gestatteten, ihren Vorbehalten Ausdruck zu verleihen. Sie legte großen Wert darauf, nicht auf

den Modetrend »Fernreisen« hereinzufallen, Alibi oder Lockmittel für so viele durchschnittliche Leute. Auch zügelte sie ihre Freude, ja glaubte aufrichtig, keine Freude zu empfinden. Während Marion das Ölzeug der ganzen Familie und den gesamten Bestand an vom Meerwasser steif gewordenen Leinenschuhen, die sie im nächsten Jahr wegwerfen würden, für den Winter verstaute, sagte sie sich einmal mehr, daß sie, wenn sie zum Beispiel Volksschullehrerin in Quimperlé wäre, das November-Niedrigwasser sehen könnte, das beinahe den Nullpunkt erreichen würde dieses Jahr, und endlich auch, welche Farbe ihre Kamelie wirklich hatte, die immer im Februar blühte, ohne sie. Volksschullehrerin in Quimperlé! Sehnsüchte dieser Art sind oft das Kostbarste, das wir haben, und wir wollen nicht zur Kenntnis nehmen, daß sie trügerisch sind. Erst wenn wir sie vermissen, sind manche Dinge gut.
In dem kleinen Haus gegenüber wurde eine Lampe angezündet: das einzige menschliche Wesen in diesem Dorf, in dem die Alten gestorben und von wo die Jungen ausgewandert waren. Neben der verrückten alten Oma vom Bauernhof weiter oben, die auf bretonisch die Nacht besang und noch eine Samtweste trug, war Créac'h der letzte wirkliche Einwohner des Ortes. Marion ging hinüber und klopfte an, um sich von ihm zu verabschieden. Nachdem ihre Mut-

ter gestorben war und ihr Vater einsam, in beinahe ungehöriger Weise weiterlebte, empfand Marion tiefes Mitleid mit den alten Männern, die allein blieben. Plötzlich merken sie, daß sie zusammen mit ihren Frauen jeden Zugang zum Alltagsleben verloren haben. Sie werden Fremde in ihrem Haus und auf Erden.

»Solange ich mir noch zu helfen weiß«, sagte der alte Créac'h, der darauf bestand, daheim zu bleiben, anstatt zu seiner Tochter zu ziehen, die ein neues Haus im Ort besaß, »solange ich mir noch zu helfen weiß, möchte ich lieber dableiben. Es würde mir schwerfallen, bei den anderen zu wohnen.«

Neulich war einer von diesen alten Einzelgängern mit dem Schnellzug Paris–Quimper nach Vannes gefahren. Er trug die feindselige Miene derer zur Schau, die wissen, daß sie niemanden auf der Welt mehr interessieren, und dann hatte er auch noch diesen schäbigen Mantel an, der der letzte im Leben sein soll und dessen Saum man es ansieht, wie oft er ausgelassen worden ist. Weil Marions Vater die gleiche, am Rand verwischte Iris hatte – als hätten die Lider infolge des ständigen Auf- und Zuklappens, das ganze Leben hindurch, deren Farbe abgerieben –, hatte Marion den Mann im Zug angelächelt, hatte nicht automatisch den Blick abgewandt, wie es die Erwachsenen tun, gewissermaßen aus Angst, angesteckt zu werden. Nicht mehr gewöhnt, als Mann zu gelten, hatte der Alte zwar seine grimmige Miene beibehalten, aber nach einigen Kilometern hatte sich so etwas wie Milde den Weg durch die Trümmer gebahnt. Einmal machte sich sogar, wie aus weiter Ferne, Neugierde bemerkbar, ein Reflex von früher drang an die Oberfläche, und der Mann betrachtete Marions Beine. Als sie in Quimperlé ausstieg, vergaß er dann tatsächlich sein Alter, fand die Kraft, ihr den Koffer zu reichen, und öffnete ihr mit einer beinahe galanten Geste die Waggontür. Vom Bahnsteig aus warf Marion einen Blick in das Abteil, wo der Alte wieder Platz genommen hatte: Er war wieder sehr alt geworden nach diesem kurzen Ausflug in die Welt der Lebenden, und sein Blick war erloschen.

Créac'h dagegen wurde langsam, ohne zu klagen, wieder zum Kind. Man findet es hier ganz normal zu sterben, wenn man dieses Alter erreicht hat. Créac'h machte jedes Jahr ein paar Schritte zurück und begann allmählich jenen Schalentieren zu gleichen, die er sein Leben lang gefischt hatte. Sein Panzer war so hart geworden, daß der Tod allem Anschein nach keine Öffnung fand, um ins Innere zu gelangen, wo es allerdings kaum mehr Abwehrkräfte gab. Créac'hs Gelenke waren nicht mehr gelenkig, aber er hielt sich aufrecht, weil er von Natur aus unbeugsam war. Nicht mehr imstande, sein Feld zu bestellen, versorgte er noch zwei oder drei Touristenboote, die ihm Grund zum Weiterleben und die Illusion verschafften, immer noch Seemann zu sein. Er konnte aber nur mehr mit Hilfe einer List aufs Meer hinausfahren, indem er nämlich eine ihm bekannte Strömung ausnützte, eine Brise, ein Gefälle des Wassers, das nur er sah, um seine geliebte Flottille zum Überwintern in eine Bucht des Aven zu steuern und sie im Frühjahr wieder auf See zurückzuholen. So hatte er sich auf seine wesentliche Funktion beschränkt: Er führte die gleichen Handgriffe aus wie früher, aber mit unendlicher Langsamkeit, die alle seine Wintermonate erfüllte und sich im selben Rhythmus zu steigern schien, in dem seine Kraft abnahm. Mit fünfundachtzig Jahren war Créac'h hart an der Grenze zur unbelebten Materie angelangt.

Im Winter pflegte Marion sich mit ihm zu unterhalten, wenn die Touristen und die Pariser Freunde weggefahren waren, die immer viel zu laut redeten, als daß man die Einheimischen hätte hören können; nun waren die Geräusche des Dorfes wieder vernehmlich.

»Früher«, sagte Créac'h, der immer auf seine Jugend zurückkam, da sie, zusammen mit dem Krieg von 1914, den Kernpunkt seines Lebens bildete, »konnte ein Seemann nur die Tochter eines Seemanns heiraten. Kein Bauer hätte uns haben wollen: Wir haben nicht genug verdient. Ich spreche von der Zeit vor dem Krieg.«

Vor dem Krieg, das war die Zeit, in der sich die Bauern schöne Höfe mit einem Stockwerk und Schieferdach bauten, während die Seeleute in Hütten mit Lehmboden hausten, die oft nicht einmal ihnen gehörten.

»Die Butter wurde nicht gegessen, sondern verkauft. Als Mittagessen nahmen wir trockenes Brot in die Schule mit und einen Apfel. Und abends gab's Haferbrei.«

Er schüttelte den Kopf. Er wollte nicht bedauert werden, er stellte nur Tatsachen fest. Eher schien ihm die heutige Jugend anomal zu sein mit ihren Autos, den neuen Häusern, dem Fernsehen.

»Fünf Francs hab' ich in einem Sommer verdient als Maat auf einem Fischkutter. Fünf Francs! Und ich mußte eine Familie ernähren! Heute darf man sich nicht beklagen«, sagte er nach einer Pause, während er einen Blick auf sein Heim warf.

Der Fußboden war immer noch aus Lehm, aber in einer Ecke stand ein Butangaskocher, und Créac'h heizte den alten Küchenherd mit Holz nur mehr im Winter, um es warm zu haben. Ein Rundfunkempfänger, wie er es nannte, ein sehr altes Modell mit sandfarbenem Stoff vor dem Lautsprecher, thronte auf einem eigens dafür angefertigten Wandbrett. Créac'h hörte täglich die Meldungen von den Schiffen.

»Ich kenne junge Leute, die sich beklagen«, fuhr er fort, »wenn die aber wüßten, wie's uns gegangen ist, uns ... Niemand kann sich vorstellen, wie wir damals gelebt haben. Nein, niemand«, wiederholte er, ohne Marion anzusehen. Er war völlig unfähig, etwas zu beschreiben. Sein ganzes Leben lang war Créac'h zur See gefahren, und nachts tat er es immer noch.

»Es ist komisch«, sagte er, »ich träume nur von Fischen. Es ist jeden Abend das gleiche, ich fange Fische. Und immer Prachtexemplare. Ich könnte gut leben jetzt, wenn's wahr wäre! ... Möchten Sie ein Glas Cidre? Er ist ein wenig herb dieses Jahr, aber immer noch besser als der von der Genossenschaft.«

Marion hielt ihm ihr Glas hin; er füllte es mit der dicken Flüssigkeit; immer noch legte er großen Wert darauf, seinen Cidre selbst zu brennen. Er reichte ihr einen Teller mit einstmals trockenen Keksen, und nun kamen sie zum Lieblingsthema.

»Ich glaube, wir werden bald Regen haben; der Wind hat heute abend auf Süd gedreht, man hört das Meer ...«

Sie lauschten.

»Immerhin, wenn man bedenkt, daß Allerheiligen ist«, sagte Marion. »Letztes Jahr um die gleiche Zeit ...«
Dann sprachen sie von der Reise nach Tahiti, und Créac'h zog eine mit Spitzenbändern verzierte Schachtel heran, in die er die gesamte Korrespondenz seines Lebens gestopft hatte, um Marion eine Ansichtskarte von der Seilbahn in Hongkong zu zeigen. Die Karte hatte er vor sechzig Jahren, während seiner Dienstzeit bei der Marine, seiner Frau geschickt.
»Ach ja, das war eine schöne Stadt«, wiederholte er kopfschüttelnd. »Mir hat diese Stadt gefallen.«
»Wenn ich das nächste Mal hierherkomme«, dachte Marion, »wird der Netzvorhang nicht mehr da hängen, die Holzpantoffeln werden nicht mehr im Flur stehen, und Kerviniec wird für immer tot sein. Es wird niemanden mehr hier geben als Touristen, die beim ersten Regen abfahren und zwei Monate im Jahr wie wilde Siedler die Hütten dieses Fischerdorfs bewohnen, in dem die toten Seelen noch herumgeistern oder was von ihnen blieb ... Niemand wird mehr wissen, wer diesen Vorhang aus Zypressen gepflanzt hat, der mein Haus vor den Westwinden schützt ...« Es gab eine Zeit, in der wir vertrauensvoll für eine Nachwelt säten, von der wir uns nicht vorstellen konnten, daß sie an uns nicht denken und

unsere Beweggründe vergessen würde; und für Enkelkinder, die anderswohin fahren und nicht einmal den Namen der Bäume kennen würden. Und ich, die Fremde, segne in Gedanken den alten Trégnier, der die Zypressen pflanzte, jedesmal, wenn der Wind bläst. »Also dann, *kenavo**«, sagte der alte Mann, der sich nicht auf lange Reden verstand.
Marion küßte ihn auf die Wangen. Er strömte einen starken Geruch aus, seit er Tabak kaute, aber es war nicht unangenehm, und sie sagte: »Auf bald«, wie jedes Jahr, ohne allzusehr daran zu glauben. Créac'h hatte hohen Blutdruck und gab nicht auf sich acht. »Wenn meine Stunde kommt, kann auch ein Arzt nicht dagegen an«, erklärte er.
Als Marion nach Hause kam, fand sie vor ihrer Tür das Skelett vor, das in dem Bauernhof weiter oben als Wachhund diente. Ihre Tochter Pauline hatte das Tier als Kind den »rosa Hund« genannt, so hell war die Rostfarbe seines Fells.
»Na, Finaud, mein Lieber«, sagte sie, beugte sich zu ihm und sog den guten Hundegeruch ein, »spielen wir wieder einmal Schoßhündchen?«
Finaud streckte ihr den mächtigen Kopf entgegen; die allzu ausdrucksvollen Augen, die breite Stirn und die Hängeohren erinnerten an die halbmenschlichen

* Kenavo, bretonisch für »auf Wiedersehen«

Tiere Benjamin Rabiers. Kaum hatte Marion die Tür geöffnet, als der Hund ins Wohnzimmer stürmte und sich bescheiden in dem finstersten Winkel verkroch, gesenkten Blicks, um kein Verbot in Marions Augen lesen zu müssen. Das gehörte zum Spiel. Sie begann zu lachen ... Seit dieses Idyll zwischen Marion und dem rosa Hund bestand, trafen sie einander jeden Winter. Im Sommer schnitten sie einander, oder beinahe. Im übrigen war das Vieh abstoßend, das konnte man nicht leugnen. Wenn man Finaud »was gab«, dann nahm er es auch! Und dann die Flöhe ... Yves' Haut zog Flöhe förmlich an.

Natürlich, du hast recht, mein Lieber. Der Bauer war wütend, das ist schon richtig, wenn Finaud an die Tür der Nachbarn betteln kam, und es hagelte Fußtritte bei seiner Heimkehr; schließlich wurde er bis zur Abreise der Fremden im Hof angekettet. Im Winter aber war Finaud wieder frei und bereit, für seine jährliche Portion Menschenliebe jede auch noch so schlimme Tracht Prügel auf sich zu nehmen. Im Augenblick wartete er ab, den Kopf gesenkt; die Knochen stachen hervor, das Fell war armselig, der Schwanz hing demütig herab ... Marion zog das Spiel in die Länge, tat so, als wäre sie zornig, und dann plötzlich schrie sie: »Ja, du bleibst!« Innerlich lächelte sie bei dem Gedanken, daß sie mit ihm so sprach wie mit einem Menschen. In Sekundenschnelle verwandelte sich das Skelett in einen sich übertrieben gebärdenden Köter, der Bettler wurde zum verwöhnten Kind. Nachdem er kläffend und in Schleifen durchs Zimmer gerast war, ließ er sich auf dem Fußabstreifer vor der Eingangstür nieder. Den Fauteuil hob er sich für morgen auf. Die Eroberung des Hauses hatte schrittweise zu erfolgen, in Abstufungen, heuchlerisch, die dann ganz frech bewältigt werden mußten. Die oberste Stufe in dieser Hierarchie war das Bett, in dem man, in guten Jahren, seine Flöhe deponieren konnte. Bei Tag weigerte sich Finaud, das Haus zu verlassen, um nicht erwischt zu werden. Er erfüllte es mit dem Geruch eines rüstigen, wenn auch leicht verdreckten Tieres. Aber er stöhnte vor Zärtlichkeit, wenn Marion seinen Kopf in die Hände nahm. Wie der maßlosen Freude widerstehen, die man selbst spendet? Marion kochte für Finaud feinsten geschälten Reis und ein halbes Pfund Hackfleisch, bevor sie für sich zwei weiche Eier zubereitete, die sie andächtig verzehrte. Dann aß sie ein paar Teelöffel gesalzene Butter, die am selben Tag erst auf dem Bauernhof gemacht worden war, eine sehr gelbe Butter, auf der Molketropfen perlten und in deren Oberfläche eine Kuh gebosselt war. Wer würde noch den Geschmack dieser Butter kennen, wenn sich die letzte Bäuerin der Genossenschaft angeschlossen hatte? Das Bauernbrot war gut gebacken. Noch so etwas, das sie am Ende der Welt nicht essen würde. Sie bohrte die Nase in die Krume, die einen köstlichen, ehrlichen Duft verströmte. Es war wirklich Nahrung schlechthin, das Brot des Vaterunsers. Bald würde es nur mehr Toastbrotschnitten geben, die in Plastik verpackt waren wie der Dünger. Brot und Scheiße, alles in Plastik. Ein geruchsfreier Dünger, der nach Brot schmeckt, und umgekehrt. »Wart ein bißchen, ich werde dir zeigen, wie Brot schmeckt!« Man möchte es nicht glauben, wie recht man hatte.

»Komm, mein Lieber, wir gehen schlafen«, sagte sie zu Finaud, der begriff, daß heute abend mehrere Etappen übersprungen wurden, aber so tat, als finde er das ganz natürlich. Marion legte ihm ein Laken ans Ende des Bettes und machte sich darauf gefaßt, die ganze Nacht lang zu hören, wie er mit den Ohren beutelte und nach Zecken und Milben kratzte.

Um neun Uhr ging sie an Bord ihres großen Bett-Schiffes, mit Reiseproviant versehen – Büchern, Zeitungen, einer Wärmflasche und ihrem Notizblock.

»Ist es wirklich normal«, dachte sie, »solches Vergnügen daran zu finden, mit einem Buch und einem Hund unter ein Federbett zu kriechen, in meinem Alter?«

Lange schaute sie in das verglimmende Feuer, das plötzlich grundlos aufflackerte, und sie fühlte sich glücklich: Eine heiße Wärmflasche war an manchen Abenden mehr wert als ein lauer Mann und schrie nicht: »Nimm die Füße von da weg!« Und vor kaum einem Jahr hatten ihr nicht einmal mehr die weichen Eier geschmeckt! Jetzt war ihr alles wiedergegeben. Es war ein Glück, weniger zu lieben, wenn die Liebe die Macht besaß, einem den Rest des Lebens und der Welt zu vergällen. Yves war nicht mehr die Welt für sie – eine unmögliche Rolle, die sie ihm lange Zeit hatte aufdrängen wollen. Er war wieder zusammengeschrumpft auf die Dimensionen eines Mannes, den sie sehr liebte, und tausend vergessene Augenblicke des Glücks waren neu aufgeblüht in dem Raum, den der Schrumpfungsprozeß übrigließ. Der Gedanke, daß er nicht zu jeder Stunde des Tages an sie dachte, hinderte sie nicht mehr, die Wärme ihres Bettes zu genießen und die Freude am Leben, ohne an Leib und Seele zu leiden. »Ruhe in Frieden«, sagte sie zu sich mit einer Erleichterung, die nur ganz zart von Melancholie gefärbt war. Finaud begann geräuschvoll die Ohren zu schütteln, die ausgefransten Ohren eines geprügelten Hundes, schob mit gebieterischer Klaue das alte Laken weg und drehte sich ein paarmal um sich selbst, um all seine Glückseligkeit genau auf die kleine Grube am Fußende des

Bettes zu konzentrieren, wo er eine zauberhafte Nacht verbringen würde, eng zusammengerollt, damit nichts davon verlorengehe.
Wenige Kabellängen von da entfernt war Créac'h ebenfalls glücklich, in seiner Nacht. Er zog aus seiner ersten Reuse einen zwei Kilo schweren Hummer. Das fing also gut an. Er drückte den Gashebel nach vorn, um zu der Stelle zu gelangen, an der sich die zweite Reuse befand; er hatte sie genau dort befestigt, wo der Roche à l'Homme abfällt. Gewöhnlich eine gute Stelle.

2 Paris

Marion hatte große Mühe, die Schulhefte Marke »Gallia« aufzutreiben, die sie so lange Mädchenjahre hindurch als Tagebücher verwendet hatte. Sie suchte das Viertel auf, in dem sie früher gewohnt hatte und wo noch nicht alles zerstört oder modernisiert worden war. Wie früher fuhr sie dann zum Lycée Victor-Duruy, den täglichen Schulweg. Die Rue de Varenne war nach wie vor eine tote Straße, mumifiziert in der Würde, die der *bon ton* verlieh. Hinter den geschlossenen Haustoren lagen streng und gerecht proportionierte Höfe. Die Schülerinnen des Lycée Duruy zogen es vor, sich in der Rue de Grenelle zu treffen, wo es Lebensmittelgeschäfte gab und wo sie Schokoladenbonbons kaufen konnten, Makronen, von denen jeweils dreimal drei auf einem Stück Papier klebten, oder kitschige Illustrierte. An der Ecke der Rue de Bourgogne erkannte Marion die düstere Papier- und Kurzwarenhandlung wieder, wo sie damals ihren »Schulbedarf« zu kaufen pflegte. Der Laden hielt sich noch, eingezwängt zwischen der Fassade eines pseudorustikalen Gasthauses (sie war aus nachgemachten Kieselsteinen) und einem als »Saloon« deklarierten Jeans-Shop, der einen den ganzen Tag lang mit Rockmusik berieselte. Aber der Feenpalast ihrer Kindheit, dessen Schätze die Mädchen nach dem Unterricht in Horden betrachtet hatten: Federschachteln aus Glanzpappe, verziert mit Alpenlandschaften, Bleistiftspitzer in Form von kleinen Globen, die die Spitzerscharten aufnahmen, oder diese unerschwinglichen Drehbleistifte mit sechs Minen – er war nur mehr eine schlecht beleuchtete Bude. Die Tür machte immer noch *kling, kling*, wenn man eintrat, und es war das gleiche *Kling, kling* wie früher, und es war dieselbe Krämersfrau, die schon vor fünfundzwanzig Jahren die »alte Krämersfrau« genannt worden war und die ihr Leben damit verbrachte, im Halbdunkel Druckknöpfe zu verkaufen, Radiergummi aus richtigem Gummi, Notizbücher mit rotem Schnitt, in schwarzes Moleskin gebunden, und tausenderlei altmodischen Kram, dessen Preis noch in Centimes berechnet wurde.

Früher waren zwei Schwestern in dem Laden gewesen, die Demoiselles Bertheaume. Es war deutlich zu spüren, daß die ganze Straße nur auf den Tod der zweiten wartete, um das hundert Jahre alte Geschäft zu stürmen, die Dutzende winziger Schubfächer und kleiner Holzbrettchen mit Schaupackungen herauszureißen, die man heute gar nicht mehr erzeugt, die allzu kunterbunten Waren in den Mülleimer zu befördern und schließlich diesen ganzen Kram wegzusaugen mitsamt der Poesie und eine orangefarbene Filiale der XY-Kette einzurichten, die in ihren hellerleuchteten Räumen die gleichen Waren anbieten wird wie die AZ-Kette gegenüber. Im übrigen lassen sich in Paris keine Kurzwarenhändler mehr nieder. Die Schulhefte Marke »Gallia« der alten Krämersfrau waren vergilbt. Die Jungen, die sich in eine Horde von Hunnen verwandelt haben, wie die alte Dame sagte, wollten nicht mehr Jeanne d'Arc oder Bayard auf ihren Heften abgebildet sehen, sondern Johnny Halliday oder Elvis Presley. Mit diesen Leuten wollte sie nichts zu tun haben. Immer öfter erklärte sie: »Diesen Artikel führe ich nicht«, und es war ihr völlig gleichgültig. Ihr einziger Wunsch war es, in ihrem Laden in der Rue de Bourgogne bis an ihr Lebensende zu sitzen, inmitten ihrer Artikel, und der Bande von Anstiftern und Dekorateuren Widerstand zu leisten, die wie Geier vor ihrer Tür lauerten. Marion kaufte ihr zwölf Hefte zu 1,50 Franc das Stück ab. Es fiel ihr leicht, so schien es ihr, das unterbrochene Gespräch mit diesen Heften wiederaufzunehmen. Gerührt und lächelnd betrachtete sie das auf dem Deckel abgebildete Motiv: eine Art

Kaiser, der sich auf ein riesenhaftes Schwert – die Spitze wies nach unten – stützte, in der Hand einen von einem Hahn gekrönten Reichsapfel, flankiert von zwei Füllhörnern und bischöflichen Insignien. Der Einband der Hefte wurde in vier Farben erzeugt, die immer gleich waren: in Lila, Rosa, Blau oder Ocker, mit verschwommenen Streifen Ton in Ton, und auf dem Schild stand zu lesen: Gallia, eingetragene Schutzmarke. Damals, in den werbungslosen Zeiten der Kindheit, waren diese Hefte die ganze Schulzeit hindurch getreue Begleiter gewesen. Marion wählte linierte Blätter – sie wurden für das Französisch-Heft empfohlen. »Erzählt von einer Reise um die Welt. Schildert eure Eindrücke und die verschiedenen Gedanken, welche die bereisten Länder in euch hervorriefen.«

Tatsächlich sah Marion voraus, daß sie es nicht sechs Monate aushalten würde, ohne zu arbeiten. So, wie es Menschen gibt, die einfach nicht singen können, so war sie außerstande, nichts zu tun. »Das ist ein Gebrechen«, pflegte Yves zu sagen. »Es ist ein Hormonproblem«, stellte ihre Tochter Pauline richtig, die sich zu dem Prinzip bekannte, wonach der einzelne für sich selbst nicht verantwortlich sei, »da kannst du nichts machen.« Marion neigte eher zu der Ansicht, daß Nichtstun ein Gebrechen sei. Yves konnte ganze Tage auf einem Bett liegend verbringen. Sie beneidete ihn nicht im geringsten. All diese Stunden, dem Tod ähnlich! Yves konnte auch dasitzen und endlos das Meer betrachten, wenn sie vor Anker lagen. Das nannte er dann Seefahrt. Während er also zur See fuhr, würde sie schreiben. Als Erinnerung, zum Vergnügen und mit der kindischen Hoffnung, daß irgendein Nachkomme eines Tages die verschimmelten Hefte finden und gerührt sein würde über diese Vorfahrin, die vielleicht Talent gehabt hatte. Denn Talent hatte Marion; oder sie hätte es vielleicht gehabt, hätten die Umstände und Nebensächlichkeiten es nicht gelähmt. Wenn sie bloß das Glück gehabt hätte, verlassen zu werden … oder Witwe … oder als Mann auf die Welt zu kommen … oder nichts für Gärten, die Fischerei, fürs Haus, für die Bücher der anderen übrig zu haben … oder Yves weniger zu lieben … oder unfruchtbar zu sein.

Heute war sie geradezu in die Enge getrieben. Ihre Töchter waren großjährig beziehungsweise verheiratet, und während der kommenden sechs Monate würde es weder Garten, Beruf noch Küche für sie geben. Aber es war ziemlich spät. Ihre Vergangenheit machte sie mehr als je zuvor zu einer Frau, die per definitionem nur Frauenliteratur produzieren kann – wobei die Männerliteratur die Literatur schlechthin ist –, und auch zu einer von jenem Leiden befallenen Frau, über das man schweigt: dem Alter. Sie fühlte sich von all diesen unanständigen jungen Leuten von heute in die Ecke gedrängt, die sich getrauten, ihre ersten Schmierereien zu publizieren; über dieses Geschreibsel beugte sich jeder mit serviler Dienstfertigkeit, aus Angst, rückständig zu erscheinen. Viele von Marions Freundinnen, im gleichen Alter wie sie, versteckten ein Manuskript in einer Schublade – wie einen Busen, den man gleichzeitig verhüllen und herzeigen möchte; die Geschichten ihres ersten Ehebruchs oder die ihrer Kindheit, die einander alle glichen und die nur dann plötzlich auffunkelten, wenn sie im souveränen Stil eines Léon Bloy, einer Colette oder eines Gracq geschrieben waren. Aber alle diese von ihren Gemütsbewegungen so bewegten Damen, all diese jungen Leute, die ihre Schwestern liebten, aber nicht Chateaubriand* sind … sie nahmen einem den Mut zum Schreiben. Man muß auf den Traum verzichten, für etwas Edleres geschaffen zu sein, und die Hoffnung aufgeben, diese im allgemeinen unbeschreibliche Erfahrung, die das Leben nun einmal ist, mitzuteilen. Wenn die Träumer die Fünfundvierzig überschritten haben, werden sie zu Versagern, vor allem die Frauen.

* Hing sehr an seiner Schwester

»Warum vor allem die Frauen?« fragte Yves, den Marions Bitterkeit und dieser hinter Selbsterniedrigung getarnte Hochmut irritierten.
»Nun ja, weil ein alter Versager schließlich nur auf materiellem Gebiet gescheitert ist. Gerührt sagt man, er sei eben ein Kind geblieben. Oft ist er schön, wie die meisten Leute es sind, die keine Verantwortung auf sich nehmen wollten. Eine alte Versagerin dagegen hat für nichts und wieder nichts Mann und Kinder unglücklich gemacht. Das verzeiht man ihr nicht: Sie hätte doch nur in ihrer Küche zu bleiben brauchen – was für eine einfache Lösung, und obendrein sichert sie einem noch allgemeine Wertschätzung.«
»Aber du hast doch niemanden geopfert, oder? Und du hast nun sechs Monate vor dir, für dich allein, wenn du willst.«
Gerade diese verspätete Möglichkeit, diese Chance war es, die Marion erschreckte. Sie fühlte sich wie eine Amateurschauspielerin, die lange Zeit in den Kulissen ausgeharrt hat und nun endlich auf die Bühne gestoßen wird mit den Worten: »Ah! Nun also werden wir sehen, was Sie können!« Die Stunde, die anderen und sich selbst zu enttäuschen, war gekommen.
Sie nahm das erste Heft, ein blaues, und verspürte die gleiche Freude wie früher, als sie den vor Neu-

heit knisternden Deckel aufklappte und die schöne Seite 1 glattstrich. Die Seite 1 war immer sauber geschrieben, hoffnungsvoll. Wie war das doch einfach damals, als sie sich damit begnügte, mit ihrer schönen runden Schrift hinzumalen: Marion Fabre, 1. A-Klasse, Französische Literatur! Sie verbarg die zwölf Hefte ganz unten in ihrem Koffer, zusammen mit BIC-Kugelschreibern in allen Farben, Klebstoff und schwarzen Filzstiften für die Streichungen. Sie liebte die handwerkliche Seite des Schreibens und hatte das befriedigende Gefühl, »den Schulranzen für morgen gepackt« zu haben. Ihre Töchter hatten nie etwas für Schultaschen übrig gehabt, auch nicht für Hefte. Sie schnürten ihre Ringbuchmappen mit den herausnehmbaren Blättern lose mit einem Riemen zusammen, und die Umhänge- und Tragetaschen, in denen sich im Lauf der Trimester so viele Schätze angesammelt hatten, lebten nur mehr in der Erinnerung einiger ehemaliger, später Schüler – zusammen mit den heimlich gerauchten Gauloises, den in die Bank eingelassenen Tintenfässern, den Löschblättern, Klappulten und dem Dogma von der hohepriesterlichen Würde des Lehrers. Heute hätte Marion ein Pult mit Deckel gebraucht, um den arroganten und rohen Blicken ihrer Schüler ausweichen zu können, die niemals unrecht hatten. Wie würden sie sich entwickelt haben, wenn sie wieder in die Arena hinunterstieg? In diesem Beruf dürfte man niemals stehenbleiben. Das war kein Priesteramt mehr, sondern ein Kräfteverhältnis, das man zu *seinen* Gunsten aufrechterhalten mußte. Für sechs Monate würde Marion jetzt die Waffen niederlegen.

Bevor sie sich von ihrem Schreibtisch abwandte, versperrte sie sorgfältig die Schublade, in der sie ihre Bekenntnisse aufbewahrte – der einzige persönliche Bereich, den sie nicht der Gemeinschaft geopfert hätte. Sie fürchtete keinen Einbruch von seiten Yves', aber von seiten Paulines. Und Pauline würde die ganze Zeit über zu Hause bleiben, da sie sehr rasch entdeckt hatte, daß der Status Junges-Mädchen-das-bei-seinen-Eltern-wohnt ideal war; sie genoß alle Freiheiten, die heute mit diesem Stand verbunden sind, ohne entsprechende Gegenleistungen erbringen zu müssen. Marion mißbilligte die Lebensweise ihrer älteren Tochter, bei ihren Vorlieben und Theorien angefangen bis zu ihrer Art, sich zu kleiden. Die Gespräche mit ihr mündeten regelmäßig in verbitternde und fruchtlose Zusammenstöße. Aber sie konnte sich nicht dazu entschließen, ihrer Tochter den Brotkorb höher zu hängen und sie hinauszuwerfen, obwohl Pauline es sehr zynisch abgelehnt hatte, ihr Studium fortzusetzen oder eine Arbeit zu suchen, bevor sie gewaltsam dazu gezwungen würde. Marion liebte Pauline mit einer Schwäche, mit der man nur sein ältestes Kind liebt: das erste, was man auf Erden wirklich *gemacht* hat. Sie fragte sich nicht, wie ihre Tochter *sie* liebte: Wie alle Töchter würde Pauline es erst sehr spät entdecken, denn Gefühle dieser Art nehmen mit dem Alter zu. Dominique, die zweite Tochter, hatte zu jung geheiratet, und Marion empfand eine unerklärliche Freude darüber, daß Paulines »Verlobte« sich stets verflüchtigt hatten, bevor sie sie um ihre Hand hatten bitten können, um ihr die Handschellen anzulegen. So war ihre Tochter zumindest in den Zwischenzeiten wieder unberührt, jedesmal wenn in ihren Gefühlen ein Freiraum entstand; dann konnte Marion unter den Ablagerungen, die von der letzten Invasion geblieben waren, die wahren Umrisse ihrer Tochter erkennen.

Das war im Moment nicht der Fall. Seit mehreren Monaten schon interessierte sich Pauline nur noch für den Film, verkörpert in der dunklen Gestalt eines potentiellen Regisseurs, der stets knapp vor der Unterzeichnung von Verträgen über 100-Millionen-Projekte stand, einstweilen aber nicht immer Geld genug hatte, um zu telefonieren. Allem Anschein nach rechnete er fix damit, sich sofort nach der Abreise der lästigen Eltern, dieser Störenfriede, bei Pauline häuslich einzurichten, um endlich eine feste

Adresse zu haben, die Kumpel einladen und mit seinen Phantom-Produzenten telefonieren zu können, unbekümmert um Telefonjetons. Wozu es verbieten, dachte Marion. Wenn sie Pauline in der Wohnung ließ, dann akzeptierte sie auch stillschweigend, daß diese dort Eddie aufnahm; also lieber gleich der Realität ins Auge sehen.

»Wenn er kommt, dann beteiligt er sich selbstverständlich auch an den Kosten«, sagte Pauline, die sehr gut wußte, daß er sich nicht nur nicht daran beteiligen, sondern daß er sie verdoppeln würde, einem in diesen Kreisen üblichen Gesetz folgend, das es Leuten ohne Geld ermöglicht, viel auszugeben. Eddie verbrachte die Nächte in seiner Stammbar und speiste nur in den besten Restaurants, und Marion hatte es aufgegeben, verstehen zu wollen, wie er das machte. Individuen dieser Sorte hatte sie immer als aufreizend empfunden. Sie zog es vor, nicht daran zu denken. Was Pauline betraf, so brauchte sie ja nur zu warten …

»Kommst du zu mir ins Bett für die letzte Nacht?« fragte sie ihre Tochter.

Pauline willigte ein. Marion wußte, daß sie es lieber gehabt hätte, ruhig in ihrem Zimmer zu lesen, so lange sie wollte, und daß sie selbst diese Aufforderung bald bereuen würde. Aber eine Sehnsucht hatte sie ergriffen, Sehnsucht nach der Zeit, in der Pauline auf eine Nacht in ihrem Bett als wunderbare Belohnung gewartet hatte; damals, als sie ihre Tochter noch an sich drücken, tätscheln, streicheln durfte, in einem animalischen Glücksgefühl.

Pauline zog ihr Nachthemd an und schlüpfte zu Marion ins Bett, das Gesicht gegen Falten beschmiert mit einer Anti-Akne-Pomade und einer Creme für die Augenpartie.

»Also das ist doch lächerlich«, sagte Marion. »All diese Cremes in deinem Alter …«

»Das sagst du mir schon zum fünfzigstenmal, Maman, du siehst doch, daß das zu nichts führt! *Ich* finde eben, daß es zu etwas gut ist, stell dir das mal vor.«

Marion zwang sich dazu, nicht mit den Schultern zu zucken, um nicht den letzten Abend mit einer dieser endlosen Diskussionen zu verderben.

»Ich weiß schon, daß du daran kaust«, sagte Pauline lachend. »Aber du mußt einsehen: Meine Erziehung ist nun einmal schiefgegangen. Ich werde fast dreiundzwanzig sein, wenn du zurückkommst, weißt du. Da ist nichts mehr zu machen!«

Marion löschte das Licht und zog die Tochter eng an sich.

»He du! Hältst du dich für Eddie?«

»Ich war vor ihm da«, antwortete Marion, während sie sich enger an Pauline schmiegte, »und ich hoffe sehr, daß er nicht mehr dasein wird, wenn ich zurückkomme. Und du tätest gut daran, nett zu mir zu sein, denn die Mütter, weißt du, das ist etwas für länger …«

»Das merke ich allmählich«, sagte Pauline zärtlich und drehte sich zur Wand, um zu schlafen. Ihre allzu blonden Haare schimmerten schwach in der Dunkelheit. Marion legte die Hand auf die Einbuchtung von Paulines Taille. Sie war merkwürdig gebaut, ihre Pauline. Sehr schmal an manchen Stellen, sehr rund an anderen. Ganz anders als Dominique mit ihren sanft geschwungenen Linien. Pauline war eine Fremde – in jeder Hinsicht; die vertrauteste der Fremden.

»Versuch wenigstens, irgend etwas zu arbeiten in all der Zeit. Du hast mir erzählt, daß dein Freund Claude dir einen Job als Hosteß auf der Landwirtschaftsmaschinenmesse verschaffen könnte.«

»Ja, ich werde ihn an einem der nächsten Tage anrufen«, murmelte Pauline.

»Warum an einem der nächsten Tage? Tu's morgen!« sagte Marion, weil man doch auf dem Bahnsteig immer sinnloses Zeug schwätzt.

»Ich hab' seine Telefonnummer verschmissen. Muß seine Schwester danach fragen.«

»Ja, hast du denn kein Adressenverzeichnis? Du weißt nicht, wo deine besten Freunde wohnen?«

»Och, Maman«, sagte Pauline in einem Ton, als wäre sie überfordert.
Mütter sind unverbesserlich, sagte sich Marion, und der einzige Sieg ist – auch hier – die Flucht. Diese Reise kam gerade recht, um sie von dieser lästigen Person zu befreien.
Seit einer Woche schon war Yves mit Alex in Toulon, um sich mit dem Proviant, den Devisen und der Verschiffung des Filmmaterials zu befassen. Iris und sie würden morgen zu den Männern stoßen, und Iris' Sohn würde sie begleiten. Marion gelobte sich, ihn nicht chauffieren zu lassen: Wie die meisten jungen Leute fürchtete er den Tod nicht. Ivan war im September zum viertenmal beim Abitur durchgefallen und wollte die Weltreise seiner Eltern nützen, um sich in Bombay absetzen zu lassen; naiverweise glaubte er, daß er dort einen tieferen Sinn für sein Leben finden werde als in Paris. Jeder von uns, sagte sich Marion, unternimmt diese Weltreise, auf der Suche nach dem Sinn des Lebens. Sie betrachtete ihr Zimmer an diesem letzten Abend, die weiße Tapete mit den blauen Vergißmeinnicht, die so oft ihre Tränen gesehen hatte. Sie hatte den Eindruck, in See zu stechen wie die *Moana*, ein Schlachtfeld zu verlassen, wo zu viele intime Kämpfe stattgefunden hatten, als daß das Gefilde nicht davon vergiftet worden wäre … Nach ihrer Heimkehr würde sie

diese Tapete austauschen. Und das Bett anderswohin stellen – und alles übrige auch. Sechs Monate Kreuzfahrt und drei Ozeane würden vielleicht genügen, um Yang zu ertränken, die kleine Tote, die beharrlich weiterhin zwischen ihr und Yves saß; Yang, zu deren Tod sie beigetragen hatte, wahrscheinlich durch ihre Unbeugsamkeit – die sich jetzt aber sehr rächte, weil sie sie am Leben hinderte.
Glücklicherweise bekommt Leichen das Reisen nicht gut. War sie, Marion, einmal fern von den Vergißmeinnicht ihres Zimmers und deren kindischer Symbolik, dann, so hoffte sie, würde Yang wirklich sterben, aber eines natürlichen Todes diesmal.
Wieder zog sie Pauline an sich ... Übermorgen würde die *Moana* auslaufen; sie selbst würde bei Yves sein. Froh oder traurig – bei Yves. Das Wichtigste ist, sagte sie sich, unter allen Umständen am Leben zu bleiben. Dann ließ sie sich selig in den Schlaf gleiten.

3
Toulon

Piräus, Aden, Bombay, Ceylon, Singapur, Australien, Nouméa, die Fidschi-Inseln, Tonga, Tahiti schließlich, dann die Marquesas, die Galapagos und Panama: Alex, der Initiator des Ganzen, ist gerade dabei, auf der riesigen Weltkarte, die im Salon der *Moana* an die Wand geheftet worden ist, mit einem Rotstift die Reiseroute einzutragen. Respektvoll schweigen die Passagiere angesichts all dieses Blaus, das sie zu bewältigen haben werden. Der Salon der *Moana* mit seinen Clubfauteuils, dem sandfarbenen Spannteppich, dem aus Ziegeln gemauerten Kamin, in dem künstliche Holzscheite glosen, wirkt lächerlich und gänzlich untauglich, so viel Meer zu überqueren. Hinter den großen, viereckigen Luken zeichnen sich die Hügel über dem Hafen von Toulon ab – ein beruhigender Anblick. Ein ausdrucksloser Butler taucht in dem sanft klimatisierten Raum auf, in dieser sanft klimatisierten Atmosphäre, und reicht Crevettencocktails herum, und niemand ist mehr imstande, sich einzugestehen, daß diese

Girlande von Namen, von denen man sonst im Wachen träumt, sich nun wahrhaftig aus den Geographielehrbüchern, aus den Refrains der Fernwehschlager oder von den Kinoleinwänden lösen und zu einer Aufeinanderfolge wirklicher Häfen mit all ihren Gerüchen und Geräuschen werden wird. Niemand außer Iris, die infolge ihres Reichtums schon längst das Gefühl für Entfernungen und für das Wunderbare verloren hat. Sie hat auf den Bahamas den blauen Marlin gefischt, sie besitzt ein Palais in Marrakesch und eine Insel in der Karibik, sie hat im Hoggar-Gebirge kampiert, mit allem Komfort der Neuzeit, zwei Schlafkuren in New York und eine Entziehungskur in Ville d'Avray durchgemacht; und wenn sie sich einverstanden erklärt hatte, dieses neue Abenteuer zu unternehmen, obwohl die Welt sie nicht mehr freute und noch weniger das Meer, dann deshalb, weil sie zu vergessen suchte, daß sie in einem Monat fünfzig sein würde; daß Alex, ihr Mann, nur mehr von Zeit zu Zeit zärtlich zu ihr war und daß ihn offenkundig nichts – auch nicht ein neuer Ort – veranlaßte, sie wieder zu begehren; daß ihre Gedichte, die unter großen Kosten in Luxusausgaben publiziert worden waren, aus Gründen erschienen, die nichts mit ihrem Talent zu tun hatten; daß ihr einziger Sohn den Beruf eines Beatniks ergriffen hat, weil er diesen Beruf für eine Berufung hält, die ihn auf ehrenwerte Weise der Sorge enthebt, ein anderes Metier zu wählen, und ihm außerdem die Möglichkeit bietet, mit dreiundzwanzig Jahren vor Langeweile zu krepieren wie andere vor Arbeit; und schließlich hoffte Iris auch zu vergessen, daß ihr ganzer Reichtum all das nicht würde ändern können.

Sie rührt ihren Crevettencocktail nicht an. Seit einiger Zeit rufen Schalentiere bei ihr Ekzeme hervor; wirklich die Schalentiere oder aber das immer deutlicher werdende Bewußtsein, welch ein Unglück es ist, zu leben! Wieder einmal versucht sie, es zu analysieren und Yves zu erklären mit ihrem russischen Akzent, den sie sich bewahrt hat und der die Schicksalsschläge, die auf sie herniederhageln, noch zu verschlimmern scheint.

Yves hört ihr mit ungeheurer Höflichkeit zu, weil er sich glücklich fühlt, was seit langer Zeit nicht mehr der Fall gewesen ist. Glücklich, weil er sechs Monate auf einem Schiff verbringen und es auskosten wird, zwei im allgemeinen widersprüchliche Träume zu verwirklichen: eine Arbeit verrichten, die ihm gefällt, und gleichzeitig die Verbindung zum Alltag kappen. Sechs Monate lang keine Existenzsorgen: Er wird einen Film drehen, zu dem er das Buch geschrieben hat, und auch Regie führen, mit der finanziellen Unterstützung von Alex und Iris, die seine Produzenten und zugleich seine Freunde sind. Darüber hinaus kommt er einmal weg von seiner zwar geliebten, aber kranken Mutter, deren Gebrechlichkeit er – aus der Nähe – nur mit Mühe erträgt; von Kindern, die so taktlos sind, ihm ähnlich zu sein, was ihn mit diffusem Verantwortungsbewußtsein erfüllt; von einer Liebesaffäre, bei der eine Tote und zwei Verwundete auf der Walstatt zurückgeblieben sind; von Frauen schließlich, die nicht allesamt Geliebte, aber auch nicht bloße Freundinnen sind – ein köstlicher, jedoch prekärer Zustand, den er wegen Marion, die stets präsent ist wie ein Granitfelsen, nicht mit der Lockerheit auskosten kann, die ihm eigentlich entspräche. Unfähig, mit jemandem zu brechen, und dies auch nie wirklich wünschend, aus natürlicher Liebenswürdigkeit und auch aus Anhänglichkeit an seine Erinnerungen, spürt Yves mit sechsundvierzig die gebieterische Notwendigkeit einer Generalüberholung, Trockendock gewissermaßen. An seinem Rumpf haften zwanzig Jahre der Eroberung, die er mit sich herumschleppt, ganze Muschelkolonien, leere Schalen, vertrocknete Geliebte, Freunde, die kein anderes Verdienst aufzuweisen haben als die Tatsache, Zeugen der schönsten Augenblicke seiner Jugend gewesen zu sein, in deren Glanz sie sich ungebührlicherweise sonnen. Yves hätte es gern gesehen, wenn Dinge und

Menschen aufgrund eines stillschweigenden Abkommens im richtigen Augenblick von selbst verschwänden, denn er verabscheute Erklärungen.
Da trat die *Moana* auf den Plan, die eleganteste der Lösungen. Was kann es Besseres geben als ein Schiff, um sich ohne Aufsehen zu empfehlen? Seine Mutter würde ihm ausrichten lassen, daß es ihr gutgehe, was, wenn man sie sah, nur schwer zuzugeben war, selbst vom eigenen Sohn. Ein paar Frauen würden ihm schreiben, daß Paris, Yves-chéri, nicht mehr dasselbe Paris ist ohne Dich – und schreib mir bald. Und Yves würde sich jedesmal, wenn er während der sechs Monate eines dieser Schriftstücke in einer Schublade oder in einer Tasche fand, sagen, daß es nett wäre, zu antworten … daß er sogar antworten werde! Aber was? Ich langweile mich ohne Dich? Falsch. Yves langweilt sich nie. Mit niemandem. Es drängt mich, Dich wiederzusehen? Falsch. Wenn man auf dem Weg nach Tahiti ist, träumt man nicht von den Freundinnen der Vergangenheit; noch nicht. Ich liebe Dich? In eine solche Falle ging er nicht mehr. Und dann würden die Briefe zwei Wochen brauchen, um zu den Damen zu gelangen, und Yves fürchtete nichts mehr als zu spät geöffnete Briefe, Worte, deren Sinn erst verspätet offenbar wird. Er hatte sich zweimal heiraten lassen, durchaus gutwillig, niemals aber hatte er eine Frau um ihre

Hand gebeten; auch das war ein Akt, dessen Sinn erst zu spät offenbar wurde.
Während Yves zerstreut Iris zuhörte, deren unheilbare Qualen er auswendig kannte, schaute er Marion an, die ihm gegenübersaß. Die Abwesenheit seiner Frau hätte sein Glück beeinträchtigt, aber ihre Gegenwart verhieß ebenfalls Beeinträchtigungen. Weder mit dir noch ohne dich glücklich, das ist das Problem.
»Sie sind weder mit Alex glücklich noch ohne ihn, aber Sie sollten sich von ersterem nicht irremachen lassen, das zweite trifft viel eher zu«, sagte Yves zu Iris, die sich gierig auf diesen Trost stürzte. Er war ein Experte im Versüßen bitterer Pillen: Er wußte, daß es oft genügt, die Wahrheit in einer anderen Form zu präsentieren, damit sie weniger schmerze.
Wann endlich wird Yang aufhören zu sterben? fragte sich Yves, der plötzlich Lust hatte, ungestört glücklich zu sein, ohne diesen psychoanalytischen Vogelleim, den die Leute heute so unverfroren von sich geben. Iris' Unglück, Yangs Unglück, Marions Kummer, versetzen wir uns doch einmal da hinein! Dieser Selbstmord, der zwischen ihnen stand, eine Bombe, von der keiner mit Sicherheit wußte, ob sie entschärft war; und keiner wagte es, sie zu entfernen! Er war sechsundvierzig, in drei Teufels Namen, und er hatte niemanden umgebracht! Mit sechsundvier-

zig kann man doch wohl für sechs Monate ans Ende der Welt fahren, vergessen, was man vergessen will, und ohne Gewissensbisse die Schönheit der Dinge auskosten?

Der Kaffee wurde serviert, echter und koffeinfreier, Schnäpse, Zigarren. Yves nahm von allem, wie jedesmal, wenn er an Yang dachte. Später würde er das mit Leber-, Magen- und Bronchienpillen ausgleichen müssen. Er würde ein wenig außer Atem kommen beim Lieben, sollte die Liebe auf sich warten lassen. Er würde sich ein wenig stärker räuspern müssen am nächsten Morgen wegen der Schadstoffe in den Bronchien. Man würde ja sehen. Das Wichtigste ist, so weiterzutun, als sei nichts geschehen, so wie man munter die Bäume fällt, bis es zu spät und das Klima in allen Ländern verändert ist. Wenigstens ist man glücklich bis zum letzten Augenblick, bis zum letzten Krebs im letzten klaren Bach, bis zum letzten Wal im atomverseuchten Eismeer.

Die dicke Havannazigarre, die er sich zwischen die Lippen steckte, bewirkte, daß sein Mund aussah wie ein Schließmuskel in Aktion, aber er liebte diese Riesendinger. Der Alkohol, den er genüßlich kostete, korrodierte die Erosion an seinem Pylorus noch ein bißchen mehr, in ein oder zwei Jahren würde daraus ein Geschwür werden. Aber das Etikett an der Flasche war so schön für einen Kenner: Marc de

Champagne Pommery! Yves konnte dem Zauber der Alkoholliteratur nicht widerstehen. Dieses leichte Brennen da irgendwo in der Mitte? Ach, später! Für den Augenblick, den göttlichen Augenblick, begannen die Wogen des Mittelmeers zu schäumen: Yves betrachtete es durch die großen Fenster des Salons und empfand eine maßlose, unerklärliche Freude, wie über alles, was vom Meer kam. Er suchte Marions Blick, um diesen Augenblick mit ihr zu teilen. Sie beide hatten oft rauhe See erlebt und waren doch nicht ganz gekentert ... Als Marion Yves' Blick spürte, hob sie die Augen: Dicker Rauch quoll aus allen Mündern, und Yves' riesenhafter Stumpen würde für mindestens eine Stunde reichen! Sie blitzte ihn feindselig an. Sofort erlosch sein Blick, und sie begann an etwas ganz anderes zu denken. Es gab zu viele andere Dinge im Leben, Teufel auch!
Ein wenig später schlief Yves in seiner Kabine – lichtgrüner Spannteppich, Fauteuils mit lachsrosa Seide bezogen, in der matte mit glänzenden Streifen wechselten – auf der Stelle ein. Natürlich hatte Marion viel Zeit darauf verwendet, die Farbe der Sessel zu bekritteln, sich über die zwei Doppelbetten zu beklagen, vorauszusehen, daß sie das schlechte Wetter unter derartigen Bedingungen nicht ertragen würde (wobei sie erklärte, daß sie sich im übrigen ja gar nicht auf einem Schiff, sondern in einem ehe-

maligen Riviera-Palasthotel befänden, das irrtümlich ins Meer gestoßen worden und völlig ungeeignet für die Seefahrt sei) – all das, ohne daß es ihr gelang, Yves' Glücksgefühl zu beeinträchtigen. Das Meer war unter ihm, für die erste einer langen Reihe von Nächten, und er war selig, als er spürte, wie es sich leise, schläfrig im Hafen bewegte. Das Gefühl, das ihn am Vorabend dieser Abfahrt erfüllt hatte, erinnerte ihn an so manches ungeheure Glück seiner Kindheit, wie man es nie wiederfindet; ein Glück, das man weder teilen noch schildern kann.
Am anderen Ende der Kabine, in ihrem Doppelbett, begann Marion resigniert in der *Wiedergefundenen Zeit*, Bd. I, S. 1, zu lesen. Sie hatte Proust immer wieder beiseite gelegt, sich diese Lektüre für den Fall einer erzwungenen Ruhe reserviert, die sicher eines Tages kommen würde: Tuberkulose, Gips oder Gefängnis. Die dritte Möglichkeit präsentierte sich nun in Gestalt dieses Schiffes, auf dem sie also sechs Monate abzusitzen hatte. Sie betrachtete den schlafenden Yves, der so weit weg war. Ein unsichtbarer Körper trennte sie, ein himmlischer Leib, wie der Katechismus das Ungreifbare definiert. Dieser Ausdruck, »himmlischer Leib«, besänftigte sie und machte sie lächeln. Viel mehr gefürchtet hatte sie Yangs Mund, Beine, Hintern oder ihre Anrufe. Nach solchen gewissermaßen greifbaren Leiden barg der

Tod dieser Person nichts Schreckliches mehr in sich. Marion glaubte nicht an den Kummer und rechnete Yves' Gram der männlichen Romantik zu, nie überwundenen Flegeljahren, und sie wollte nicht zugeben, daß man jemandem nachweinen kann, dem man das Glück zu seinen Lebzeiten verweigert hat. Diese Krämerlogik war es, was Yves am meisten an seiner Frau verabscheute. So sehr, wie sie es sich gar nicht vorstellen konnte! Die Tatsache aber, daß sie selbst diesen ihren Charakterzug so milde beurteilte, machte es Yves unmöglich, ihr zu erklären, daß sie ihn beinahe wirklich abgestoßen hatte. Sie, die alles abwog, weigerte sich zu begreifen, daß Maße und Gewichte nie eine Rolle in Yves' Gefühlen spielten. Und gerne hält man den anderen für einen Krüppel, wenn er nicht hat, was einem selbst zum Gehen dient.

In der oberen Etage, in der luxuriösesten Kabine an Bord, versuchte Iris wieder einmal, die Sinne ihres Mannes durch Manöver zu erregen, die im Endeffekt zahlenmäßig begrenzt sind und deren wiederholte Anwendung die Wirksamkeit abstumpft. Allein der Anblick ihres knallroten, speichelfeuchten und gierigen Mundes nahm Alex allen Mut. Ihr Körper ödete ihn an. Jeder andere Körper übrigens auch. All diese Magazine mit vorgereckten Busen und Beinen, diesen auseinandergespreizten Fallen, all diese

Pfühle, auf denen weibliche Geschlechtsorgane im Namen des unantastbaren Rechtes der Frau auf Lust dies und jenes forderten, all diese Pornobücher, die Iris herumliegen ließ in der kindischen Hoffnung, ihn zu animieren, diese internationalen Sexoramas, die an Prospekte landwirtschaftlicher Genossenschaften erinnerten, hatten ihm schließlich jeglichen Wunsch geraubt, an diesem Wettkampf teilzunehmen, dessen Einzelleistungen in den Salons kommentiert wurden. Er war schamhaft und hatte einen ganz schlichten Geschmack, den er sich im Verlauf einer keuschen, vom Studium erfüllten Jugend und in den ersten Jahren humanistischen Unterrichts in einer religiösen Schule erworben hatte. Alle Griechischprofessoren haben einmal von Nausikaa geträumt, der Tochter des Alkinoos, die zum Fluß hinuntergeht, um Wäsche zu waschen, und die durch ihre Doppelnatur – sie ist Dienerin und Prinzessin – die Männerträume erfüllt. Alex beschäftigte sich jedes Jahr ausführlich mit dem Sechsten Gesang der Odyssee, und zwar derart schmachtend, daß seine Schüler kicherten … Aber heute gibt es kaum mehr Griechischlehrer und auch kaum mehr Prinzessinnen. Alex arbeitete im Rahmen der UNESCO an der Beseitigung des Analphabetentums in Schwarzafrika, und an den Dorfbrunnen begegnete er nur noch dreisten Schäferinnen mit Transistorradios. Iris, die früher von Lebenskraft förmlich zu strotzen schien, hatte sich durch den bösen Zauber des vierten Jahrzehnts und eine schlecht geführte Psychoanalyse in eine begeisterte Leserin von Lehrbüchern der Sexologie, Theosophie und Diätetik verwandelt – Bücher, die das Essen, das Leben und die Lust in Gleichungen ausdrückten. Immer öfter träumte Alex von einer kleinen Hirtin, die Fleisch verspeiste, ohne von Proteinen zu reden; die nicht von Kalorien, sondern von irdischer Nahrung lebte; kein *Cogitum* zu sich nahm, um zu denken; von ihrer Seele sprach, ohne sich auf das Karma zu berufen, und die Zahl und Lage ihrer erogenen Zonen nicht kannte.

Es blieben Alex zwei Zufluchtsorte: das Meer und die Antike, eine Ersatzheimat, in die er sich seit seiner Jugend häufig zurückzog. Er hatte diesen Film, den Yves drehen wollte, zum Vorwand genommen, dieses zu große Schiff, das Iris von ihrem ersten Mann geerbt hatte (es wurde das Jahr über für Luxuskreuzfahrten vermietet, aber in diesem Winter war es zufällig frei), um sechs Monate Urlaub von der UNESCO zu nehmen und endlich diese Reise zu machen, von der jeder sein Leben lang träumt – die Reise zu jenen Inseln, die nicht auf den offiziellen Routen liegen.

Iris hatte sich begeistert auf die Organisation der Reise gestürzt, aber schon begann sie, Enttäuschung zu spüren, wie immer, wenn die Realität herannahte. Denn sie fürchtete, immer und überall nur mit sich selbst konfrontiert zu werden, mit dieser alternden Frau, die Alex gerade auf eine Augenbraue geküßt hatte, bevor er sich in seine Ecke des Bettes begab. Er legte Wert darauf, ein paar Bücher über Indien zu lesen, ehe er dort an Land ging. Iris war Indien völlig egal – sie wollte etwas Weiches, Warmes spüren. Beide schliefen schließlich ein, und jeder hielt den anderen für einen Quälgeist.

Jenseits der Wand dachte Alex' bester Freund, ein Buch über Gandhi in der Hand, seine schlummernde Frau neben sich, an das Glück. An das Glück zu leben. Er hatte eben erst dem Tod ins Auge gesehen – ein Infarkt, mit dreiundvierzig Jahren – und beabsichtigte, die neue Chance ordentlich zu nützen, die ihm der medizinische Fortschritt und seine persönlichen Einkünfte als Zahnarzt boten, und zwar unter den allergünstigsten Bedingungen.

Bis zu diesem Infarkt hatte es sein sanguinisches Temperament, verstärkt durch eine christliche Erziehung, zustande gebracht, daß er die milde Zuneigung, die er für seine Ehefrau empfand, für Liebe hielt. Er hatte seiner Patricia, die aus guter Familie stammte, ziemlich gedankenlos fünf Kinder gemacht. Es ist leichter, derlei zu tun, als es nicht zu tun, obwohl die Glückwünsche der Freunde und der

Gesellschaft die Eltern leicht zu dem Glauben verleiten können, eine Großtat vollbracht zu haben. Gratuliert man einem Salznuß-Automaten in der Metro, wenn er seine Salznüsse ausspuckt?

Die christliche Erziehung hinderte Jacques allerdings keineswegs, seit vielen Jahren mit seiner Ordinationshilfe zu schlafen (auch in diesem Fall war die Zuneigung milde). Ein Mann ist eben ein Mann. Im übrigen war seine Ordination überheizt, und ein Frauenkörper, nackt unter einem weißen Kittel, muß da früher oder später verwirrend wirken.

Natürlich hatte er auch hin und wieder ein paar angenehme Abenteuer, da sich ein Zahnarzt – wie jeder andere Arzt – schon in einer vorteilhaften Position befindet, wenn er sich über mehr oder weniger aufgeregte Patientinnen beugt. All das, dazu der berufliche Erfolg, der ihn zehn Stunden täglich, sechs Tage in der Woche, auf Trab hielt, hatte mit diesem Paukenschlag geendet.

»Seit dem Infrakt meines Mannes …« wiederholte Patricia hartnäckig, ahnungslos, daß diese unschuldige Verdrehung des Konsonanten ihren Sturz beschleunigen sollte.

Beim erstenmal hatte Jacques seine Frau ermahnt: »Infarkt, Patricia! Vom lateinischen ›farcire‹.«

Aber Infrakt klang einfach richtiger. Vor allem einmal erinnerte es an Fraktur, da begab man sich auf

bekanntes Terrain. Dann aber hatte Jacques, drei Monate Bettruhe hindurch hilflos dem Geplapper seiner Frau ausgeliefert, mit einer bösen Lust, einer beinahe bewußten Perversität, gehört, wie sie wiederholte: »Mit deinem Infrakt … Nach deinem Infrakt, mein armes Häschen … Als du deinen Infrakt hattest …« Und er haßte sie jedesmal ein bißchen mehr, mit einem kleinen, schäbigen, aber ätzenden Haß. Erstens einmal war es nicht *sein* Infarkt, sondern *ein* Infarkt, der zufällig ihm widerfahren war. Ein Unfall. Zweitens sagte Patricia auch – und grub sich damit gewissermaßen mit ihrer Zunge das eigene Grab, jede Auferstehung im vorhinein ausschließend: »Du brauchst nicht zu glauben, daß du wie vorher leben können wirst, mein armes Häschen! … Du wirst dich jetzt schonen müssen …«
Das Häschen sollte sie später beim Wort nehmen: Tatsächlich, nichts würde mehr sein wie früher. Tatsächlich, er würde sich schonen … Eine neue Existenz, ja. Denn die drei Monate, in denen er das Haus nicht verließ, hatten ihm große Dinge enthüllt, vor allem: In Wirklichkeit war er bereits tot, die Würfel waren schon gefallen. Ohne diesen Unfall wäre er geradewegs, mit verbundenen Augen, lachend wie ein Brueghelscher Bettler, auf seine Pensionierung und seinen zweiten Tod zugegangen nach dem endlosen Alter, das heute üblich ist; dem Alter, in dem

einem Beweglichkeit und Kräfte, ja sogar der moralische Mut und die objektiven Gründe fehlen, um der ewigen Allgegenwart des Ehepartners zu entwischen. Man bleibt, weil man früher geblieben ist; das ist alles.

Und doch hatte Jacques große Angst gehabt, auch dieses Leben zu verlieren. Tatsächlich glaubte er nicht, sein Lebenskapital ernstlich angegriffen zu haben – eine Illusion, die manchmal lang über die Jugend hinaus bestehenbleibt. Der Unfall hatte ihm schlagartig sein Alter vor Augen geführt: Gestern noch war er dieser junge Mann gewesen, der mit seinen ehemaligen Studienkollegen sonntags Bridge spielte, keinen Jagdausflug mit den Kumpeln ausließ, kein Ski-Wochenende, keinen Kongreß, kein Vereinsessen … Und tags darauf steckte er in der Haut eines Todgeweihten, dreiundvierzig Jahre alt, Vater von fünf Waisen!

Sehr schnell trat der Tod dann ein wenig in den Hintergrund: Er hatte nur den jungen Mann geholt. Zurück blieb ein reifer Mann, das heißt einer, der keine Wahl mehr hat. Die Kinder wuchsen heran wie hungrige Wölfe, und in Patricias Augen war nichts gut genug für sie. Jacques hatte sich mit fünfzehn selbst ein Radio gebastelt und sonntags im Garten seiner Großmutter dem Tonnenspiel oder dem Krocket gefrönt. Dennoch erschien ihm in der

Erinnerung seine Kindheit als glücklich. Aber er wurde ausgelacht, als er das Spiel, die alte Tonne mit der heißgeliebten Kröte in der Mitte und den kleinen Schaufelrädern an jeder Seite, die sich drehten, wann sie wollten, vom Dachboden holen wollte, um sie neu zu bemalen.
»Aber, mein Häschen, das macht doch niemandem mehr Spaß, dieses Ding da! Und außerdem fehlt fast die Hälfte der Wurfscheiben. Nein, schenk ihnen doch lieber ein ›24-Stunden-Rennen von Le Mans‹!«
Sie mußten alles haben, alles, was Jacques und Patricia nicht bekommen hatten: Judounterricht die beiden Jungen als Ventil für ihre Aggressivität, Ballettstunden die drei Mädchen, der Grazie wegen, Segelkurse, die unweigerlich zum Ankauf eines Segelbootes führten – »Ein Gelegenheitskauf, Papa, einfach toll!« –, Wintersport mit einer Bronchitis oder einem Knochenbruch als Draufgabe – ebenfalls toll –, Aufenthalte in England, um die Sprache ohne Mühe zu lernen – vor allem bloß keine Mühe! –, völlig nutzlose Töpferkurse – sehr nützlich, das Nutzlose –, Plattenspieler, weil die Jugend nicht ohne Musik leben kann, und ein Walkie-talkie, »weil das deinem Vater auch Spaß machen wird«. Jacques konnte nicht viel Zeit mit seinen Kindern verbringen, weil er so viel für sie arbeitete, aber Patricia

erwies sich als beispielhafte Mutter. Brav hatte sie sich das Vokabular der modernen Mütter angeeignet, sagte »Disorthographie« für geringen Wortschatz, »Asthenie« für die Weigerung, morgens aufzustehen, und »asoziales Verhalten« für heimliches Naschen, für die Weigerung, Sachen herzuleihen, für heimtückische Fußtritte und diverse, für Heranwachsende typische Grausamkeiten.
All diese »Störungen« wurden natürlich behandelt, bei spezialisierten Spezialisten. Patricia sagte »behandeln«, Jacques übersetzte mit »bezahlen«. Da er nämlich immer mehr und mehr arbeitete und sich von seinen Patienten immer höhere Honorare zahlen ließ, verstand er nicht, warum er chronisch außerstande war, seiner Frau zum Beispiel zu erklären: »Verpulvern wir 3000 Francs, und machen wir einmal das, worauf wir Lust haben: Ich zeige dir Madeira!«
Jedem zusätzlichen Verdienst des Vaters entsprach, durch irgendeine Fügung des Schicksals, ein Wunsch oder ein zusätzliches Bedürfnis der jungen Wölfe, die den neuen Gewinn auf den Franc genau aufsogen und die Reise nach Madeira wieder einmal verschoben.
Wie so viele andere Väter, eingespannt in dieses Räderwerk – von dem er nicht gewußt hatte, daß er ihm erst in einem Alter entkommen würde, in dem

er nicht mehr viel begehrte, am allerwenigsten seine Frau –, war Jacques, ohne viel aufzumucken, bis hierher gelangt. Er glaubte immer noch, daß die Blinddarmoperation morgen bezahlt sein würde, die Nachhilfestunden abgearbeitet, der Bruch eingerenkt und daß er ein wenig verschnaufen können würde. Am nächsten Tag aber fuhr ihm sein Ältester das Auto in einer Kurve zu Schrott, acht Tage vor der Fahrprüfung, und machte einen Familienvater zum Krüppel; seine Tochter flog vom Gymnasium und war gezwungen, eine Privatschule zu besuchen, was unvermeidlich finanzielle Folgen hatte; morgen wurde Jean-François vierzehn und brauchte ein Velosolex, um damit – ausgerechnet – zu seinem Judo zu fahren.

Was für ein Segen war dieser Infarkt doch im Grunde! Nicht mehr und nicht weniger hatte Jacques gebraucht, damit die beiden Ältesten in ein Internat gesteckt und die drei anderen zu Omi abgeschoben wurden, deren Migräne angesichts dieser Notlage wunderbarerweise verschwand; und er selbst hatte plötzlich Zeit, um zu lesen, zu denken, Bäume zu betrachten und seine Frau zu sehen.

Seit einiger Zeit, seit er genesen war, kribbelte es Jacques bis in die Fingerspitzen, und er gelobte sich … ja, was denn eigentlich? Im Moment nichts anderes, als mehr und besser zu ficken als früher;

eine öde Art, gewiß, die Freiheit zu nutzen, wenn man an der Schwelle des Todes über sich nachdenkt. Aber die Angst hatte ihn noch nicht gepackt. In der Euphorie seiner Auferstehung, in dem Erstaunen darüber, daß dieser Körper trotz allem doch noch recht ansehnlich war, konnte er sich nicht schon eingestehen, daß ihm in Wirklichkeit nur ein Weg blieb: weitermachen. Und daß alles wieder beginnen würde, weil Angst und Träume vernarben wie die Herzwände. In einer seligen Verblendung wollte er glauben, daß diese sechs Monate der Rekonvaleszenz auf einer Weltreise, daß dieser Aufschub, den ihm sein alter Freund Alex wunderbarerweise ermöglichte, ihm die Lösung bringen werde, das Licht, und er vergaß dabei, daß man nur Probleme löst, nicht Situationen. Und die Situation war die, daß er neben Patricia lag, der er nichts vorzuwerfen hatte, außer daß sie diejenige war, für die er sich vor zwanzig Jahren entschieden hatte. Und dann waren da diese fünf Kinder, die ihre Liebe besiegelt hatten.

»Matricia müßte meine Frau heißen«, dachte Jacques grollend.

Wie sollte er allen, insbesondere ihr, erklären, daß man, wenn man mit dreiundvierzig Jahren neu geboren wird, nicht dazu wiederaufersteht, um sich einen alten Packsattel auf den Rücken schnallen zu lassen, unter dem man schon einmal zusammengebrochen ist?

Nun, so weit war es noch nicht.

Ganz damit beschäftigt, schmerzfrei zu atmen, den Schlag des geliebten Herzens im Inneren und den Wind draußen zu hören, setzte Jacques Vertrauen in die Zukunft. Kommt Zeit, kommt Rat – an diese Redensart glaubte er. Um so eher, als Matricia ihn bei dem Zwischenaufenthalt in Bombay verlassen würde. »Die Welt ist gar nicht so schlecht eingerichtet«, dachte er, »es ist viel besser, daß die Männer die Infarkte kriegen ... Was für eine Katastrophe wäre es, würde Matricia sich sechs Monate Rekonvaleszenz leisten! Im übrigen, was würde sie damit anfangen? Sie hat es verlernt zu leben. Ich frage mich, ob sie sich dessen bewußt ist.«

Er drehte sich zu seiner Frau um; sie war von jenem flämischen Typus, der die Maler verrückt gemacht hatte; durch ihre Haut konnte man durchsehen, so als hätte der Schöpfer vergessen, sie mit dieser letzten Hülle zu versehen. Patricia kämpfte tapfer gegen die Seekrankheit und warf ihm einen kläglichen Blick zu. Plötzlich sprang sie auf, mit äußerst besorgter Miene ... zu spät. Frauen, die nahe daran sind, nicht mehr geliebt zu werden, neigen zu solchen Unfällen. Jacques drehte sich zur Wand, um nicht die Klumpen zu sehen, die den Teppich übersäten.

»Glaubst du, das wird die ganze Nacht so weitergehen?« fragte sie klagend.
»Wie soll ich das wissen?« antwortete Jacques, der den Geruch von Erbrochenem nicht vertrug. Und weil er seine Frau an diesem Abend besonders häßlich fand und seit seinem Unfall eine ganz neue Bosheit in ihm gewachsen war, fügte er hinzu, daß der Sturm kaum erst begonnen habe und daß er zu dieser Jahreszeit normalerweise nicht unter vierundzwanzig Stunden dauere, vielleicht länger. Er gab ihr zu verstehen, daß es ein schlechtes Vorzeichen sei, wenn man schon in einem Hafen seekrank werde.
Patricia schluckte eine Pfefferminzpille, um ihrem Mann nicht zur Last zu fallen. Sie mochte Pfefferminz nicht, hatte es sich aber schon seit langem angewöhnt, mehr auf den Geschmack ihres Mannes Rücksicht zu nehmen als auf ihren eigenen. Demütig begann sie ihm den Rücken zu massieren, und er schlief in einem Zustand der Euphorie ein. Sie getraute sich nicht, noch einmal Licht zu machen, um ein Schlafmittel zu nehmen.
Kurz vor der Morgendämmerung des 25. November 1958 weckten die vielfältigen undeutlichen Geräusche der Abfahrt die Passagiere in ihren mollig warmen Betten. Es regnete. Nur Alex und Yves fanden sich auf der Kommandobrücke ein, um zu sehen, wie das Schiff den Hafen verließ. Toulon schlief zwi-

schen seinen Bergen. Der Wind hatte sich noch nicht erhoben, aber der Himmel war düster, und die Wetteraussichten waren schlecht.

»Trotzdem«, sagte Alex, »wenn ich denke ...«

Das Ende des Satzes verlor sich im Getöse der 1500-PS-Dampfmaschinen.

Yves, mit Matrosenbluse und der ein wenig lächerlichen, von seiner Mutter gestrickten Wollmütze, lächelte dem Mittelmeer zu und damit stellvertretend allen Meeren, deren Bekanntschaft er endlich machen würde.

4
Das Schulheft

> Wie schön wäre es, finde ich, wenn man sich nähme, wie man ist, wenn man die vom Schicksal festgelegten Züge seiner Natur klug förderte: Es gibt kein anderes Genie.
>
> JULIEN GRACO

Am anderen Ende unserer Kabine, unempfänglich für das schlechte Wetter und emsig wie eine Biene, gibt sich Yves auf seinem Bett einer Beschäftigung hin, deren Notwendigkeit sicherlich bis in die finstere Urzeit zurückreicht: Er gräbt sich eine Schlafhöhle. Die Operation beginnt mit einigen Manövern, deren Ziel es ist, das Bett, das abends so schön und glatt war, innerhalb von Sekunden in ein zerwühltes Lager zu verwandeln. Seit wir nicht mehr in einem Bett schlafen, läßt Yves seinem manischen Treiben freien Lauf, und ich beobachte das Fortschreiten dieser Manie nicht ohne Erbitterung. Zunächst reißt er die unter der Matratze eingeschlage-

nen Decken total heraus – Klaustrophobie –, dann stellt er das Kissen senkrecht auf, so daß es ihm halb über den Kopf fällt – Sehnsucht nach dem Mutterleib –, stellt sich hierauf senkrecht auf die Matratze – kindliche Siegessymbolik –, teilt die Laken mit dem Fuß auseinander – Faulheit und beginnende Versteifung der Wirbelsäule –, kriecht darunter – normal –, zerwühlt dann das Ganze auf abstoßende Weise, bis der Umschlag des oberen Lakens völlig zerknüllt unter der Wolldecke verschwindet. Zuletzt trampelt er sein feines Loch noch umständlich mit den Pfoten zurecht – das Wiederauftauchen eines animalischen Instinkts. Endlich ausgestreckt, bohrt er hartnäckig im Kopfkissen herum, um seinen Rüssel richtig hineinzugraben. Während der ganzen Zeit schaue ich ihm so beharrlich zu, daß es peinlich ist, aber das Tier ist zu beschäftigt, um mich zu bemerken.
Lange habe ich eine Matratze gesucht, die die Nachbeben dieses tollen Treibens nicht an die Nachbarschaft weiterleitet. Hände weg von Schaumgummi – jedesmal, wenn Yves das Wildschwein spielte, wurde ich in die Höhe geschleudert. Die Federkernmatratze verwandelte die Zeremonie in ein Konzert für Metallfedern. Wolle dämpft das Gefummel noch am besten.
Mit einem letzten Rückenstoß vollendet er die Wölbung seiner Höhle und rollt sich darin befriedigt

zusammen. Stille breitet sich aus in der Kabine, eine Stille, die durch das ständige Dröhnen der beiden Motoren totaler erscheint als wirkliche Stille, und das rosa-grüne Zimmer steuert stampfend und rollend Richtung Süden.

»Ich frage mich, wozu eigentlich dein Bett gemacht wird«, sage ich.

»Wenn man dich ansieht, hat man das Gefühl, du liegst auf dem Totenbett«, erwidert Yves. »Und ich habe immer gesagt, daß es mir lieber ist, wenn man mein Bett nicht macht. Die Laken von Zeit zu Zeit wechseln, das ist alles ... Aber ich weiß, das werde ich nie durchsetzen.«

Er hatte den Tag damit verbracht, sein Filmmaterial heranzuschleppen, und dreht sich nun zur Wand, womit er kurz und bündig zu verstehen gibt, daß er erschöpft und die Audienz beendet ist ...

Das an sich abscheuliche Bett hat wenigstens den Vorteil, einen Freiraum für einsame Laster zu bieten. Ich meine das Schreiben. Liegt man neben einem Mann, dann kann man nicht, ohne sich lächerlich zu machen, in sein kleines Notizheft eintragen, daß man unverstanden oder enttäuscht ist, daß er einem dies oder jenes angetan hat ... Das wäre wie Masturbieren vor seinen Augen. Im übrigen ist man, einmal verheiratet, nie mehr ganz aufrichtig. Und doch fühle ich mich in dieser fremden Kabine, in der uns der

Lärm der 1500-PS-Motoren der *Moana* besser isoliert als eine Mauer, weit weg von meinem Heim, meinen Töchtern, leicht grollend noch, wieder wie ein junges Mädchen. Natürlich werde ich nicht die ganze Wahrheit sagen. Vielleicht nichts als die Wahrheit – das ist schon viel. Ich werde mir selbst gegenüber nachsichtig sein, streng mit den anderen. Ich bin nicht hier, um das Leben des heiligen Yves von den Sieben Schmerzen zu erzählen, sondern um mich selbst zu bemitleiden. Auch, um mich mit meinem Leben zu versöhnen; und vielleicht auch mit diesem anderen dort, dem Unschuldigen dahinten – denn jedermann ist unschuldig –, der mir das endlose Schauspiel seines Schlafes aufzwingt. Es ist doch schließlich erst zehn Uhr.

»Yves, schläfst du?«

»Ja.«

»Weißt du, was ich vorhin in *Le Monde* gelesen habe? Daß der Tabak, abgesehen von allem anderen, noch eine katastrophale Wirkung auf die Blutgefäße hat. Da, ich hab's für dich angestrichen. Hör zu, was Professor Milliez schreibt: ›Wenn ich einen Patienten mit Arterienentzündung befrage, kann ich sicher sein, daß er mir antwortet: Ja, Herr Doktor, ich rauche meine Zigaretten bis zum Filter, und ich schlucke den Rauch!‹ Hörst du?«

»...«

»Willst du beide Beine amputiert haben, ganz abgesehen von deinem Lungenkrebs?«
Yves tut so, als schnarche er, aber ich bin doch nicht blöd. Seit zehn Jahren klebe ich kleine Totenköpfe in die Aschenbecher, schneide Warnungen aus den Zeitungen aus, befestige Fotos, die von Tabak aufgeblähte Bronchien voll Teer zeigen, in seinem Schrank – alles vergeblich. Aber ich versuche es weiter: »Da ist es mir noch lieber, wenn du trinkst. Leberzirrhose macht keinen Lärm, während der Katarrh bei alten Rauchern ... Dich die ganze Nacht hindurch räuspern und krächzen zu hören geht über meine Kraft. Ich möchte hundert Jahre alt werden, also brauche ich viel Schlaf.«
»Ein Raucherbein macht auch keinen Lärm«, knurrt Yves.
»Du vergißt wohl die Krücken? Wenn die beinamputierten alten Männer nachts aufstehen, um Pipi zu machen ... Tock, tock, tock in den Korridoren, wie Kapitän Ahab...«
»Beruhige dich, ich werde nicht warten, bis man mir beide Beine abschneidet, um dich zu verlassen!«
»Aber ich will nicht, daß du mich verläßt ... ich möchte, daß deine Beine uns nicht verlassen!«
Wir witzeln gerne über unsere Zukunft, wahrscheinlich, weil wir uns fürchten, von der Vergangenheit zu reden. Es kommt eine Zeit im Leben eines Paares,

in der man lieber um die Hindernisse herumgeht, anstatt sie von vorne zu nehmen. Das innere Feuer ist bei beiden nicht mehr stark genug, um sie zu bezwingen, das Verlangen nach Wahrheit hat sich den sinnlosen Schmerzen gebeugt, die sie mit sich gebracht hat, und nun zieht man es vor, um die gefährlichen Zonen vorsichtig einen großen Bogen zu machen. So entstehen zwischen den Ehepartnern kleine Inseln des Schweigens, von breiten Sicherheitsgürteln umgeben. Sätze wie »Hast du in *Le Monde* den Artikel über Korea gelesen?« oder auch »Die machen sich lustig über uns auf der Wetterwarte, hast du gesehen, wie es heute ist?« treiben einen kaum auf Klippen zu, an denen man sich schon einmal wundgescheuert hat. Seit Yang in unser Leben getreten ist, vor allem seit sie daraus verschwunden ist, reden wir viel über Korea und die Wettervorhersage. Auch über die Freunde, denn diese bieten einem Paar den unschätzbaren Vorteil, die eigenen Wunden lecken und unter unschuldigem Geplauder Salz in die Wunden des Partners streuen zu können. Man muß sich manchmal ein bißchen verbrühen dürfen, denn an dem Tag, an dem die Wunden sich schließen, ist die Liebe tot. Gewiß, es bleibt die eheliche Liebe. Für zwei Menschen wie wir, denen es nicht gelungen ist, ihren fundamentalen Streit vollständig auszutragen, stellen Freunde wie Julien

und Eveline ein seltenes, oft gehetztes Wild dar. Sie haben es mir ermöglicht, Yves auf dem gleichen Terrain, auf dem sie sich tummelten, hartnäckig anzugreifen; und immer hoffte ich, ihn mit der Begründung zu überzeugen, daß er auf dem Holzweg sei auf einem Gebiet, auf dem die schönsten Begründungen überflüssig sind. Ich meine den Ehebruch. Eveline betrügt ihren Mann schon seit zwei Jahren, jede Woche, in ihrem Landhaus, wo sie und Julien nach wie vor das Weekend verbringen. Ich kann mich an dieses Arrangement nicht gewöhnen.
»Glaubst du, daß es im Hotel einen großen Unterschied machen würde?« fragt dann meist Yves, der geduldig ist.
Doch, ja, das glaube ich. Oder habe ich wenigstens geglaubt. Einmal natürlich ... wenn es sich so ergibt ... Ein Bett ist kein Tabernakel. Aber ich finde es scheußlich, wenn die Orte und die Dinge, die man gemeinsam geliebt hat, auch für andere da sind, solange man zusammen ist.
»So betrachtet«, sagte Yves, »ist Evelines Körper auch etwas, das beide geliebt haben ...«
Ja, aber ihr Körper gehört nur ihr, letzten Endes, während ihr Haus ... In Wirklichkeit habe auch ich – ich habe es nie über mich gebracht, ihm das zu sagen – Yangs Sachen in der Lade meines Nachttischchens in Kerviniec gefunden. Das Pertranquil

und das Valium, das sie in der letzten Zeit genommen hatte, wahrscheinlich, um zu vergessen, daß es mich gab. Yang hatte sogar auf meiner Seite des Bettes geschlafen; Yves hatte es nicht für notwendig gehalten, die Plätze zu tauschen. Vielleicht hat er ihr auch das Mammut gezeigt, das die Feuchtigkeit auf die Zimmerdecke zeichnet. Vielleicht hat er sie darauf aufmerksam gemacht, daß das Käuzchen, das allnächtlich in unserem Garten jagt, wie ein junges Mädchen schreit? Das ist es, warum es ein Vergehen ist, mit einer anderen Frau bei sich zu Hause zu schlafen. Aber diese Worte kamen mir nicht über die Lippen, und solange sie nicht ausgesprochen waren, konnte ich der Wirklichkeit noch ausweichen. Auch Yves legte keinen Wert darauf, daß sie ausgesprochen würden: Auch er, in seiner Weise, wollte nicht alles durcheinanderbringen. Und doch hatte er Yang zumindest einmal nach Kerviniec mitgenommen. Sicher, das Hotel ist nicht sehr romantisch, aber mit welchem Recht denn darf man alles auf einmal verlangen – eine ganz neue Liebe, die Freiheit, sie zu genießen, den Segen des Partners und sein Bett und seine kleinen Gewohnheiten noch dazu?

Tatsächlich habe ich nie ein erträgliches Rezept für Ehebruch gefunden, und Yves sträubte sich gegen diese Tatsache. Das Wesentliche, sagte er, um sich an etwas Solides zu klammern, ist, daß Julien es weiß und daß er einverstanden ist. Schon, schon, aber unter dem Vorwand, daß der andere einen so sehr liebt, um einverstanden zu sein, zwingt man ihn, an der Grenze des ihm Möglichen zu leben? Heute habe ich den Eindruck, daß Yves mir mit sehr sicherem Instinkt drei Jahre lang genau das Maximum an Schmerz zufügte, das ich aushalten konnte, ohne zusammenzubrechen. Er jedoch legte Wert darauf, die Dinge anders darzustellen, immer beide Seiten der Wahrheit zu sehen: Eveline »tat Julien so wenig weh wie möglich«, und jedenfalls »betrog« sie ihn nicht. Tatsächlich wurde Julien nicht »betrogen«: Er weiß haarscharf, daß man ihm zweimal die Woche in seinem Zweitwohnsitz und mit seinem Einverständnis das Herz bricht. So kann sich der Henker ohne Mühe ein gutes Gewissen bewahren. Was bleibt Julien übrig, als sich seiner Eifersucht zu schämen in einer Zeit, in der Eifersucht nicht mehr als ehrenhaftes Gefühl gilt, und gegen das wahllose Herumficken zu sein in einer Epoche, in der diese Aktivität als Beweis für Lebensart und Raffinement angesehen wird? Die Aufrichtigkeit in der Liebe ist eine gefährliche Illusion: Sie führt dazu, daß man dem anderen, indem man ihm den Seitensprung bekennt, mehr Schmerz zufügt, als man dabei Lust empfindet. Auch das ist also eine Lüge! Natürlich bleibt Julien die Möglichkeit, das zu sein, was Yves »ein zivilisiertes Wesen« nennt. Man stößt keine Drohungen gegeneinander aus, schmeißt kein Geschirr kaputt, man verläßt einander nicht (außer natürlich, es wird von einem in freundlichem Ton verlangt), und man bewahrt große Zuneigung füreinander, große Achtung vor allem – und das, das ist das Ende vom Ende. Und den Groll kann man sich an den Hut stecken und den Schmerz obendrein! Es wird von einem sogar verlangt, daß man, während einem doch so günstige Bedingungen geboten werden, sich aufrichtig glücklich zeigt über all das Gute, das dem anderen widerfährt, ohne daß man dazu beiträgt. Das, ja das ist der Gipfel der Zivilisation. Scheußlich, die alte Leier! Wo ist denn da der Unterschied zur Mutterliebe? Wenn der eine sich vergnügt und der andere sagen soll: »Geh nur, mein Liebes, und, vor allem, unterhalte dich gut!«, mit dem Lächeln einer verständnisvollen alten Mama, dann deshalb, weil es angenehmer ist, sich zu vergnügen, wenn man weiß, daß einen am Abend kein zornrotes Antlitz erwartet; vor allem aber, weil man für diesen anderen keine richtige Liebe mehr empfindet. Das aber ist eine andere Geschichte. Wenn niemand niemanden mehr leidenschaftlich liebt, dann wird es leicht, zivilisiert zu sein. Befriedigt ruhe ich mich in dieser Gewißheit aus, die mir erst

spät zuteil wurde. Mir kann keiner mehr ein X für ein U vormachen.
Diese Gedanken, die ich in so vielen schlaflosen Nächten gesponnen habe, ohne daraus ein konsequentes Verhalten ableiten zu können, quälen mich heute nicht mehr, aber es ist mir nie gelungen, sie mit Yves offen zu besprechen. Früher ging es nicht, weil ich ein labiles Gleichgewicht nicht gefährden wollte, jetzt ist es unmöglich, weil Yangs Tod die Sache verfälschte, indem er mir einen zweischneidigen Sieg brachte. Heute weiß ich, daß das Problem unlösbar ist oder tausend Lösungen haben kann; das heißt, daß keine gut ist. Jeder muß eines Tages, früher oder später, ganz allein sein Kap Hoorn umsegeln. Jeder wird eines Tages gegen seinen Willen in den schrecklichen Schlund gesaugt, dorthin, wo er das Unannehmbare auf sich nehmen muß, sich die Realitäten eingestehen, die ihn umbringen, sich in alles fügen, was er mit zwanzig so oft geschworen hat zu verweigern. Er schlägt wie wild um sich, die Augen voller Salzwasser, er versinkt hundertmal und glaubt, auf dem tiefsten Grund der Verzweiflung angelangt zu sein und daß er das Leben nie mehr wird genießen können ... Und dann, eines schönen Tages, ja eines sehr schönen Tages, ist, ohne daß er sagen kann, wie, das Kap Hoorn umschifft. Überrascht und gerührt spürt er wieder die Sonnenwärme und den

ruhigen, köstlichen Geschmack des Lebens, die er vergessen hatte. Er bemerkt nicht sofort, daß Jugend und Leidenschaft über Bord gegangen sind ... Aber waren das nicht zwei unerträgliche Gefühle, als es sie noch gab? Hauptsache, es ist gelungen, die Segel zu retten; nun bleibt nichts anderes mehr übrig, als sich vertrauensvoll dahintreiben zu lassen. Es kann keine zwei Kap Hoorns in einem Leben geben.

Der Seelenfrieden – das ist keineswegs das, woran man glaubte.

Die Nacht schreitet fort, die See geht schon hoch, obwohl wir noch im Windschatten der italienischen Küste fahren. Ich frage mich, ob ich mich daran gewöhnen werde zu schlafen, während ich wie Treibgut herumgeschleudert werde. Ich spüre, wie mir die Knochen unter der Haut rollen, in mir herrscht eine unablässige Lebendigkeit, alle meine Organe scheinen zu schwimmen, sie bewegen sich heftig, ändern ihren Stützpunkt und senden überraschte Signale, dann Proteste an das überanstrengte Gehirn, das nicht und nicht zur Ruhe kommt. Außerdem verwandelt sich Yves nachts, mir zum Trotz, in einen Herrn, den ich kaum kenne, und jedesmal wenn ich ihn anschaue, packt mich das gleiche Staunen darüber, was dieser Fremde denn in meinem Leben verloren hat. Wenn er schläft, wird seine Nase übertrieben lang, und ein trauriger, strenger Ausdruck breitet sich über seine Züge, so daß er dem Grand Condé ähnlich sieht. Eine starre Maske, ein gerader Mund, dünn und fein wie ein Schwertstreich ... Wieso habe ich mir gerade diesen Mann als Lebensgefährten ausgesucht, der überhaupt nicht mein Typ ist? Selbst als ich ihn heiratete, war er nicht mein Typ gewesen. Als ich ihn kennenlernte, wurde ich gewissermaßen das Opfer eines Unfalls. Eines schweren, denn ich leide immer noch an den Folgen ... In Wirklichkeit gefallen mir Männer wie Alex, mit einem schönen Silberschimmer an den Schläfen und melancholischer Miene; Männer, die nicht sehr tüchtig wirken, sanftäugige, mit langen, aufgebogenen Wimpern. Das fand ich stets sehr rührend bei einem Mann. Mein ganzes Leben lang – und es ist jetzt lang genug, daß ich Lehren daraus ziehen kann – gefielen mir die Intellektuellen, womöglich mit Brille, mit Komplexen auf alle Fälle, vorzugsweise dunkel, voll von utopischen Ideen, mit guten Kenntnissen der griechischen und lateinischen Grammatik, fortschrittsgläubig, Liebhaber der Dichtkunst und schüchtern im Umgang mit Frauen. Ich habe übrigens einen geheiratet, der diesen Normen entsprach: kurzsichtig, geschickter mit Ideen als mit Dingen, zerstreut, großzügig, vom Unglück verfolgt. Sechs Monate nach der Hochzeit wurde Olivier von einem Taxi auf dem Boulevard Saint-Germain überfahren und starb an einem Schädelbruch. Ich hatte keine Zeit herauszufinden, ob ich mit ihm glücklich geworden wäre, und er hatte gerade nur so viel Zeit, mir ein Kind zu machen, das er nicht mehr erblickte und das ihm nicht einmal ähnlich sieht.

Yves dagegen zog die Humanität dem Humanismus vor, hatte Augen wie ein Luchs, unverschämtes Glück, vor allem auch bei den Frauen. Er hatte mir anfangs überhaupt nicht gefallen. Er schmierte sich Brillantine ins Haar, trug Anzüge in zu hellem Grau, war jedermann gegenüber, unterschiedslos, das personifizierte Lächeln, liebte Wortspiele, die er nur so aus dem Ärmel schüttelte, hatte eine weiße, zarte Haut, weibische Hände und einen schmalen Mund, wie man ihn bei den Filous der Vorkriegszeit liebte; schließlich war er noch ein Nachtmensch, und, wie alle Nachtschwärmer, ein Freund des Alkohols. Tatsächlich weiß ich nicht, durch welche Kriegslist er sich den Ruf eines Verführers erworben hatte, denn seine Augen waren klein und von unbestimmbarer Farbe, die Lider rund geschnitten wie bei Vogelaugen, und außerdem hatte er die Anomalie, daß seine Iris zwar hellbraun war, sein Blick aber so wirkte, als habe er graue Augen. Ferner waren seine sportlichen Leistungen mittelmäßig, die Schultern eher schmal, und eine Samtstimme besaß er gerade auch nicht. Aber alle diese Einzelheiten erschienen ihm

selbst völlig nebensächlich, denn es stand ein für allemal fest, daß er im Spiel und bei den Frauen immer gewann.
»Er ist ein Lebemann, mein armes Kind«, sagte Maman.
Er mißfiel mir so sehr, daß ich mich nicht in acht nahm. Ich ging oft mit seiner Schwester aus, und er begegnete uns, flankiert von Mädchen aller Sorten; mit jeder von ihnen schien ihn der gleiche Grad an Vertrautheit zu verbinden, und jede bot ihm anscheinend genau die gleiche Befriedigung.
Beim Bootfahren lernte ich ihn besser kennen. Am Strand, in der Badehose, glich er mehr denn je einem Lebemann mit seinem runden Rücken, den mageren Armen und Beinen, die so weiß waren, daß sie beinahe hellblau wirkten. Im übrigen verabscheute er die Sonne, den Sport und Schwimmlehrer. Ach, ich ging wirklich kein Risiko ein! Und dann verbrachten wir diesen Tag auf dem Boot. Er kannte sich aus mit Motoren; bis dahin hatte ich geglaubt, daß er angab. Er war ein geschickter Segler, und er fand schöne Worte für das Meer, was nicht leicht ist. Und vor allem war zum erstenmal weder ein anderes Mädchen noch ein Freund mit uns. Ich habe es nicht sofort bemerkt: Was ich an ihm nicht leiden konnte, das waren nämlich die anderen. An diesem Tag spielte er seine Rolle für mich allein und für das

Meer, das immer das Schönste an seiner Persönlichkeit, seinem Charakter zutage förderte. Immerhin aber hatte er eine Flasche Muscadet in einem Eimer mitgenommen.
Am Abend mußten wir zum Bahnhof, um eines seiner Mädchen abzuholen. Irgendeine, er bevorzugte keinen bestimmten Typ, das heißt, es gefielen ihm so gut wie alle. Die Vorgängerin, eine Dicke mit gelben Haaren, war tags zuvor weggefahren, und Yves richtete es immer so ein, daß kein Leerlauf entstand. Das Mädchen kam jedoch nicht mit dem Zug. Wir fuhren heim, redeten über das Leben, die Liebe, und ich war immer noch ahnungslos. Und dann wurde ich die Frau für diesen Abend, weil keine andere da war. Ich bin sicher, daß Yves keinen anderen Grund gehabt hat und nur starke, freundschaftliche Gefühle für mich hegte, obwohl er mir später heftig widersprach, weil er gern Freude bereitet und weil es nicht falscher war als anderes, was er sagte. Und was mich angeht, so war ich derart überrumpelt, daß ich in die Falle tappte. Yves machte den Eindruck, als finde er die Situation dermaßen normal, daß ich, so fürchte ich, wie ein Schaf gewirkt haben muß, als ich sagte: »Sie denken ja gar nicht daran!« Ich konnte niemals sehr gut mit diesem Typ Mann umgehen, sie nehmen mir das Heft aus der Hand, und ich habe keine Zeit mehr nachzudenken.

Am nächsten Tag sagte er dem anderen Mädchen ab, das telegrafiert hatte, und wir fuhren davon, um den anderen zu entfliehen. In diesem Hafenstädtchen, in dem Yves immer schon die Ferien verbracht hatte, war das ein Ding der Unmöglichkeit.

In der Zeit, die wir zu zweit verbrachten, ging alles bestens. Da es für ihn ein vitales Bedürfnis und zugleich seine besondere Begabung war, sich den anderen anzupassen, paßte er sich mir vollkommen an. Wo aber hätte er sich nicht anzupassen brauchen? Welche Art der Anpassung von all denen, die ihm gelangen, war für ihn die natürlichste? Diese Frage war es, die mich immer quälte; und nie konnte ich ihm eine exakte Antwort darauf entlocken. Er mag jede Anpassung, weil er sich eben gern anpaßt! Es bestand also nicht der geringste Grund, daß ich ihm mehr gefiel als eine andere.

Nach der Rückkehr nach Paris zog Yves wieder in sein greuliches Hotel, das voll war von Geschöpfen, die sich von vornherein an jedermann anpaßten und denen er andauernd auf den Korridoren begegnete, in den benachbarten Straßen, im Restaurant, in dem er bis spät in die Nacht blieb, um zu trinken – nicht so sehr, weil er gar so gern trank, sondern weil er die Gespräche liebte, die man nur bei einer Flasche führen kann. Und diese Weiber fanden ihn so verführerisch und so brillant, wenn er getrunken hatte, und sie sagten, daß er einem großen Windspiel gleiche, diese armseligen Dummchen, die verblendet waren von der Sehnsucht nach einer »Existenz« – das heißt, zu einem Mann zu gehören –, und sie wünschten sich sehnlich, ihm am Morgen den ersten Whisky vor dem Frühstück bringen zu dürfen, mit dieser Krankenschwestern-Demut, die, sind sie einmal in Amt und Würden, so schnell zur Autorität der Megäre wird. Ich sagte mir, daß ich ihnen mit meinen Ansprüchen, meiner Eifersucht und der schlechten Meinung, die ich von Yves hatte, nicht lange würde standhalten können, und daß ich ihn ihnen wegnehmen mußte, bevor eine weniger Gute als ich ihn sich kaperte, wie das schon einmal passiert war. Das arme Windspiel kann nämlich – wegen der Angst, irgend jemandem zu mißfallen – nicht nein sagen.

Ich erinnere mich, daß ich mich dazu in der Nacht entschloß, in der ich in seinem Hotel blieb und zwei Mädchen nacheinander in sein Zimmer kamen, als wären sie hier zu Hause. Die eine, wohldressiert, sagte sofort, daß sie sich in der Tür geirrt habe, aber mir blieb Zeit genug, um zu sehen, daß ihr Morgenmantel weit offenstand und die Sicht freigab auf riesige Brüste mit Warzen so dick wie Lastwagenpneus. Nun? Mochte er lieber Riesenbusen oder kleine? Die Stunde der Entscheidung war gekommen. Ich weiß noch immer nicht, was er vorzieht. Was die andere betraf, so dürfte er sich bei einer Eintragung in seinem stets prall gefüllten Notizbuch geirrt haben, denn er verhandelte lange in wütendem Ton, an der Tür stehend.

Dazu aufgefordert, eine Entscheidung zu treffen, entschloß er sich für den kleinen Busen, und er kam nach Hause zu mir und Pauline, die zwei Jahre alt war. Er war glücklich, wie gewöhnlich; ich auch, aber Maman mochte Yves überhaupt nicht. Oder zumindest nicht für mich: Sie hielt mich nicht für stark genug.

»Wenn du im Konkubinat lebst, wird dein Vater vor Kummer sterben«, hielt sie mir immer wieder vor, da sie wußte, daß ich eine Schwäche für meinen Vater hatte und er es nie gewagt hätte, ihr zu widersprechen. Sie verwendete immer die häßlichsten Ausdrücke, wenn sie von der Liebe redete. Absichtlich.

Ich war vierundzwanzig, berufstätig, hatte eine kleine Tochter, aber ich war beschränkt genug, um noch zu glauben, daß die Eltern Kummers sterben könnten wegen solcher Dinge! Also trat ich Yves nochmals auf die Zehen, und der Unglückliche stimmte auf der Stelle zu, mich zu heiraten. Ich weiß noch immer nicht, ob ihm der Gedanke ganz von allein gekommen wäre. Jedenfalls hat er mich einen Monat später

geheiratet. Er gefiel mir noch immer nicht, weder äußerlich noch moralisch, aber ich war verliebt. Es war fürchterlich.
Ich hatte weiterhin eine Schwäche für Intellektuelle mit Brille; ich hatte meine Vorlieben nicht geändert unter dem Vorwand, daß mir unterwegs ein Unfall zugestoßen sei. Im übrigen hat Yves sich nicht im geringsten gebessert. Es gelang mir, ungefähr zehn Prozent der Windspiel-Jägerinnen aus dem Feld zu schlagen – ein armseliger Prozentsatz –, und ferner, die zu hellen Anzüge und die Brillantine abzuschaffen, denn im Grunde sind ihm solche Details egal, und es läuft für ihn so oder so. Außerdem wird Brillantine nicht mehr erzeugt, wie die Krämersfrau sagen würde. Aber die kleinen Vogelaugen mit dem kalten Blick sind geblieben, die müde Haltung, das verführerische Lächeln, die honigsüße Rede und das zärtliche Getue allen weiblichen Wesen gegenüber, die bereits Spitzenhöschen tragen können. Er hat zwanzig Kilo zugenommen, aber zwanzig Kilo von seinem Stoff: Er ist nicht verändert. Und mehr und mehr liebt er neue Begegnungen, weil sie sein Leben noch nicht belasten können und er jede Belastung, jeden Zwang haßt. Er ist nur ein wenig mehr gebeugt als früher, denn trotz allem hat auch er ein bißchen was einstecken müssen. Und ab und zu trägt er noch Yangs Leiche.

Man überlebt nur, wenn man sich von Gespenstern befreit, sagte Bachelard. Yves aber widert es an zu töten, sogar Gespenster. Er kehrt alles fein säuberlich in die hintersten Winkel seines Ichs und versucht, nicht mehr daran zu denken. Auch aus diesem Grund liebt er das Meer so sehr: Das Meer erspart es ihm, an alles übrige zu denken. Ich glaube, daß er niemals im Leben so glücklich war wie gestern auf der Kommandobrücke mit Alex und dem Kapitän, als er sich am Beginn dieser sechsmonatigen Weltflucht in die Steuerung der *Moana*, dieses großen weißen Potts, einweihen ließ. Der Hochzeitstag soll der schönste Tag des Lebens sein? Für einen Mann niemals. Das Ziel seiner Existenz ist viel mehr als eine Frau – das ganze Leben will umarmt werden! Wenn man das nur auch den Frauen begreiflich machen könnte!

Es dauert nun schon ein Jahr, daß Yves sich weigert zu denken. Seit Yangs Tod. Jetzt lassen wir nicht nur Frankreich hinter uns, sondern auch dieses Jahr des Schweigens. Nicht so sehr Yangs Selbstmord hat uns gelähmt als vielmehr unser Versagen angesichts des Problems Nummer eins zweier Menschen, die einander lieben und zusammenleben. Und doch waren wir uns am Anfang einig gewesen, aufrichtig und rückhaltlos. Yves hatte mir eines Tages – immer im Zusammenhang mit Julien und Eveline, die ein wenig das Negativ von uns, von unserer Zweierbeziehung darstellten, gesagt: »Juliens Schmerz ist, was er ist, aber da gibt es doch etwas, das ich für unzulässig halte, nämlich die Erpressung mittels Schmerz: ›Tu das nicht, denn das würde mir zu sehr weh tun.‹ Auch zwischen Eltern und Kindern ist das ein unanständiges Argument, das man nicht verwenden dürfte. Das ich niemals verwenden werde. Ich kann mir vorstellen, daß man Schmerz fühlt, aber das gibt einem keinerlei Recht, über das Leben und die Handlungen eines anderen zu bestimmen. Jeder muß selbst beurteilen, ob er den Schmerz, den er zufügt, ertragen kann oder nicht.«

Der schwache Punkt dieser Überlegung liegt darin, daß man unfähig ist, den Schmerz des anderen einzuschätzen; deshalb erträgt man ihn so leicht. Ich würde sogar den unterschätzen, den ich empfinde. Aber Yves und ich waren uns über das Prinzip einig. Kein Glück! Mir wurde die Gelegenheit zuteil, es als erste anzuwenden. Mein angeborener Stolz und die Furcht, auch nur der geringsten Erpressung verdächtigt zu werden, erlaubten es Yves zu glauben, was er zu glauben wünschte: daß diese ganze Geschichte in meinen Augen keinerlei Bedeutung haben konnte, weil sie doch an seinen »tieferen« Gefühlen nichts änderte. Aber all diese schönen Räsonnements dienten nur dazu, unseren Eintritt in die Ära des Kompromisses und der Resignationen zu verschleiern. Wenn die Gefühle scheinbar tief sind, dann deshalb, weil sie keine Oberfläche haben. Und Haut zählt in der Liebe! Von da an war es traurig, wenn wir miteinander schliefen. Fühlte nur ich allein diese Melancholie? Ich fragte Yves nicht danach, denn festzustellen, daß die Freude, wenn nicht die Lust, aus unserer Beziehung verschwunden war, hätte unsere Situation bloß zu einer gemacht, mit der man fertig werden kann: Man bleibt auch durch die Freude verbunden, die man spendet oder die man zu empfangen vorgibt. Und außerdem war ich weiterhin einverstanden mit dem Prinzip, und ich bemühte mich, kühlen Kopf zu bewahren, je stärker ich mir des Herzwehs und der Eifersucht bewußt wurde, die ich für niedrig hielt.

»Mir wird ganz kalt«, hatte Yves einmal zu mir gesagt, als wir über das Leben zu zweit sprachen, »wenn ich denke, daß die Ehe fast immer ein Abbruchunternehmen ist, das das Individuum demoliert und jede Bereicherung ausschließt, die außerhalb der Zweierbeziehung liegt. Es ist schon ein Gewaltakt, sein ganzes Leben mit jemandem glücklich zu sein, findest du nicht, auch ohne die Absicht, den Pfad noch mehr einzuengen.«

Natürlich fand ich das. Aber ich fand auch, daß es

ein ganz schöner Gewaltakt war, unglücklich mit jemandem zu leben und darüber zu lachen.

Ich konnte darüber lachen, solange mir niemand klar und deutlich gesagt hatte: YVES IST YANGS GELIEBTER, und ich wich jeder Gelegenheit aus, bei der ich diese unwiderruflichen Worte hätte hören können, denn ich wußte, ich würde der Zeit nachtrauern, in der die Wahrheit gerade erst sichtbar wurde – wie die Spitze eines Eisbergs, von dem sieben Achtel in der Tiefe des Unterbewußtseins ruhen. Dank dieser Weigerung und weder genau wissend, aus welchen Reserven ich schöpfte, noch, was mich diese Haltung eines Tages kosten würde, gelang es mir, zwei Jahre lang ziemlich korrekt mit Yves' Ehebruch zu leben, zu ertragen, daß Briefe mit Yangs Handschrift kamen, sogenannte »Arbeitswochenenden« nicht zu überprüfen, mich nicht ans Fenster zu stellen, wenn er fortging, um nicht Yangs 2 CV sehen zu müssen, der unten wartete, ihm jeden Morgen den Telefonhörer zu reichen, ohne daß mir dadurch der Tag endgültig verdorben wurde. Daß mein Leben verdorben wurde, fiel mir erst nachher auf. In Krisenfällen genügt es manchmal, die Alltagsroutine aufrechtzuerhalten.

Und dann, eines Tages, ist es geschehen, und jemand hat mir den Satz aus nächster Nähe entgegengeknallt und mein Gehirn gezwungen zu registrieren, was

mein ganzes Ich seit langem wußte. Dieser Jemand war Jacques. Wir gingen zusammen zum Abendessen in ein Restaurant, ich werde mich immer an diese Folterkammer erinnern. Yves war auf Reisen, er hielt Vorträge über Grönland, und Patricia fühlte sich, wie gewöhnlich, nicht wohl an diesem Abend, so daß wir eines unserer intimen Diners veranstalten konnten. Dazu berechtigten uns fünfundzwanzig Jahre Freundschaft, und um nichts in der Welt hätten wir darauf verzichtet; wir wollten damit das Prioritätsrecht unterstreichen, das wir beide aufeinander hatten. Es hatte schon bestanden, bevor unsere jetzigen Partner auf der Bildfläche erschienen waren. Jacques erzählte mir von seinem Leben, das heißt: fast ausschließlich von seinem Liebesleben, und stellte mir sehr wenig Fragen über das meine; wohl infolge einer Art von Gegenströmung, die mir wunderbar in den Kram paßte. Aber an diesem unglückseligen Abend, nachdem er mir verkündet hatte, daß er gerade die Bekanntschaft einer – wie üblich – außergewöhnlichen Frau gemacht hatte, hielt er es für Freundespflicht, sich für mich zu interessieren. Ich hatte es ja nicht immer leicht. »Ich bewundere euch beide, dich und Yves, sehr, wie ihr zusammenlebt«, sagte er. »Ihr seid das einzige erfolgreiche Beispiel einer Ehe, das ich kenne.«
Wieso nicht immer leicht? Erfolgreich in welcher

Hinsicht? Vor allem nicht danach fragen. Aber Jacques bohrte weiter, ohne zu ahnen, daß er den Damm durchstieß, der mich schützte.

»Ich möchte dir eine indiskrete Frage stellen: Bist du wie Simone de Beauvoir, du weißt schon ... in *L'Invitée?* Sind Yang und du ... hm ...«

»Spinnst du?«

Das war alles, was ich herausbrachte, bevor die Flutwelle über mich hereinbrach, die mich zugrunde richten sollte. Ich stemmte mich dagegen mit all meinen Kräften. Dabei hatte ich nur eine Sorge: Jacques möge nicht erraten, daß ich nichts wußte. Im übrigen wußte ich ja, aber ich wußte nicht, daß ich wußte. Es gibt zahllose Ödipusse in den Ehen, die sich die Augen ausreißen oder blöd stellen, um einem unhaltbaren Problem auszuweichen. Und das funktioniert bis zu dem Tag, an dem ...

Dieses Restaurant, was für eine Hölle! Fast hätte ich alle viere von mir gestreckt. Es gelang mir, den Schein zu wahren, und Jacques, der jetzt alles verstanden hatte, brachte mich sehr schnell nach Hause. Wäre Yves in dieser Nacht in Paris gewesen, hätte ich geschrien: »Mach das nicht, es tut mir zu weh ... Ich flehe dich an, verzichte auf die Hälfte deines Lebens ... Wähle: sie oder ich ...« Alles, was wir geschworen hatten, uns niemals zu sagen! Glücklicherweise habe ich es nie fertiggebracht, am Telefon

ein Gefühl auszudrücken. Außerdem hatte ich Yves' Adresse nicht, er hielt sich jeden Tag in einer anderen Stadt auf. Also schrieb ich an Yang. Ich wollte, daß sie litt, auch sie, und daß eher *sie* Yves die Worte sagte, die ich hätte schreien wollen …
Als er heimkehrte, wartete ich, daß irgend etwas geschehe. Aber es kam nichts; sie war hart im Nehmen. Jeden Morgen beim Aufwachen dachte ich an Yves und an Yang, und es war, als bekäme ich einen Eimer kaltes Wasser über den Kopf, dann aber mahnte ich mich zur Vernunft: Yves liebt mich; er weigert sich, mich zu verlassen; was uns verbindet, bleibt wichtiger als das Trennende; ich langweile mich nie mit ihm, und auch wenn man ihm den Pimmel abschnitte, würde ich liebend gern mit ihm leben. Also? Also ging alles weiter. Ich habe den Eindruck, in diesem Jahr meinen Teil der Zeche bezahlt und unbegrenzten Kredit erhalten zu haben. Yves kann seither viel leiden, ohne diesen Kredit zu überziehen. Ich glaube übrigens nicht, daß er leidet: Es ist schlimmer. Er hilft dem Zusammenbruch seiner Illusionen. Yangs Selbstmord hat die Wahrheit ans Licht gebracht – er hatte die Übersicht verloren und geglaubt, Yang genügend Glück zu schenken, ohne mir zuviel davon wegzunehmen. Alles steckt in dieser stets in Bewegung befindlichen, nie gelösten Gleichung, was immer Yves sagen mag. Und

diese späte Erkenntnis flößt ihm Entsetzen ein. Auch wir sind diesen schmutzigen, trostlosen Gesetzen unterworfen, gerade auf sie stützen sich die Gefühle, die die großzügigsten sein sollten. Diese Fehleinschätzung hat Yves diese so starke Freude am Leben und an den Lebenden genommen, die, wie ich glaube, das Beste an ihm war. Wie kann man weiterleben ohne sein Bestes? Er ist niemandem böse, er liebt mich noch, aber es ist nicht mehr derselbe Mann, der mich liebt. Er sieht, wie ein junger Mann in ihm stirbt, der junge Mann, der er gewesen ist, der viel mehr bedeutete als bloß seine Jugend – er verkörperte die Forderungen, die er, Yves, an das Leben stellte, damit es für ihn erträglich sei.

Yves leidet wie ein Tier: Er gleicht einem verletzten Hund, der nicht versteht, daß die Welt so grausam sein kann. In diesen Momenten ist er unfähig, sich auszusprechen, jeder Gedanke ist blockiert, an einem toten Punkt blockiert, in einem Verteidigungsreflex, und Yves sehnt sich nach einer Höhle, in die er sich verkriechen, wo er schlafen kann. Wieviel er doch schläft seit einem Jahr! Sein Körper plagt sich, krank zu werden, nur damit er beschäftigt ist. Wenn keine Krankheit verfügbar ist – ein seltener Fall –, wird Yves von ungeheurer Müdigkeit befallen. Was ist er doch müde seit einem Jahr! Das bringt ihm eine Generaluntersuchung ein, beim Internisten und sogar beim Gerontologen, denn man leidet heutzutage sehr schnell an seinem Alter. Der eine oder der andere verschreibt ihm dann eine lange Reihe weiterer Untersuchungen, und Yves gibt hohe Summen aus, um zu erfahren, daß er den Organismus eines Sechsundvierzigjährigen hat, zuviel raucht, daß er jeden Tag gerade so viel Alkohol konsumiert, wie er braucht, um sein Magenleiden zu verschlimmern, daß die Stadtluft schädlich für ihn ist und daß in seinem Fall sportliche Betätigung angezeigt wäre, wie bei allen Sechsundvierzigjährigen, die in einer Großstadt rauchen, trinken, arbeiten und alt werden – mit einem Wort: normal leben. Man rät ihm zum Kauf eines Heimtrainers, den er dreimal benützt, oder zur Einnahme von Gerontix, dessen Name allein einen schon vor Gram altern macht. Jedenfalls weiß Yves sehr gut, was ihm fehlt. Aber wir sagen nie, daß die »Affäre ein für allemal geklärt werden müßte«, denn wir wissen, daß es, wenn überhaupt, nur schmerzliche Klarheit geben kann, daß wir auf unseren Positionen beharren, weil sie keine Theorie sind, sondern unsere Substanz selbst; und weil es eigentlich keine Affäre gibt – es handelt sich um die ständigen Wechselfälle in zwanzig Jahren gemeinsamen Lebens, in denen wir so stark miteinander verflochten waren, daß die Worte »Verantwortung« oder »Fehler« absolut nichts bedeuten.

Unglücklicherweise ist es aber in der Zweierbeziehung so, daß man um so weniger redet, je weniger man geredet hat. Es war an der Zeit für uns, aus diesem Räderwerk herauszukommen. Jacques, unser Zahnarzt und trotzdem unser Freund, kannte jemanden, der den Film, von dessen Realisierung auf Tahiti Yves ohne große Hoffnung träumte, produzieren konnte. Iris hatte Lust, das Risiko einzugehen, und sie hatte auch genug Geld zu verschleudern. Alex wollte im Roten Meer fischen und Indien sehen. Iris' Sohn Ivan wollte unter Analphabeten leben, wahrscheinlich deshalb, weil sein Stiefvater sich zwar seit zehn Jahren der Alphabetisierung Togos widmete, es ihm aber nicht gelang, seinen einzigen Sohn erfolgreich durch die Schule zu schleusen. Der Film wurde auf diese Weise durch die verschiedensten Zusätze bereichert, durch Koproduzenten und diverse Teilnehmer; er wurde, wenn schon nicht eine sichere Sache, so doch ein unverhofftes Mittel, für sechs Monate auszubrechen, ohne einen Groschen dafür auszugeben. Eine Gelegenheit, die nicht zu ergreifen *sträflich* gewesen wäre, hatte Yves gesagt und mir anbefohlen, das Unterrichtsministerium um einen sechsmonatigen unbezahlten Urlaub zu ersuchen.
»Ist dir klar, was für eine Chance sich uns da bietet?« wiederholte er. »Ans Ende der Welt fahren,

alle beide, und vielleicht viel Geld verdienen dabei ...«
»Du verteilst die Haut des Bären, bevor du ihn gefilmt hast!« sagte ich zu ihm, die ich grundsätzlich zurückhaltend bin angesichts von Glücksfällen, obgleich ich sehr wohl weiß, daß das Glück nur dem hold ist, der daran glaubt. Aber auch auf die Gefahr hin, meine Gelegenheit zu verpassen, weigere ich mich, daran zu glauben, da ich der Glücklosigkeit stets so etwas wie einen moralischen Wert zugestand, als wäre sie das Markenzeichen einer charakterlichen Überlegenheit, und ich grollte Yves immer wegen der Gunstbezeugungen, die ihm die Vorsehung zuteil werden läßt, als wären sie das Resultat einer Kompromittierung. Die Geschichte mit dieser Reise war allzu märchenhaft, um echt zu sein ... und ich ließ keine Gelegenheit aus, sie schlechtzumachen, um diesen ewigen Optimismus zu zerschlagen, um Yves' Schutzengel Kontra zu geben, der ihn im entscheidenden Moment ein Treff-As aufdecken oder mitten in der Nacht in einem Dorf mit fünfzig Einwohnern einen Jugendfreund treffen läßt, um ihn aus einer mißlichen Lage zu befreien. Ich bin seine Kassandra geworden, die ihm mit boshafter Freude ankündigt, daß morgen sicherlich ein Sauwetter sein werde, daß sein Auto komische Geräusche von sich gebe, die Steuern erhöht würden oder daß Pauline

irgendeinen Kümmerling heirate, den wir sein ganzes Leben lang erhalten müßten. Bei diesem Spielchen ist das Meer mein bevorzugtes Operationsfeld, denn es übertrifft immer die ärgsten Prognosen: Man kann sich auf den Grundsatz verlassen, daß dort immer schlechtes Wetter herrscht, und zwar die Art von schlechtem Wetter, die einen am meisten stört bei dem, was man gerade vorhatte.
Ich stelle fest, daß die Meteorologen mir auch diesmal recht geben. Regelmäßig bekommt man zu hören, daß man dergleichen noch nie gesehen habe, daß man zum erstenmal seit 1883 ein solches Wetter beobachte. Glauben Sie es nicht. Deuten Sie ein spöttisches Grinsen an, und blicken Sie der Realität ins Auge: Auf See ist das Seltene häufig. Wenn Sie ostwärts fahren, bläst der Wind stets voll von Osten her. Wenn Sie es so eingerichtet haben, daß Sie den Indischen Ozean vor den Monsunregen überqueren, dann setzen diese dieses Jahr drei Wochen früher ein. An dem Tag, an dem Ihr Segel beim Flicken ist, fällt Ihr Motor aus, und in dem Moment, in dem Ihr Ruder geborsten ist und Sie versuchen, mit den Überresten ans Ufer zu paddeln, erhebt sich plötzlich ein Sturm, der genauso lange dauert, wie Sie brauchen, um völlig ausgepumpt das Festland zu erreichen. Die Schäkel aus Schwedenstahl gehen als erstes kaputt; die verzinkten Ketten rosten als erste, kurz, das

Unwahrscheinlichste geschieht am öftesten. Merken Sie sich eines: Das Meer ist das herrlichste aller Ekel. Und es wartet nie damit, Farbe zu bekennen.

Wir hatten noch nicht die Anker gelichtet, als Patricia bereits seekrank wurde, und achtundvierzig Stunden später war keiner von uns mehr imstande, in den Speiseraum zu gelangen. Am ersten Tag wollten wir uns Ölzeug anziehen und uns auf dem Vorderdeck anspritzen lassen: Die ersten Wellen machen immer Spaß. Wir vergaßen einfach, daß die *Moana* kein Schiff war, sondern ein Bulldozer, der das Meer mit fünfzehn Knoten die Stunde durchfurchte, ohne Rücksicht auf dessen Oberfläche. Yves bekam die bronzene Glocke aufs Schienbein, und eine übermütige Woge entriß Alex den Fotoapparat.

»Wir haben Sturm«, stöhnte Iris, obwohl es nur eine frische Brise war.

Um uns ein Schnippchen zu schlagen und uns sofort einen rechten Vorgeschmack auf das Kommende zu geben, frischte der Wind am nächsten Tag auf. In Stadtkleidung in dem großen, mit englischem Chintz ausstaffierten Salon sitzend, nahe am Kamin, in dem unentwegt die künstlichen Holzscheite glommen, sahen wir aus wie Gäste von *Maxim's*, die von einer Sturmflut überrascht wurden und sehr ungehalten sind. Iris wurde sichtlich immer wütender, weil sie nicht den Manager herbeizitieren konnte, um ihn aufzufordern, diese Blödheiten unverzüglich abzustellen. Das ist sie, die Macht des Meeres: Es schert sich nicht um die Reichen, die Luxusdampfer und die perfektionierten Maschinen. Bestenfalls toleriert es sie. Eine Vorzugsbehandlung gibt es nicht.

Ein Zimmermädchen kam und befestigte unsere Fauteuils auf dem Boden, entfernte alle Nippsachen von den Regalen und verteilte Travellin-Rationen, trotz unserer Proteste. »Und wenn wir schlafen gingen?« schlug Alex zur allgemeinen Erleichterung vor, obwohl es kaum neun Uhr war. In der Tat – wozu kämpfen? Da die *Moana* mit Hilfe einer qualifizierten Besatzung ganz von alleine fuhr, zwang uns nichts, Würde vorzutäuschen, und wir verschwanden in unsere Kabinen, deren Boden unter unseren Füßen nachgab. Ein Bad zu nehmen kam gar nicht in Frage, denn das Wasser in einer Badewanne – im Gegensatz zu dem des Meeres – trachtet hartnäckig danach, horizontal zu bleiben und sich von den Bewegungen des Schiffs unabhängig zu machen. Wenn die Badewannen sich neigen, bleibt das Badewasser einfach in der Luft hängen.

Am dritten Tag, als niemand die geringste Lust zeigte, das Bett zu verlassen, wurden vom unerschrockenen Personal – man hörte, wie die Leute in den Gängen von einer Wand zur anderen geschleudert wurden – Tabletts an die mit Eßbrettchen ausgestatteten schaukelnden Kojen gebracht. An diesem Tag gelang es mir noch zu essen. Aber das Meer hatte sein Spiel mit uns noch nicht beendet: Am Abend wurde Windstärke zehn gemeldet. Keine Rede mehr von Schlafen oder Lesen, keine Rede von irgend etwas; ich klammerte mich bloß an die schlingernden Bretter und wartete, daß die zahllosen Stunden vergingen, die den Wogen ähnlich waren, während ich mich fragte, ob ich mich übergeben oder essen sollte, ob es zu kalt sei oder zu heiß, ob ich noch eine Tablette nehmen, Pipi machen, mich mit Eau de Cologne besprengen oder die Augen schließen sollte, um zu sterben, da doch alles und alle gleichgültig und gleich uninteressant zu sein schienen. Tauchte das Schiff ins Wellental, so fühlte ich mich leicht wie fünfzig Kilo Federn, und ich trieb in einem Leerraum, mehrere Zentimeter vom versinkenden Bett entfernt. Hatte ich dann endlich den tiefsten Punkt erreicht, schwer wie fünfzig Kilo Blei, traf ich auf die Matratze, die sich von ihrem Platz erhob, ohne sich um mich zu kümmern.

Nein, ich bin nicht seekrank, sondern es ist etwas Tückischeres, eine Welle in der Seele, Wellen in der Seele, die die scheußlichsten Gedanken vom Grund meines Seins aufwühlen. Der Sinn meines Daseins auf Erden? Plötzlich entdecke ich voll Entsetzen, daß ich keinen habe. Und schon gar nicht auf See! Bin ich denn auf See? Ist es Tag oder Nacht? Seit Stahlläden vor unsere Luken geschraubt wurden, bin ich nur mehr ein bedauernswertes Versuchstier, eingesperrt in eine Eisenkiste, die von einem Wahnsinnigen geschüttelt wird. Nach vierundzwanzig Stunden metaphysischer Ängste, die mir wie Übelkeit in die Kehle steigen, kann ich nicht mehr: Ich muß Yves aufwecken, der seit bald zwei Tagen den Schlaf des ungerechten Seemanns schläft, dort hinten, auftauchend und verschwindend hinter den Pfosten seines Bettes, als paare er sich im Zeitlupentempo mit dem Meer.

»Ein Leck! Alle Mann an Deck!«

»Wie? Was?« schreit Yves und fährt hoch. »Was willst du?«

»Wir haben ein Leck, alle Mann an Deck«, sage ich ruhig und habe nicht einmal die Kraft, mir was Besseres auszudenken.

»Irrsinnig komisch«, meint er. »Geht es über deine Kräfte, jemanden schlafen zu lassen?«

»Verzeih, Liebster, aber du hast gehustet, und ich habe geglaubt, du bist wach.«

»Ist es zehn Uhr abends oder morgens?« fragt Yves, nachdem er auf seine Uhr gesehen hat.

»Morgens natürlich! Du schläfst seit achtunddreißig

Stunden! Wir haben die Straße von Bonifacio passiert, den italienischen Stiefel umfahren …«
»Und wie war das Wetter?« fragt das Windspiel, völlig aufrichtig.

5
Toulon – Piräus: 1004 Meilen

Geblendet von der Sonne, wie Tiere, die aus dem Winterschlaf erwachen, krochen die Passagiere der *Moana* aus ihren Höhlen. In jeder Kabine hatten dieselben Ursachen dieselben Wirkungen hervorgerufen, und jeder fühlte sich plötzlich ganz unerklärlich aufgekratzt nach diesen drei Tagen der Prüfung und schrieb das brüske Wiedererstarken seinen tief verankerten Seemannsqualitäten zu. Keiner bemerkte sofort, daß die Dünung weniger stark war; argwöhnisch betrachteten sie das Mobiliar, das soeben drei Tage lang verrückt gespielt hatte ... aber heuchlerisch war es wieder zur Einrichtung eines Palastes auf dem Festland geworden und erinnerte sich an nichts. Also verließen sie festen Schritts das Bett und begaben sich an Deck, um irgendeine glaubwürdige medizinische Begründung zur Rechtfertigung einer so langen Abwesenheit aufzutischen. Das Wetter wurde nur so nebenbei erwähnt, wie aus Versehen. »Sie wissen, wie das ist, man fährt total erschöpft

von Paris weg ... Übrigens, es war eine ganz nette Brise, nicht wahr?«
»Ein ordentliches Lüftchen. Und das Mittelmeer ist rauher, als man denkt.«
»Und dann, finde ich, ist das Stampfen unangenehmer als das Schlingern«, sagt wohl irgendeiner, jenem allgemeingültigen Gesetz folgend, demgemäß man die Prüfung, die man nicht durchgemacht hat, als weniger hart empfindet.
»Mir spielt der Magen manchmal Streiche ...«
Das hinterlistige Mittelmeer, im Augenblick eingezwängt zwischen den Steilufern des Kanals von Korinth, lachte in all seiner Bläue und sagte sich, daß es seine Leute auf der anderen Seite schon wieder erwischen werde.
Der Sturm hatte Patricia durchgerüttelt. Die fadsandfarbene Hose schien an ihren Hüftknochen zu hängen. Nur die feuerrote Mähne, die wie Schaum war – luftig und irgendwie abstoßend, sie erinnerte an Altmännerbärte –, zog die Blicke auf sich und löste den krankhaften Wunsch aus, sie anzufassen. Jacques, der daran dachte, wie wenige Meilen gemeinsamen Lebens noch vor ihnen lagen, fühlte sich edelmütig und nahm seine Frau bei der Schulter – sofort hielt sie ihm den bitter schmeckenden Mund hin. In Patricias Welt gab die Ehe automatisch das Recht auf den Mund, ein Recht, das sich bald in eine

schale Verpflichtung verwandelte, die erfüllt werden mußte – beim Aufstehen, beim Schlafengehen, auf Bahnhöfen, Flughäfen, bei Versöhnungen und in Momenten der Rührung. Was blieb für die Ekstase als wiederum der Mund? Jacques drückte den seinen geräuschvoll darauf, um den kindlichen Aspekt dieses Kusses deutlich zu unterstreichen. Seine Frau war für ihn nach dem Infarkt eine durchsichtige Gestalt geworden, zeitlich sehr weit weg und von der anderen Seite seines Infarkts her kaum mehr wahrnehmbar.

Er nahm eine Olive, um einen anderen Geschmack im Mund zu spüren.

Nicht ahnend, daß sie in Ungnade gefallen war, erzählte Patricia der Runde von ihrem Erbrochenen und was sie erbrochen hatte, als sie nichts mehr zum Erbrechen in sich gehabt hatte.

»Galle, reine Galle!« wiederholte sie beharrlich, und es tat ihr sichtlich leid, keine Probe davon aufgehoben zu haben, zum Beweis. Sie gehörte zu den Frauen, die in den Salons ebenso gern von ihrem Inneren, insbesondere von ihren Geschlechtsorganen, berichten, wie jemand anderer von Korfu oder Dscherba. Da sie nicht viel gereist war, wenig las, sich weder für Politik noch für Sport oder Wissenschaft interessierte, blieb ihr Leben als Hausfrau und Gebärerin das einzige Heldenlied, das sie vorzutra-

gen wußte. Ihr Austerlitz, ihre Marneschlacht, ihr Waterloo, das waren die Entbindungen, Übersiedlungen und Fehlgeburten. Wie ein General, der alles in seinem Leben nach seinen Feldzügen datiert, nahm sie auf ihren Bauch Bezug, um die geringfügigen Ereignisse ihres Ehelebens einzuordnen.
»Es war nach Jean-François, daß wir unser Landhaus gekauft haben, als ich *meinen* Gebärmuttervorfall hatte, erinnerst du dich, Jacques?«
Jacques haßte diese Erinnerungen, er schauderte bei der Vorstellung, daß der Bauch seiner Frau von abgelösten Gewebefetzen übersät sei.
»1949 war es, daß wir keinen Urlaub machten, nein, 1950, denn damals hatte ich *meinen* Blutsturz, erinnerst du dich, mein Häschen?«
»Ja, ja, Liebste«, antwortete Jacques hastig, um genauere Schilderungen zu unterbinden; dann wandte er sich wieder Yves oder Alex zu, um dieser Art von Gespräch zu entgehen, die er, wie alle seine Geschlechtsgenossen, nur schwer ertrug.
Blieb die weibliche Zuhörerschaft, die Patricia für wohlgesinnt hielt. So gelang es ihr, die Gesellschaften, die sie besuchte, zu spalten, indem sie die mit Busen ausgestatteten Menschenwesen hinderte, sich in die Gespräche der Busenlosen zu mischen; für sie nämlich war es sonnenklar, daß diese beiden Kategorien nur höfliches Interesse heucheln konnten,

wenn sie gezwungen waren, der anderen Gruppe zuzuhören. Iris, die aus verschiedenen Gründen nur Männergesellschaft mochte, freute sich, daß Patricia die *Moana* in Bombay verlassen mußte; »wegen der Kinder«, wie Patricia mit geschäftiger und zugleich hilfloser Miene sagte. »Das ist nur natürlich«, antwortete Iris mit einer Ironie, die Patricia niemals wahrnahm.

Der Sturm hatte Iris in schlechte Laune versetzt; man brauchte wirklich nicht so viel Geld zu haben und eine Vergnügungsreise zu unternehmen, um sich durchbeuteln zu lassen wie ein gewöhnlicher Auswanderer. Die grelle Sonne dieses Dezembermorgens ließ es nicht zu, daß auch nur ein einziges ihrer fünfzig Jahre im Schatten blieb, und der zu leichte Morgenmantel aus rosa Nylon war unvorteilhaft bei ihrem dunklen Teint. Sie kam in das beängstigende Alter, in dem eine noch schöne Frau, die Ansprüche stellen kann, sich manchmal von einer Stunde zur anderen in ein altes Weib verwandelt – die Blicke streifen sie, ohne aufzuleuchten. Dieser zweite Zustand wurde bei Iris allmählich der endgültige. Nur noch für kurze, herzzerreißende Augenblicke wurde die schöne Frau sichtbar.

Die Haut schlaff von den Abschminkcremes, ohne falsche Wimpern, Schmuck und andere magische Accessoires, sah Iris mit ihrer Zigeunermähne aus

wie eine Zauberin, die ihre beste Zeit hinter sich und keine Geheimnisse mehr hat. Morgenmäntel sehen nur an blutjungen Mädchen hübsch aus. Dennoch hatte Alex seine Frau so lieber, wenn sie gewissermaßen schutzlos, wehrlos war. Sie rührte ihn immer, wenn sie ein wenig zerknittert aufwachte, vom Leben hart angefaßt, und erinnerte ihn paradoxerweise viel eher an die leidenschaftliche junge Frau mit den durchgeistigten Zügen, die er vor fünfzehn Jahren geheiratet hatte. In diesen Momenten verspürte er Lust, sie in die Arme zu schließen. Aber er ahnte, daß sie angespannt war, ungeduldig, sich hinter einen Schutzwall aus Tuben, Tiegeln oder Spraydosen zu flüchten, ins Badezimmer zu fliehen, das einem Operationssaal glich, um diese mühselige Geburt einzuleiten, die ihm jeden Morgen eine gepanzerte Fremde bescherte. Wie sollte er ihr gestehen, daß er den feuchten und kindlichen Geruch ihres Halses, wenn ihr heiß war, den schweren Düften ihrer Parfums vorzog? Daß er keinerlei Lust verspürte, Miss Dior oder Madame Rochas zu umarmen, sondern nur eine Frau, die seinen Namen trug und ihren eigenen Geruch hatte? Jedenfalls fühlte Alex sich außerstande, Iris diese Angst vor dem Altern zu nehmen, die ihr jetzt jede Stunde des Lebens vergiftete.
»Du glaubst wohl, daß es tröstlich ist, mit dir zu leben«, sagte sie öfters zu ihm, »aber du bemerkst

nie, wenn ich ein anderes Kleid trage oder anders frisiert bin. Nicht einmal, wenn ich die Haarfarbe ändere!«

»Warum willst du immer getröstet oder beruhigt werden? Ich hab' dich ein für allemal meiner allerbesten Gefühle versichert. Ich stelle sie nicht alle Tage wieder in Frage.«

»Aber wenn ich mich doch ändere«, schrie Iris, »warum ändern sich nicht auch deine Gefühle?«

»Wir alle ändern uns, gewiß, aber Gott sei Dank ändert sich unser Geschmack nicht. Und wenn ich dich eines Tages nicht mehr liebe, dann nicht wegen deiner Haarfarbe.«

»Weswegen also?«

»Wenn ich das wüßte, dann würde ich dich schon nicht mehr lieben, meine arme Iris.«

»Ich flehe dich an, nenne mich nicht ›meine arme Iris‹.«

Was würde aus seiner armen Iris werden, seiner Gemahlin, wie er sie liebevoll nannte, in den kommenden Jahren, die ihr nur Anlaß zu Mißvergnügen geben würden? Wie würde sie diese Reise ertragen, die leicht verführbaren Mädchen der Inseln, sie, deren Schönheit um so weniger sichtbar wurde, je weiter sie sich von Paris entfernte? Es war mit ihr wie mit gewissen exotischen Andenken – Berberschmuck oder japanische Nippesfiguren –, die man

an Ort und Stelle im ersten Erstaunen kauft, die beim Zoll schon lächerlich wirken und zu Hause schlicht und einfach unbrauchbar sind. In Athen würde sie noch angehen; in Indien würde sie grotesk werden, auf Tahiti wie ein Besenstiel wirken: Was sollte sie auf Tahiti mit sich anfangen?
Alex fand plötzlich, daß seine Frau in ihren rosa Schleiern das tragische Antlitz der Medea hatte, ein Gesicht, das bereit war für Katastrophen.
Wenn man ans Ende der Welt fährt, dann wirkt Griechenland beinahe wie ein Vorort. Athen kam auf sie zu, weiß und vertraut im Licht der untergehenden Sonne, und Alex, Yves und Marion war es, als kehrten sie zurück zu ihren Ursprüngen. Wer in der Jugend Griechisch gelernt hat, fühlt sich hier nicht ganz und gar fremd. Diese drei gehörten jener zum Aussterben verurteilten Bruderschaft an, die die Namen der Musen besser kennt als die der Beatles und deren Mitglieder einander wie Komplizen zulächeln, wenn eines von ihnen zitiert: *ouk elathon polin*, und sich sehnsüchtig an Aorist, *Spiritus lenis* und *Spiritus asper* erinnert: Die Absolventen des humanistischen Gymnasiums aus der Zeit, in der man mit Rhetorik begann, um mit Philosophie zu enden, blieben für den Rest ihres Lebens von dem bittersüßen Gefühl durchdrungen, die letzten Anhänger eines Bildungsideals zu sein, das veraltet sein muß in einer

Zivilisation, die sich bald über die Zeitenfolge, die Übereinstimmung der Partizipien und jene Orthographie lustig machen würde, die sie so mühevoll erlernt hatten und die zu kennen ihnen solche Freude bereitete. Ihre Väter und Großväter hatten ihnen ihre Wörterbücher, Vorlieben, all diese kulturelle Folklore, das *De bello Gallico* oder das *De viris illustribus*, ihre Losungswörter, die beiden gleichen Verse der Äneis *Tityre tu patule recubans* ..., den Anfangssatz der ersten katilinarischen Rede und alle ihre Götter und Heroen, den schnellfüßigen Achilles und die eulenäugige Athene, unversehrt überliefert. Daraus bezogen sie die Gewißheit, daß Griechenland irgendwie die Wiege der Familie war, die sentimentale Wiege, denn Rom war ja trotz allem Besatzungsmacht gewesen. Bei den Griechen gab es für sie keine unguten Erinnerungen, da waren nur die Bande des Herzens. Die kleine Antigone war für diese Franzosen eine Schwester der Jeanne d'Arc in ihrer Ahnengalerie, und Agamemnon mit dem üppigen Bart war letzten Endes nur ein älterer Bruder Karls des Großen. Sie aber, sie konnten nichts mehr weitergeben von diesem Schatz. Der Bruch hatte sich nach dem Krieg vollzogen, und ihre Erinnerungen, die gleichsam am anderen Ufer geblieben waren, verblaßten wie ihre Jugend, zusammen mit der alten Welt und der Jugend ihrer Eltern, die ihnen immer

näher rückte, vertrauter wurde als selbst die Jugend ihrer eigenen Kinder.
Sie waren glücklich, zusammen Griechenland zu sehen. »Das Meer, immer wieder neu begonnen ...«, zitierte Alex, »Valéry hat das eigentlich von Homer kopiert. *Atrigetos* – das unendliche Meer. Das ist auch ein schönes Wort.«
»Wunderbar«, meinte Marion. »Da hat sich Xenophon mit seinem *Thalatta, Thalatta!* weniger übernommen!«
»Xenophon war nur ein guter Reporter, kein Dichter«, erwiderte Alex.
»Es stimmt, daß das Meer in Griechenland veilchenfarben ist«, meinte Yves. »Diese Entdeckung rührt mich. Zweitausend Jahre danach trifft es immer noch zu. Als wir bei Homer übersetzen mußten: ›das weinfarbene Meer‹, hielt ich das für dichterische Phantasie, ihr auch? Der Atlantik ist niemals veilchenfarben. Wie hieß es doch in der Odyssee?«
»Also das, mein Alter«, sagte Alex schmollend, was bedeutete, daß er es nicht wußte.
Sie fühlten sich verwandt, und das war gut. Was würden ihre Kinder zueinander sagen, wenn sie die Hügel Attikas sahen?
»Was für eine kleine Stadt«, würden sie sagen. »Ist das die Heimat der Demokratie?« Aber nicht einmal das würden sie wissen. Athen würde für sie die

Hauptstadt eines unbedeutenden Landes sein, umgeben von namenlosen Hügeln.
Für Iris war Athen die Stadt, wo diese griechischen Freunde mit dem sehr schönen Haus auf dem Lykabettos wohnten. Dorthin würden sie alle zum Abendessen gehen. Für Iris bestand die Welt nicht aus Völkern, die man entdecken, und Städten, die man besichtigen konnte, sondern aus Zwischenstationen, an denen sie ihresgleichen traf. Sie gehörte jener Freimaurerei der Reichen an, die eine Reise um die Welt – eine bestimmte Welt – machen konnten und dabei immer nur bei den gleichen Leuten abstiegen, in der gleichen Art von Haus, wo bloß einige Unterschiede in der Pflanzenwelt oder der Hautfarbe des Hauspersonals darauf hinweisen, daß man sich in Mexiko befindet oder in Nepal.
Sechsunddreißig Stunden später sollte die *Moana* Europa verlassen, nachdem sie die beiden letzten Passagiere an Bord genommen hatte, einen Kameramann namens Tibergheim, dem Yves wegen seiner dunklen und sehr kurzen Ponyfransen, die er über die Stirn verteilte, den Spitznamen Tiberius gegeben hatte, und ein Scriptgirl, von dem man als sicher annahm, daß es der zweifachen Bestimmung, die diese Berufsbezeichnung enthielt, gerecht werden würde.
Über die Reling gebeugt, betrachtete Marion versun-

ken diese bereits orientalische Stadt, die letzte *ihres* Kontinents. Nun würde sie die anderen Erdteile sehen, Afrika, Asien, Ozeanien. Sie dachte an die Erdkarte in der Schule, auf der Madame Zuber, die Geographie unterrichtete – sie hatte einen so schweren Knoten blonden Haares, daß alle das ganze Jahr hindurch wie auf ein Fest darauf warteten, daß er sich auflösen werde –, mit dem schwarzen, vierkantigen Lineal herumfuhr und dabei ein Geräusch erzeugte, das sie leicht verwirrte … Und dann diese wunderbaren blau-gelben Karten, die in jedem Klassenzimmer hingen und die bei Prüfungen umgedreht wurden … Bald würden diese Karten lebendig werden.

6

Das Schulheft

Hier dein Kaffee: Es ist Tee.
IONESCO

Betty besitzt diese Leichtigkeit, die allein daher rührt, daß sie in der zweiten Hälfte des 20. Jahrhunderts jung ist. Alles spricht von ihr, verherrlicht sie, arbeitet für sie – die Mode, die Musik, die Comic strips, bis zu den Plakaten an den Wänden in der Metro. Man sieht nur sie; die Frau meines Alters ist verschwunden, ausgelöscht. In der Gestalt dieser jungen Mädchen, die den Zauber der Heranwachsenden mit den Freiheiten der Erwachsenen vereinen, findet die Kultur nun ihren vollkommensten Ausdruck. Daher rührt ihre Art zu gehen, eine ruhige Kühnheit, die wir, die in der ersten Hälfte des Jahrhunderts Geborenen, nie erreichen werden. Junges Mädchen hieß damals soviel wie heiratsfähiges Mädchen. Wir waren nur Wesen des Übergangs, einem einzigen Ziel entgegenstrebend, auf eine einzige Funktion vorbereitet, und diese Konditionie-

rung lähmte uns. Damals herrschte *die* Frau. In Dunkelheit und Schweigen warteten wir darauf, Frauen zu werden. Dann hat uns der Krieg ein großes Stück Jugend weggefressen, und als wir uns als Frauen wiederfanden, hatten die *Mädchen* die Herrschaft angetreten! Wir waren die Gefoppten. Nie waren wir die frechen kleinen Pantherweibchen gewesen, die so sicher wußten, was ihnen gefiel und was nicht, die man ernst nimmt und die uns, *uns*, dazu zwingen, ihnen ähnlich zu sein oder aber zu verschwinden. In dem Alter, in dem ich noch in die Küche geschickt wurde, wenn meine Eltern »Besuch empfingen«, speisen meine Töchter im *Tour d'Argent**, begleitet von Leuten meines Alters, und *ich* warte auf sie in der Küche!
Wie Betty gehört auch Tiberius – Kameramann, ehemaliger Modefotograf und Schöpfer kurzlebiger Berühmtheiten – dieser Herrschergeneration an. Er trägt ein erstaunliches Hemd aus rosa Voile, das aussieht, als werde es zerreißen, sobald er seine schönen langen Muskeln anspannt, und eine Hose, die den Blick raffiniert auf die Geschlechtsteile lenkt, die er in einem winzigen Eckchen versammelt, links selbstverständlich; und da stellt man sie sich nun vor, ganz zusammengekrümmt, weich und

* Pariser Nobelrestaurant

füllig, ein bißchen wie: »Hast du uns auch gesehen …?«
»Eine superbe Kreatur!« flüstert Iris mir ins Ohr.
Der Unterschied ist nur, daß keiner der Männer hier ihm gegenüber Komplexe hat, während wir Frauen uns alle ein bißchen vor Betty genieren: weil wir mehr oder weniger verbraucht sind, uns unerbittlich vom Idealtyp der Menschheit entfernen, weil wir bei unserem Mann – oft aus keinem anderen Grund als wegen unseres Alters – eine Stelle einnehmen, an die viele andere Männer bereits eine Betty gesetzt haben. Eine Betty, die das Leben genauso gut kennt wie wir, die sich aber klare Augen, einen anmutigen Hals, einen frischen Mund und den Körper eines Hermaphroditen bewahrt hat. Wir sehen die Neue ein bißchen an wie Bettlerinnen, vielleicht mit Ausnahme von Patricia, die in ihrer Einfalt an die Gerechtigkeit und an das Glück der Pflichterfüllung glaubt und noch nicht erkennt, daß die Zeit der Liebe sehr kurz für sie gewesen ist. Ach, so kurz!
Die Männer an Bord aber leben auf und werden jünger, selbst Alex der Weise. Und Yves als erster. Bei ihm beginnt der übliche Prozeß, mittels dessen er sich der Neuen bemächtigen wird. Nachdem er die Früheren erobert hat, die er nun als Reserve bereithält, wendet er sich immer und vollständig den Neuen zu – es ist krankhaft. Er beginnt damit, daß er sehr

bald bei Tisch neben ihr sitzt, unabsichtlich natürlich. Wahrscheinlich habe ich ihn dazu gedrängt. Und gerade für den Beruf des Scriptgirls interessiert er sich so sehr. Ah – sie ist Baskin? Also das ist aber interessant; die baskische Autonomie, da weiß er Bescheid, dafür hat er sich stets begeistert. Er kann drei Worte Baskisch. Wo er die gelernt hat? Er summt die baskische Nationalhymne. Wo er die gelernt hat? Ich habe immer das Gefühl, daß er fünf oder sechs Leben lebt zusätzlich zu dem, das er mir widmet. Von den Basken schweift er zu seinem Lieblingsthema »Kelten« ab. Die Bretonen, die Kulturen der Minderheiten, Bekassine, Fischfang mit Schleppnetz, die methodische Ausrottung der bretonischen Sprache, der Jakobinismus des französischen Staates mit seinen Provinzen ... »Er weiß alles«, sagt sich das Mädchen, »und es ist so viel menschliches Verständnis in allem, was er sagt ...« In der Tat, er faßt sie, scheinbar achtlos, am nackten Arm, um seine Überraschung oder irgendein anderes Gefühl auszudrücken, je nachdem, in einer bezaubernd spontanen Bewegung. Nein? Sie kennt XY? Was für ein Zufall! Und so geht das dahin, Schlag auf Schlag, den ganzen Abend lang, Yves ist plötzlich redegewandt, führt eine Unzahl gemeinsamer Freunde ins Treffen, sprudelt über von Anekdoten, zitiert den oder jenen prominenten Autor, mißt dem aber anscheinend keine Bedeutung bei, stellt Fragen, die der Neuen direkt unter die Haut gehen, und ich sehe, wie sie sich förmlich aufbläht vor Dankbarkeit, so wohlverstanden zu sein, und ich sehe ihre Genugtuung, von einem Wesen mit so umfassender Bildung auserkoren worden zu sein.

Das ist die Ausgangsbasis, die Yves sich immer schaffen muß; danach sieht er erst, ob er starten kann. Eine erbliche Belastung drängt ihn anscheinend zum Verführen, ebenso zwingend, wie eine Sonnenblume von der Sonne angezogen wird. Er ist ein besserer Eskimo als die Eskimos, wenn er sich in Grönland aufhält, stottert mit den Stotterern, ist kindliches Katerchen mit den kindlichen Kätzchen, genial mit den Genies und stets so eingestimmt auf seine Gesprächspartner durch gefühlsbetonte Mimikry, daß der Beobachter ganz baff ist.

Wie soll man einen Grashüpfer daran hindern zu hüpfen? Das habe ich mich in den ersten Jahren meiner Ehe gefragt, in denen ich mich frustriert fühlte und ununterbrochen anstrengte. »Ich werde es nie schaffen, Maman hatte recht!« wiederholte ich mir, was soviel heißen sollte wie: »Ich werde es nie schaffen, auf ihn die Macht auszuüben, die er auf mich ausübt; ihm unersetzlich zu erscheinen; er wird mich nie mehr begehren als ich ihn; ich werde es nie schaffen, daß *er* Angst hat, mich zu verlieren, oder

Angst, ich könnte mich mit ihm langweilen.« Und die Jahre vergingen tatsächlich, ohne daß Yves zu leiden schien; er ging gern weg, kam gern zurück, gefiel gerne und hatte es nicht ungern, wenn ich es – allerdings nicht zu sehr! – bemerkte. Er liebte sein Heim, aber er liebte es auch, es zu verlassen – und war bei alldem so glücklich, daß es egoistisch, niedrig, eifersüchtig, kurz unkultiviert gewesen wäre, auch nur die geringste Unzufriedenheit erkennen zu lassen.

»Ich bin vollkommen glücklich mit dir«, sagte Yves. Konnte ich antworten: »Es wäre mir angenehm, wenn du manchmal auch unglücklich wärst?«

Ich gehörte zu jener Generation, die es nicht gelernt hat zu leben, weder als junges Mädchen aus gutem Haus noch als Studentin der Philologie. Als junges Mädchen deshalb nicht, weil meine Eltern mich nicht als selbständiges Wesen betrachteten, sondern nur als künftige Frau und Mutter, die erst dann eine wirkliche und schickliche Existenz hat, wenn ein Wesen männlichen Geschlechts sie aus jenem seltsamen Vakuum befreit, in dem männerlose Frauen bis zu ihrem Tod haltlos dahintreiben. Das Wichtigste in ihren Augen war es, ihrer Tochter »in der Zwischenzeit« ein Leben zu ermöglichen, das sie so wenig wie möglich in irgendeiner Richtung festlegte. Tatsächlich mußte man, wenn der Tag gekommen

war, ohne Schwierigkeit, nahezu unterschiedslos, Frau eines Arztes, Wissenschaftlers, Ingenieurs oder Militärakademikers werden können. Die Wahl des Studiums erwies sich daher als heikel, und die am wenigsten konkreten Fächer empfahlen sich vor allen anderen. Absolut gesehen, das heißt unter der Annahme, daß ich mich als normalen Menschen betrachtete, hätte ich, ohne zu zögern, Medizin gewählt. Ein sanfter, aber unnachgiebiger Druck hielt mich von diesen sieben Studienjahren ab, die, so versicherte man mir, ein gewisses Handikap bei der Ausübung meines Berufs als Ehefrau darstellen würden. Liebevoll stieß man mich in Richtung Sorbonne, da ein oder zwei Zeugnisse der Fachrichtung Philosophie – »in der Zwischenzeit« – ein junges Mädchen noch nie daran gehindert hatten, sich zu verheiraten. Unglücklicherweise wurden daraus »in der Zwischenzeit« ein Studienabschlußzeugnis in Klassischer Philologie und ein weiteres Diplom der Höheren Studien, bevor ein Kandidat mit ausreichenden Garantien vom Familientribunal genehmigt wurde. Es war Zeit: Das Gespenst der Lehramtsprüfung, das bekanntlich die alten Jungfern mit Brille zeugt, verfolgte bereits meine Eltern.
Die Erinnerung daran, ein Stück Vieh auf dem Markt gewesen zu sein, auf das sich die Käufer nicht schnell genug gestürzt hatten, obwohl es von seinen

Hütern fein herausgeputzt worden war, hinterließ in mir auf Jahre hinaus so etwas wie eine bissige Demut den Männern gegenüber.
Auch als Studentin hatte ich das Leben nicht kennengelernt. Heute ist mir klar, daß ich die toten Sprachen gewählt hatte, weil ich das Lebendige fürchtete. Wer unterrichtet, wechselt im Grunde ja nur den Platz in der Klasse, während er im Schutz der gleichen Mauern das Schulleben weiterführt, das ich so sehr geliebt hatte. Ich hatte einen Käfig gewählt, aber um die Außenwelt darin einzusperren. Auch Olivier hüpfte in einem goldenen Käfig herum, in dem der *École normale*, und er konnte sich nicht entschließen, ihn zu verlassen, während er Diplome und Lorbeeren hamsterte. Wir waren einander begegnet, hatten uns verliebt und geheiratet – ein wenig wie Bruder und Schwester: Hatten wir denn nicht die gleichen Ahnen, nämlich die Menschen der Antike? Ich wurde sehr rasch Witwe, noch vor Paulines Geburt, und trotz eines sehr intensiven Kummers war ich plötzlich imstande, die moralische Freiheit und die materielle Unabhängigkeit zu entdecken. Witwe, das war ein ehrenwerter Titel, selbst in den Augen meiner Eltern, beinahe ein gesellschaftlicher Rang! Und wenn die Witwenschaft einigermaßen frühzeitig kommt, kann sie es manchen Überlebenden ermöglichen, endlich ihre Jugend auszuleben.

Befreit von der Vormundschaft meiner Eltern, noch nicht in eine neue Abhängigkeit von einem Ehemann geraten, hatte ich eine Wohnung und einen Beruf, der mich ernährte, und eine kleine Tochter, die mein Bedürfnis nach Zärtlichkeit stillte; ich genoß den einzig möglichen Status der Freiheit, den eine Fünfundzwanzigjährige damals haben konnte.
Nach ein oder zwei köstlichen Lehrjahren wollte ich, als ich mir einen Gefährten suchte, keinen Bruder mehr, sondern einen Mann, der mir ein bißchen angst machte ... Yves' Präsenz übertraf meine Erwartungen und beinahe auch meine Möglichkeiten. Aber er riß mich endgültig aus dieser griesgrämigen Schülerhaftigkeit, die ich mir aus an einen Minderwertigkeitskomplex grenzender Schüchternheit und Bescheidenheit angewöhnt hatte.
Er, der mit sechsundzwanzig bereits in einer spanischen Taverne Gitarre gespielt hatte, Maler, Keramiker, Polarforscher und Regieassistent beim Film gewesen war, verspürte die Notwendigkeit eines soliden Ankerplatzes, der es ihm ermöglichte, nach Belieben herumzusegeln, ohne dabei aber zum Vagabunden zu werden. Er kam in das Alter, in dem man ahnt, daß es sich von nirgendwo so gut weggehen läßt wie von zu Hause. Meine Rauheit, meine Art, mich an Grund und Boden zu klammern, erzeugten bei Yves sowohl eine ständige Oberflächen-

reizung als auch, wie ich glaube, eine unbestimmte Erleichterung.
Nach der Geburt meiner zweiten Tochter, Dominique, und achtzehn Jahren aufregenden, aber mit Fallstricken durchzogenen Lebens, in denen ich hätte draufkommen können, daß ich im Grunde eine hochgestochene Studentin geblieben und eine Frau mit Komplexen war – entgegen dem, was außergewöhnliche Umstände in meinem Leben mich wohl hatten hoffen lassen –, ereignete sich eines dieser Dinge, die die Besonderheit haben, ein Leben zweizuteilen; und jene, die dieses Leben gelebt haben, definieren ihre Existenz von da an mit den Begriffen *vorher* und *nachher*. Für mich war dieses Ereignis Yangs Selbstmord.
Yves drehte gerade einen abendfüllenden Film über Island, als es geschah. Yang war seit langem unsere Freundin gewesen, Yves' Freundin war sie seit vielleicht drei Jahren. Yangs Concierge rief natürlich bei uns an, wir waren ihre einzigen »Angehörigen«: Yang hatte nur während der neun unumgänglichen Monate eine Mutter gehabt; ihr Vater, französischer Unteroffizier, hatte das Kind anerkannt und von Indochina mit nach Hause in sein Gasthaus genommen – er hielt es für unnötig, die Nha-que* mitzu-

* Vietnamesisch für »Frau«

bringen, die ihm zwei Jahre lang das Leben in Hué versüßt hatte, die er sich aber nur schlecht in Frankreich vorstellen konnte, in Caen, und außerdem wußte er nicht, wie er sie seinem Vater, einem Rechnungsbeamten im Finanzamt, vorstellen sollte. Er starb im übrigen sehr jung und ließ Yang als Vollwaise zurück. Ich verstehe, daß Yves sie gewählt hatte, an seiner Stelle hätte ich diesem fließenden schwarzen Haar auch nicht widerstehen können; es fiel bis über die Taille hinab und verlieh ihr ein wehrloses Aussehen – ein Eindruck, der durch ihre Schönheit noch verstärkt wurde. »Die natürliche Zierde der Frau«, dachte man beim Anblick dieses Haars. Verglichen mit den schwarzen, funkelnden Halbmonden zwischen ganz leicht geschwollenen Lidern, mußten ihm meine derben westlichen Augen rund und rotgeädert erscheinen. Ihre weichen, mageren Hände, die mondblasse Haut, diese Jugend, die der Zeit nicht unterworfen zu sein schien, all das stellte für mich die Quintessenz der Weiblichkeit dar, die andere Frauen bäurisch oder vulgär aussehen ließ. Nach dem Kodex der Ehrenlegion erzogen, hatte Yang von »unseren Vorfahren, den Galliern« gelernt, aber sie barg für alle sichtbar den Schatz einer anderen Rasse in sich, der sie rührend und zugleich kostbar machte wie eine Schrift, deren Geheimnisse niemand mehr entziffern kann.

Ich mußte den winzig kleinen Körper ins Krankenhaus begleiten. Im Sterben war Yang plötzlich sehr gelb geworden, so als hätte die Heimat sie endgültig wiedergeholt. Auf dem Bett liegend, röchelte sie noch, als ich kam, und diesmal hatte sie nicht daran gedacht, die Vergrößerung des Fotos von Yves und sich von ihrem kleinen Nachttisch zu entfernen, das ich genau drei Jahre zuvor aufgenommen hatte. Oder hatte sie es vielleicht absichtlich dagelassen? Vielleicht hatte sie auch das Bedürfnis gehabt, es anzuschauen, um zu sterben? Es war an Bord unseres ersten Bootes gewesen, der *Va-de-bon-cœur*, und Yves lachte darauf, den Kopf der Sonne entgegengereckt, vielleicht weil Yang damals begann, ihn zu lieben: Er hatte ein Seemannsgesicht aufgesetzt, das immer viel aufregender war als sein Stadtgesicht. Während ich auf den Krankenwagen wartete, beugte ich mich über die beiden Gesichter auf dem Foto. Ich bin immer diejenige, die fotografiert, und wenn man unsere Alben anschaut, in denen es kein einziges Bild von mir gibt, bekommt man den Eindruck, als verbringe Yves seine Ferien immer mit anderen Damen! Dieses Foto hatte ich vom Bug des Bootes aus aufgenommen, ich erinnerte mich sehr gut; ich lehnte mich an den Mast, und in diesem Augenblick wurde noch nichts gespielt, alles begann sich erst anzubahnen, ohne daß ich es wußte. Ein Hund hätte

es wahrscheinlich gespürt, aber Menschen haben nicht mehr den geringsten Instinkt für diese Dinge, sie überlegen: Die Ehe darf kein Abbruchunternehmen werden. Wie wahr, mein lieber Yves. Daher:
»Liebe Yang, kommen Sie doch an einem dieser Tage zu uns zum Mittagessen, Yves wird sich freuen, Sie zu sehen …«
»Yang, Kleine, wie wär's, wenn du mit uns zum Skilaufen mitkämst?«
»Yang, Liebling, ich fahre für zwei Tage nach Lyon zu einer Vorführung meines Films, was hältst du von der Idee, mich zu begleiten?«
»Hallo, meine Liebste? Ich habe gerade eine Stunde frei, kann ich kommen?«
Und dann war's geschehen! Von Yangs schönem Gesicht auf dem Foto, voller Freude und idiotischer Hoffnungen, der Übergang zu dieser Gestalt, die quer über das Bett hingestreckt lag und starb wie im Film, eine Hand herabhängend, mit wirrem Haar.
»Was für eine blöde Kuh!« sagte ich plötzlich laut, ohne genau zu wissen, ob ich Yang damit meinte oder mich selbst. »Was für eine eklige blöde Kuh!« Und als hätte dieses Wort Schleusen geöffnet, brachen lange aufgestaute Gefühle hervor, fluteten nach allen Seiten: Mein Verständnis für die Situation, mein Mitleid mit Yangs Einsamkeit, die »Kultiviertheit«, die Yves an mir schätzte, die Ironie, mit der es

mir bisher gelungen war, die Dinge zu betrachten, das Gefühl, trotz allem am besten weggekommen zu sein – all das wurde von einer Welle wohltuenden Zorns weggeschwemmt. Innerhalb eines Nachmittags verwandelten sich die Überlegungen, die mich so nachhaltig von der Notwendigkeit, alles einzustecken, überzeugt hatten, in trügerische Argumente. Ich fühlte mich unfähig, einen Tag länger zu leiden, ohne es Yves ins Gesicht zu schreien, ohne alles in unserem Leben zu zerschlagen. Wenn Yang überleben sollte … nun, von dieser Seite durfte man ja das Schlimmste erwarten. Ich empfand plötzlich eine boshafte Freude.

Während Yang, geboren in Hué, in einem Pariser Hospital im Todeskampf lag, begann ich – unter dem Vorwand, Personalausweise zu suchen, die bald niemanden mehr ausweisen würden –, die winzige Wohnung zu durchwühlen. Es war wirklich der Zufluchtsort einer alleinstehenden Frau. Man erkennt sie stets an den gleichen Zeichen, diese Heimstätten, in denen kein Mann lebt: zuviel Klimbim in den Regalen, keine Asche in den Aschenbechern, die Klobrille nie in die Höhe geklappt. Seit ihrer Scheidung vor zehn Jahren und dem darauf folgenden Selbstmordversuch war Yang nicht mehr ganz auf die Erde zurückgekehrt. Sie arbeitete bei Comera, Kücheneinrichtungen aller Art, um zu leben, aber sie

haßte ihren Schreibtisch, ihren Beruf, diese vollständigen, vereinten Familien und die Modellküchen. Immer öfter schloß sie sich zu Hause ein in der Zwei-Zimmer-Mansardenwohnung, aus der sie eine Bastion gegen die Realität gemacht und die sie mit nutzlosen oder ihrer Funktion sorgfältig entfremdeten Objekten vollgestopft hatte. Irgendwie war diese Wohnung auch wie ein Museum: Alles erzählte von einstigen Küssen, von verschwundenen oder abwesenden Männern, schalem Glück und verlorener Heimat. Yang fand keinen Platz mehr zum Leben inmitten all dieser Andenken, die sich heimlich über Tische und Regale ausbreiteten wie ein um sich greifender Aussatz – ein Stückchen vom Parthenon-Fries, in einem Augenblick des Glücks aufgelesen, stumpf gewordene Muscheln, leere Zündholzschachteln, vergilbte Fotos, alter Krimskrams, an dem Hoffnungslosigkeit haftet.
Mit einer methodischen Wut riß ich alles auf, stach endlich in den Abszeß. Die Hände zitterten mir, und doch erfuhr ich nichts Neues. Wie anders aber war es, zu *sehen*! Hinter der offiziellen Szenerie für die Freunde entdeckte ich zuunterst in den Laden, unter den Schreibunterlagen, an der Innenseite der Schranktüren, eine zweite, intimere Szenerie, die ganz und gar Yves gewidmet war. Einer Ameise gleich hatte Yang wie besessen sämtliche Gegen-

stände des zwanghaften Kultes aufgehäuft, mit dem sie ihn verehrte: Fotos in allen Größen, Zeitungsausschnitte, Kritiken, Tonbänder mit *seiner* Stimme, Riesenposter, darstellend Yves in Grönland mit einem Eskimopaar (sieh mal einer an, das besaß ich gar nicht), sein Buch über die Fahrten der Wikinger, für die zu interessieren sie sich verpflichtet glaubte, und ein kleines, in Leder gebundenes Notizbuch: Es enthielt Yves' schönste Gedanken, andächtig niedergeschrieben von der Hand seiner Anbeterin, zum Zwecke der Erbauung und um ausgekostet zu werden, wenn es nichts Besseres gab, in das sie ihre Zähne schlagen konnte. Ich fühlte mich vulgär, es war köstlich. Herzlos, auch das war köstlich. Bei ihr wie bei mir gab es Aktenordner, Artikel, Kritiken ... die gleichen, notgedrungen, und dieser Gott, der auf zwei Altären verehrt wurde, erschien mir plötzlich lächerlich. Dann unschön. Und zum Schluß sogar widerwärtig.
Vergeblich suchte ich nach Spuren einer Korrespondenz; Yves schrieb wenig, eher aus Faulheit als aus Vorsicht. Ein einziger Brief lag da herum, sehr kurz, aus Island; er endete ganz einfach mit »Ich küsse Dich«. Es überlief mich heiß, als ich den Brief auseinanderfaltete, und ich bemerkte, daß ich es nicht ertragen hätte zu lesen: Ich liebe Dich. Yves geht sehr sparsam um mit diesen Worten. Aber allein

der Anblick seiner kleinen, sorgsamen Schrift, da, in dieser fremden Tasche, der intime, fast eheliche Ton dieses Briefs hatten mir meine schöne Wut verpatzt. Man müßte sich für jede seiner Frauen eine andere Schrift zulegen.

Als ich die letzte Lade öffnete, stieß ich auf eine angebrochene Zigarettenschachtel, Yves' Lieblingssorte. Yang rauchte nicht. Wie blödsinnig das Leben ist! Jede von uns beiden band ihr Lieblingshündchen mit den gleichen Zuckerplätzchen an sich. Trotz allem hält man sich für ein bißchen einzigartig, stellt sich vor, daß man eine kleine Geheimgesellschaft bildet mit dem, den man liebt. Aber ich hätte niemals bei der anderen wühlen dürfen. Hier ruhten Yang und Yves, und es war durchaus derselbe Yves, der mit mir lebte. Er war keineswegs einzigartig, sondern überall derselbe, mit derselben Vertrautheit, denselben widersprüchlichen Vorlieben, denselben Fluchtträumen wahrscheinlich, weil er doch auch hier nicht geblieben ist; mit derselben Art, sich die Zähne zu putzen, wobei er die Ärmel des Morgenmantels umkrempelt und so läßt, auch mit denselben Gesten der Zärtlichkeit, warum nicht? Auf dem linken Nachttischchen standen vielfarbige Pfeifenstopfer in einem Glas (bei mir sind sie in den Schreibtisch verbannt worden). Pfeifen stinken eben nicht, wenn sie von einem Geliebten geraucht werden. Ich setzte mich auf das zerwühlte Bett, in dem Yang vermutlich die gleichen Dinge gedacht hatte wie ich, und ich begann zu weinen. Sich umzubringen kann doppelt kriminell sein: Manchmal tötet man nicht nur sich.

Bevor ich die Wohnung verließ, riß ich die Fotos herunter, steckte die Kultgegenstände ein und nahm sie mit. Eine Schwägerin war gerade aus der Schweiz gekommen, und sie sollte Yves nicht unnötigerweise für die hauptsächliche Ursache von Yangs Selbstmord halten.

Der Brief kam am nächsten Tag. Ich erkannte die enge, nach links geneigte Schrift, die so deutlich die Nichtanpassung an die Wirklichkeit verrät. Yves war nicht zu erreichen gewesen in Island, und die kleine Yang hatte eben ihren letzten Seufzer getan, ganz allein und ohne das Bewußtsein wiedererlangt zu haben. Es war beinahe keine Indiskretion mehr: Man hat doch wohl das Recht, zu wissen, ob sich eine Frau für den Mann, den man liebt, getötet hat oder nicht. Der Brief lautete:

Mein Yves,
ich halte mich selbst nicht mehr aus. Seit langem weiß ich, daß mein Leben verpfuscht ist oder daß ich mein Leben verpfuscht habe, wo ist da der Unterschied? Alles, was ich noch tun kann, ist, meinen Tod diesmal nicht zu

verpfuschen. Ich fühle mich schon so fern, daß ich nicht einmal mehr weiß, ob ich Dich noch liebe. Verzeih mir, daß ich Dein Leben belastet habe, aber ich war wirklich nicht begabt für das Glück. Oder für etwas anderes. Denk manchmal lieb an mich. Es war für mich die beste Lösung, dessen bin ich sicher. Und vielleicht auch für Dich. Sei glücklich, Du, der Du begabt bist.
Yang

Ich machte mir nicht einmal die Mühe, das Kuvert wieder zuzukleben. Ich fühlte mich plötzlich sehr alt, und aus Liebe zu sterben erschien mir idiotisch. Yang starb im übrigen nicht an der Liebe, sondern an ihrem unglücklichen Leben. Ihr war immer alles mißlungen – ihre Geburt, ihre Ehe, das Kind, das sie sich so sehr gewünscht hatte, die Arbeit, die sie verabscheute. Aber alle unsere Freunde zogen es vor zu glauben, daß Yves die wahre Ursache war. Yangs erster Selbstmordversuch war danebengegangen. Mit fünfundzwanzig hätte sie sterben sollen, in Schönheit! Mit vierzig müßte man wissen, daß die Leute sagen: »Ach? … Die Arme! Es ist schrecklich …« und weiter brav das gute Fleisch kauen, das sie am Leben erhält.
Yang, die sehr einsam gelebt hatte, starb umgeben von Menschen. Diese kleine Eurasierin, die lebend kaum Interesse mehr erregt hatte, wurde als Tote

wieder exotisch. Die Menschen fühlen sich plötzlich schuldig, wenn einer von ihnen die Gesellschaft auf diese entsetzliche Art verläßt. »Wenn sie mich doch angerufen hätte ...« wiederholte jeder, der nie auch nur einen Finger gerührt hätte, beim Begräbnis. Eine alleinstehende und melancholische Frau gilt in Paris nicht lange als amüsant, man tröstet lieber heitere Frauen. Und vergißt, daß die geretteten Selbstmordkandidaten viel eher zum Sterben neigen als die anderen.

Yves hatte zum Begräbnis nicht zurück sein können; in einem gewissen Sinn war das besser. Aber ich wartete ängstlich auf seine Heimkehr. Beinahe hätte ich den Brief verbrannt. Ein gemeines Gefühl unter dem Deckmantel der Anständigkeit trug den Sieg davon: der Wunsch, daß auch er sich ihr gegenüber schuldig fühlen möge. Als er aber heimkam, steigerte der Anblick seiner Bestürzung die meine nur noch mehr. In der Liebe ist die Gerechtigkeit, selbst die, die man in sich selbst fühlt, keine Lösung. Yves entdeckte in der Niedergeschlagenheit seine Fähigkeit, jemandes Unglück zu sein, und den Druck einer Verantwortung, die auf sich zu nehmen er sich stets geweigert hatte. Wieder einmal hatte er aus Optimismus gesündigt, wobei er in der Euphorie der ersten Begegnungen mit Yang vergessen hatte, daß Gewöhnung im Gefühlsleben eine ebensolche Rolle spielt wie bei Drogen und daß er fatalerweise gezwungen sein würde, die Dosis zu erhöhen. Denn Yang gehörte zu dieser furchterregenden Gilde, der man beigebracht hatte, daß die Liebe einer Frau nur totale Hingabe sein kann … Eine totale Hingabe aber, die sechs von sieben Abenden ganz allein dahinvegetiert, ganz allein aufwacht und die man nur in Anspruch nimmt, wenn man gerade Zeit hat, die führt auf lange Sicht zum Verbrechen. Und dann war da die Küchen-Firma: All diese Kitchenettes für junge Paare, all diese Wohnküchen, die Yang Tag für Tag Frauen mit Männern oder Familien empfahl, hatten sie schließlich fertiggemacht.

Ich gelobte mir, eines Tages über all das mit Yves zu sprechen, wenn mich der Name Yang nicht mehr im Hals kratzen würde. Einstweilen wagte sich keiner von uns an das Thema. Wir hatten immer in scherzhaftem Ton von ihr geredet, und da wir nun nicht mehr scherzen konnten … Yves hatte nicht einmal mehr Yangs letzten Brief erwähnt, den ich geöffnet auf seinem Schreibtisch liegengelassen hatte. Ein einziges Mal, an dem Abend, an dem wir von Juliens und Evelines Scheidung erfuhren, fragte er mich: »Warum hast eigentlich du mich nicht auch verlassen? Warum hast du mir niemals gesagt, daß es eigentlich auch soweit war?«

Nun ja, weil eben und deswegen. Weil ich es niemandem sagen konnte und nicht wollte, daß man mit mir darüber sprach. Weil es, wenn man *vorher* daran denkt, klar und einfach ist; wenn man es aber *erlebt*, dann fängt es an, sich zu bewegen, nach allen Richtungen. Weil man verletzt ist und den wunden Punkt nicht berühren will. Wie gut würde man mit allem fertig, wenn man weniger liebte! Und weil man stolz ist. Und dann gibt's Kerviniec und unser Boot. Und auch wegen der Eskimos, es ist komisch ... Yves hatte mir die Arktis gezeigt, und wir haben beide eine Leidenschaft für den Norden entwickelt. Das kam zufällig, wie viele Leidenschaften: Als ganz junger Mann hatte Yves die Chance erhalten, im letzten Moment den Fotografen-Filmtechniker-Koch einer Polarexpedition zu ersetzen, und in diesem Winter in Grönland hatte er eine weitere Berufung in sich entdeckt. Nach seiner Rückkehr nahm er sein Studium wieder auf, spezialisierte sich auf Völkerkunde und begann im Ethnologischen Museum zu arbeiten. Unser erster gemeinsamer Urlaub war ein Sommer in Grönland, und der Polarkreis, der auf der Landkarte immer weiß eingezeichnet ist, blieb für uns so voll von Namen und Erinnerungen, daß er uns verband, ein bißchen wie ein gemeinsam gezeugtes Kind. Die Sehnsucht nach dieser zauberischen Natur, in der alle Gesetze umgekehrt sind – angefangen beim Wechsel von Tag und Nacht –, hat uns oft die

Sehnsucht ersetzt, und das Glück, dort zusammenzusein, das Glück schlechthin. Denn Liebe entsteht nicht nur, wenn man miteinander schläft. Mit den Jahren entdeckt man, daß man nicht mehr so sehr den Besitz des anderen sucht, den man als eitel und vergeblich erkannt hat. Man möchte eher mit ihm zusammen besitzen, was er besitzt; man begehrt weniger den Körper des anderen, als man wünscht, mit ihm oder durch ihn glücklich zu sein. Der schwärmerische Versuch, nur *ein* Leib zu sein, diese schreckliche Wonne der Liebe, wird allmählich lauer. Man findet sich damit ab, zwei zu sein.

Ich begann soeben, mich an die Zahl Zwei zu gewöhnen; drei – das schaffte ich nicht. Ich war moralisch nicht dafür gerüstet. Und doch versuchte ich es, ich bin ja guten Willens. Aber ich stieß unaufhörlich gegen dasselbe Hindernis. Eine unerträgliche Frage brannte mir auf den Lippen, und ich mußte sie Yves eines Tages stellen, ein einziges Mal. Ich wartete einen ruhigen, kalten Tag ab, aber trotzdem schlug meine Stimme um, es war die hohe, dünne Stimme, die ich fürchte, weil sie die bedrohlich nahen Tränen ankündigt.

»Da ist etwas, das ich gerne wissen möchte. Yang ... Hast du sie mehr geliebt als mich?«

Yves hat mich angesehen wie ein zum Tod Verurteilter, dessen Hinrichtung schon lange hinaus-

geschoben wurde und den man plötzlich holen kommt.
»Mehr ... ich weiß nicht. Diese Dinge lassen sich nicht messen. Ich denke, daß ich sie geliebt habe, wie ich dich liebe, aber aus anderen Gründen.«
Ebendiese Gleichheit zwischen Yang und mir hatte mich vernichtet. Besiegt sein, schön, das ist klar. Einen Bruch hätte ich leichter ertragen, glaube ich.
»Und ... hat Yang dich aufgefordert, mich zu verlassen? Wolltest du es?«
»Ist das wichtig, ob sie mich dazu aufgefordert hat?« antwortete er, getreu seiner Diskretion, die einen zur Verzweiflung treiben kann. »Hier zählt doch, daß ich es nicht getan habe, oder?«
»Nein. Was zählt, ist, daß du es nicht gewünscht hast.«
Und ich wiederholte, weil ich mich ja doch schon wie ein Fisch auf dem Sand fühlte, der in einem Element stirbt, das einzuatmen schrecklich ist: »Hast du es dir gewünscht?«
»Mit *dir* bin ich verheiratet«, sagte Yves mit klangloser Stimme, »und mit dir habe ich immer leben wollen. Wenn das nicht so wäre, dann wäre ich fortgegangen, das weißt du sehr gut.«
»Da du uns also gleichermaßen geliebt hast, hättest du, wenn du mit ihr verheiratet gewesen wärst, *sie* nicht verlassen?«

»Aber das weiß ich doch nicht, wie soll ich von etwas reden, was gar nicht geschehen ist?« schrie Yves, der schon unfähig ist, von dem zu reden, was tatsächlich geschehen ist.

Und welche von uns war besser im Bett? Und wußte er, daß ich Yang wenige Monate vor ihrem Tod geschrieben hatte, um sie zu beschimpfen? Und fand er, daß ich unrecht gehabt hatte? Und was wäre passiert, wenn Yang nicht gestorben wäre? Und hätte er Yang geheiratet, wenn ich verschwunden wäre? (Man denke bloß an einen Unfall!) Ich glaubte, der Wahrheit, die letzten Endes nicht so tief war, auf den Grund zu kommen, watete umher in sinnlosen Fragen und Antworten, die mir das Herz zerreißen mußten. Aber ein blödsinniger Schwindel hatte mich erfaßt, das Blut dröhnte mir in den Ohren, Schweiß strömte mir den Körper hinab statt Tränen, und mitten drinnen war das Herz, dieses groteske Herz, das stillzustehen schien wegen einer alles in allem banalen Affäre, in der nicht einmal von einem Bruch zwischen mir und Yves die Rede gewesen war.

An diesem Abend schwor ich mir, Yves niemals mehr eine lebenswichtige Frage zu stellen. Einen solchen physiologischen Zusammenbruch wollte ich nie wieder erleben. Aber wir konnten nicht einander gegenübersitzen und einfach von etwas anderem

reden. Yang stand zwischen uns, noch warm, manchmal noch heiß, und die Rolle der Überlebenden ist nicht sehr leicht.
Das beste war, uns für einige Zeit zu trennen. Yves sagte also zu, in diesem Jahr den kurzen arktischen Sommer in Grönland zu verbringen. Es wäre zweifellos sein letzter Aufenthalt dort gewesen, denn bald wird es dort nichts mehr zu erforschen oder zu filmen geben, wenn der letzte Seehundjäger tot ist, zusammen mit dem letzten Seehund, und seine Enkelkinder in Bluejeans in den Drugstores des Polarkreises Souvenirs an die Touristen verkaufen. Er würde wieder einmal den Beruf wechseln müssen – aber an Berufungen fehlte es ihm ja schließlich nicht. Auf keinem Gebiet.
Es war das erstemal, daß ich die Einsamkeit schätzte. Man zwingt sich nicht Jahre hindurch, selbst in Liebe, zu ertragen, was man nicht erträgt, ohne dabei einen Schock zu erleiden. Ich hatte den Eindruck, aus einem Tunnel aufzutauchen, in dem ich seit allzu langer Zeit herumtappte, ohne den geringsten Lichtschein zu erspähen. Endlich sah ich wieder Tageslicht, die Freunde, das leichte Leben, und verspürte den leisen Wunsch, mit jemandem zu schlafen, nur so, mit irgend jemandem. Da ich nicht mehr so ausschließlich verliebt war, entdeckte ich mit Wonne, daß ich weniger unglücklich war, und seltsamer-

weise begann ich, Yves' Liebe zu vertrauen, gerade in dem Augenblick, da er mir weniger Liebe zeigte. Da ich mir Grönland als Tapetenwechsel nicht leisten konnte, bekam ich Lust, mir einen netten kleinen Geliebten zuzulegen, wobei ich mir der Gewöhnlichkeit dieses Heilmittels völlig bewußt war. Es wurde außerdem dringend notwendig, unsere – Yves' und meine – Verhaltensweisen ein wenig auszutarieren; ich mußte auch an meine Zukunft denken, und diese Art von Gedanken bringt stets Sonnenschein ins Alter, auch wenn die Affäre im Moment möglicherweise wie ein Reinfall oder ein Irrtum wirkt.

Man kommt in ein Alter, in dem man versucht ist, mit alten Freunden zur Tat zu schreiten, Freunden, die einen schon lange Zeit bei der Begrüßung zu nahe am Mund geküßt haben. Es genügt also, ganz leicht den Kopf zu wenden ... Dieser Freund war Jacques, vielleicht weil er als einziger alles über unsere Geschichte wußte. Er war nicht einmal ganz und gar ein Geliebter: Wir balancierten seit so langer Zeit am Rand, daß sich die Grenze zwischen Liebe und Freundschaft verwischt hatte. Da waren keine großen Worte notwendig, ich brauchte nur meine Hand ein bißchen länger als gewohnt auf die seine zu legen.

Wir gingen zum Abendessen in ein chinesisches

Restaurant, dann schliefen wir im Hotel, in einer Straße, die den Namen von Yves' Lieblingsdichter trägt. Es machte Spaß, dieser neue Körper, und die Sache war ruhig und friedlich; sie betraf in keiner Weise Patricia oder Yves, sondern nur zwei Studenten, die sie niemals gekannt hatten und die versuchten, ihre Jugend nachzuholen. Jacques schlug vor, daß wir uns jeden Donnerstag treffen sollten; er war ein Gewohnheitstier, und er ließ sich immer dasselbe Zimmer in der Straße von Yves' Lieblingsdichter reservieren. Wir trafen uns also donnerstags, wie damals, als wir gemeinsam in die Tuilerien gingen, zu den Schaukelpferden. Ich sah ihn vor mir, in Matrosenanzug und weißen Socken, ungestüm vorwärts und rückwärts wippend, um eine zweite Gratisrunde zu gewinnen …

»Mir ist, als wäre ich dein Schaukelpferd.« Ich konnte mich nicht zurückhalten, es ihm zu sagen, am fünften oder sechsten Donnerstag … »Auch damals wolltest du nie herunter, erinnerst du dich?«

Das alles führte aber nicht sehr weit. Wachsam, um nicht zu großen Gefallen aneinander zu finden, nie ein Wort, das tiefer ging als ein anderes, bewahrten wir uns die gegenseitige Achtung und Zärtlichkeit, aber das genügte eben nicht so recht, um ein Zimmer zu mieten! Nachdem die stets lustigen Unmanierlichkeiten des Anfangs vorbei waren, bedeutete dieses allwöchentliche Gefummel unter den gemieteten Laken keine Bereicherung unserer Freundschaft und war der Liebe nicht ähnlich genug. Auch jetzt waren zwischen uns keine großen Worte notwendig, um zu verzichten. Die ganze Affäre hatte sich in einem stillschweigenden Einverständnis abgespielt: Alles in allem hatten wir freundschaftlich miteinander geschlafen, und keiner von uns wußte jemals so recht, was der andere wohl davon gehalten haben mochte. Jacques küßte mich getreulich weiterhin dicht neben den Lippen, und wir hatten eben jenes gemeinsame Geheimnis. Es war ein sehr ausgefallenes Gefühl, ein ganz klein wenig verworren, eine nette Erinnerung, bei der mir warm ums Herz wurde. Ich sagte mir, daß ich vielleicht begann, kultiviert zu werden! Dieser Tapetenwechsel machte mir wieder Lust auf richtige Reisen. Ich träumte ein bißchen von der Romantik, die ich bei Jacques nicht gefunden hatte. Seit wann war ich nicht mehr am Seineufer spazierengegangen? Ich bekam Angst, als ich nachrechnete. Diese ganz einfachen Dinge, die man sich entgehen läßt. Mit jemandem Händchen halten im Kino ... die Augen nicht von einem Mund abwenden können, der zu einem spricht ... Seit wann sah ich Yves' Mund nicht mehr an? Das Schlimmste am Altern der Liebe ist, daß man sich nicht einmal mehr erinnern kann, was sie einmal war. Diese ein wenig magische Anziehungskraft eines Mundes, dem man kaum zuhört, wenn er spricht, voll Sehnsucht, den eigenen Mund darauf zu drücken, die andere Sprache zu sprechen, wie war das doch?

Aber natürlich kam Yves gerade zu dieser Zeit zurück, da sein Kameramann einen Unfall gehabt hatte. Er hat immer einen sechsten Sinn dafür gehabt, wenn etwas in der Luft lag. Ich hatte mich auf vier Monate allein eingerichtet, und seine Rückkehr paßte mir gar nicht in den Kram. Aber ich erzählte ihm nichts und stellte ihm auch nicht die üblichen Fragen: In einem gewissen Alter, glaube ich, fragt man nicht mehr nach gewissen Dingen. Die Antworten tun nicht mehr weh genug, sie mißfallen einem nur. Hatte Yves in Angmagssalik oder in Notiluk eine Geliebte gehabt? Leicht melancholisch erkannte ich, daß ich zum erstenmal darauf pfiff. Das war die Kehrseite der Kultiviertheit.

Was die zu Yangs Lebzeiten so sehr erwünschte Toleranz betraf – wozu noch davon reden? Yves hätte heute nicht daran geglaubt. Zu teuer war ihn die Entdeckung meiner Eifersucht zu stehen gekommen, als daß er, so kurze Zeit danach, hätte zugeben können, seine Informationen seien überholt gewesen. Man kann also sein Leben damit verbringen, daß einer hinter dem anderen herrennt.

7
Piräus–Aden: 2044 Seemeilen

O nein!« schrie Marion, »Scheiße und nochmals Scheiße! Yves … hast du gesehen? Es fängt schon wieder an.«

»Was denn?« fragte Yves.

»Ach so, du findest das normal? Also ich, ich sehne mich allmählich nach der Metrostation Saint-Lazare zur Stoßzeit. Wenn das vier Monate lang so weitergeht!«

»Aber du kannst doch zurück nach Saint-Lazare, fahr heim nach Paris, mit Patricia, wenn du schon den Mut verloren hast.«

»Das Meer nimmt mir allen Mut! Kaum schwimmt man darauf, ist es schon entfesselt!«

»Ich hab' geglaubt, daß du die Seefahrt magst. Wieder eine Meinung, die ich revidieren muß«, sagte Yves in dem diskreten Märtyrerton, den er seit der »Geschichte« manchmal anschlug.

»Das nennst du Seefahrt?« fragte Marion. Sie sehnte sich nach den aufregenden und katastrophalen kleinen Segeltouren, die sie beide jeden Sommer an den Küsten der Bretagne oder Englands unternahmen. Auf der *Potemkin* war im Golf von Morbihan Feuer ausgebrochen, die Haltetaue waren ihnen im Hafen von Groix gerissen, ganz im Widerspruch zu der Redensart »Qui voit Groix, voit sa joie« (Wer Groix sieht, sieht seine Freude), mit der *Tam Coat* waren sie vor Trescoe auf den Scilly-Inseln bei Ebbe gestrandet; bei Chandey wurden sie in schwarzer Nacht gerammt, kurz, sie hatten einigen Spaß gehabt mit dem Meer und es mit ihnen. Hier konnte sich nichts dergleichen ereignen. Fünfundzwanzig Mann Besatzung waren beauftragt, die Launen des Meeres völlig auszugleichen, die den Zauber und den Schrecken der Lustreisen zur See ausmachen.

»Mit diesen doppelt verrammelten Bullaugen«, fuhr Marion fort, »weiß man nicht einmal, ob es regnet oder die Sonne scheint. Ich komme mir vor wie so eine arme Makrele in ihrer Blechdose.«

»In einer gepolsterten Konservendose, mit Koch und Zimmermädchen, immerhin …«

»Genau das: gepolstert! Zum Verrücktwerden. Es ist entsetzlich, ich hab' nicht mal mehr Lust zu lesen. Versuch es einmal mit einem Satz von Proust bei Windstärke sieben oder acht.«

»So versuch's halt nicht … schlaf … laß dich gehen … wo du doch endlich einmal nichts zu tun hast!«

Schlafen – das mußte man erst können! Das Schlechtwetter pirschte sich wieder einmal auf die gleiche heuchlerische Weise an wie Geburtswehen: drei starke Wellen, gefolgt von einem flachen, ruhigen Intervall. Nein, ich habe mich geirrt ... Aber dann kommen wieder drei Wellen. Schau, schau ... Stille. Wieder drei, dichter hintereinander, noch drei, immer stärker. Kein Zweifel mehr: Es waren die Wehen. Dann verschmolzen die einzelnen Serien, und dann war da nur mehr, wieder einmal, ein unaufhörliches Strampeln und Stoßen.

»Lebhaft, der Suezkanal«, sagte Marion.

»Du weißt, daß nach Korinth und Suez kein Kanal mehr kommt bis Panama? Sechstausend Meilen reiner Pazifik, ohne einen einzigen Flecken Land, der den Ozean hindern könnte, sich zu heben. Man könnte sagen, daß eine von der chilenischen Küste ausgehende Welle auf Tahiti ankommt, ohne auf ein Hindernis zu stoßen. Stell dir das einmal vor!«

»Ich habe große Angst, zu entdecken, daß ich für die Hochseeschiffahrt nicht geschaffen bin, mein armer Liebling. Das Wort hat mich verführt, mich ... und dann der Gedanke, mein Leben mit dir auf einem Schiff zu beschließen, auf einer Ketsch namens *Die beiden Alten*. Mit achtzig Jahren um die Welt! Zwei unvorsichtige alte Leute kommen auf hoher See um, würde der *Figaro* schreiben. Klingt das nicht besser

als ›Versehen mit den Tröstungen der heiligen Religion in ihrem Heim entschlafen‹?«
»Ich hab' wenig Hoffnung«, sagte Yves.
»Es tut mir furchtbar leid, aber es ist wie mit dem Tee. Ich würde so gerne Tee nehmen, ich beneide dich jedesmal, wenn du einen trinkst. Aber da ist nichts zu machen: Sobald ich die Lippen hineintauche, wird mir schlecht.«
»Du, die du früher Achterbahnen so heiß geliebt hast!«
»Aus den Achterbahnen kann man aber aussteigen!«
»Also schön, wir werden *Die beiden Alten* sein, auf einer Bank sitzen, Gesundheitspantoffeln an den Füßen, Angoragesundheitswäsche am Leib, und du wirst Schnittlauch in deinem Gärtchen ziehen.«
»Was für eine Sauerei die Ehe doch ist, trotz allem!« erklärte Marion, ehrlich bekümmert.
»Ich geh' an Deck, nachsehen«, sagte Yves. »Kommst du mit?«
»Wozu?« antwortete Marion unwirsch. »Alles, was man sieht, sind Wellen. Ich werde schlafen bis zum Suezkanal.«
Sie nahm zwei Avomin und drehte sich zur Wand.
Gegen Abend wurde plötzlich, in einigen Sekunden, alles ruhig; es war ganz so, als bliebe ein Karussell stehen. Selbst die Motoren hörten auf, sich zu drehen, und Stille und Frieden senkten sich herab wie

eine Belohnung. Marion ging hinauf an Deck, um Ferdinand de Lesseps zu danken; der Sockel seiner Statue, die infolge einer kindischen Rache von der ägyptischen Verwaltung entfernt worden war, ragte noch am Eingang des Kanals empor. Zwei Lotsenschiffe vertäuten sich an den Flanken der *Moana*, und zwei starke Scheinwerfer, die bei der Ausfahrt aus dem Kanal wieder ins Wasser geworfen werden sollten, wurden am Bug befestigt; sie beleuchteten undeutlich die flachen, geheimnisvollen, in Schweigen versunkenen Ufer. Erste Berührung mit Afrika. Im Maschinenraum blieben zwei Mechaniker die ganze Nacht über auf ihren Hockern sitzen, um in der fleckenlosen Klinikatmosphäre, in der Ölgeruch den Gestank von Äther ersetzte, die Kolben zu überwachen. Der geringste Zwischenfall in dieser engen Durchfahrt, die stärker frequentiert war als eine Autobahn, konnte sich schnell zu einer Katastrophe auswachsen.

Am Morgen wurde das wunderbare Land sichtbar. In diesem Kanal, der durch sein Herz gegraben worden war, hatte man das Gefühl, sein Vertrautestes, Intimstes zu entdecken. Gegen Osten rosafarbene Wüste. Kein Bambusstrauch, kein Grasbüschel. Wie eine Messerschneide trennte der Kanal den Tod vom Leben. Am rechten Ufer, in Richtung Nil, das Leben; lehmfarbene Dörfer, Kinder in allen Schattierungen,

Männer in Gewändern, deren Farbe sich von der ihres Dorfes nicht unterschied, graue Schafe, Kamele, die man stets nur im Profil sah, und dann Palmenhaine und »Felder«, die nichts anderes waren als bis zum letzten Quadratzentimeter bebaute, winzig kleine Gärten. Ganz nahe, über dem Kanal, die Berge in Rosa und Violett, den Farben Ägyptens. Das Gras, das Chlorophyll, die spärlichen Bäume, die die ungeheure rosa Weite kaum unterbrachen, waren reiner Zufall, ein Wunder, unendlich kleine, grüne Flecken, die dem allmächtigen Sand, dem wahren Fleisch dieses Landes, mühevoll abgerungen worden waren.

Iris, die seit langem das Mißgeschick zu tragen hatte, die Welt monoton zu finden, schlief in ihrer Kabine. Im übrigen hatte sie Ägypten schon gesehen. Die anderen lümmelten sich an der Reling und sahen diese beiden gegensätzlichen Landschaften langsam vorüberziehen, während sie Alex zuhörten, der wild durcheinander Maspero, Champollion und Herodot zitierte – Herodot, der überall immer vor allen anderen gewesen war und sich erstaunlich wenig geirrt hatte –, und sich von der ersten wirklichen Ortsveränderung dieser Reise überwältigen ließen. Von hier aus gesehen, mit einer Tasse chinesischen Tees in der Hand, wirkte die Armut nicht unerträglich; man konnte es vermeiden, in das völlig kahle Innere der

Lehmhütten hineinzuschauen; man sah den Eiter nicht, der die Augen der ganz kleinen Kinder verklebte; Kinder, die von ihren zerlumpten Schwestern herumgeschleppt wurden – die Beine der Mädchen waren so dünn wie die von Skeletten und sie selbst kaum größer als ihre Lastbündel. Man sah nicht, daß die alten Bauern mit bloßen Händen die unzähligen Kanäle ausschlämmten, die ihren Gärten Leben spendeten. Nur die Harmonie der Landschaft war sichtbar, das Wunder dieses lebendigen Streifens zwischen zwei Wüsten, und die edle Anmut der Gestalten in den weiten Gewändern, der schwarzgekleideten Frauen, die ihre Krüge auf dem Kopf trugen; verglichen mit ihnen, sahen die Europäer plötzlich aus wie Bürokraten in zu engen und überladenen Kleidern.

Ägypten ist lebendiger Anschauungsunterricht. Hier wurde, ergreifend einfach, die Weisheit zahlloser Geographielehrbücher demonstriert, wonach das Land »ohne den fruchtbaren Schlamm des Nils« nichts als eine Wüste wäre. Den allmächtigen Schlamm sah man hier überall am Werk; er zeichnete die Grenzen seines Reiches sauber in den Sand und schloß den Menschen strikt innerhalb dieser Grenzen ein.

Seine wirkliche Arbeit sollte zwar erst in Bombay beginnen, aber Tiberius filmte bereits zu seinem

Vergnügen die beiden Ufer, die sanft an seinem Objektiv vorbeiglitten.
Die *Moana* näherte sich dem Roten Meer, und die Luft lud sich nach und nach auf mit Dünsten, die einen schläfrig machten; die Abende wurden lau und mild, und die weichgestimmten Passagiere sahen zu, wie am Horizont der vertraute Stern Europas versank, der harte, funkelnde Polarstern, das Leitgestirn aller seriösen Seefahrer, während am Himmel – und plötzlich hatte man Lust, ihn Firmament zu nennen! – das Kreuz des Südens aufstieg, die Konstellation aller Abenteurer. Nachts zupfte Ivan auf seiner Gitarre enervierende Melodien, die niemals endeten, Tiberius streichelte Bettys nackte Schultern, und Yves versuchte auf seinem Transistorradio im Kurzwellenbereich die Welt zu hören. Patricia weihte ein Kleid ein, das sie unter strengster Geheimhaltung bei einer sehr betagten Schneiderin, die Erste Näherin bei Madeleine Vionnet gewesen war, hatte anfertigen lassen. Aber dieses Gebilde aus Schleiern, das in ihren Augen die ideale Kreation für eine Lustreise im Roten Meer war, schien eher dem Kostümkoffer Isadora Duncans zu entstammen. Anscheinend hatte sie mit dem Stoff geknausert, und die breiten Bahnen aus synthetischem Organza wollten nicht wie zitternde Schwingen unter der Brise wirken. Die Margeriten-Blütenblätter, die den Rock bildeten,

hingen wie Klunker herab und entblößten grausam die mageren Beine, die in weißen Ballerinaschuhen von Minnie steckten. In allerbester Absicht war Patricia erstarrt in ihrer Rolle als erfüllte Mutter und strahlende Gattin, die sie selbst niemals in Frage gestellt hätte; und als einzige spürte sie nicht die Melancholie dieser Nächte. Der Anblick des unendlichen Raums weckte in ihr den Wunsch nach einem weiteren Kind, die einzige ihr bekannte Art, mit dem Universum zu kommunizieren. Die Nachtluft war köstlich, trotz der doppelten Portion Lavendelwasser, die Patricia zwischen ihre Blütenblätter gesprüht hatte, und Jacques atmete sie tief ein. Ja, noch besser: Er atmete – es war göttlich –, während er automatisch die Schultern und Arme seiner Frau streichelte. Immerhin hütete er sich dabei aber, bis zum Busen vorzudringen, dessen allzu nachgiebige Beschaffenheit ihn abstieß. Das hüpfte einem unter den Fingern weg wie Quecksilber. Kein Glück haben sie, dachte Jacques, diese Frauen, mit ihren knochenlosen Kugeln, die sich so schnell abnützen ... Keine Chance, daß sie sich aufstellen – ob man daran saugt, zieht, alles trägt dazu bei, sie kaputtzumachen. Noch dazu schloß Matricia ihre Brüste in Eisengestelle ein, um sie zu stützen, wie man es mit Nelken tut. Er mußte sich einen anderen Busen suchen, das war alles. Er dachte an die Brüste Georgettes, seiner Assistentin, die er gebeten hatte, keinen BH zu tragen, damit er ihren Busen ab und zu in die Hand nehmen konnte, zwischen zwei Patienten. Ein vollkommener Busen ist frisch und vergänglich wie ein weiches Ei. Er stellte sich die Brüste der Tahitianerinnen vor … all diese weichen Kugeln überall … und zog seine Frau enger an sich, die ihm sofort die Lippen bot. Er machte es kurz. Sie lehnte jedwede empfängnisverhütende Methode ab, aus mystischer Unterwerfung unter die Natur ebensosehr wie aus Katholizismus, und allein der Gedanke, einen neuen kleinen Vampir in die Welt zu setzen, da doch seine Kräfte nicht einmal für ihn selbst ausreichten, ließ ihm das Blut in den Adern gefrieren. Sie würde leer ausgehen! Mit absolut reinem Gewissen meinte Jacques, daß ihm das Leben ein anderes Willkommensgeschenk schulde als diesen Körper, den er genauso gut kannte wie die Strecke, die er seit zwanzig Jahren zu seiner Ordination fuhr. Seine Augen funkelten bereits vor Erregung, die Gegenwart existierte nicht mehr für ihn, und Matricia reduzierte sich für ihn zur Mutter seiner Kinder.

Marion verfolgte Jacques' Kniffe, sich der Liebe seiner Frau zu entziehen, mit Melancholie. Wozu der romantische Himmel über dem Roten Meer? Dieses Schiff war nicht romantisch, sie selbst waren es nicht mehr. Diese gleiche Reise zehn Jahre früher … *Vor-*

her! Wenn sie wenigstens auf ihrem bretonischen Boot wären, in der Kabine, in der die Luft schwer war von Gerüchen und in der man sich abends geborgen fühlte, die Ellbogen zwischen Krümeln, das Geschirr nicht gespült, ohne Oberkellner im Rücken … Und dann das unregelmäßige Geräusch der kleinen Wellen, die gegen den Schiffsrumpf schlugen! Hier hörte man die Wellen nie, nur das Getöse der Motoren und des allzu brutal durchschnittenen Wassers. Es war ein Verbrechen, nichts mit diesen Nächten anzufangen! Und Jacques sah schließlich gut aus … Alex war verführerisch … sogar Tiberius – »ein superber Körper«, wie Iris sagte, die von Männern wie von Rennpferden sprach –, ein Männertyp, den sie im gewöhnlichen Leben verabscheute … aber hier, warum nicht? War das hier das Leben? Und dann die Besatzung, sie vergaß die Besatzung … Eigentlich wären alle, sagte sich Marion niedergeschlagen, alle amüsanter als Yves, zumindest beim erstenmal. Und vielleicht sagte sich jeder an Bord das gleiche. Wie aber fängt man derlei an? Ja! Es ist immer dasselbe: Wie fängt man den Anfang an? Die Zahl der Dinge, die man aus diesem einfachen Grund nicht tut, ist Legion. Und dann behauptet Yves, sich nicht im geringsten für diese Weisheit zu interessieren. Aber die Zahl der Dinge, für die man sich nicht interessiert, wenn man sie mit seiner Frau

tun soll … Gerade ein Abend wie dieser wäre notwendig, außerhalb der gewohnten Umgebung, ohne Vorplanung, mitten auf dem Meer … nirgends, kurz gesagt!
Viel besser als Alkohol hatten Eisenbahnzüge und große Reisen bei Marion immer jede Scham beseitigt. Nachts in einem Waggon oder in einem unbekannten Land hemmten sie keine Komplexe mehr, kein Verbot, sich diesen oder jenen Wunsch zu erfüllen. Die Tugend ist etwas Akzidentielles. Wie bei einer Karnevalsveranstaltung verlor Marion auf einer Reise ihre Identität und sah sich mit bewunderndem Staunen eine andere werden. Eine nicht notwendig *wahrere* andere – diese Falle mußte man umgehen –, aber eine, die sich von Zeit zu Zeit ausdrücken mußte. Sie hatte niemandem je gestanden, daß sie zweimal in ihrem Leben, eben im Zug … Das erstemal auf einem der endlosen Transporte während der Okkupation, als man sich wild durcheinander auf den Korridoren hinlegte; es war ein Soldat in rauhem, filzigem Khaki; und jedesmal, wenn sie den Vers von Louis Aragon hörte – »Das riecht nach Tabak, Wolle und Schweiß …« –, erinnerte sie sich an diesen blutjungen Soldaten, dessen Gesicht sie nur im blauen Schein der Nachtlampen gesehen hatte. Er war in Annemasse ausgestiegen. Die Jähe ihres Verhaltens hatte sie so sehr über-

rascht, daß sie am Morgen danach keinerlei Scham empfand. Das war nicht die Alltags-Marion, die da gehandelt hatte, sondern eine Fremde, die sich in ihr verbarg, und dennoch ihre Schwester … eine kleine Irre, die nicht sehr störte und die vielleicht – wer weiß – ein Ausgleich war zu ihrer gewöhnlichen Vernunft. Wie Wischnu machte sie ihre Wandlungen durch. Der andere, das war ein junger Regierungssekretär gewesen, mit langen Zähnen und zarten Händen, distinguiert und flegelhaft, wie man es oft in diesen Kreisen findet. Sie hatte große Angst gehabt, daß sie ihn später bei einem Diner treffen könnte.
Bei diesem Gemeinschaftsprojekt waren die Frauen das Unangenehme. Marion hatte immer, vor allem jenen gegenüber, für die Yves sich interessierte, Abscheu und zugleich eine intensive Neugier verspürt. Sie hatte sich stets gefragt, welche Unterschiede das Innere einer Frau für einen Mann haben kann. Gab es da exquisit verkrümmte Gänge? Mehr oder weniger samtweiche Wände? Hatte Yang vielleicht das berühmte chinesische Kreuzbeingelenk gehabt? Was erregte Gefallen? Yves antwortete lachend: »Berufsgeheimnis« und weigerte sich, auch nur das geringste Detail preiszugeben. Sie würde sterben, ohne es zu wissen. Letzten Endes, um auf die *Moana* zurückzukommen – das Ideal wäre ein

Standard-Partnerwechsel nach amerikanischem Muster. Aber es klappte nicht. Mit zwanzig hatte sie Olivier stehend im Fahrradkeller geliebt, wobei sie mit einer Hand die Tür hielt, damit die Hausbesorgerin nicht hereinkäme. Mit fünfundvierzig schob man ihr das Rote Meer unter die Füße, Sterne mit Traumnamen leuchteten über ihrem Haupt, und sie stand da, ohne zu erschauern, während Yves im Salon unten Bridge spielte und vielleicht von Yang träumte, die da oben weilte. Man denkt gern an die jungen Toten unter diesen Himmeln. Natürlich wäre es möglich, mit Yves zu schlafen heute abend, in der Stunde der Ehepaare, vor dem Einschlafen. Möglich. Sogar angenehm. Wie aber sollte sie es, ohne zu weinen, ertragen, daß sie sich nicht entsetzlich danach sehnte, nicht mehr, und so weiter? Im übrigen hatte sie mit Yves nie irgend etwas in einem Fahrradkeller getrieben. Er verabscheute unbequeme Stellungen und schlecht geschlossene Türen. Vielleicht mochte er Fahrräder bei anderen? Yang mußte ihn wohl einmal gezwungen haben, sie im Heu oder in ihrem kleinen Renault zu lieben. Eine unwiderstehliche Vorstellung, daß Yves es in so einer Streichholzschachtel tat! Einstweilen mußte Marion den Dingen ins Gesicht sehen: Nach zwanzig Ehejahren waren sämtliche Wohlgerüche Arabiens nicht mehr imstande, den verrückten Wunsch zu wecken, andauernd die Haut des anderen zu berühren. Eine trostlose Feststellung, die Yves seinerseits wohl auch gerade machte, während er so tat, als begeistere er sich für seine Bridgepartie. Aber spricht man diese Dinge jemals aus? Nichts ist manchmal so rätselhaft wie der Mensch, mit dem man lebt.

Aus all diesen Gründen beginnt man in einem gewissen Alter die Verheißungen der Morgendämmerung dem Zauber der Nacht vorzuziehen. Der einfallende Abend machte Marion jedesmal traurig. Allein schon dieses Wort: »einfallen«! Der Abend kam ihr wie ein gealterter Tag vor, wie sie selbst, bald war es mit ihm zu Ende, und das Schwinden des Lichts bedrückte sie wie das Schwinden ihrer Jugend. Jeden Morgen aber stand sie neugeboren auf und vergaß die Melancholie des vergangenen Abends. Sie war verwundert, daß das Leben diese so simple Kraft besaß.

Die Morgendämmerung des 17. Dezember in der Straße von Bab-el-Mandeb war großartig. Über dem vulkanischen Archipel ragten die Schlackenkegel tausend Meter hoch in einen Himmel, der so blau war wie auf Kitschpostkarten. Kein Grashalm, nicht einmal eine Flechte, hatte auf diesem absolut schwarzen Boden Wurzeln schlagen können, der nur aus Kesselstein zu bestehen schien. Aber es war dennoch ein

Ufer, trotz der kohlefarbenen Strände, und strahlte den wunderbaren Zauber einsamer Inseln aus. Als die Passagiere der *Moana* aus dem Beiboot kletterten und den Fuß auf diesen unbekannten, so wenig betretenen Boden setzten, erwachte in jedem von ihnen eine kindische Erregung, die den tiefsten archaischen Abgründen der Seele entstammte.

»Das Schönste an der Seefahrt ist das Landen, findest du nicht?« fragte Marion Yves, der genau das Gegenteil dachte.

Der Strand war in seiner gesamten Länge mit einem Teppich trockener Algen bedeckt, der eine grauschimmernde Kruste bildete. Alex erreichte als erster festen Boden und nahm Iris an der Hand; Iris blieb abrupt und voll Entsetzen stehen: Mit einem Geräusch, das klang, als werde glattes Stanniolpapier zerknittert, hatte sich die Kruste gehoben, und in Sekundenschnelle begann der Strand zu wimmeln, zersplitterte in Tausende Krabben, die sich mit einem ekelhaften Knirschen auf ihren dünnen Beinen aufrichteten und dem Feind die ausgetrockneten Scheren entgegenreckten, bevor sie wieder in Drohgebärde erstarrten, versteinerte Krieger in Kampfstellung. Nach und nach gaben sie Alarm, und das Gewimmel breitete sich am ganzen Ufer aus unter den Ungeheuern, den einzigen Lebewesen der schwarzen Inseln; es war ein gepanzertes Volk, so dürrfleischlos, daß man hätte meinen können, es entstamme ebenfalls dem Vulkan.

Die Passagiere der *Moana* kehrten dieser Alptraumwelt den Rücken, stiegen wieder in die Boote und tauchten von da aus in ein Wasser, das lauer und durchsichtiger war als die Luft, und sie entdeckten die leuchtenden Farben und Formen unter dem Wasserspiegel. In nur ein oder zwei Meter Tiefe, zwischen den sich bewegenden Korallen, die überzogen waren von tierähnlichen Pflanzen und von pflanzenähnlichen Tieren, tummelten sich Tausende Arten mit Schalen, Schuppen, Gehäusen, mit gefleckter, getigerter, geäderter oder phosphoreszierender Haut, in anscheinend vollkommenem Glück.

Freudig überrascht, neuartige Gestalten zu sehen, eilten Pyjamafische, Doktorfische, blaugetupfte Rochen, all die freundlichen Spezies mit ihren wahnwitzigen Formen, herbei, um ihrerseits diese rosigen Organismen zu betrachten, die mit merkwürdigen länglichen Schwimmflossen ausgestattet waren. Kein landbewohnendes Geschöpf, kein Mensch, kann je diesen Eindruck paradiesischen Wohlbefindens vermitteln, den ein Fisch im Wasser ausstrahlt. Und daß lungenatmende Säugetiere mit Hilfe eines einfachen Röhrchens Zugang haben zum Universum des Wassers, während kiemenatmende Wesen die

trockene Welt nie kennenlernen können, ist doch eigentlich ein unerhörtes Privileg.
Die lungenatmenden Säugetiere aber nützten ihr Atmungssystem, um Schrecken zu verbreiten unter dieser vertrauensseligen Population; sie griffen nach dieser wunderschönen Welt, brachen in sie ein, harpunierten sie, spießten sie auf. Und jene, die aus Gesundheitsgründen nicht hinabtauchen konnten, verwendeten dort oben Haken, Dreizacke, Harpunengeschosse, sie entrissen dem Wasser Langusten, Krabben, Riesenbarsche, riesige weiche Schmerlen, einen Haifisch, der nichts angestellt hatte, einen Manta-Rochen, der unter seinen Schleiern tanzte wie Loie Fuller, und eine vor Überraschung völlig verstörte Meeresschildkröte, die sehr lange brauchte, um auf dem Deck der *Moana* in der Sonne zu sterben. Jedesmal wenn sie den Kopf vorstreckte, um nachzusehen, sauste der Hammer darauf nieder wie auf einen Rugbyball. Der Koch mit seinem großen Messer wurde herbeigerufen: Mit Mühe schnitt er die Haut ein, die dick war wie Elefantenhaut, und die Knochensäge verhedderte sich in den Falten am Hals des Tieres, der an den Hals einer alten Dame erinnerte. Hartnäckig streckte die Schildkröte trotzdem den Kopf mit den brechenden Augen vor, wollte verstehen! Einem Matrosen gelang es schließlich, sein Messer in die Weichteile des Bauchs unter dem

Panzer zu stoßen. Blut, rot und dick wie das unsere, begann zu fließen, und der Blick des Tieres erlosch sanft.

Beim Abendessen wurde die Unterseite der Gliedmaßen der Schildkröte, das Feinste also, als Frikassee serviert. Das Fleisch sah aus wie fasriges Kalbfleisch. Iris, die dem Blick des Tieres zu lange standgehalten hatte, weigerte sich, davon zu essen. Den kostbaren Schildpattpanzer, der an der breitesten Stelle einen Meter maß und den niemand zu präparieren verstand, hatte man in einer Ecke in der Sonne liegenlassen. Er bildete nun ein riesiges Wasserbecken, in dem zweifelhafte Reste hafteten; bei der Heimkehr wußte dann niemand etwas damit anzufangen.

Während Iris sich die Augen tupfte, strahlten Alex und Jacques nichts als Zufriedenheit aus – eine Zufriedenheit, wie man sie empfindet, wenn man eine Pflicht erfüllt hat. Eben hatten sie eine Tätigkeit des Urmenschen wiederaufgenommen, die männliche Tätigkeit schlechthin, und trotz der Sinnlosigkeit ihrer Tat – die Kühlräume des Schiffs quollen ja über von tiefgekühltem Geflügel und Schlachttieren –, trotz der Ungleichheit dieses mit wissenschaftlich ausgeklügelten Vernichtungsinstrumenten ausgetragenen Kampfes empfanden sie viel mehr als ein rein sportliches Vergnügen, nämlich einen tiefinneren Stolz. Yves hatte nichts mehr für das Töten übrig, seit er auf Grönland persönliche Bekanntschaft mit den Seehunden geschlossen hatte. Auf den Hanisch-Inseln war er als Tourist herummarschiert, nur mit seiner Unterwasserkamera bewaffnet. Gestärkt von dieser unerwarteten Unterstützung durch einen Mann, ging Iris auf Alex los, als hätte sie eine persönliche Rechnung mit ihm zu begleichen. Dabei kam ihr die Tatsache, daß Frauen die Jagd nicht mögen, wie ein neuerlicher Beweis ihrer moralischen Überlegenheit vor. Obwohl Patricia beim Anblick des Massakers heute das gleiche Unbehagen verspürt hatte, sagte sie nichts; sie war zutiefst davon überzeugt, daß der Mann geschaffen sei, um zu töten, und die Frau, um Scharpie zu zupfen, und es erschien ihr daher überflüssig, gegen eine feststehende Tatsache anzukämpfen. Außerdem war Jacques ein sehr guter Schütze, und genau wie die anderen Frauen in der riesigen Herde, die gewissermaßen nur stellvertretend leben, bezog sie persönliche Befriedigung und Stolz aus der Kraft und Geschicklichkeit ihres Ehemannes. Iris trank an diesem Abend viel Champagner und beweinte wirr durcheinander die getöteten Tiere und die unverstandenen Frauen.

Der nächste Tag sollte ihr ebenfalls keinen Anlaß zum Lachen bringen. Nach vierundzwanzig Stunden

Fahrt in erstickender Hitze tauchte Aden auf, ein unvergeßlicher Anblick; unvergeßlich, weil er so schrecklich war. Ein gelber, öder Küstenstreifen erstreckte sich am Fuß einer Mauer aus würfelförmigen Bergen, chaotischen Felsspitzen und zerfetzten Graten; eine vulkanische Landschaft, die plötzlich in grotesken Verrenkungen erstarrt zu sein schien. Wie auf den Hanisch-Inseln war alles schwarz und menschenleer.

»Sie ist unheimlich, diese Reise!« stellte Iris fest, die von der Welt bis jetzt nur Ketten heiterer Inseln und Hilton-Hotels in Parks gesehen hatte.

Die *Moana* mußte aber anlegen, um Treibstoff zu tanken vor dem Indischen Ozean, an diesem Felsen, der nicht das geringste Leben versprach. Ein perverser Gott hatte in dieser Hölle Armesünder festketten wollen, indem er daraus eines der Erdöllager des Mittleren Ostens machte. Marion hatte noch nie Afrika gesehen, noch nie das Elend aus nächster Nähe betrachtet. Die Armut der Eskimos sieht nicht nach Unglück aus. Sie sind überzeugt, Schätze zu besitzen: ihre Hunde, Felle, Rentiere und, als höchsten Reichtum, ihren Scharfsinn, ihre Erfindungsgabe, die Heiterkeit und Lebenskraft, die Fremde so stark beeindrucken. Hier dagegen entdeckte man Resignation, Unbeweglichkeit, moralische und physische Aufgabe.

Auf dem Boden, zwischen den Abfällen, zwischen ihren griesgrämigen Kamelen und mageren Ziegen, die seit langem jede Vegetation in der Umgebung zerstört hatten, hockten hier Beduinenfamilien, von einer vagen Hoffnung angezogen; und sie starben, ohne je eine Wiese gesehen zu haben, vertrockneten in Barackenslums unter Wellblechdächern, die von der Sonnenglut erhitzt wurden wie Kochtöpfe. In staubigen, gleichzeitig aber schmierigen Gäßchen verkauften Araber ohne Überzeugung entzweigeschnittene Melonen, die schwarz waren von Fliegen, oder verkümmerte Erdnüsse. Hunderte Kinder, die Augenränder von Fliegen starrend, die wegzujagen sie sich nicht einmal die Mühe machten, schleppten sich auf dem Boden dahin, erschöpft von der Sonne und der Rachitis. Um die Augen von Säuglingen, die in staubige Fetzen gewickelt waren, ballten sich ebenfalls Fliegen, summend wie Frauen um einen Brunnen; und diejenigen, die keinen Platz gefunden hatten auf den feuchten Augen der Kinder – obwohl diese Kinder zahllos und wenig kämpferisch waren –, nahmen mit dem toten Fleisch in den Auslagen vorlieb, die unter den dröhnenden Schichten der Insekten ganz verschwanden. Die Metzgereien waren nur daran zu erkennen, daß sie intensiver stanken. Hoheitsvoll und reserviert wie ihre Kamele, überquerten Nomaden die Straßen im abgehack-

ten Rhythmus ihrer Tiere, der düstersten Tiere der Schöpfung; sie sahen aus, als gingen sie nirgendwohin; und irgendwer auf der *Moana* äußerte, daß diese Männer so ungeheuer edel seien und ihre Turbane irre schick drapierten. Was man halt so im allgemeinen von den Nomaden sagt.
Außerhalb der bettelarmen Stadt, in einiger Entfernung von ein paar modernen, aber bereits schäbigen Gebäuden, tauchten von Stacheldraht umzäunte, viereckige Enklaven Englands aus der Wüste auf, jede von ihnen wie aus dem Schächtelchen, mit allem, was dazugehört: der blonden Familie, den Hunden, Bogenfenstern, den dicken kleinen Kindern mit rosigen Wangen, den *cosy* Vorhängen und dem wohlgepflegten Gärtchen. Nur das Gras hatte sich strikt geweigert, rund um diese Konzentrate Englands zu wachsen, die verzweifelt bemüht versuchten, dem *sweet home* zu ähneln.
»Wenn du hier aussteigen willst, darfst du«, sagte Alex, der billige Scherze auf Kosten seines Stiefsohns liebte; Ivan stellte ihn vor schwierige Probleme. »Du siehst, anscheinend kann man hier leben, ohne zu arbeiten. Das heißt … leben … wie man's nimmt!«
»Manche Leute verstehen es, immer und überall zu leben. Es sind immer die gleichen«, sagte Ivan und deutete mit dem Kinn auf riesige Aluminiumsilos,

die die Stadt einschlossen und beinahe heiter wirkten in dieser Welt ohne Farben.
»Immer ganz genau die gleichen: diejenigen, die gern kämpfen. Was glaubst du, hat es hier gegeben vor dem Erdöl? Nichts. Araber, die vor Hunger krepiert sind, wie jetzt.«
Alex und Ivan saßen am Hafen, unter einem bleischweren Himmel, und warteten auf die Frauen, die auch die Hitze nicht von der Besichtigung der erbärmlichen Ausgrabungen mit dem übertriebenen Namen »Zisternen der Kleopatra« – Andenken an eine seit der Römerzeit versiegte Quelle – hatte abhalten können. Auch die Schiffe, in dem klebrigen Wasser schaukelnd, das an eine fette Suppe erinnerte, schienen von der Hitze erdrückt zu werden. Am hellichten Tag schlief alles an den Kais, in jedem Winkelchen Schatten; die Araber, unter ihren Burnussen zusammengekauert, die Füße voller Fliegen, warteten auf den Abend.
»Deine großartigen humanitären Tiraden werden nur noch in den Büros der UNESCO kultiviert«, sagte Ivan. »An Ort und Stelle aber fressen sich die gleichen Schweinehunde auf Kosten der gleichen Typen voll, die sie hier krepieren lassen.«
»Ja, gut, steig hier aus, mein lieber Junge. Mach was Besseres als ich, was Besseres als die Konzernherren. Du hast Vermögen, und du tust so, als würdest

du darauf pfeifen ... Also gründe Schulen, in Aden zum Beispiel, bau eine Fabrik, eine Gewerbeschule, gib diesen Arabern eine Existenzmöglichkeit. Sonst bist du um nichts besser als die Schwätzer von der UNESCO!«

»Fängst du schon wieder an mit den guten Werken! Das von den feinen Damen gestiftete Spital, das den Bossen ein reines Gewissen verschafft ...«

»Ja. Nur mit dem Unterschied, daß die UNESCO ein Wohltätigkeitsverein in internationalem Maßstab ist. Darauf nämlich kommt es an. Und ich garantiere dir, daß wir mehr Brot in die Mäuler der Leute gestopft haben und mehr Wissen in ihre Köpfe als alle eure Brandstiftertheorien aus den Bistros von Saint-Germain-des-Prés!«

»Na schön, verteilt nur weiterhin Milchbüchsen, und bringt den Unterentwickelten Lesen bei, ohne die Gesellschaft zu verändern. Auf diese Weise gehen die Burschen zwar nicht schon im Säuglingsalter vor die Hunde, ohne zu wissen, warum, aber wenn sie erwachsen sind, habt ihr Milliarden von ihnen am Hals, die ihren Anteil am Kuchen wollen. Sie werden euch alle verdrängen, und ihr werdet sie, wie Idioten, undankbar nennen.«

»Also hatten Pest und Cholera im Grunde genommen ihr Gutes?«

»Jedenfalls kann man sie nicht auf diese Weise

ausrotten. Ihr seid wie diese beschissene Regierung, die euch dazu bringt, Bälger auf Bestellung zu produzieren, euch mit Prämien ködert, wenn sie auf die Welt kommen, und bei Schulbeginn gemeinsam mit euch feststellt, daß es nicht genügend Klassenraum für sie gibt!«

»Also gut, mein Freund, erneuern wir die Gesellschaft, ganz und gar einverstanden«, sagte Alex jovial, da er fühlte, daß er sich auf sichereres Terrain begab. »Stell dir vor, genau das versuche ich in meinem bescheidenen Wirkungskreis seit zehn Jahren zu tun. Ich bringe den Unterentwickelten Lesen bei. Das ist doch ein Anfang, oder? Und du? Was gedenkst du zu tun, um ihre Lebensbedingungen zu ändern? Politik und ...«

»Politik? Du bist nicht bei Trost. Das ist das beste Mittel, um gar nichts zu erreichen.«

»O doch: den Faschismus. Wenn du solche Sachen sagst, befindest du dich auf dem direkten Weg dorthin. Idioten, die wir sind, haben wir euch das immerhin bis jetzt erspart. Schön, aber ich? Soll ich mich auf Genetik verlegen? Auf die Landwirtschaft? Sie müssen was zum Futtern haben, diese Leute ... Da wirst du mir sagen, daß man studiert haben muß, um einer Milliarde Hungernder Plankton oder Erdöl als Nahrung vorsetzen zu können. Das ist schwierig. Oder aber man muß selbst schuften. Das ist hart.

Kurz und gut – was soll geschehen? Was willst *du* für die Welt schaffen?«

»Zuerst müßte man eine ganze Menge abschaffen«, sagte Ivan.

»Ja, das ist der unterhaltsame Teil des Programms. Auch wenn man nicht weiß, was man machen soll, kann man immer etwas wegmachen. Aber dann? Ich höre …«

»Wenn das auf eine persönliche Auseinandersetzung hinausläuft, dann gestatte mir, mein lieber Vater, daß ich dich deinem reinen Gewissen überlasse.«

»Meinem bourgeoisen Gewissen«, sagte Alex. »Das hast du vergessen. Und daß auch du ein Bourgeois bist. Das ist nicht meine Schuld, vergiß das nicht. Es wäre mir recht gelegen gekommen, wenn du als Prolet in der Vorstadt geboren worden wärst … oder in Taganrog. Aber man kann nicht alles haben: Entweder man ist Arbeiter und träumt davon, reich zu werden … oder man ist reich wie du und …«

»Von deinen simplifizierten Gedankengängen hab' ich die Schnauze voll«, sagte Ivan. »Und wenn ich mich aus dem Staub mache, dann deshalb, weil ich sie vergessen will, weil ich nicht einmal mehr in die Versuchung kommen will, mit dir zu diskutieren«, fuhr er fort, während er in das Beiboot stieg, das darauf wartete, sie an Bord zurückzubringen.

»Das ist immer der erste Teil des Programms – die Flucht!« schrie Alex ihn an, der sich in seiner Eigenschaft als Erwachsener verpflichtet fühlte, das letzte Wort zu behalten, während diese Diskussionen, die er bloß als verhöhnter Erzieher führen konnte, nur einen bitteren Nachgeschmack in ihm hinterließen und das Gefühl der Niederlage. Tief in Alex verbarg sich ein Student, der sich Ivan sehr nahe fühlte. Sehr nahe auch den Kommunarden, sehr nahe Saint-Just, über den er seine Diplomarbeit geschrieben hatte, den Anhängern Saint-Simons, den ersten Bolschewiken, all jenen, deren Träume höher waren als das Leben und die sich für die idealen, extremen Lösungen entschieden hatten. Er verabscheute sich in dieser Rolle eines Zutreibers des Absoluten, des vernünftigen Bürgers – des Vaters, mit einem Wort. Aber die Enttäuschung der Nachkriegszeit, die Ernüchterung nach den enthusiastischen Tagen der Résistance und die Unfreiheit, die für einen mittellosen jungen Mann der Zwang, seinen Lebensunterhalt zu verdienen, bedeutete, hatten aus ihm zuerst den Beamten gemacht, der sich ein wenig seiner Machtlosigkeit schämte, und dann – durch Zufall – zum Mann einer reichen Frau. Er hatte sich schließlich mit der Gesellschaft abgefunden wie alle anderen – weil man alt wird, weil man doch eines Tages eine Sozialversicherung braucht und weil man

sich eine Zentralheizung wünscht, wenn das Blut sich abkühlt.
Irgendwie war er zornig auf Ivan, weil der Junge noch in dem Alter war, in dem man sich empört, alles en bloc ablehnt, und weil er weder Krieg noch Armut gekannt hatte. Ivan – vollgestopft mit vorgekauter und komprimierter Bildung, ins Erwachsenenalter geleitet durch die vollkommen hygienische Umgebung schweizerischer Internate, der Juliferien in der Normandie, der Wochenenden in fashionablen Luxusvororten, durch Phosphor, Kalzium, durch Leberextrakte von Tausenden neugeborener Kälber, die Zähne reguliert vom besten Spezialisten in Paris, die Krümmung der Nasenscheidewand beseitigt, der Brustkorb erweitert durch entsprechende Gymnastik –, Ivan konnte jetzt vor seinen Erziehern ausspucken, ohne seine Lungen mit auszuspucken, konnte sein Nervensystem unter Drogen setzen, das zwanzig Jahre lang vor jedwedem Angriff geschützt worden war, konnte Zellen aushungern, die wohlgefüllt waren mit Reservestoffen erster Qualität, konnte ohne allzu große Risiken eine von wohlgenährten Vorfahren ererbte Gesundheit gefährden und schließlich eine Kultur mit Füßen treten, der er alles verdankte, das Recht, sich aufzulehnen, inbegriffen.
Wenn Alex sich an seine Jugend und an die so vieler anderer erinnerte, hatte er das Gefühl unerträglicher

Ungerechtigkeit, eines Wirrwarrs, in dessen Mitte sein Stiefsohn voller Hochmut thronte, mit der Visage eines Christus und Weltverbesserers. Dieser Gedanke löste bei ihm die strengen Worte und den schroffen Ton aus.

Bevor Alex an Bord zurückkehrte, um mit Meeresfrüchten gefüllte Blätterteigpasteten, Rinderbraten Charolais und Mandarinensorbet zum Abendessen zu speisen, begleitete er Iris, die Weihnachtsgeschenke kaufen wollte, in diesen Freihafen, der wie von der Natur von den Zollbehörden vergessen worden war.

Am Abend wurden in den vollklimatisierten Badezimmern Bäder genommen und Whisky getrunken, um die Bazillen zu töten. Und Phrasen gedroschen, ganz aufrichtige Phrasen. Aufrichtig und hohl. Hohl, aber aufrichtig.

Um Mitternacht ließ der Kapitän die Uhren an Bord um eine Stunde vorstellen, zum fünftenmal. Die Reise ging von West nach Ost, daher würden vierundzwanzig Stunden sich faktisch in Nichts auflösen, es würde ihnen allen also ein Tag und eine Nacht fehlen, vierundzwanzig nichtgelebte Stunden!

»Vierundzwanzig Stunden, die die Pariser in dieser Zeitspanne gelebt haben«, sagte Marion.

»In welcher Zeitspanne?« fragte Tiberius.

»Wie kann einer, der sich auf demselben Planeten

befindet, einen Tag erleben, den ein anderer nicht erlebt?«
»Es gibt also einen Tag, an dem man nicht seine Tochter in Paris anrufen kann, weil man ihn nicht erlebt?« fragte Marion nochmals.
»Dieser Tag wird uns Stunde um Stunde weggenommen«, sagte Yves.
»Das läuft auf dasselbe hinaus«, erklärte Iris. »Die Stunden, die wir mit Hilfe der Uhren gewinnen, haben wir niemals gelebt. Wir kommen ohne sie nach Frankreich zurück! Also haben die Leute in Paris in dieser Zeitspanne langsamer gelebt.«
»In welcher Zeitspanne?« fragte Tiberius.
Die Blicke wurden stumpf und richteten sich nach innen. Man versenkte sich in die unergründlichen Schächte der Relativität von Zeit und Raum, Einsteins Einsichten verursachten diesen wohlmeinenden Leuten Schwindel, die dahinplauderten unter dem Gewölbe der Himmel, lächerliche Maden, vom Indischen Ozean sanft gewiegt.

8
Aden–Bombay: 1678 Meilen

»Lies mir vor, was deine Töchter dir berichten«, sagte Yves zu Marion, die eben das Paket mit Briefen taxierte, das in Aden postlagernd auf sie gewartet hatte. »Ich bin nicht fähig, einen Brief in der Hand zu halten.«

Auf der *Moana* lastete eine Hitze, die man greifen konnte, löschte den weiten Horizont aus, verwischte die Grenze zwischen Himmel und Wasser, dämpfte die Geräusche, verlangsamte Bewegungen und Gedanken. Nur das Klirren der Eiswürfel in Yves' Glas vermittelte einen symbolischen Eindruck von Frische.

»Pauline möchte jetzt Schriftstellerin sein«, sagte Marion, die den Brief ihrer Tochter bereits ein erstes Mal überflogen hatte.

»Ihre Art, sich auszudrücken, ist anbetungswürdig. Vorher wollte sie Schauspielerin *sein!* Hast du's bemerkt? Sie sagt niemals *werden*, das würde eine

Lehrzeit mit einschließen. So geht sie vom Nicht-Sein zum Sein über ...«

»Apropos, sie hat eine Arbeit gefunden: Hosteß bei der Messe für Verpackung. Die Ausstellung dauert acht Tage.«

»Ach ja, gut«, sagte Yves. »Ich hab' schon Angst bekommen.«

»Schon, die Katze, hat drei Junge gekriegt, Eddie hat die Geburt gefilmt. Und was die berühmte Telefonrechnung betrifft, du weißt schon, diejenige, die wir vor der Abreise nicht zahlen wollten, hör zu, was sie dazu sagt: ›Die Kerle von der Post sind endlich gekommen. Ein Junge, recht hübsch. Ich habe ihm das entzückende Dummchen vorgespielt, um ihn zu überzeugen, daß an der Zähluhr irgendwas kaputt sein müsse ... aber nichts zu machen, da war kein Rabatt drin, obwohl ich ihm sogar mich selbst angeboten habe. Schick also den Scheck so schnell wie möglich.‹«

»Ich war sicher, daß da nichts kaputt war«, sagte Yves. »Eddie wird mit San Francisco telefoniert haben, das ist die einzige Erklärung für diese ungeheuerliche Summe.«

»Aber das hätten wir doch auf den Beiblättern zur Rechnung gesehen.«

»Also, dann war es eben Peking ... oder zwei volle Stunden mit Saint-Tropez. Die Avantgarde-Filme-

macher haben es nie notwendig, mit der finsteren Provinz zu telefonieren.«
»Wenn du willst, zahlen wir nicht. Es kann uns ja schließlich egal sein, wenn das Telefon abgeschaltet wird …«
»Nein, weil nach ein paar Monaten der Anschluß stillgelegt wird.«
»Gut, also stecken wir in der Klemme, wie gewöhnlich: Schick ihnen den Scheck.«
»Es gäbe auch die Möglichkeit, Eddie hinauszuschmeißen.«
»Das heißt noch nicht, daß wir den Scheck nicht zu schicken brauchen. Und fühlst du dich imstande, den strengen Vater zu spielen? Du schreibst jedenfalls den Brief; dazu bin ich zu feig. Ich möchte gern, daß er bald geschrieben wird, ich selbst will's aber nicht tun.«
»Wenn man mit dem Liberalismus begonnen hat«, sagte Yves belehrend, »dann ist man verloren. Wegen einer Telefonrechnung darf man sich nicht wieder aufs hohe Roß schwingen. Wir schicken also den Scheck, wie gewöhnlich. Und was gibt es sonst noch an guten Nachrichten?«
»Eddie soll morgen einen Produzenten treffen, der sich sehr für seinen Film interessiert und der …«
»Warum heißt es immer morgen? Als wir wegfuhren, sollte er gerade am nächsten Tag jemanden

treffen, der bereit wäre, ein paar Millionen in sein Projekt zu buttern. Er sagt nie, was am Tag vorher passiert ist! Was hat er übrigens gemacht bis jetzt?«
»Immerhin einen Kurzfilm.«
»Alle diese Jungen haben *einen* Kurzfilm gemacht. Davon lebt er schon fünf Jahre!«
»Es wurmt mich, daß ich Pauline zu Hause lassen mußte mit diesem Kretin von Eddie«, sagte Marion. »Wenn ich daran denke ...«
»Sie ist großjährig«, antwortete Yves. »Und der Kretin auch. Mach dir ihretwegen keine Sorgen, wir werden beide in sechs Monaten zu Hause im warmen Stübchen vorfinden.«
»Das ist nicht sicher. Pauline wird nicht ewig verliebt sein ...«
»Aber ja ... So lange jedenfalls, bis sie beide es sich bei uns zu Haus bequem eingerichtet haben! Wie soll sie, glaubst du, merken, daß es nicht ›kaputt‹ ist, Miete zu bezahlen? Eddie mag lange Reden halten, daß er jederzeit zur Verfügung stehen muß, die notwendige Vorbedingung für seine Kunst, da wir die Schwäche haben, ihm die bourgeoisen Blödheiten beizusteuern, eine möblierte Wohnung, Telefon, Strom ...«
Die düstere Vision dieses Kretins von Eddie, auf *ihrem* Kissen, mit seinem von kohlschwarzen Borsten überwucherten Oberkörper, rauchend in ihrem

Bett, Eddie, der die Asche hoheitsvoll auf den himmelblauen Spannteppich fallen ließ, in einem Zimmer, dessen Fensterläden er niemals öffnete und in dem leere Joghurtbecher, Orangenschalen, Whiskyflaschen und all diese infamen Filmzeitschriften herumlagen – diese Vision machte Marion wütend. Dieser Trottel, der sich Eddie rufen ließ, während seine Mutter ihn mit dem Namen Robert anschrieb!
»Man fragt sich oft, wie es kommt, daß jemand sich in jemanden verliebt. Er ist der Schlimmste, den sie je gehabt hat, dieser Kerl! Er bringt es fertig, schwärzer zu sein als alle übrigen Dunkelhaarigen ... Er macht mehr Badewannen schmutzig ... Sein Bart wächst schneller ... Seine Zigaretten zerfallen zu mehr Asche ... Er riecht sogar am Telefon nach Knoblauch!«
»Ich verstehe noch immer nicht, wie du es zulassen konntest, daß er sich bei uns häuslich einrichtet«, bemerkte Yves.
»Na schön, deshalb. Weil es mir lieber ist zu wissen, daß Pauline bei uns wohnt und nicht bei ihm zu Hause.«
»Welchem Zuhause bitte?«
»Oh, sie hätten schon ein Zimmer gefunden, das er den ersten Monat hindurch bezahlt hätte. Danach hätte Pauline ungedeckte Schecks ausgeschrieben, wie deine Cousine. Das ist uns bisher erspart geblie-

ben. Oder aber sie hätte bei Freunden schmarotzt. Es wäre mir schrecklich peinlich, wenn Pauline als Eddies Konkubine bei irgendwelchen Leuten wohnte.«

»Und wenn es ihr selbst nicht peinlich ist?«

»Aber ich schäme mich. Ich kann mich noch nicht frei machen von dem, was sie tut. Und dann hab' ich das Gefühl, daß wir, solange sie zu Hause wohnt, umgeben von den Möbeln ihrer Kindheit, mein Bild vor Augen, noch ein bißchen Einfluß auf sie bewahren und das Schlimmste verhindern können.«

»Das Auge ruhte auf ihr im Grabe noch ...« zitierte Yves.

»Ganz recht. Ich bin sicher, daß sie es spürt, mein Auge. Und außerdem ist sie in *ihrem* Heim: An dem Tag, an dem sie genug hat von Eddie, braucht sie ihm nur die Tür zu weisen, und dann ist er wohl gezwungen abzuhauen, mitsamt seinem Plattenspieler, seinem niemals vollendeten Manuskript und seinen drei Slips.«

»In der Zwischenzeit, so scheint es, geben wir unser Placet zu dieser Situation«, warf Yves ein.

»Ganz und gar nicht. Sie weiß sehr gut, was wir beide von Eddie denken, und das hat sie schon davon abgehalten, ihn zu heiraten.«

»Mein kleiner Liebling, ich möchte mit dir darüber nicht diskutieren. Auf alle Fälle weiß ich, daß du, was Pauline angeht, nur nach deinem Kopf handelst. Und außerdem bin ich nicht so ganz sicher, ob ich recht habe.«

»Ich auch nicht, aber … sagen wir, daß ich auf diese Weise ruhiger bin.«

Immerhin war es ihnen mit diesem Trick, die Freunde ihrer Tochter zu sich nach Hause zu locken, gelungen, mehrere davon unschädlich zu machen: den peruanischen Gitarristen oder diesen sechsundvierzigjährigen Greis, Vater dreier »kleiner Mädchen«, von denen das älteste fast genauso alt war wie Pauline, was ihm überhaupt nicht auffiel, denn Alter ist ein variabler Begriff – je nachdem, ob man Familienvater oder Konsument ist; und dann den Autorennfahrer, für den Pauline eine solche Leidenschaft gefaßt hatte, daß sie sich ein Jahresabonnement der Sportzeitung *L'Equipe* bestellte, wobei sie vergaß, daß diese Frist weit über die durchschnittliche Lebensdauer ihrer Gefühle hinausreichte. Sechs Monate lang mußte sie die Zeitung allmorgendlich wegwerfen!

Yves griff Pauline jedoch niemals direkt an. Oder überhaupt jemanden. Er zog es vor, mit jedermann behutsam umzugehen … und mit seiner eigenen Beliebtheit. Wenn man die anderen so sehr versteht, dann heißt das, daß man sie billigt, pflegte Marion zu sagen. Er antwortete, daß Verstehen nicht

Urteilen heiße. Sie gab zurück, daß Nicht-Urteilen gleichbedeutend sei mit dem Verzicht auf Meinungsäußerung und dadurch eben mit Verzicht darauf, anderen Leuten zu helfen. Er behauptete, daß man ohnehin nie irgend jemandem helfen könne. Getreu dieser Doktrin vermied er es auch, Iris' Sohn zu widersprechen, weshalb er in Ivans Augen der einzige anständige Erwachsene war, der einzige, an den er das Wort zu richten geruhte. Dieses Resultat erlangte Yves jedoch nur durch das, was Marion »kleine Verrätereien« nannte, denn sie konnte sich nicht vorstellen, wie sehr Yves den reifen Mann verabscheute, der er selbst werden mußte. Wenn er nicht durch – leider aufrichtige, leider tiefe – Gefühle gebunden gewesen wäre, wäre auch er weit weg geflüchtet von den Yangs, die sich umbringen, den Marions, die sich um nichts und wieder nichts zugrunde richten, von Kindern, die den Vater bis auf die Knochen abnagen wie Piranhas, und von einem Beruf, den man nur dann weiterhin mag, wenn man sich jeden Tag aufs neue dafür entscheiden kann. Ein Luxus, den er sich nur selten zu leisten imstande war. Marion liebte weder seine »Nummer für junge Männer, die ihre Familie verlassen«, noch die für junge Mädchen; oder diejenige für den Akademiker, Barmann oder Avantgarde-Schriftsteller. Er konnte doch nicht in allen die-

sen Rollen ehrlich sein! Sie sagte »Nummer«, um das Ganze abzuwerten, denn sie konnte nicht anders, als diese Art, mit jedermann zu leben, dahingehend zu interpretieren, daß Yves dadurch weniger mit ihr lebte. Diese Interpretation entsprang der von der Leidenschaft verursachten Kurzsichtigkeit, die dazu neigt, das Liebesobjekt festzubinden. *Das Liebesobjekt* ... schreckliches Wort! Es enthält ein ganzes Programm.
Eddie zum Beispiel ... Marion hatte nicht gezögert, sich bei ihm unbeliebt zu machen, indem sie ihm gerade nur guten Tag sagte und ihn niemals fragte, was es bei seiner »Arbeit« Neues gebe. Sie sorgte sich nicht darum, daß er sich wohl fühle, weil sie ja in Wirklichkeit wollte, daß er sich aus dem Staub mache. Yves gab sich mitfühlend: Er unterhielt sich lange mit ihm über die neuen Tendenzen des Films, fragte: »Noch einen Whisky, Eddie? On the rocks?« »Ich werde sie dir schon geben, deine Rocks«, dachte Marion insgeheim. Im stillen bekannte sie sich nur allzu gerne zu engstirnigen Anschauungen, sogar wenn sie sich nach außen als die liberalste aller Mütter gab, die sich am weitesten in den Hintergrund zurückzog, wie manche ihrer Freundinnen sagten. Er verkostet meinen Whisky, meine Eiswürfel, meine Tochter ... Und als Zugabe zu alldem muß ich mich noch als Schreckschraube einstufen lassen. »Dein

Vater ist wirklich ein toller Bursche«, sagte Eddie oft zu Pauline, die Yves diese Worte mit der Verbindlichkeit der Stieftochter wiederholte, für die in einem Vater immer noch ein bißchen von einem Mann steckt.

Ivan also kam oft zu Yves, um sich verstanden zu fühlen. Unglücklicherweise gab Alex ihm nicht mehr nach, da er es nicht akzeptieren konnte, daß sein Sohn die Familie wirklich verlassen wollte. Selbst kinderlos, hatte er seine Verantwortung als Stiefvater sehr ernst genommen, und dieses Scheitern bekümmerte ihn. Yves mochte es nicht, alle seine Leute gleichzeitig um sich zu haben: So konnte er Ivan nicht zu verstehen geben, daß er auf seiner Seite stand, und Alex nicht, daß die Lage von Eltern unhaltbar ist. In dieser Hinsicht stellten die Mahlzeiten eine tägliche Prüfung dar, die Ivan regelmäßig abkürzte, indem er vom Tisch aufstand.

»Du bist nur ein Revolutionär im Zebi-Pelz«, schloß Alex am Ende einer neuen Diskussion, die seine Niederlage nur noch schmerzlicher machte.

»Das ist immerhin besser als ein Revolutionär in einer Kuhhaut«, bemerkte Tiberius versöhnlich.

»Was ist denn eigentlich ein Zebi? Ein richtiges Tier?« fragte Iris in der Hoffnung, das Gespräch von ihrem Sohn weglenken zu können.

»Keineswegs, ›Zebi‹ heißt ›überhaupt nichts‹ auf

arabisch«, erläuterte Alex. »Du verwechselst es mit dem Zebu, das eine Art von Rind ist.«

»Und mit dem Zobel, das auch eine Art von Tier ist«, sagte Tiberius. »Aber es gibt auch den Zebidiris*: Er hat zwei ziemlich lange Pfoten, eine Gitarre, ein schwarzes Fell und ist sehr schwer zu fangen.«

»Zebidiris könnte man für den Namen eines exotischen Vogels halten«, meine Iris. »Er lebt im Schilf und stößt kehlige Laute aus …«

»Nachdem er die Schleie abgelehnt hatte, fand er einen Gründling«, zitierte Alex.

»Jedenfalls ist es ein Vogel mit Flügeln«, sagte Ivan, während er vom Tisch aufstand, »und er macht davon Gebrauch.«

Iris sah ihm mit dem resignierten Blick der Mütter nach, die eben die Niederlage entdecken, die in jeder Mutterliebe begründet ist.

»Hör zu«, sagte sie zu Alex, als ihr Sohn auf leisen, bloßen Füßen verschwunden war, »wozu soll es gut sein, mit ihm zu diskutieren? Du bringst ihn nur noch mehr gegen uns auf.«

»Ich vertrage es nicht, daß er keine andere Lösung findet als abzuhauen, um vor seinem Geld zu flüchten«, sagte Alex. »Es ist eine Beleidigung für die, die

* Wortspiel: Zebidiris = Zébi d'Iris, Iris' Zebi

keines haben. Und was für ein Mangel an Phantasie! Das ist das Traurigste daran. Wie wird er aussehen in Bombay mit seinen ausgewaschenen Jeans von Ted Lapidus und seinen dreckigen Füßen? Er hat keine Ahnung, was Indien ist!«

Marion getraute sich nicht mehr, an diesen Diskussionen teilzunehmen. Die Existenz von Dominique und vor allem von Pauline und ihre gleichsam physiologische Verpflichtung, sie zu lieben und anzuerkennen, was immer auch geschehen mochte, hatten sie gelehrt, daß Gedanken sich nicht lange halten können gegen Gefühle. Seitdem Yang in ihr Leben eingebrochen war, litt sie darunter, daß sie nicht wagte, zu sagen, was sie dachte. Ihrer Natur nach hätte sie sich auf Alex' Seite geschlagen. Aber kann man recht haben gegen die Angst? Gegen die – selbst absurde, selbst ungenaue – Suche nach etwas? Man hat auch nicht unrecht, gewiß. Man hat nichts: Es bleibt einem nur, daß man nicht mehr jung ist, daß die Jugend ein Ende hat, das stets mit jemandes Tod abschließt, und daß dieses Ende heftig ist, weil die Jugend gegen das Bild des Alters kämpft, das wir ihr bieten. Das Zebi mit allen seinen Eigenschaften brachte Marion auf, aber sie wollte nicht diejenige sein, die sagt: »Mein kleiner Junge, das Leben wird dich bändigen ...« oder: »Warte, bis du so alt bist wie wir, du wirst schon sehen ...« O ja, sie würden schon sehen; ziemlich bald sogar. Diese Worte erinnerten sie zu sehr an ihren Vater, Kampfkreuz 1936, mit seinem französischen Barett tief in die Stirn gedrückt und den verklemmten Ideen darunter, Veteran des Ersten Weltkriegs, Pétain-Anhänger 1940, Gaullist 1950, mit seinem bornierten Patriotismus – er sagte immer: »die Boches« –, seinem Abscheu vor bezahltem Urlaub, der doch nur Häßlichkeit und Sonnenhüte aus Zeitungspapier an *seine* Strände schwemmte; dabei vergaß er, daß seine eigene Generation die ganze Küste der Normandie mit ihren scheußlichen Villen versaut hatte, in denen das gutbürgerliche reine Gewissen und die bourgeoise Anmaßung üppige Blüten trieben.

»Es ist komisch«, sagte sie zu Alex, »ich fühle mich wie ein grober Klotz mit meiner trostlosen Vorliebe für Arbeit und Anstrengung. Das ist heute beinahe eine Schande! Warum nimmt denn die Absurdität der Welt nicht *uns* die Lust am Leben? Denn sie haben recht: Die Welt *ist* absurd.«

»Meine liebe Freundin«, antwortete Alex, »die Absurdität der Welt ist nur ein Alibi für Ivan. Schon mit fünfzehn gab er diesen völligen Mangel an Berufung zu erkennen, der eine sublimierte Form der Faulheit ist … und selten mit überragender Intelligenz Hand in Hand geht, das muß man schon sagen.«

»Da«, sagte Iris, »übertreibst du: Man kann vom

Leben angeekelt sein und trotzdem sehr intelligent. Die Neurasthenie ist eine Neurose.«
»Die zur Psychose wird, weil wir sie ernst nehmen«, erwiderte Alex.
»Die Jungen würden also nur eine ordentliche Tracht Prügel brauchen? Ja?« gab Iris sarkastisch zurück.
»Was ist der genaue Unterschied zwischen Psychose und Neurose?« fragte Marion.
»Nun, der Neurotiker sagt, daß zwei und zwei vier ist, aber er findet das tragisch. Der Psychopath ist überzeugt, daß zwei und zwei fünf ergibt, und findet das wundervoll. Ich bin also ein neurotischer Vater: Ich sehe Ivan, wie er ist, und finde das tragisch. Er und seine Kumpel konstruieren sich eine Zukunft der Gescheiterten.«
»Vielleicht nicht in der Liebe«, sagte Iris.
»Ah, das möchte ich sehen«, rief Alex. »Ich bin sicher, daß sie sich auch da Probleme zusammenbrauen.«
Iris schmollte, womit sie deutlich ausdrücken wollte, daß die sexuellen Probleme alle Generationen heimsuchten. Das Gespräch schweifte ab zur sexuellen Freiheit und Empfängnisverhütung, Themen, die in den geistigen Auseinandersetzungen der Franzosen Gott und den Endzweck der Welt ersetzt hatten. Man sprach nicht mehr von Gott. Marion entdeckte, daß sie seit Jahren nicht mehr an Gott gedacht hatte.

Während der fünf Tage und sechs Nächte, die die Fahrt durch den Indischen Ozean dauerte, blies der Monsun aus Nordost, mäßig bis stark, und zwang alle, sich auf Probleme des Gleichgewichts und der Ernährung zu konzentrieren, die mehr oder weniger glücklich gelöst wurden.

Am sechsten Tag endlich, dem Tag vor Weihnachten, fuhr die *Moana* in eine Bucht mit schlammigem Wasser, auf dem die dreieckigen Segel zahlloser brauner Schiffe mit erhöhtem Hinterdeck nach allen Richtungen kreuzten. Eine ungeheure gelbe Sonne stieg auf hinter dem mächtigen Berg, der sich über Bombay erhebt, und tauchte alles in ein seltsames Licht, das den Passagieren exotisch erschien, weil man sich zu Hause ja selten die Mühe macht aufzustehen, um den Sonnenaufgang zu betrachten.

Die ersten Repräsentanten Indiens, die ihnen begegneten, waren ein paar Beamte mit Lederaktenmappen, wie überall auf der Welt. Würdig entstiegen sie dem winzigen Kahn, der von zwei zerlumpten kleinen Jungen herangerudert worden war, und gaben sich mit tiefem Ernst den Zoll-, Polizei- und gesundheitsdienstlichen Obliegenheiten hin, deren Komplexität sich anscheinend stets umgekehrt proportional zum Entwicklungsgrad des jeweiligen Landes verhält.

Am Kai von Bombay, wo die Reisenden sechs Stunden später an Land gingen, erwartete sie, auf dem Boden sitzend, ein Junge. Die Lumpen verbargen seine natürliche Vornehmheit nur schlecht, und dem Straßenstaub gelang es nicht, die aristokratischen Füße schmutzig aussehen zu lassen. Er trug ein Hindu-Gewand, das offenstand über dem anmutigen Oberkörper, so daß man die Rippen und eine sehr feine Goldkette um den Engelshals sah. Mit ihm wollte der Zebidiris durch Indien wandern. Zunächst würden die beiden Jungen den Sohn eines Maharadschas besuchen, den Lesley in Oxford kennengelernt hatte, dann das Land zu Fuß durchqueren – dabei in Pondichéry in einem Ashram Station machen, wohin ein Vetter von Alex, Arzt aus Lyon und Vater von vier Kindern, mit einer Gruppe von Yoga-Adepten zu einem vierzehntägigen Besuch gekommen und wo er fünf Jahre später noch immer ins Gebet vertieft war.

Lesley sah Leslie Howard ähnlich. Er war zu Fuß aus Europa gekommen, durch die Türkei, den Iran und Afghanistan. Aber er gefiel Iris, die, wie viele Mütter, bei den Kindern anderer das Malerische leichter vertrug. Bevor sie im *Tadsch Mahal* zu Mittag aßen, wo Ivan sich von den Familien verabschieden wollte, schlug Lesley vor, die acht Passagiere der *Moana* durch das wahre, echte Bombay zu führen.

Vertrauensvoll – denn dank der Filme, der Berichte ihrer Freunde und der ausgezeichneten Bücher, die sie gerade gelesen hatten, glaubten sie, sich eine indische Stadt recht gut vorstellen zu können – traten sie durch die Pforte des Ostens am Hafen und tauchten mit einem Schlag in einer kompakten, schwindelerregenden Materie von geradezu greifbarer Dichte unter: in den indischen Massen. Sie begriffen sofort, daß nichts, *nichts*, sie auf diesen Schock hätte vorbereiten können. Eine Menschenmenge in Paris, London oder Tokio besteht aus einzelnen kleinen Männlein und Weiblein, von denen ein jedes auf sein Ziel zuläuft. Hier strebt die Menge nirgendwohin, sie strömt sanft in alle Richtungen, unerschöpflich, weiß und braun, füllt auch den kleinsten Raum zwischen den zerfetzten Droschken, den Karren mit den kleinen Buckelrindern davor, den roten Doppeldekkerbussen, den wenigen amerikanischen Autos, den räudigen Hunden, die hier die Parias der Tiere sind, und natürlich den Kühen; weißlich, ebenso abgezehrt wie die Menschen, bevölkern sie kraft göttlichen Rechts, aber ohne jegliche Aggressivität die Gehsteige und Fahrbahnen. Und die Millionen brauner Augen richten den unvergeßlichen Blick Indiens auf den Fremden, einen einzigartigen Blick, den Blick zu ernster Säuglinge, deren Lider mit einem schwarzen Stift nachgezogen sind, den Blick der bis auf die Knochen abgemagerten Greise, den kleiner Mädchen, die die Fremden den ganzen Tag hindurch verfolgen und ihnen dabei die Hand hinstrecken, auch den der Kühe – überall der gleiche Blick: passiv und sanft. Die Menschheit ist hier in Kubikmeter eingeteilt: in den Läden, wo ganze Familien übereinandergestapelt sind, zusammengekrümmt auf den Regalen hockend mit ihren Waren, oder in den hohen, in Kaninchenställe verwandelten viktorianischen Häusern, wo hinter den Gittern jeder Öffnung mehrere Lagen aufeinandergehäufter Leiber zu sehen sind.

Alex erspähte den Aufruhr der Gefühle im Gesicht seines Zebis.

»Das ist gewiß das, was du ›Rückkehr zu den Ursprüngen‹ nennst?« konnte er sich nicht verkneifen zu sagen. Ivan zuckte die Schultern.

In dem großen klimatisierten Restaurant, in dem sie die letzte gemeinsame Mahlzeit einnahmen, wurde weder Bier noch Wein serviert. Auch kein Whisky, trotz der »Zertifikate für süchtige Ausländer«, die Yves bei den Gesundheitsbehörden am Hafen besorgt hatte. Die Stunde der Trennung nahte, was Alex immer mehr in Wut brachte; er nannte es Fahnenflucht – ein Ausdruck, den er von seinem Vater übernommen hatte und über den Ivan höhnisch grinste.

»Ich habe heute morgen all diese jungen Inder angeschaut«, sagte Alex in gleisnerischem Ton, während er freudlos seinen Grapefruitjuice schluckte. »Ich finde, du solltest deinen Aufenthalt hier nützen, um einen Austauschdienst für junge Leute zu organisieren. Ich bin sicher, daß viele junge Inder hingerissen wären, wenn sie ein Jahr in Frankreich verbringen könnten, bei deiner Mutter zum Beispiel, und deine Kleider tragen, vor allem deine Schuhe, deinen Plattenspieler benützen, dein Auto, deine Freundinnen ...«

»Da frage ich mich aber, was ihr ihnen beizubringen hättet«, sagte das Zebi.

»Das, mein Guter, müssen sie selbst beurteilen. Du gibst genau das auf, wonach sie sich sehnen: die Freiheit, die einem das Geld gibt – jeden Tag etwas essen und über sein Leben bestimmen zu können. Ich weiß nicht, ob dir das Absurde deiner Haltung bewußt ist?«

Ivan verabscheute es, wenn man ihn »mein Guter« nannte. Verabscheute die Stimme seines Vaters. Verabscheute den Kummer, den er in den Augen seiner Mutter las. Verabscheute diesen Leichenschmaus zu Ehren des verlorenen Sohnes. Er verabscheute es auch, Lesley zeigen zu müssen, daß er in den Augen seiner Eltern noch ein Kind war.

»Übrigens, wenn du Inder wärst«, fuhr Alex fort,

»wärst du normalerweise bald tot. Die Lebenserwartung beträgt hier fünfundzwanzig Jahre!«
»Alex«, fuhr Iris dazwischen, »ist dir klar, daß du ekelhaft bist? Das Kind hat doch schließlich nichts verbrochen!«
»Hör zu, Maman«, sagte Ivan, »wozu diese Zeremonie in die Länge ziehen? Der Zebidiris ist ein Wandervogel, er fliegt fort, das ist alles; nachdem er ein paar kehlige Laute zum Abschied ausgestoßen hat«, fügte er hinzu und wandte sich der Gesellschaft zu. »Und gute Reise euch allen. Begleite mich noch ein Stück, Maman, ich hole meinen Seesack aus der Garderobe.«
Lesley ging diskret hinaus, um Iris und Ivan vor dem Hotel zu erwarten.
»Ich hab' dir Geld nach Kalkutta und Neu-Delhi überweisen lassen«, flüsterte Iris ihrem Sohn ins Ohr. »Falls dir etwas zustoßen sollte. Du brauchst es nur bei Barclay's Bank zu verlangen ... Der Konsul ist auch verständigt.«
»Maman!« sagte Ivan vorwurfsvoll. Eines Tages mußte man wohl diese Art von Mutter umbringen, mit dem Schneidbrenner zerteilen, aus sich herausreißen und die Wunde ausbrennen, damit sie sich schneller schließe. Der dunkelhaarige Kopf senkte sich auf seine Schulter, und er fühlte Tropfen auf seinem bloßen Arm. Iris hob das Gesicht, um ihrem

Sohn mit schmerzlicher Intensität in die Augen zu schauen.

»Warum tust du mir das an?« fragte sie. »Warst du wirklich dazu gezwungen?«

Sie brach in Schluchzen aus. Er drückte sie immer noch an sich, sie wurde vom Weinen geschüttelt wie ein kleines Mädchen, und zum erstenmal fühlte Ivan sich als Mann. Zum erstenmal waren die Rollen vertauscht, und er hielt sie im Arm. Da er größer war als sie, sah er, daß ihre Haarwurzeln weiß waren ... Er hatte nie gedacht, daß seine Mutter so weiße Haare unter ihrem Panzer haben könnte ... Also war auch sie ein menschliches Wesen und würde eine alte Frau werden? Ein Anflug von Reue streifte ihn; der erste.

»Mach dir nichts draus, Maman, ich komme wieder«, sagte er, während er ihr über das Haar strich.

Er schob sie auf Armeslänge von sich und wiederholte fröhlich: »Mach dir nichts draus. Ich werde schreiben, ich verspreche es dir.«

Mit einem Schwung hob er den Seesack auf die Schulter und entfernte sich im Rückwärtsgang, mit einer Hand winkend. Er bemerkte, daß seine Mutter eine sehr kleine Frau war, daran hatte er auch nie gedacht. Er sah sie endlich aus weiterer Entfernung als die Kindheit: ganz klein und schwarz, verängstigt und niemals wirklich glücklich. Ein egoistisches

kleines Mädchen, das für einen einzigen Menschen wahres Gefühl empfand: für ihn. Und er war nicht dazu geboren, sie glücklich zu machen.
»Gehen wir«, sagte er zu Lesley.
Die beiden Jungen entfernten sich auf der Victoria Avenue, schlank, leichtfüßig, und nahmen alle Jugend der Welt mit sich.

»Was werden wir morgen, am Heiligen Abend, machen?« fragte Alex abends, weil ja irgendwer davon anfangen mußte.
»Nichts«, sagte Iris. »Ich habe keine Lust, die Geburt eines Kindes zu feiern.«
In Indien, unter all den Neugeborenen, die Tag für Tag starben, wirkte Weihnachten doch beinahe wie ein heidnisches Fest aus einer anderen Zeit oder einer anderen Welt. Und dann, was für ein Weihnachten kann man denn noch mögen nach den Weihnachten der Kindheit und den Weihnachten mit den Kindern? Hartnäckig erwartet man sich davon etwas, das man niemals wiederfinden wird. Es ist kein Fest für Erwachsene, und an Bord gab es nur noch Erwachsene.
Für Marion war es das zweite Weihnachten ohne Kinder, mit einem freundschaftlich-distanzierten Yves, neben dem es ihr nicht gelang, den Rhythmus einer Ferienkreuzfahrt zu finden. Im letzten Jahr war

es schlimmer gewesen. Da sie nicht zu zweit allein bleiben wollten nach der *Geschichte*, hatten sie eine Einladung angenommen, den Heiligen Abend bei einem allzu berühmten Regisseur zu verbringen; Abendkleidung, luxuriöse Geschenke unter den Servietten, Kaviar. Die wenigen Männer, die mit ihren gleichaltrigen Ehefrauen gekommen waren, sahen drein, als begleiteten sie ihre Mütter. Die anderen spielten die kleinen Schlingel, am Arm hatten sie hinreißende, ganz taufrische Dinger aus den Modezeitschriften. Für sie war das wieder richtiges Weihnachten!

Im Jahr davor hatten Yves und Marion Weihnachten bei Yang verbracht. Grauenvoll. Yang hatte sich am Vortag den Fuß verstaucht. Deswegen, natürlich. Die Töchter waren beim Skilaufen. Marion fand, daß Kinder ihre Eltern bei solchen Anlässen nicht allein lassen sollten. Yves hatte vorgeschlagen, den Heiligen Abend bei Yang zu feiern, und Marion hatte nicht zu sagen gewagt: Ich werde es nicht aushalten. Der Beweis: Sie hatte es ausgehalten. Man glaubt immer, man kann es nicht, und dann: Es ist toll, wieviel und was man alles erträgt! Es war die Zeit, in der sie sich sagte: »Wenn ich ihn hindere, Yang zu sehen, wozu würde ich ihn statt dessen veranlassen?« Und da sie nicht sicher war, daß sie ihm etwas Gleichwertiges bieten konnte, hinderte sie ihn nie.

Vielleicht, weil ihr die Mutter einst gesagt hatte: »Du wirst niemals einen Mann halten können; du kannst nicht Theater spielen.« Wäre sie eine bessere Schauspielerin gewesen, vielleicht wäre dann die kleine Yang, geboren in Hué, nicht in Paris gestorben? »Sie ist tot, aber glaub deshalb nicht, daß du gewonnen hast, mein Mädchen«, hätte ihre Mutter gesagt.

Iris ging an diesem Abend früh schlafen, oder eigentlich versteckte sie sich. Sie hatte gerade ihren Sohn verloren; ihren Mann fand sie nicht wieder, und Weihnachten war zugleich ihr fünfzigster Geburtstag. Eine traurige Jahreszeit! Das letzte Jahrzehnt war schrecklich gewesen. Danach bleibt einem nur die Möglichkeit, sich an das Alter zu gewöhnen, aber zwischen vierzig und fünfzig passiert einfach alles: der erste Anfall des Alters, die Gewißheit, eines Tages sterben zu müssen, die man bis dahin nicht für feststehend gehalten hat; das Verschwinden der eigenen Eltern, während man zu verstehen beginnt, was sie eigentlich waren; die Entdeckung der Relativität der Liebe; schließlich der endgültige Zerfall der Familienzelle, die die Lebenssubstanz selbst zu sein schien, das Dauerhafteste, das man gemacht hatte, und deren Elemente sich eins nach dem anderen ablösen und weggehen, vollgepfropft, ohne es zu wissen, mit dem, was man selbst war, um anderswo wieder Wurzeln zu schlagen. Marion begriff nun die

Melancholie der Abendessen bei ihrer Mutter, wenn diese einmal im Monat »die Kinder zu Besuch hatte«. Für einige Stunden bildete man wieder, um sie und den Vater herum, mit der ein wenig gezwungenen Fröhlichkeit, die die Distanz maskieren soll, das, was das Beste in ihrem Leben gewesen war. Und dann, um Mitternacht, sahen die Herren Schwiegersöhne auf die Uhr, nahmen ihre drei Ehefrauen und sagten: »Auf bald, Mutter« – bald, in diesem Alter, das ist so lang! Und sie, greises Aschenputtel in Filzpantoffeln, blieb zurück in der zu großen Wohnung, in die wieder die Stille der Alten einzog.

Wer Töchter geboren hat, dem kommt es nur allzuoft so vor, als habe er nichts anderes erzeugt als in groben Linien vorgezeichnete Gefährtinnen für künftige, unbekannte Benützer, die sie nach ihrem Gutdünken formen und aus ihnen unkenntliche Weibchen und Nachkommen fabrizieren würden, die nicht einmal mehr denselben Namen tragen.

Pauline und Dominique waren in nichts so, wie sie Marion sich erträumt hatte. Sie waren, kurz gesagt, nichts – und zwar wegen dieser verdammten Liebe, die für die jungen Mädchen der Gegenwart Zukunft und Ziel ist, eine heilige Berufung.

Pauline erwartete den Ruf des Herrn, indem sie in den Himmel spähte.

Dominique war zu einem fremden Stamm verschleppt worden, wie eine Frau aus Neuguinea. Und doch hatte sie Marion zunächst Hoffnungen gemacht, als sie ihr Medizinstudium brillant begann. Dann, am Beginn des dritten Studienjahres, war ihr nichts wichtiger erschienen, als diesen jungen Arzt zu heiraten, der noch dazu aus Toulouse stammte, Rugby, Bohneneintopf und sein Heimchen am Herd liebte – eine untrennbare Dreifaltigkeit –, sich im Südwesten Frankreichs niederließ, beglückt darüber, seine Frau gleichzeitig der Pariser Atmosphäre und dem Einfluß ihrer Familie entziehen zu können. In Paris hatte der zukünftige Schwiegersohn ganz normal ausgesehen. Genauso wie die tunesischen oder marokkanischen Studenten, die in Frankreich so liberal, so modern wirken, so durchdrungen von der französischen Kultur, daß man ihnen völlig arglos die Tochter geben würde, und die, zurückgekehrt nach Rabat oder Sfax, ihren Frauen kein anderes Leben bieten können als das ihrer Mütter und Schwestern. Eine Frau ist zunächst eine Frau, nein? Dominique hatte wohl damit gerechnet, ihr Studium fortsetzen zu können. Der Zukünftige hatte gesagt: »Wozu?« Sie war verliebt und sanftmütig. Vielleicht war es ein aus dem Urgrund ihres Unterbewußtseins stammendes Glücksgefühl darüber, daß jemand für sie sorgte, daß *ihr* Mann zu ihr sagte: »Ich will nicht, daß du arbeiten mußt, ich sorge für alles.« Er sorgte für alles, auch für sie; sie hatte sich gewissermaßen von sich selbst befreit. Im übrigen ließ er sich im Dezember in Toulouse nieder, zu spät, als daß sie noch hätte inskribieren können. Die Entscheidung wurde auf das folgende Jahr verschoben. Marion sah ihre Tochter gleichsam nur mehr zu Audienzen, in ihrer Uniform einer erfüllten Ehefrau. Zwischen dem Schwiegersohn und ihr hatte ein stiller – und bislang stummer – Krieg begonnen, dessen Streitobjekt Dominiques Persönlichkeit, wenn nicht sogar Person war. Ein Krieg, der, im Gegensatz zu anderen Kriegen, mit einem Waffenstillstand begonnen hatte; und Marion hatte sich geschworen, ihn nicht als erste zu brechen. Einstweilen aber war es hart ... Ebenso hart und unverständlich, als befände sich die Tochter in einem Karmeliterinnenkloster, während sie selbst ungläubig war. Pauline war nichts ... zumindest war sie niemand anderer. Noch nicht.

Die Eltern sind wahrhaftig die ärgsten Gehörnten der modernen Gesellschaft. Alles andere als beneidenswert. Alle sind sie enttäuscht, gedemütigt, zumindest traurig. Vor allem die Mütter. Sie wenden sich nun wieder den Freunden zu, die sie so viele Jahre lang ein wenig vernachlässigt hatten. Das zweite Alter der Freundschaft beginnt also an der Schwelle zum reifen Alter, wenn gewisse Illusionen tot sind und die absolute Liebe zu diesen kleinen Fremden abgenützt ist, die die Eltern besser behandelt haben als sich selbst; die Kinder, die sich ihnen früher in die Arme stürzten, mit so vielen Ansprüchen an sie und so großem Bedürfnis nach ihnen, um sich zwanzig Jahre später in vollkommenster Natürlichkeit von ihnen loszureißen; diese Kinder lassen sie nun allein in einem Alter, in dem zu zweit sein nicht mehr immer genügt.

Für Patricia hatte diese Stunde der Wahrheit noch nicht geschlagen. Sie bereitete sich darauf vor, nach Frankreich heimzukehren, acht Tage früher als vorgesehen, nachdem sie von einem Telegramm zurückgerufen worden war. Ihr Ältester hatte sich am ersten Tag seiner Skiferien den Meniskus verletzt und war ins Hospital von Gap gebracht worden, wo man von einer Operation sprach. Omi, die auf die vier anderen Kinder aufpaßte, konnte nicht zu ihm fahren. Es mußte also die Mama zurückbeordert werden, denn schließlich war ihr Platz doch wirklich eher am Krankenbett des Sohnes als im Tempel des Schiwa. Die Kinder haben ein Gespür dafür, wohin ihre Eltern gehören!

Außerdem vertrug Patricia das indische Klima und die Nahrung nur schlecht. Die erste Reistafel hatte ihren Organismus so durcheinandergebracht, daß sie weder die Insel Elephanta noch die Sari-Fabrik mit ihrem Mann besuchen konnte. Jacques hatte so getan, als zögere er am Fußende ihres Schmerzenslagers, während er sich insgeheim fragte, ob es wohl etwas bringe, auf den Besuch des Tempels zu verzichten und zuzusehen, wie seine Frau auf die Toilette rannte; aber er kannte sie gut genug, um in aller Ruhe Skrupel vorzutäuschen, da Patricia nie einer Laune nachgegeben und immer zuerst an das Glück ihres Mannes gedacht hatte.

»Geh nur, Liebster, wozu sollte es gut sein, daß du bei mir bleibst?« fragte sie innerhalb der vorgesehenen Frist und dachte ebenfalls nicht daran, daß Jacques ihr die Freude machen könne, für nichts und wieder nichts bei ihr zu bleiben. »Außerdem bin ich doch kein appetitlicher Anblick«, fügte sie hinzu, um ihm einen Entschuldigungsgrund zu bieten.

Jacques sagte irgend etwas von der Art wie: »Gib gut acht auf dich« und entfloh, um zehn Jahre verjüngt. Sein Haar war sehr blond geworden in der Sonne. Patricia fand ihn sehr schön. Er trug ein Polohemd mit einem kleinen Krokodil dort, wo das Herz ist, genauso wie damals, als sie den jungen Mann auf dem Tennisplatz in der Rue Eblé kennengelernt hatte. Sie spürte einen Stich im Herzen – er hatte sich weniger verändert als sie.

Jacques hatte ein vages Schuldgefühl, weil er die Freiheit, an der er sich fünf Monate lang freuen sollte, schon einige Stunden früher erhielt, und kaufte seiner Frau einen Sari, vergaß dabei allerdings, daß sie sich nie getrauen würde, ihn zu tragen. Und um sein Gewissen endgültig zu beruhigen, schickte er auch einen an seine Ordinationshilfe; aus einem dunklen Skrupel heraus aber wählte er für sie einen billigeren.

Wenn die Zeit dafür reif ist, dann kann es geschehen, daß man sich von dem oder der, die man lange Zeit zu lieben glaubte, sehr rasch entfernt. Rein äußerlich sieht alles ganz normal aus, von der Gewohnheit aufrechterhalten, aber es braucht nur eine Fliege zu husten, und Jahre gemeinsamen Lebens lösen sich in Nichts auf. Es ist wie mit manchen wurmstichigen Möbeln, die bei der leichtesten Berührung zu Staub zerfallen. Jacques sagte immer automatisch »mein Liebling«, »meine Frau« oder »wenn ich zurückkomme«, aber diese Worte enthielten kein Gran lebendiges Gefühl mehr, und Patricia marschierte ahnungslos, mit ihrem ruhigen, hausfraulichen Schritt, geradewegs in die Leere. Sie hoffte, Jacques' Abwesenheit nützen zu können, um ihr Haus in Saint-Cloud auf Hochglanz zu bringen und sich selbst dazu. Sie wollte sich operieren lassen, um den Dammriß zu beseitigen, den die fünf kleinen aufeinanderfolgenden Besucher verursacht hatten.

»Es ist nicht nur meinetwegen, es wird auch für Jacques besser sein«, sagte sie zu Marion und Iris, die sie am Tag ihrer Abreise in ihrer Kabine besuchen gekommen waren. Ohne jegliche unterschwellige Erotik sprach sie von ihrem Mann wie von einem sechsten Kind, das seine Rechte auf sie hatte und dem gegenüber es nicht fair wäre, ihm eine Lokalität in schlechtem Zustand zu überlassen, da es doch, als alles anfing, einen Vertrag über etwas Neuwertiges unterschrieben hatte. Jacques' Anwesenheit hinderte Patricia nicht im geringsten, die Modalitäten dieser Ausbesserungsarbeiten zu schildern, daran zu erinnern, daß der Damm beim ersten »gerissen« war, daß das zweite eine Steißlage, das dritte eine Zangengeburt gewesen war und das fünfte ganz von allein herausgefallen sei … notgedrungen … Sie verglich Jacques also mit einem Mann, der in einer baufälligen, allen Witterungsunbilden ausgesetzten Bude lebte. Wie ist sie bloß *vorher* gewesen? fragte sich Jacques andauernd. Hatte sie sich so sehr verändert, oder war er allergisch gegen alles, was sie sagte? Es ist eine höchst überraschende Entdeckung, daß man seit siebzehn Jahren mit einer Frau verheiratet ist, die man eigentlich keine fünf Minuten lang aushalten würde! Eine Überraschung, die sich nach und nach in Abscheu verwandelt, ekelhaft wie eine Mayonnaise, die gerinnt, ohne daß man irgendeine falsche Zutat beigemengt hätte.

Morgen würde er sie zum Flughafen bringen. Sie würde ihr graues Kostüm »für alle Gelegenheiten« tragen, ein Kopftuch, um ihre Mähne zu schützen, »solide Schuhe für die Reise« und ein Buch über Indien in ihrer Tasche, die immer zu neu aussah. Sie würde ihm, zwangsläufig, die Lippen bieten im letzten Augenblick und sich dann mit kurzen, tapferen Schritten, sich öfters umwendend, entfernen. Wie oft würde er ihr zulächeln und winken müssen, zum letztenmal? Und dann würde die Gangway weggerollt, die Tür verriegelt werden hinter ihr; die Himmelfahrt des Heiligen Weibes, aufgefahren in den Himmel, verschwunden, tot.
Das Lavendelwasser, das sie ihm dalassen würde, damit er an sie denke, wollte er noch am selben Abend aus der Luke werfen. Arme unschuldige Familienmutter mit der Raffinesse einer Klosterschwester – einmal hatte sie so getan, als habe sie einen Büstenhalter vergessen. Nur so getan, da war er sicher. Vermutlich hatte sie eines Tages irgendwo mit wohligem Schauer gelesen, daß manche Männer gelegentlich Unterhöschen stehlen und voll Inbrunst aufbewahren. Wahrscheinlich war ihr dann aber das Höschen zu gewagt erschienen, trotz so vieler Ehejahre.
Alex war erfreut, einen Jacques vorzufinden, der sein Ehejoch abgeschüttelt hatte. Die Abreise eines

Partners genügt oft, um dem anderen das Antlitz seiner Jugend wiederzugeben. Auch für die Männer ist die Zeit der Ehe nicht die gesegnete Zeit der Freundschaft. Die beginnt früher … oder später. Im übrigen glich Jacques mit seinen Goldhaaren und blauen Augen immer mehr einem Wikinger, und alle sagten sich grausamerweise, als sie Patricia zum Flughafen begleiteten, daß die Dinge endlich wieder ihre alte Ordnung zurückerhielten und daß so manche Ehe nichts anderes sei als ein lang dauernder Irrtum.

Um zur *Moana* zurückzukehren, nahmen sie ein Taxi mit Klappsitzen, dessen indischer Fahrer, wie alle, die sie in der Folge erleben sollten, seine Ehre darin sah, nicht die Bremse zu benützen. Unter Gehupe und ohne je das Tempo zu verlangsamen, bahnte er sich einen Weg durch die teigartige Menschenmasse, zerriß die Gewänder der Fußgänger mit den Türgriffen, streifte nackte Körper, fuhr im Zickzack zwischen auf der Fahrbahn hockenden Kindern, die dem Tod entgegensahen, ohne sich zu rühren.

Als sie Bombay durchquerten, brach bereits die Nacht an nach der kurzen Dämmerung der Tropen. Zwei Millionen Menschen richteten sich, wie jeden Abend, darauf ein, im Freien zu übernachten, in den Rinnsteinen, entlang der Gehwege, in den Auslagen der Läden, auf den kreisförmigen Plätzen, die die von den Engländern angelegten vornehmen Avenuen unterbrachen. Geschützt nur von ihren hellen Gewändern – ein Moment der Unbeweglichkeit genügt, und sie gleichen Leichentüchern –, krabbelten zwei Millionen Männer, Frauen und Kinder auf dem Makadam, aßen, schnarchten, stillten, klatschten oder zeugten, als wären sie zu Hause. Lag Ivan irgendwo unter ihnen? fragte sich Iris mit Entsetzen. Auch die Docks waren schwarz, nein, weiß von Menschen. Auf der Eisenbahnstrecke, die am Hafen entlangführte, lagen Seite an Seite, zwischen den Schienen aneinandergereiht wie Brötchen, Hunderte von starren Leibern, einen Zipfel des Gewandes über das Gesicht gezogen; man hätte meinen können, sie seien tot, wäre nicht da und dort, an einer bestimmten Stelle, unter den Leichentüchern, eine krampfhafte Erregung zu erkennen gewesen.

»Was tun sie denn?« fragte Marion.

»Schau, sie wichsen sich einen«, sagte Iris, fasziniert von dem Anblick. »Irgendwie müssen sie sich wohl ablenken.«

»Das ist eine häufige Beschäftigung in Indien«, erklärte Alex, »habt ihr es bemerkt? Ich habe gesehen, wie die Barbiere, die unter freiem Himmel arbeiten, an diesem Nachmittag am Rand der Gehsteige ihre Kunden rasierten und ihr Werk mit einer kurzen

Schüttelbewegung beendeten, so, vor aller Augen. Es ist im Preis inbegriffen.«
»Und dadurch gibt es Millionen kleiner Inder weniger«, sagte Yves.
Sie ließen sich nicht weit vom Hafen absetzen, um noch ein wenig Luft zu schnappen. Ein Skelett in Gestalt eines kleinen Mädchens erhob sich zwischen den wie tot Daliegenden und lief herbei, um den Wagenschlag zu öffnen. Das Kind folgte ihnen bis zum Schiff, auf Beinen, die nicht dicker waren als Arme, und wiederholte ununterbrochen: »Mani ... Mani ... Mani ...!«, da sie sie für Engländer hielt. Aber man lernt schnell, *nein* zu sagen zu den Skeletten in Indien.
Der indische Führer hatte sie gleich bei der Ankunft gewarnt: »Wenn Sie einmal ein Bonbon oder gar eine Münze hergeben, sind Sie verloren. Es leben hier fünfhunderttausend Bettler: Sie würden Sie in Stücke reißen.«
Aber da es dunkel und kein anderes Kind in der Nähe zu sehen war, steckte Alex dem kleinen Mädchen fünf Rupien zu; sie schnappte danach wie eine Elster, ließ sie unter ihrer Wäsche verschwinden und setzte sich dann auf den Boden, um zuzusehen, wie die Gruppe über den Landungssteg marschierte. Die *Moana* funkelte mit all ihren erleuchteten Luken, ein beinahe unerträgliches Bild des Luxus. Das Abend-

land verteilte seine banalen Güter dort, am anderen Ende des Stegs, der zwei Welten voneinander trennte: vierzig mal zwölf Meter Luxus, mit einem vollklimatisierten Salon, einem Oberkellner, der darauf wartete, noch einen letzten Imbiß zu servieren, und mollig weichen, bereits gemachten Betten für jeden. Verschiedene Alkoholika ermöglichten den Passagieren die Flucht aus der Welt; Pillen sicherten ihnen einen guten Schlaf. Der Anblick des Elends hatte sie erschreckt.
Yves, Tiberius und Betty sollten drei Tage später nach Benares fahren, wo sie eine Leichenverbrennung filmen wollten. Sie würden zwei Wochen später in Ceylon wieder an Bord gehen.
Die *Moana* sollte Bombay verlassen, sobald der Kommandant im Besitz der notwendigen Genehmigungen war. Der Hafenarzt hatte angekündigt, daß er Wert darauf lege, jedem Mitglied der Besatzung den Puls zu fühlen, bevor er einen günstigen Bescheid ausstelle. Er hatte seine Visite für fünf Uhr nachmittags angekündigt. Er erschien am Mittag des übernächsten Tages, ohne daß ihm eingefallen wäre, daß sich jemand darüber wundern könnte. Mit dem freudlosen Lächeln, das ein Teil der Uniform der indischen Beamten zu sein scheint, legte er seine Uhr auf einen Tisch und begann seine lächerliche Untersuchung mit gedankenvoller Miene, während etwa

zwanzig Aussätzige in fortgeschrittenem Stadium und chronisch Hungernde, die wenige Meter entfernt am Kai hockten, das Schauspiel starr betrachteten, ohne ein anderes Gefühl zu zeigen als eine vage Neugier. Medizin und Mediziner – sie ging das nichts an. Nicht mehr als die Aperitifs, die soeben auf Deck serviert worden waren, zusammen mit den unerläßlichen Appetithäppchen, schwarzen und grünen Oliven, Weißbrotscheibchen mit Butter, Salzmandeln, Anchovis und Kartoffelchips. Genügend Kalorien, um all diese Leute am Kai eine Woche lang zu ernähren. Die aber sahen still dem Festmahl zu mit ihrem Hindu-Blick, in dem keinerlei Begehrlichkeit aufleuchtete, da es kein gemeinsames Maß gab für die Handvoll Reis, die ihnen ein Vorbeigehender vor die Füße warf, oder den ekelerregenden Kloß, den sie bei den Straßenhändlern kauften, und diesen zahllosen köstlichen Bissen, die da vor ihren Augen aufgehäuft wurden. Eine zerlumpte Bettlerin auf einer Londoner Straße kann von einem alten Mantel träumen, aber nicht vom Hermelincape der Königin von England. Die Hindu blieben da hocken, die spitzen Knie scharf abgewinkelt, und ließen die Passagiere nicht aus den Augen.

»Ich, ich kann nicht dableiben«, sagte Marion. »Entschuldigt mich, aber ich gehe hinunter in den Salon essen.«

»Ah! Das schlechte Gewissen der Linksintellektuellen!« sagte Tiberius lachend. »Was schlagt ihr vor? Daß wir ihnen die Sandwiches hinüberwerfen wie im Zoo?«
»Ihr würdet sehen, wie sie darum kämpfen«, meinte Jacques. »Ich hatte gestern den unseligen Einfall, den Gören Kuchen zu geben ... Ich löste eine blutige Keilerei aus, und niemand hat auch nur einen Bissen bekommen.«
»Es gibt nur eine einzige mögliche Haltung, und die ist furchtbar«, sagte Yves. »Nichts tun. Wenn ihr glaubt, daß unser indischer Arzt auf die Petits-fours verzichtet, weil ihm ein paar Halbverhungerte zuschauen ...«
»Wahrscheinlich bin ich feig«, antwortete Marion. »Aber ich gehe hinunter.«
»Ich sehe, daß Sie Ihren Teller mitnehmen«, sagte Tiberius. »Immerhin vergeht Ihnen nicht der Appetit.«
»Ich schäme mich«, erklärte Marion. »Aber was soll ich tun? Der indische Arzt und die Beamten sollten kämpfen, die Maharadschas und ihre gewaltigen Weiber. Alle Reichen hier sind fett, es ist entsetzlich.«
Die verschiedenen Formalitäten nahmen mehrere Stunden in Anspruch. Es mußte überprüft werden, ob die *Moana* genauso viele Flaschen Wein und

Schnaps mitnahm, wie sie mitgebracht hatte, ausgenommen die, die inzwischen getrunken worden waren. Die Beamten stellten minuziöse Berechnungen an und besichtigten Lagerräume und Schränke. Als sie weggingen, schauten die Aussätzigen noch immer zu. Nun ja, sie hatten kein anderes Zuhause als den Kai.

Gegen Abend war das Schiff bereit zum Auslaufen, und Yves, Tiberius und Betty gingen von Bord, beladen mit Material. Marion dachte an das Lied von den *Zehn kleinen Negerlein*. Zuerst war Ivan verschwunden ... und dann waren's nur mehr acht. Dann fuhr Patricia zurück nach Frankreich, und es waren nur mehr sieben. Drei weitere gingen jetzt weg, blieben nur mehr vier. Marion trennte sich ungern von Yves, während Abschiede ihm stets eine perverse und kindliche Freude bereiteten. Er sah, wie die schwere Masse der *Moana* sich entfernte: Die Frau seines Lebens schwenkte den Arm auf dem Hinterdeck, sie, die für die andere die Frau ihres Todes gewesen war. Wie sind sie doch fürchterlich, die treuen Seelen! Wie sind sie doch schrecklich, die Frauen, die einen lieben! Diejenigen, die sterben, und die, die überleben. Seit Yang den Tod gewählt hatte, flößte sie ihm so etwas wie Entsetzen ein. Entsetzen vor der Liebe, wenn sie dorthin führt. Dieser unheimliche Ausgang infizierte alle Gefühle, die er für Yang empfunden hatte, und alle Gefühle, die er für andere empfinden könnte. Er hatte die Unschuld verloren.

Yves wartete, bis die *Moana* verschwand vor einem dunstigen Horizont, dort, wo das gelbe Wasser der Bucht und der fahle Himmel im süßlichen, faden Geruch Indiens ineinanderflossen. Er verspürte keine Befriedigung bei dem Anblick: Auch die Freude an den Abschieden war ihm verdorben worden. »Altern heißt, die Fähigkeit zum Egoismus verlieren, und das ist sehr bedauerlich«, dachte er.

Während der dreißig Stunden, die der Zug für die zwölfhundert Kilometer zwischen Bombay und Benares brauchte, dachte Yves viel an seine Frau. Gut dachte er von ihr nur, wenn er fern von ihr war. In dem geräumigen Schlafwagen – schäbiges Andenken an den britischen Luxus – funktionierte nichts mehr, weder die Duschen noch die Klimaanlage, noch die Wasserspülung in den Toiletten, in denen es außerdem keine Seife, kein Papier oder Handtücher gab. Die einzige Tür des Waggons war verriegelt und wurde von einem Bediensteten bewacht, und nur durch die Abteilfenster konnte man in den Bahnhöfen Teller mit Reis in Sauce, Stoffe oder gestickte Teppiche kaufen. Zwei Eisentüren an den beiden Enden des Luxuswaggons verhinderten jedwede Kommunikation mit dem übrigen Zug, der den Indern und den Tieren überlassen war. In den allgemeinen Abteilen die Inder, in den Damen-Abteilen Frauen und Tiere. Die Bahnhöfe glichen Dörfern: Ganze Familien kampierten hier, die darauf warteten, einen Zug besteigen zu können mit ihren Ziegen, ihren räudigen Hunden, die sich stets in sicherer Entfernung von Schlägen hielten, den Wäschebündeln und den zahllosen Kindern; sie wuschen sich am Brunnen, aßen auf dem Erdboden, stillten die Säuglinge und sahen andere Züge vorbeifahren, die bis obenhin vollgestopft waren mit anderen zusammengepferchten Familien, die aus den Fenstern hervorquollen oder in Trauben an den Türen hingen.

In den grauen, flachen Gegenden des Nordens, wo nichts wächst, schien die gesamte Bevölkerung zu *sitzen*: auf den Schwellen der Lehmhütten, in den Feldern, am Rand der Straßen, wo manchmal ein paar Arbeiter drei oder vier Steine in einem Korb beförderten, und da und dort in kleinen, mit Eisendraht umzäunten Schulen unter freiem Himmel. Das Wetter war schön und kalt; die Inder zitterten vor Kälte unter ihren Lumpen. In der Nähe jedes Dorfes, reglos auf niedrigen Bäumen sitzend, die abgestorben zu sein schienen, wartete die unvermeidliche Truppe der Geier, unheimliche, fast federlose Leiber, mit scheelen Augen, gekrümmtem Schnabel, kahlem Hals, schmutzigem Gefieder, so abstoßend, daß man sich nicht vorstellen konnte, wie sie Nester bauten, schnäbelten und kleine Flaumkugeln in die Welt setzten, die sie liebevoll umsorgten. Seltsamer Fluch, der auf den Aasfressern, den Hyänen, Schakalen und Geiern lastet! Dem Löwen, der die noch zuckende Antilope verschlingt, trägt man das weniger nach.

Yang war den Antilopen nicht ähnlich gewesen, obwohl sie deren Nervosität, Furchtreflexe und die natürliche Tendenz zur Flucht besessen hatte, wenn Gefahr drohte. Sie glich eher einem Kolibri: schwarze, stark glänzende Augen, in denen schwer zu lesen war, lebhafte, unerwartete Gesten, plötzliche Heiterkeit und das Geheimnis der Vögel. Aber wozu an Yang denken? Marion war es, mit der er leben wollte, eine Marion, deren Worten man nicht immer glauben durfte, wie er jetzt wußte, auch wenn sie selbst daran glaubte. Eine Marion, die letzten Endes einen Teil der Verantwortung an der *Geschichte* gehabt hatte. Ganz am Anfang, als er am Ende der Weihnachtsferien in Val d'Isère zu ihr gesagt hatte: »Liebste, ich möchte noch fünf oder sechs Tage hier bleiben mit Yang … Aber das ändert natürlich nichts zwischen uns beiden«, hatte sie geantwortet: »Ich vertraue dir.« Und Yang hatte später gesagt: »Das erstaunt mich nicht bei Marion, sie ist eine außergewöhnliche Frau.« Also hatten sie nicht mehr davon gesprochen, und die Situation war zwei Jahre lang zufriedenstellend, dank großer Diskretion auf beiden Seiten und dem zynischen Humor, der sie beide auszeichnete und ihnen als Zuflucht und Stütze diente. Marion war eine Person, der es widerstrebte zu sagen: Ich leide. Yves war ihr dankbar dafür; er mochte Leute nicht, die ihr Innerstes nach außen kehren, innen aber zäh wie Leder sind.

Warum hatte er Marion nie an den Inhalt des Gesprächs in Val d'Isère erinnert, der ihn ein wenig reingewaschen hätte? Im Grunde wußte er, warum: Er legte Wert darauf, die diffuse Gewißheit zu bewahren, daß er seiner Frau ohne Umschweife die Wahrheit gesagt hatte.

Er hatte keine Lust, den genauen Wortlaut des Satzes zu rekonstruieren: »Liebste, ich möchte noch ein paar Tage in Val d'Isère bleiben, da ich vor dem 10. nichts zu tun habe. Ich glaube im übrigen, daß auch Yang noch hierbleibt.« Und doch wußte er, daß Marion bloße Andeutungen nie verstehen wollte. Ließ man ihr einen Ausweg, dann stürzte sie sich darauf, und sie war vernagelt in diesen Dingen. Man hätte in abstoßender Weise mit ihr reden müssen: »Ich denke, daß ich noch heute abend mit unserer Freundin schlafen werde, das geht dir doch nicht zu sehr an die Nieren?« Und selbst da wäre sie in

Lachen ausgebrochen, um nicht daran glauben zu müssen. Er wollte ihr dieses Messer nicht von vorne hineinrennen, denn schließlich hätte sie mitgemacht, trotz allem. Und er hätte es nicht ertragen. Als sie daher antwortete: »Mein Lieber, ich vertraue dir«, hatte er sie schleunigst in die Arme geschlossen, sehr fest, und für sich übersetzt: »Du kannst tun, was du willst, da du sagst, daß sich nichts zwischen uns ändert.« Das entsprach genau dem, was er empfand – also der Wahrheit.

Kurz, an diesem Tag hatte jeder nur das gehört, was er hören wollte. Dennoch begann Marion in seinen Armen zu weinen; ein Beweis dafür, daß sie im Grunde verstanden hatte. Das war keine gute Neuigkeit für sie, gewiß, aber er hatte sich an diesem Abend geschworen, daß er sie abends niemals allein lassen werde und daß sie das kaum bemerken werde. Zärtlichkeit überschwemmte ihn wie eine Welle, nun, da alles bereinigt war. Er hatte Marion geliebt, hier, inmitten der Koffer, kurz bevor sie zum Zug mußte, so glücklich war er darüber, daß er spätestens in einer Stunde Yang würde lieben können, ohne deswegen Marion zu betrügen oder zu verlieren, sie, seine Frau.

Marion aber hatte anders gedacht, er hatte es erst später verstanden. Sie hatte sich gesagt, daß ein Mann nicht mit seiner Frau schläft, wenn er plant, sich am selben Abend eine Geliebte zu nehmen. Und gerade das ... Aber wenige Frauen verstanden diese Dinge. In zwanzig Jahren gemeinsamen Lebens war es ihm nicht gelungen, Marion davon zu überzeugen, daß zwei Lieben nebeneinander bestehen können, ohne sich gegenseitig zu schaden.

»Man muß notwendigerweise der einen etwas wegnehmen, um der anderen etwas zu geben«, wiederholte sie hartnäckig. »Es bleibt etwas übrig, einverstanden, aber es sind eben nur *Überbleibsel.*«

Immer wieder diese Krämermentalität!

Mit Yang hatte es keine solchen Probleme gegeben – bis zu diesem Brief von Marion, den sie ihm nicht zeigen wollte, so sehr schämte sie sich.

»Warum hast du mir nicht die Wahrheit gesagt über deine Frau?« fragte Yang ihn dann ständig und weigerte sich zuzugeben, daß er in einem gewissen, ja, wie er glaubte, in hohem Maß ehrlich gewesen sei.

»Ehrlichkeit ist nicht ganz dasselbe wie Aufrichtigkeit«, sagte Yang in dem harten Ton, den sie nun angenommen hatte. Marion hatte ihm geglaubt, und deshalb war ihr vergeben worden. Wer glaubt, hat letzten Endes recht.

Aber wozu all das Marion erklären? Wozu sollte das gut sein? Man kann andere nie dazu bringen, etwas zu verstehen. Für Yves war die Liebe nicht die fleischliche Besessenheit, die Leidenschaft, das Verlangen nach der einen und nicht nach der anderen, sondern das wunderbare Wohlgefühl, in Harmonie mit einem Wesen zu leben. Mit zwei Wesen, wenn es sich gerade so ergab. Er wollte sie beide haben, da fühlte er sich am glücklichsten. Marion war entrüstet gewesen, als er ihr das gestanden hatte. Wozu aber auch gestehen? Das ist eine Versuchung, der man sich widersetzen können muß. Tatsächlich bleibt ja ein geteiltes Vergnügen für jeden von beiden ganz. Yves fand sogar, daß es sich vervielfache. Er erinnerte sich an eine gewisse Reise nach Italien, zu dritt … etwas Vollkommenes. Aber er würde sich hüten, es Marion zu sagen. Er hatte ihr auch nicht erzählt, daß er sich zweimal in Yang verliebt hatte, für ganz kurze Zeit. Vielleicht hätte er aufpassen sollen? Eher krepieren! Nach zwei oder drei bösen Nächten vermochte er diese bedauerlichen Triebregungen zu ersticken. Er wollte sich das Leben nicht komplizieren, und niemals bis zu seinem vierzigsten Lebensjahr war er die Beute eines unkontrollierbaren Gefühls gewesen. Er erstickte es also, ahnungslos, daß seine Sehnsüchte sich in seinem Innersten einnisteten und dort auf ihre Stunde warteten. Außerdem mochte er sich nicht Marion in der Rolle der Frau vorstellen, die sich unter Schmerzen in etwas fügt. Glücklicherweise schien ihr Kummer sehr erträglich gewesen zu sein. Und ehrlicherweise stellte er richtig: Sie hatte ihren Kummer in einer für ihn sehr erträglichen Weise gezeigt. Als er sich frei fühlte, weil er das Einverständnis seiner Frau erhalten hatte, gab er sich seelenruhig der anderen Liebe hin. Straflosigkeit verleiht Sicherheit, und von der Sicherheit zur Schuldlosigkeit ist es nur ein Schritt.

Marion würde sicherlich ganz langsam genesen, da man diesen Fremdkörper entfernt hatte, der Schmerzen verursachte. Und in diesem Fall hatten ihr die Ereignisse recht gegeben ... nun, das Ereignis. So etwas hilft dieser Art von Menschen. Sie hatte ihn in keiner Weise erpreßt, außer vielleicht damit, daß sie sie selbst war, wogegen sie im übrigen stark angekämpft hatte. Die schlimmste der Erpressungen, weil ungewollt.

Yves forderte nur noch eines: Gleichgültigkeit. Er brauchte Kameraden, die keine Freunde, Länder, die nicht die Heimat, alte Damen, die nicht seine Mutter waren, Dörfer, die nicht Kerviniec glichen, Probleme, die nicht ihn betrafen. Er fühlte sich jeglichen Gefühls unfähig, und der Gedanke an Liebe entsetzte ihn mehr als der an Cholera.

Bombay hatte ihn zutiefst verwirrt. Benares, dieser höchste Ausdruck des Hinduismus, sollte ihn verschlingen. Er fühlte sich haltlos und bereit, sich in jeder Philosophie, die ihn aufnahm, zu verlieren.

Das Taxi brachte Filmmaterial und Gepäck ins *Clark's Hotel* und fuhr die Reisenden, wie üblich, zu den Ghats. Es gab wenige Touristen um diese Jahreszeit. Zwei oder drei amerikanische Paare hatten es sich in Sesseln bequem gemacht, die auf einem Schleppkahn aufgereiht waren; wie Voyeure, die Kameras auf dem Bauch, spähten sie zu dem wunderbaren linken Flußufer, wo das Schauspiel stattfinden sollte. Yves schloß sich ihnen an. Bis jetzt war es ihm vorgekommen, als befinde sich ganz Indien in sitzender Stellung. In Benares lag man. Man, das waren die Kranken, die Bettler und die Leichen, also die Mehrheit der Bevölkerung. Benares – das war Lourdes in einem Land, in dem der Glaube absolut, das Elend ungeheuer ist, die Krankheiten zahllos sind und die Bevölkerung explodiert.

Der Kameramann, der Forscher und das Mädchen Betty setzten sich auf ihre Stühle, in ihren schönen Leinenanzügen, mit ihren schönen Kameras, ihren schönen westlichen Ideen von der Entwicklungshilfe und ihrer westlichen Seele, und die Barke fuhr den Fluß hinunter, glitt die riesenhafte Biegung entlang, an den Steinstufen vorbei, die sich über Kilometer hinziehen und die gesamte Stadt mit dem Ganges verbinden zwischen den eingestürzten Palästen, die gebrechlich und verstümmelt aussahen wie die Menschen – auch sie gleiten nach und nach in das heilige

Wasser. Entlang der verfallenen Tempel, deren Säulen im Flußschlamm versinken, auf den Stufen dieser riesigen Treppe, die die Stadt vor dem Hochwasser schützt, ergießt sich Benares den ganzen Tag lang in seinen Fluß, und Lebende und Tote werden mit der gleichen Frömmigkeit hineingetaucht.

Niemand repariert etwas oder denkt daran, auch nur einen Stein auf den anderen zu legen, ein Dach neu zu befestigen, das ins Rutschen geraten ist, ausgelaugt und vom Ganges wieder in Besitz genommen wie die Einwohner, alles stürzt ein, die Fensterläden hängen in den Angeln, die Mauern senken sich inmitten der allgemeinen Gleichgültigkeit, so ist das, und so ringen die Menschen auch mit dem Tod, mitten auf den Stufen, die Füße oder den Kopf im Wasser, ohne irgend jemanden zu stören oder zu erschüttern; dazu sind sie ja hier, und mit dem Tod zu ringen gehört noch zum Leben – oder zum Sterben, das ist dasselbe.

Nachdem die erste Verblüffung vorüber ist – und sie vergeht schnell in dieser Welt, die weder in der Reichweite der Fremden liegt, noch mit ihrem Maß gemessen werden kann –, begnügen sich die Touristen damit, die Füße zu heben, um nicht auf den Sterbenden zu treten, der da auf dem Pflaster Wasser läßt, betrachten interessiert die junge Aussätzige, die mit ihren unförmigen Händen ein in erdfarbene Win-

deln gewickeltes Kind an die Brust preßt, oder werfen einen nur mäßig erstaunten Blick auf das bettelnde kleine Mädchen, dem vorsorgliche Eltern Hände und Füße sauber abgeschnitten haben, damit wenigstens dieses überflüssige Kind dazu diene, die anderen schon überzähligen Kinder zu ernähren. Die Dolmetscher erklären ohne Unwillen diese Notwendigkeit, und die Touristen geben diesem Kind tatsächlich eine Münze mehr, als Prämie für die Greueltat, die an ihm begangen wurde.
In der Mitte des Platzes, dort, wo die Reisenden aus den Bussen steigen, starb eine alte Frau, das Gesicht zum Himmel gewandt, die Augen geöffnet, kerzengerade auf der Fahrbahn liegend, und zwang die spärlichen Autos, einen Umweg zu machen, damit sie in Frieden ihr Leben aushauchen konnte. Sie sah aus wie eine richtige Großmutter und hatte schönes weißes Haar, nur das Gesicht war etwas dunkler als das der Großmütter unserer Breiten. Neben ihr lag ein Haufen, er sah aus wie eine alte Bettdecke, aus dem ununterbrochener Singsang aufstieg: Eine wohlklingende Frauenstimme hielt eine endlose, von Lachen und Flüchen unterbrochene Rede.
»Also«, sagte Tiberius, »ist das ein Grammophon? Sag mir nicht, daß ein menschliches Wesen darunter steckt!«
»Es ist eine Liliputanerin oder ein Krüppel, oder

beides«, sagte Betty. »Hier hat jeder ein oder zwei Gebrechen.«
Die Scheiterhaufen am Ghat der Verbrennungen sahen beinahe tröstlich aus. Am Manikarnika Ghat verbrannte man nur tote Tote, die einen nicht mehr ansprachen. Auf eine Bahre geschnürt für ihr letztes Bad, eingehüllt in Musselin, der, einmal naß, ihre Formen schrecklich hervortreten ließ, warteten sie Seite an Seite, die Füße im Fluß, bis sie an die Reihe kamen, während die Scheiterhaufen die Körper der früher Gestorbenen verzehrten.
»In Seuchenzeiten müßten Sie das sehen«, sagte der Führer, »im Sommer.«
Die Angehörigen plauderten rundum oder gossen ein wenig heiliges Wasser aus beiden Händen in die klaffende Öffnung toter Münder, die ein Unberührbarer aus dem Stoff schälte. Das graue Wasser strömte über das schaurige Gefäß, das Kinn sprang in lächerlicher Weise vor; ein gelber Hund witterte ein Stück Fuß, das nicht gänzlich zu Asche geworden war, und schüttelte heftig den Kopf, weil er sich verbrannt hatte. Auf einem der Scheiterhaufen richtete sich eine Gestalt, die eben zu brennen begonnen hatte, unter der Einwirkung der Flammen plötzlich auf wie ein Mensch, der sich in seinem Bett aufsetzt; mit einem Stock stieß man sie auf ihr Lager zurück. Während Yves und seine Freunde still auf ihren

Stühlen vorüberglitten, kam ein Mann, hockte sich auf die Stufen und öffnete ein kleines Paket, das er mitgebracht hatte. Er zog ein Kind heraus, dem Anschein nach etwa ein Jahr alt; aber in Indien gelten andere Kriterien als in den Ländern, in denen es zu essen gibt: Man sieht Kinder auf ihren Beinen stehen, denen man keine sechs Monate geben würde, und in den Armen der Mütter Embryos, die sprechen. Der Brustkorb des toten Kindes glich dem Knochengerüst eines abgenagten Huhns, aber der Bauch war riesenhaft. Der Mann, den niemand beachtete, befestigte einen Stein am Hals seines Sohnes, verschloß das Paket wieder, stieg in ein Boot und warf den kleinen Körper in der Mitte des Stroms ins Wasser, dort, wo zwischen Blumenkränzen und toten Zweigen undefinierbares Aas majestätisch dahinglitt. Kinder unter zwei Jahren haben kein Anrecht auf das Feuer.

Und der erste Abend brach an über der schrecklichsten der Städte, die dennoch so wunderbar schön war, über den Hindus, die ihren Beschäftigungen mit Leben und Tod an den Ufern des Flusses nachgingen, zwischen den Palästen, die ins trübe, grünliche Wasser des Ganges abgesunken waren, in einem Licht, das von der Wüste am anderen Ufer ganz golden war; die Ruinen verschmolzen allmählich in der Dunkelheit mit ihrem Strom, dem Strom, der so

voll war von Heiligem, daß sogar die Fremden von frommer Ehrfurcht ergriffen wurden.
Am nächsten Morgen machte Yves sich auf die Suche nach einem Toten. Es kam ihm schon ganz natürlich vor. Er brauchte einen, dessen Familie zustimmte, daß er am Scheiterhaufen gefilmt würde. Der Dolmetscher versicherte, daß dies möglich sei. Nach einigen Verhandlungen wurde Yves tatsächlich zu einem Elternpaar geführt, das kein Geld hatte, um Holz für den Scheiterhaufen des Sohnes zu kaufen.
»Es wird fünfzig Francs kosten«, sagte der Dolmetscher. »Den Preis des Holzes.«
Sie einigten sich. Der dankbare Vater drückte Yves lange die Hand.
»Wollen Sie ihn sehen?« fragte die Mutter, die schwanger war und ein Neugeborenes in den Armen hielt.
Yves konnte nur schwer ablehnen. Er wurde in einen winzigen, fensterlosen Schuppen geführt, wo auf einem elenden Lager ein junger Mann mit einem gelben, abgezehrten Gesicht lag, der ihn aus riesengroßen Augen ansah.
»Für wann wollen Sie ihn?« fragte der Dolmetscher.
»Ich plane den Drehbeginn für morgen«, sagte Yves. »Aber wo ist der Tote?«
»Der ist es«, antwortete der Dolmetscher. »Es ist ja

nur eine Frage von Tagen für den jungen Mann. Sie müssen also sagen, wann Sie ihn haben wollen.«
Der Junge starrte Yves an mit dem Blick Indiens. Er hatte den Körper Indiens, mager und zart, und das blauschwarze, glatte, vom Fieber schweißnasse Haar klebte an den Schläfen. Der Vater war beunruhigt, weil Yves zögerte, befragte den Dolmetscher in einer Ecke des Raumes.
»Der Vater hat Angst«, sagte der Übersetzer, »daß sein Sohn Ihren Zwecken nicht entspricht ... Sie verstehen, wenn Sie die Leiche nicht kaufen, können die Leute ihn nicht verbrennen. Und ihr Sohn hat eine schlechte Reinkarnation zu befürchten.«
Yves konnte den Blick nicht von den angstvollen Augen des jungen Mannes lösen, der den Grund für die Anwesenheit dieses Fremden an seinem Lager nicht verstand. Nur – wozu sollte Logik hier gut sein? Oder sogar Herz?
»Jedenfalls ist er tuberkulös«, fügte der Dolmetscher hinzu, um Yves zu einer Entscheidung zu drängen.
»Sagen Sie ihnen vor allem, daß sie nichts unternehmen sollen. Ich ... ich werde später wiederkommen, ich werde zuerst etwas anderes filmen«, stotterte Yves, der fühlte, daß er nicht unverschämt genug war, um einen solchen Handel abzuschließen, obwohl der Seelenfriede der Familie davon abhing und – wer weiß – das Glück des Sterbenden. Der Dol-

metscher sah mißbilligend drein und drückte dem Vater sein Bedauern aus. Yves grüßte den jungen Mann, den zu kaufen er gekommen war, und ergriff die Flucht.

Benares *by night* war fast ebenso lebendig wie bei Tag. Dieselben Leute erwarteten plaudernd ein glückliches Ende. Die alte Frau hatte die Augen nicht geschlossen; aus der Bettdecke belferte es immer noch. Daneben hatte jemand etwas Eßbares auf ein Stück Zeitungspapier gelegt. Im Hintergrund des Platzes standen Leute vor einem der zahllosen Kinos Schlange, während am Ghat der Verbrennungen noch einige Scheiterhaufen rauchten. Unter Sonnenschirmen oder elenden Kiosken, die für den trockenen und kalten Nachtwind ebenso offen waren wie für den Monsun im Sommer, hockten Sâdhus, seit zehn oder zwanzig Jahren, in der gleichen Position, in der Yves sie am Morgen gesehen hatte, mit Asche bedeckt, die Augen geschlossen. Manchmal wärmte sie ein winziges Kohlenbecken an einer Seite; ein Gläubiger hielt die Glut lebendig; Passanten legten ihnen Opfergaben zu ihren grauen Füßen, einen Bissen zum Essen, um ihr Gehirn zu nähren, wenn schon nicht ihren Körper, der nichts mehr verlangte.

Das kleine verstümmelte Mädchen wartete auf den letzten Bus von American Express, zusammen mit den anderen Zerlumpten; mit dem Ende ihres brau-

nen und glatten Gelenks stieß sie eine Kugel vor sich her, lachte und schrie mit den anderen, während sie mit Falkenaugen nach der nächsten Ankunft spähte. Kaum bog der Bus auf den Platz ein, änderte sie ihren Ausdruck und nahm, auf den Knien laufend, wieder ihre Pose ein, damit man die Verstümmelung gut sehen konnte.
In allzu viele Exemplare vervielfacht, bekommt das Elend bald eine abstrakte Dimension, es geht nicht mehr unter die Haut. Yves und Betty wagten nicht mehr zu reden, wie manchmal nach einer Theatervorstellung, wenn das Stück aufwühlend war. Es konnte keine Rede sein von Empörung oder Entrüstung, oder irgendwelchen Überlegungen; Indien entzog sich allen Kriterien und stellte alles in Frage.
Aufnahmen von dieser Stadt in wenigen Tagen zu drehen erschien ihnen lächerlich, ja sogar frevelhaft. Im *Clark's Hotel*, isoliert vom Geruch der Stadt durch riesige, üppige Gärten voller Vögel, servierten Kellner mit rosa Turbanen und weißen, durchbrochenen Zwirnhandschuhen in den Tellern ein wenig Ganges-Schlamm – genannt Curryhuhn –, in dem ein paar Stücke fasrigen Fleisches schwammen, die wie Kinderschenkelchen aussahen.
»Indische Kraftbrühe à la Nantua«, verkündete Tiberius.

Das indische Bier in den Gläsern war trüb und hatte die Farbe des Ganges, und der klebrige graue Reis in den Tellern erinnerte Yves an die Cholera in dem schrecklichen Roman von Giono mit all den Toten, die auf den Wegen lagen, schwarz verfärbt, die Münder mit so etwas wie Reis vollgestopft. Er hatte wochenlang keinen Reis essen können!

Bevor sie ihre riesigen Zimmer in diesem ehemaligen Palast aufsuchten, mußten sie aber den Drehplan aufstellen. Zu dritt arbeiteten sie bis spät in die Nacht. Im Halbdunkel der Bar nebenan schliefen die Diener mitsamt ihren rosa Turbanen, vollständig angekleidet, auf dem Spannteppich. Um es bequemer zu haben, hatten sie nur die Erstkommunionshandschuhe ausgezogen. Auf den Feigenbäumen im Park hockend, stießen Affen und Papageien – oder vielleicht waren es Ungeheuer – schrille, unheimliche Schreie aus, die Yves unter seinem Moskitonetz lange am Einschlafen hinderten.

Tiberius war zu Betty ins Zimmer gekommen; aber sie hatte keine Lust auf Sex.

»Verzeih mir. Nach all dem ist mir der Appetit vergangen.«

»Da liegst du falsch«, sagte Tiberius. »Man muß sich an die sicheren Werte halten.«

»Du liebst mich nicht, ich liebe dich nicht, das ist doch auch was Sicheres, nein?«

»Einverstanden, wenn du willst«, erwiderte Tiberius versöhnlich. »Aber es ist ein gutes Training, während wir auf etwas Besseres warten ...«
»Ich hab' Sport sehr gern, Gymnastik aber nicht«, antwortete Betty.
»Indien macht dich böse, mein Engel. Ich, siehst du, habe es Kunst genannt. Aber wenn es für dich auf eins-zwei, eins-zwei hinausläuft, müßte ich mir Vorwürfe machen, wenn ich darauf bestehe.«
Und Tiberius beugte sich hinunter, um ihr die Hand zu küssen. Sie hielt ihn am Hals fest.
»Bleib wenigstens zum Schlafen da, willst du? Dieser Tag hat mich umgeschmissen. Und außerdem bin ich fertig.«
Tiberius streckte sich neben ihr aus und ordnete sorgfältig die Zipfel des Moskitonetzes.
»Ich geh' morgen zum Friseur, dann hat sich's«, sagte er resigniert.
Betty brach in Lachen aus und schmiegte sich mit dem Rücken in die Höhlung, die Tiberius' Brust und angezogene Knie bildeten.
»Leg deine Beine an meine«, sagte sie. »Und den Arm um mich herum. So. Ich glaube, so werde ich schlafen können.«
»Wenn wir schon dabei sind, lege ich dein Bein um meinen Hals, du hebst anmutig eine Hand, die andere gibst du an die Stelle, an die ich denke, und wir

bilden so eine äußerst hinduistische und religiöse Figur!«
»Ich fühle mich heute abend ausgesprochen atheistisch. Aber dich, dich mag ich gern«, murmelte Betty, während sie sich an ihn preßte. »So sollte man mit Freunden schlafen können. Aus Zuneigung. Das ist schön.«
Von Tiberius beschützt, schloß sie die Augen, und es gelang ihr, Benares zu vergessen.
Durch die Vermittlung eines Brahmanen, der für Whisky zugänglich war, glückte es Yves und Tiberius schließlich, eine Verbrennung zu filmen, versteckt in einem Boot mit Verdeck, in das sie ein winziges Loch gebohrt hatten. Sie verbrachten hier Tage in brütender Hitze, warteten Stunde um Stunde, daß ein Toter ins Schußfeld der Kamera käme, auf kleinstem Raum hockend und voller Furcht, entdeckt zu werden. Um die Mittagszeit steckte ihnen der Brahmane undefinierbare Krapfen zu. Gegen ihren Willen wandten sie die Augen zu den Scheiterhaufen hin, auf denen noch nicht alles zu Asche zerfallen war, oder zu den Aussätzigen, denen immer irgendein Stück fehlte … Am Abend krochen sie aus ihrem Versteck hervor unter dem Schutz des Brahmanen, den der Mißbrauch von Whisky von Tag zu Tag mehr verweltlichte. Sie schämten sich; aber für eine Auf-

nahme hätten sie einen Heiligen der Hölle preisgegeben.
Auch sie tranken zuviel Whisky, denn der Alkohol mit dem vertrauten Geschmack war abends ihre Orientierungsmarke, ihre Stütze. Die sanften Gewißheiten Europas, die sich zusammen mit dem Menschenrauch verflüchtigten, den sie den ganzen Tag über eingeatmet hatten, fanden sie nur im Alkohol wieder. Dann ließen sie sich in ihren Zimmern von einem Inder massieren und nahmen ein Bad in den alten britischen Badewannen, deren Abflüsse seit langem den Geist aufgegeben hatten, und das salzige Wasser strömte direkt auf den Fliesenboden und auf ein Gitter zu, aus dem Kanalgerüche emporstiegen. Endlich fielen sie in einen von Monstren bevölkerten Schlaf, nachdem sie das Bett und das Moskitonetz untersucht und fünf oder sechs dieser ekelhaften Insekten getötet hatten, die in keinem anständigen Lehrbuch erwähnt werden und deren Geheimnis Indien zu bewahren scheint.
Das neue Jahr kam, ohne an Leben und Tod in Benares etwas zu ändern. Die alte Frau lag noch immer in Agonie, nur sah sie jetzt noch mehr wie Pergament aus. Die Liliputanerin unter der Bettdecke hielt Stegreifmonologe. Die Sâdhus unter ihren Kiosken wurden jeden Tag weiser und jeden Tag weniger leibhaftig. Die Inder putzten sich die Zähne

oder beteten im Ganges, bis zum Bauch im Wasser, oder sie starben darin. Nur ein paar Gruppen von Engländerinnen, ohne Alter und ohne Mann, wollten partout in *Clark's Hotel Happy New Year* feiern, mit knackigen Crackers aus England, sie schrien *Youpee*, sangen *God Save the Queen*, aßen den geheiligten Pudding und tranken auf das Glück, daß sie ihren Gatten nicht auf die Scheiterhaufen hatten folgen müssen.

Yves und Betty, die viel arbeiteten, wenig aßen und keinerlei Kontakt mit ihrer Zivilisation mehr hatten, ließen sich, ohne es allzu deutlich zu merken, von einem Schwindel mitreißen, in dem das Leben so natürlich mit dem Tod verschmolz, daß ihnen ihre täglichen Aktivitäten, ihre Sorge um Filmlänge, Beleuchtung, Objektive, Anzahl der Aufnahmen pro Tag lächerlich und unwichtig erschienen. Wenn sie abends Whisky tranken, sprachen sie über Shankara oder die Upanischaden, suchten Tiberius zu beweisen, daß das Weltall nur eine Illusion und daß die Erkenntnis des Wahren erst mit der gleichzeitigen Vernichtung des Individuums möglich sei. Vom Urgrund Indiens und der Schnapsflasche aus betrachtet, erschien ihnen Paris winzig, lächerlich, anmaßend; sie fragten sich, wie sie dem Erfolg, dem andauernden Gerenne, dem Kampf, der Leidenschaft für literarische Strömungen und politische Systeme soviel Bedeutung hatten beimessen können, während man das höchste Glück doch selbstverständlich im Frieden der gleichgültigen Hinnahme erreicht. Tiberius litt nicht an dieser Krankheit. Da er als Kameramann für Nachrichtensendungen fast überallhin gekommen war, hatte er gerade genug von der Welt gesehen, um daraus einen endgültigen und globalen Schluß zu ziehen, der ihm die Philosophie ersetzte.

»Einverstanden, liebe Kinder, wir sind hier nicht im Land der glücklichen Kühe, aber glaubt bloß nicht, daß ihr soeben *die* Wahrheit gefunden habt. Sie ist überall, die Wahrheit, das sage ich euch. Ich habe die gleichen Wunder gefilmt, die gleichen Pilgerfahrten, die gleichen Zauberer, ob sie sich nun Heilige oder Fakire oder Gurus nennen, bei den Buddhisten, in der afrikanischen Steppe, in Sevilla, in London oder in Tibet. Also laßt euch nicht anschwindeln. Schiwa, Mahomet, Jesus – es ist derselbe Mensch! Und schließlich ist es auch, von Einzelheiten abgesehen, dieselbe Philosophie. Wollt ihr, daß ich euch erkläre, worin hier der Unterschied besteht?« (Nein, Yves und Betty wollten alles andere als Tiberius' derbe Pfoten in ihren delikaten Meditationen! Aber er fuhr fort, enervierend, wie nur ein Franzose sein kann.) »Wenn man von diesen aschebestreuten Kartäusern unter ihren Schirmen absieht

– übrigens, ihr werdet feststellen, daß auch in der christlichen Religion die Eremiten sich mit Asche bestreuten, und der Aschermittwoch, ha? –, alles ist gleich, sage ich euch! Wenn man also von ihnen absieht, so brauchen die Inder eigentlich nur folgendes: ein *beef tartare* jeden Tag, einige Zeit hindurch; dadurch bekämen sie vielleicht Lust, ihre angeblich heiligen Kühe zu schlachten, statt ihre Kinder verhungern zu lassen.«

Betty wurde allergisch gegen Tiberius' gesunden Menschenverstand, seinen Zynismus, seine Weigerung, sich für Philosophie zu interessieren, aber Yves war ihm dafür fast dankbar. Ohne den Whisky und Tiberius' simplizistische Ansichten wäre er vielleicht in Benares geblieben oder irgendwo in Indien, wie der Cousin von Alex, um zu erfahren, um zu verstehen. Einen Monat? Ein Jahr? Wer kann es sagen? Hier hatte auch die Zeit nicht denselben Stellenwert. Indien war in sein Leben eingedrungen in einer Zeit, in der er fühlte, daß er verfügbar, in Veränderung begriffen war. Aber natürlich war da Marion. Er dachte nun an sie wie an ein etwas fernes Heimatland, das aber lebendig war in ihm. Er konnte nicht sagen, bis zu welchem Grad er sie liebte. Auf alle Fälle nicht wie ein Verrückter; seine Liebe war etwas Besseres. Er haßte es, die Dinge wie ein Verrückter zu tun. Er hatte Yang am Beginn ein bißchen

zu sehr geliebt, das hatte ihn unglücklich gemacht. Man darf nicht fragen, ob man ein Vaterland liebt; man weiß, daß es einen erwartet und daß man anderswo nicht gut lebt.
Als Yves acht Tage später von Benares nach Colombo flog, hatte er den Eindruck, sich aus Treibsand gerettet zu haben. Auf der Fahrt vom Flughafen, im Taxi, das sich hüpfend einen Weg durch dreihundert Millionen Inder bahnte, hatte er zum erstenmal Angst vor einem Unfall. Gab es denn Ärzte in dieser Stadt, in die alle kamen, um zu sterben? Wenn er noch ein wenig in Benares geblieben wäre, dann hätte es ihn verschlungen. Mit einer gewissen Selbstgefälligkeit stellte er sich vor, wie er sein Leben auf irgendeinem Gehsteig beendete, leicht verstümmelt, wie alle anderen, seiner früheren Welt total fremd, stark abgemagert, ohne Geldsorgen, hinabgetaucht in eine köstliche Philosophie und auf einer ständigen Flucht zum Absoluten hin.
Neben ihm stritten Tiberius und Betty erbittert. Wegen Indien. Wegen der erotischen Skulpturen der Tempel, die er nicht so interpretierte wie sie. Wegen Buddha, Wischnu, Kali, Jesus und so. Ihretwegen wollte Betty mit Tiberius brechen.
»Ich fühle mich außerstande, jemanden ernsthaft zu lieben, der nicht die gleichen Auffassungen von den grundlegenden Problemen hat wie ich.«

»Du liebst einen Mann wegen seiner politischen Überzeugung?« fragte Tiberius ironisch.
»Weswegen sonst sollte ich ihn lieben? Wegen seiner Arschbacken? Ich finde, daß alles zusammenhängt: Wenn man Indien nicht auf die gleiche Art sieht, dann ist man auch nicht einer Meinung über die Freiheit, das Leben, über gar nichts. Man liebt auch mit Ideen, nicht nur mit Organen.«
Tiberius lachte. Denken, Philosophieren war seine Sache nicht. Auch die Liebe hatte ja nichts mit Denken zu tun. Sie war wie Atemholen in einem zu harten Leben, das Heilmittel gegen das Absurde, sie war Rast, Ruhe, Schönheit. Wenn man aus ihr eine Tribüne machen wollte ... Die Frau oder eine andere, für ihn ist es vielleicht immer dieselbe, fragte sich Betty, wie der Gott oder ein anderer?
Yves fühlte, wie er allmählich wieder zum Leben erwachte, während er diesen sehr europäischen Diskussionen zuhörte und je weiter ihn die DC 4, ein Produkt seiner Zivilisation, weg von Indien brachte. Je näher ihn die Enge der Kabine zu sich selbst und zu vertrauten, intimeren Problemen zurückführte, desto mehr schrumpfte der riesige, ewig rätselhafte Subkontinent unter ihm zusammen und verschwand bald in einem wohltätigen Dunst.

9
Bombay–Cairns: 5650 Meilen

Die *Moana* fuhr nach Süden, die endlose Küste Indiens entlang, auf einem gelben, schlammigen Meer, von dem fade Gerüche aufstiegen. Die Übriggebliebenen der Gruppe fühlten sich apathisch, saßen, wie die Hindus, stundenlang auf Deck, im Schatten des Sonnendachs, dösten vor sich hin und beobachteten interessiert den Horizont. Am Abend konnte Iris sich nicht zurückhalten, von Ivan zu sprechen, versuchte zu verstehen, stellte sich vor, daß sie seine Abwesenheit leichter ertragen könnte, wenn sie *den* Grund fände, *den* Fehler, den sie irgendwo in seiner Erziehung gemacht hatte.

»Zu meiner Zeit«, erklärte Jacques, »gingen die Asozialen, die Dickköpfe, in die Kolonien, das war bequem, und das machte ihnen Beine!«

Er bediente sich einer Sammlung lächerlicher Phrasen, die seiner Konversation eine altmodische Note verliehen.

»Aber das war doch eine Strafe!« sagte Iris. »Die

Eltern jagten sie davon und hängten ihnen den Brotkorb höher … Wir, wir haben Ivan niemals zu etwas gezwungen. Das Ergebnis? Er geht trotzdem fort.«

»Die Freiheit der Jungen zu respektieren ist Quatsch«, antwortete Jacques. »Unsere Generation hat sich schön reinlegen lassen: Es halten ja kaum die Erwachsenen die Freiheit aus …«

Jacques setzte seinen Stolz darein, als Mann der Linken zu gelten, ohne sich bewußt zu sein, daß alle seine Instinktreaktionen, sein Verhalten den Frauen gegenüber und in der Liebe, ihrem Wesen nach rechts waren. Seit Patricias Abreise reagierte er eine gewisse Aggressivität gegen das Leben und die Institutionen ab, die schon jetzt eine Rechtfertigung für das bildete, was zu tun er sich anschickte – er wußte zwar noch nicht, was, aber er würde es tun, und es würde gut sein.

»Ich beginne zu glauben, daß die Psychiater schädliche Wesen sind«, fing Iris wieder an. »Hätten sie uns keine Komplexe eingeimpft, weil sie sie unseren Kindern ersparen wollten, dann hätten wir die Fratzen in aller Ruhe weiterhin verhauen, dressiert, hätten nicht versucht, sie zu verstehen. Das heißt doch erziehen, nein? Wie kann einem eine Erziehung gelingen, wenn man nie sicher ist, ob man recht hat? Ergebnis: Mein Sohn ist ein Versager.«

»Aber nein, er ist kein Versager«, sagte Alex, der

sich viel nachsichtiger fühlte, seit der leibhaftige Anblick seines Stiefsohnes ihn nicht mehr tagtäglich irritierte. »Sag dir, daß du ihm ein Studium in Indien bezahlst, wie andere ihre Söhne nach Oxford schicken!«

»Das ist vielleicht gar nicht schlechter«, sagte Jacques. »Im heutigen Unterricht bringt man den Jungen nicht mehr bei zu denken, und man vergißt, sie das Leben zu lehren.«

»Die Schule ist nicht dazu da, um das Leben, sondern um das Lernen zu lehren«, warf Alex ein. »Das ist ganz was anderes. Sie wollen fix und fertige Rezepturen, das Leben, konzentriert, dehydriert, in Säckchen … man füge nur ein wenig Wasser hinzu! Ivan stellt sich vor, daß Buddha oder Shankara ihr Leben lang herumgesessen sind, um vor sich hin zu träumen. Er will nicht einsehen, daß Meditieren auch eine Arbeit ist. Die Leere, das Nichts in sich selbst zu erzeugen, das ist das Endergebnis eines Lebens der spirituellen Suche. Er setzt sich in den Lotussitz, starren Blicks, das Hirn blockiert, und glaubt, jetzt hat er's!«

»Wie wird das alles enden?« fragte Iris. »Und mir, die ich soeben fünfzig geworden bin, was bleibt mir vom Leben? Die Liebe? Die Hindu-Philosophie? Könnt ihr euch mich, in meinem Alter, auf den Straßen vorstellen?«

Sie lachte höhnisch auf. Wie jedesmal, wenn sie an das Alter dachte, wurde sie aggressiv. Alex wappnete sich mit Mitgefühl.

»Du wirfst Ivan vor, leer zu sein, aber du, mein Kleines, scheinst – außer der Liebe – nichts zu sehen, was dich glücklich machen könnte.«

»Siehst du, du gibst es zu; ich bin ohne Liebe, bin von der Liebe ausgeschlossen, bin draußen.«

»Man ist nicht draußen oder drinnen«, fuhr Alex geduldig fort. »Man *hat* sie. Um etwas zu tun. Anderes zu tun. Die Liebe, auf sich selbst reduziert, Auge in Auge, das ist fein für die Jungen oder die Dummen.«

»Nun, da ich nicht mehr jung bin«, sagte Iris, »sehe ich, was mir bleibt.«

»Fast alle Frauen sind dumm in dieser Hinsicht«, meinte Marion.

»Aber, mein Kleines, du wirst doch nicht den Rest deiner Tage damit verbringen, deiner ersten Liebe nachzuseufzen?«

»›Den Rest meiner Tage!‹ Schön, wie du das sagst«, rief Iris. »Lieber gleich sterben. Und zitiere mir nicht den Todkranken aus *Reader's Digest*, total gelähmt und doch immer lächelnd.«

»Du bist überhaupt nicht gelähmt, aber du lächelst nie. Ich finde das um nichts besser.«

»Du, du hast Glück gehabt«, sagte Iris mit einer

Stimme, in der Rachsucht mitschwang. »Du magst alles, Fischen, Jagen, Geschichte des Altertums, die Menschen, die Seefahrt, das schlechte Wetter …«

»Das ist kein Glück, es ist eine Technik, um glücklich zu sein. Du lehnst alles ab, du sitzt da und schaust deine Runzeln an, es ist schauerlich.«

»Mir brauchst du das nicht zu sagen«, stellte Iris fest.

»Wirklich, du bist heute unheimlich witzig.«

»O doch, du willst, daß ich es dir sage. Ich würde viel weniger an dein Alter denken, würdest du daraus nicht eine Krankheit machen. Es ist mir egal, daß du nicht mehr zwanzig bist, denn ich bin's auch nicht mehr. Es ist mir nicht egal, daß es dich krank macht.«

»Es macht mich krank, weil du mich nicht mehr liebst wie früher. Und du liebst mich nicht mehr wie früher, weil ich fünfzig bin.«

Iris empfand eine krankhafte Genugtuung, alle Gesprächspartner immer wieder auf ihr Alter hinzuweisen, und freute sich, wenn sie sich schämten. Sie sollten zahlen, auch sie!

»Ich liebe dich nicht mehr wie früher, weil ich nicht mehr ficke wie früher. Also! Auch das wolltest du, daß ich sage. Bist du jetzt zufrieden? Ich liebe dich, so wie es jetzt eben ist, wie ich bin und wie du bist. Ich hab' weiße Haare, zum Kuckuck!«

Wieder einmal waren sie dort angelangt, wo sie immer anlangten. Jacques vertiefte sich völlig in das

Schälen einer Birne. Marion wußte nicht, was sie sagen sollte. Wie soll man eine alte Frau über ihr Alter trösten, außer durch Lügen? Iris selbst fühlte sich besser, wie jedesmal, wenn es ihr gelang, Alex zu verletzen, ihn dazu zu bringen, seinen eigenen Verfall einzugestehen. Das war fast die einzige Intimität, die sie noch mit ihm teilte. Die einzige Macht jedenfalls, die sie noch besaß.

»Es ist schrecklich, alt zu werden, Marion, Sie werden sehen«, sagte sie, wie um sich zu entschuldigen. »Es ist, als würde man hinterrücks angegriffen, und die Männer bleiben hinten und schauen zu, wie man in die Knie geht. Und ist man einmal soweit, dann schauen sie einen überhaupt nicht mehr an, sondern wiederholen, daß es gar nicht so schlimm sei. Natürlich, die grauen Schläfen, das hat sie nie gestört. Nun, Jacques, seien Sie doch ehrlich: Hätten Sie Lust, eine ›Frau mit grauen Schläfen‹ kennenzulernen?«

Jacques zog genüßlich an seiner Pfeife, er war Iris' Anfälle gewöhnt und mehr als je zuvor gefeit gegen weibliche Melancholie. Das waren doch alles rein organische Geschichten. Sie hatten eben nicht die gleichen Organe wie die Männer! Das Wort Hysterie kam doch übrigens von »Uterus«. Seine eigenen Organe verschafften ihm jegliche Befriedigung. Er hatte Bombay wunderbar gefunden. Der Hunger in

Indien? Nun ja … ein riesiges Problem. Und eines, das über unsere Kompetenzen hinausgeht. Er machte einen wollüstigen Zug und rückte das Kissen hinter seinem Kopf zurecht. Iris erhob sich, um ihr Augen-Make-up zu erneuern.

In ihrem Zimmer zog sie die Vorhänge zu, schloß ab und streckte sich auf dem Sofa aus. Auch Jacques war ein Schweinehund, ein netter Schweinehund, sichtlich im Begriff, seine Frau ganz alleine alt werden zu lassen. Es stand ihm ins Gesicht geschrieben, in seinen fröhlichen Augen, in der Art, wie er die Mädchen ansah, aber nie zuhörte, wenn sie etwas sagten. Weinen machte Iris immer müde, hinterließ ein Gefühl der Leere in ihr. Niemand würde heute kommen, um sie in den Armen zu halten, ein bißchen zu streicheln. Sie war ganz allein, mitten auf dem Arabischen Meer. Alex? Nie würde sie sich getrauen, mit ihm darüber zu reden. Seit wann hatten sie nicht mehr … Übrigens hatte er sie nie gefragt, wie sie es gern hatte. Am Anfang findet man alles göttlich. Und dann ist es zu spät, man hat seine Gewohnheiten.

Zu diesem Vorhaben legte sie sich nicht auf ihr Bett. Vollkommen angezogen, auf dem Diwan, konnte sie ihrer Phantasie besser freien Lauf lassen, die Szenerie heraufbeschwören, die sie brauchte. Sie konnte sich leichter vorstellen, von einem Unbe-

kannten überrascht und genommen zu werden oder gefesselt zu sein, die Beine an den Bettpfosten festgebunden wie in der *Geschichte der O.*, von brutalen Bestien überfallen – Bestien, denen sie manchmal ein vertrautes Gesicht gab. Alex hatte nie die *Geschichte der O.* lesen wollen. Es war nicht lustig mit ihm. Heute wählte Iris das Gesicht ihres Gynäkologen, wie schon oft. Sein Untersuchungsstuhl erinnerte an eine exquisite Folterbank. Er war sanguinisch und behaart, er machte seine Arbeit schnell und schlecht, gewiß, gedrängt von der Zeit und der nächsten Patientin, die im Wartezimmer hinter einem Dutzend Gladiolen saß und in *La Vie catholique illustrée** blätterte. Sie liebte es, sich die Männer brutal und rasch vorzustellen, das glich die deprimierende Wirkung des Selfservice aus. Sie rief sich den Kopf des Arztes ins Gedächtnis, wie er sich über sie beugte, die behaarten Unterarme, etwas zu muskulös, die Härchen kitzelten ihre Schenkel, denn er trug bei den Untersuchungen kurzärmelige Kittel. Der ausdruckslose, geschäftsmäßige Blick, die derbe, allzu oft gewaschene Hand, die sich auf ihren weichen Bauch legte …
»Aber Herr Doktor, was machen Sie denn?« Sie hörte in der Phantasie die groben Worte, die er sagte,

* »Katholisches Leben«, Zeitschrift

häßliche Worte: »Alles Schlampen, was? Willst du noch was?« Er verachtete sie. Sie war verächtlich. Auch Alex verachtete sie, aber moralisch; das war uninteressant.
»Sie werden mich doch nicht so liegenlassen, Doktor … bitte …«
Alex hätte ihr Bedürfnis nach Erniedrigung nie verstanden. Oder daß sie es lieber hatte, wenn der Mann angekleidet blieb. Alex zog immer alle seine Sachen aus, faltete sie ordentlich und legte sie auf einen Stuhl, stets ohne Hast. Vor allem durfte das Kleingeld nicht aus der Tasche fallen, das machte ihn rasend! Dann kam er in passender Kleidung. *Dafür* passend. Es war fast wie Zähneputzen.
Trotz aller Kniffe schaffte Iris es nicht, daß das Vergnügen lang andauerte. Auch mit den schweinischsten Tricks kam sie selten über zehn Minuten hinaus. Lächerlich. Ja, und dann war's auch schon vorbei, und keine Schulter da, an die man den Kopf lehnen konnte; und immer noch dieses Unbefriedigtsein. Was sollte man mit seinen Tagen anfangen, wenn die Liebe nur zehn Minuten dauerte? Tun das viele Frauen? fragte sich Iris jedesmal. Warum sollte man nicht selbst tun, was die anderen nicht mehr tun wollten? Zumindest heute abend würde sie Alex nicht mit ungelegenen Zärtlichkeiten ärgern. Sie würde flach, still und grau sein; eben fünfzig. Tja!

Sie würde Victor Ségalens Buch über die polynesische Kultur lesen, das Alex ihr so sehr ans Herz gelegt hatte. Es hieß *Les Immémoriaux* – die Uralten! Zum Brüllen.

Melancholisch zog sie die Hose wieder hoch und bemerkte, daß die Haut ihrer Oberschenkel anfing, wie Seidenpapier auszusehen: Wenn man daraufdrückte, knitterte sie in winzigen Falten rund um den Druckpunkt. Iris stach mit dem Daumen an allen möglichen Stellen herum und sah: überall das gleiche. Kurz, alles trug zu ihrem Glück bei. Als sie den Reißverschluß der Hose hinaufzog, klemmte sie die Bauchhaut ein; wieder etwas, das ihr früher nicht hätte passieren können, als sie noch diesen wundervollen Bauch gehabt hatte, von dem sie so wenig profitierte. Jetzt war das nur noch ein weicher Sack, der ein wenig herunterhing, wenn sie sich bückte, eingedrückt an den Seiten, birnenförmig, ein elender, formloser Bettelsack, abgenützt, aus der Form geraten. Die Haut altert in genau derselben Art wie Leinenschuhe, sagte sie sich; der Stoff dehnt sich zuletzt immer, und alles wird lose und klafft. Sie hatte es noch nicht über sich gebracht, auf den zweiteiligen Badeanzug zu verzichten, und sagte sich jedesmal: nächstes Jahr. Aber sie gab stets auf ihre Haltung acht: niemals auf allen vieren, nichts vom Boden oder seitlich aufheben, schnell niedersetzen und die Beine ausstrecken, so oft wie möglich die Arme heben ... Kann ein Mann jemals ahnen, welche Zwänge eine Frau sich auferlegt, die noch geliebt werden will, nur damit er die Katastrophe nicht merkt, die sich da ankündigt? All die demütigenden Anstrengungen, die einem Zeit, Lust und die Würde des Lebens rauben.

Vor zwei Jahren hatte sie ein Facelifting machen lassen, ein Glücksspiel: Krähenfüße, Lachfalten, Doppelkinn. Die Operation war sehr gut gelungen. Sie hatte zehn Jahre jünger ausgesehen, alle sagten es. Aber Alex hatte trotzdem nicht mehr Eifer gezeigt. Noch nie hat sich ein Mann neuerlich in seine Frau verliebt, selbst wenn sie wieder genau so wurde, wie er sie einst geliebt hatte. Was beweist, daß die Liebe völlig sinnlos, daß sie die schmerzlichste aller Albernheiten ist.

Iris stützte die Ellbogen auf das Fensterbrett. Das Arabische Meer dehnte sich aus nach Westen, so weit das Auge reichte, dumm wie die Ewigkeit. Östlich, irgendwo im Staub dieses riesenhaften Subkontinents, steckte sich Ivan gerade mit Cholera an oder rauchte irgendeinen Dreck, um noch weiter von ihr weg und vor sich selbst zu flüchten. Und Alex, dessen gealtertes Organ sich nur mehr manuell auf Touren bringen ließ – und auch das nicht immer –, benahm sich wie der tumbe, glückselige Hirte an der

Krippe, freute sich über alles! Wenigstens sagte er das. Aber daß er Bücher, Bridge oder Reisen lieber hatte – niemand konnte Iris einreden, daß es sich dabei um eine absichtliche, willentliche Vorliebe handelte. Die Liebe, das war doch das einzige, das ein Überleben in dieser absurden, grausamen Welt ermöglichte. Sie dachte wieder an Jean-Claude, einen Freund Ivans, den sie einige Monate lang geliebt hatte, ihr erster »Junger«, der einzige übrigens. Diese Erinnerung verursachte ihr ein flaues Gefühl im Magen, das in konzentrischen Kreisen ausstrahlte, bevor es, tief innen, zu einer schmerzlichen Sehnsucht wurde. Eine Frau, das ist etwas hoffnungslos Hohles. Das ist ein Hohlraum mit Fleisch drum herum. Und doch mußte sie leben mit dieser in ihr Fleisch gegrabenen Leere.

In Colombo war es, daß Alex zum erstenmal Betty ansah. In der neuen Euphorie, als sie alle im *Mount Lavinia Hotel* Pouilly-fuissé tranken, um die Rückkehr der Filmer zu feiern, und Austern und gefüllte Krabben speisten, die nicht nach Gangeswasser rochen, am Rand eines Strandes, der endlich ihren Träumen von der Südsee entsprach, bemerkte Alex plötzlich, daß Betty richtige Mädchenaugen hatte, zumindest was er sich unter Mädchenaugen vorstellte; sehr hell, wie auf jenen alten Daguerreotypien, auf denen die Frauen cremefarben und immer so auserlesen sanft aussehen; und dann ein spitzes Kinn, aber sehr runde Wangen, und einen Teint, der fast die gleiche Tönung hatte wie Aprikosen. Er mochte die schwarzgebrannten Frauen an der Côte d'Azur nicht und ihre sture Jagd nach Sonnenbräune. Iris färbte sich sogar rötlich-violett unter der Sonne. Er mochte lieber die Strände, an denen man weiße Haut sah, die richtige, die nicht Schuhleder glich. Aber Iris rollte hartnäckig ihr Bikinihöschen ein und zog das Oberteil über ihren schweren Busen bis zur Brustwarze hinunter, die ebenfalls schwarz war und sehr körnig. Im Grunde hatte er immer nur dunkelblonde Frauen und rosa Brüste gemocht. Nausikaas Brüste. Er hatte Iris eines Vorurteils wegen geheiratet, weil er, wie alle anderen, sich stur vorgesagt hatte, der slawische Charme sei unwiderstehlich. Ein armer Akademiker, Opfer der Macht der Worte, war er umgefallen wie ein Zinnsoldat vor dieser Frau, deren Akzent bei ihm die Nostalgie nach einem Rußland erweckte, das es heute nicht mehr gibt. Mit ihr hatte er in Bausch und Bogen den Kirschgarten geheiratet, die Steppe, die Pracht der orthodoxen Kirche, die *Isbas**, das Schellengeläute der Schlitten im Schnee und schließlich Tolstoi; mit einem Wort: die russische Seele.

* Stuben

All das hatte ihn sehr bald erschreckt. Im täglichen Leben war er nicht gerüstet für die endlose Weite oder für diese Frauen, die sich selbst eine Tragödie sind und sich darin gefallen. Aber er war Iris bis jetzt treu geblieben, aus Zuneigung, auch aus Schwäche und weil es seiner Natur entsprach, nicht anderswo zu suchen.
Betty sprach mit leidenschaftlicher Anteilnahme von Indien. Seit langem hatte Alex nicht den Wunsch verspürt, einen Mund zu küssen; im übrigen wollte er sie gar nicht küssen, sondern nur berühren, die Finger über das runde und zugleich spitze Gesicht gleiten lassen, den sehr schmalen Hals hinunter, auf dem sich kurzgeschnittene, sandfarbene Haare ringelten, ganz schlicht und nicht sehr üppig, wie bei sehr kleinen Kindern.
Sie sind rührend, diese jungen Mädchen mit überlangem Hals! Woran erinnerte sie ihn bloß? Ah ja natürlich: an die Kolonialausstellung ... an diese sehr schönen schwarzen Frauen mit den vielen Halsreifen übereinander; ihre Köpfe schienen so ungeheuer hoch oben und ganz klein zu sein. Teufel auch! Betty war vielleicht noch nicht einmal auf der Welt gewesen, als er die Kolonialausstellung besuchte! Er war damals selbst ein junger Mann gewesen, aber trotzdem ...
»Wie alt sind Sie eigentlich, Betty?« fragte er.

»Sechsundzwanzig«, antwortete Betty. »Ich bin 1933 geboren.«
»Sie sind auf die Welt gekommen, als ich zum erstenmal heiratete«, sagte Iris, als hätte sie die Gedanken ihres Mannes erraten.
Iris tat Alex leid. Er war ein jämmerlicher Ehemann für sie geworden. Zärtlich legte er den Arm auf die Schulter seiner Frau. Der Pouilly-fuissé führte ihn auf unvorhergesehene Pfade.
Ceylon erschien allen wie ein Paradies. Die Kokospalmen – vornehme Verwandte der Dattelpalmen –, die feuchten Gärten voller Orchideen, die an Vögel erinnerten, die wohlgebauten Bungalows, die runden Kinderpopos – sie hatten vergessen, wie rund sie sein konnten: Alles sah glücklich aus, leicht und versöhnte sie mit der Idee des Glücks. Die Anwesenheit der Engländer manifestierte sich hier auf das köstlichste in Form von Millionen, Milliarden *nice cups of tea*, die auf sämtlichen Hügeln der Inseln reiften, wundervoll gepflegt und einzig für die geheiligte Aufgabe bestimmt, englische Teekannen zu füllen. Und indische.
Die Häßlichkeit hatte aber auch hier Einzug gehalten, zusammen mit dem Reichtum. Die Frauen verbargen ihre Magerkeit nicht mehr unter den herrlichen Saris aus handgewebter Baumwolle oder Seide; hier waren sie fett und fröhlich, hatten schwere

Hintern, die von zahlreicher Nachkommenschaft zeugten, eingepackt in Metern von scheußlich rosafarbenem Nylon, der von der sowjetischen Industrie in Hülle und Fülle geliefert wurde. Sie sahen aus wie Hindu-Seherinnen, die es auf die Pariser Place Pigalle verschlagen hat. Plastik in schreienden Farben, billig, unverwüstlich, war überall hereingesickert, und Ceylon schien von Werbegeschenkartikeln überschwemmt worden zu sein, bis hinein in die Buddha-Heiligtümer, die von Kupferlampen mit gefältelten Nylonschirmen erhellt wurden oder von Neonröhren, die das Mysterium richtiggehend erschlugen. Nur die safrangelben Gewänder der Priester waren noch aus Baumwolle, und die klugen Gesichter unter den kahlen Schädeln erweckten den Wunsch, Buddhist zu werden.

Die *Moana* machte nur kurz Station auf Ceylon, sie nahm nun die längste Etappe der Reise in Angriff, auf einem der beklemmendsten Meere der Welt. Aber alles war so sorgfältig geplant an Bord, um die Passagiere die Entfernungen und die Wechselfälle der Navigation vergessen zu machen, daß sie ganze Ozeane überquerten, ohne es zu bemerken, während sie in der sanften Langeweile, die Luxusreisen umgibt, dahintrieben; sie fanden ihre Zahnbürste jeden Morgen im selben Glas, verfaßten ihre Briefe auf demselben Tisch, aßen – ob bei gutem oder schlechtem Wetter – die gleiche Tiefkühlkost europäischer Herkunft im selben Speisesaal, in dem stets dieselbe künstliche Temperatur herrschte, so daß sie schließlich den Eindruck hatten, sich nicht von der Stelle zu bewegen; es war, als kämen die Kontinente auf sie zu und machten sich die Ehre streitig, im trägen Rhythmus der Seereisen an ihren Liegestühlen zu defilieren. Wenn eine Stadt ihnen gefiel, so steuerten sie sie an, machten sie gleichsam an der Ankerkette fest für einen kurzen Landausflug. Dann ließen sie sie wieder los, und die Stadt entfernte sich gemächlich von ihnen, um einer anderen Platz zu machen. So war Asien auf Afrika gefolgt, ohne irgend etwas am täglichen oder intimen Leben der *Moana* zu ändern. Marion fand es enttäuschend, daß eine solche Reise so wenig Spuren hinterließ. Das war ein naiver, aber beharrlicher Gedanke. Eine Weltreise, dieser ungeheure Traum, der in so vielen Herzen nistet – konnte er sich wirklich auf diese malerische Spazierfahrt reduzieren, die nichts Wesentliches in ihr oder den anderen änderte? Sie beklagte sich darüber oft bei Yves. Wenn sie eine Darminfektion in Aden erwischt hätten, ihr Großsegel mitten im Indischen Ozean zerrissen wäre, sie in Benares ins Gefängnis geworfen worden wären, wenn sie gefroren oder Hunger oder Angst verspürt hätten, dann hätten sie diese Reise letzten Endes *gelebt* und nicht nur gesehen.

Aber Yves fühlte sich nicht betroffen, zum Teil weil er arbeitete, zum Teil auch, weil er jeden Tag Stunden auf der Brücke verbrachte, neben dem Kommandanten, um sich mit der Steuerung der *Moana*, dieses schweren weißen Potts, vertraut zu machen; und auch weil für ihn die bloße Gegenwart des Meeres, egal in welchem Zusammenhang, genügte, um seine Existenz zu rechtfertigen.

»Also, du kannst dich nicht mehr beklagen«, sagte er eines Tages zu Marion. »Das Meer ist immer ruhig hier. Jeden Tag ist Schönwetter.«

»Das ist kein Schönwetter, wenn es jeden Tag schön ist: Es ist nur Wetter«, antwortete Marion boshaft wie üblich.

Anders als Yves ertrug sie es nur schwer, gleichzeitig so einsam und so wenig allein zu sein. In hohem Maße irritierte sie Iris' Gegenwart, die ewig das gleiche redete und die niemand von sich selbst zu erlösen vermochte. Selbst Indien hatte ihr Gewissen nur gestreift, als eine Bühne, auf der ohne Unterlaß ein einziges Drama gespielt wurde, ihr ureigenes Drama, und alle waren aufgefordert, ihm als machtlose Zuschauer beizuwohnen. Glücklicherweise wurde sie durch Jacques' Anwesenheit sehr weich gestimmt. Es ist das Privileg mancher alter

Freundschaften, Urteilen zu entgehen, Kritiken und Veränderungen. Jacques durfte Gemeinheiten äußern, sich schlecht benehmen, Gedanken zum besten geben, die selbst Marion aufbringen konnten, alles das war ohne jede Bedeutung, denn er war »außer Konkurrenz«. Was Iris bei einem neu Hinzugekommenen niemals toleriert hätte, hörte sie sich von ihm mit amüsiertem Wohlgefallen und mit um so größerem Vergnügen an, als sie sich dabei einen seltenen Luxus leisten konnte: Nachsicht. Es war auch gut, sich zu sagen, daß es in jedem Augenblick genügte, die Hand ein wenig länger auf Jacques' Hand zu legen, damit er antwortete: Hier! Da bin ich! In Colombo hatte Jacques Nachricht aus Frankreich erhalten. Patricia war operiert worden, und alles war gutgegangen. Sein ältester Sohn trug einen Gehgips und ging wieder zur Schule. Aber es war, als beträfen alle diese Neuigkeiten Jacques nicht wirklich.
»Ich bin wie ein Kind auf Ferien«, hatte er zu Marion gesagt. »Ich will an den Schulbeginn nicht einmal denken. Ich habe dann das Gefühl, ins Internat zurückkehren zu müssen.«
»Na ja, schon, aber was wirst du tun?« fragte Marion.
»Ich sage dir, ich möchte nicht daran denken«, erwiderte Jacques. »Ich fühle mich unfähig, einen Entschluß zu fassen, und andererseits, der Gedanke, mein früheres Leben wiederaufzunehmen ... lieber

erschieß' ich mich. Also, ich weiß nicht. Ich werde darüber nachdenken, wenn mir nichts anderes mehr übrigbleibt.«

»Ja, aber Patricia?« fragte Marion weiter. »Liebst du sie noch? … Oder überhaupt nicht mehr?«

»Patricia lieben, was heißt das?«

Patricia lieben, das hieß: tot sein, Vater sein, Zahnarzt sein, verantwortlich sein, viel Geld verdienen.

»Ich würde gern mit dir schlafen«, sagte Jacques, der erschauerte bei all diesen Erinnerungen.

»Weil du dafür niemand anderen an Bord hast!« lachte Marion. »Warte auf die Inseln im Pazifik, da wirst du überhaupt nichts mehr mit mir tun!«

»Du weißt doch, daß ich dich immer noch liebe?« fragte Jacques.

»Aber ja, ich weiß. Ein bißchen.«

»Ein bißchen über so lange Zeit, das ist viel!«

»Es macht uns Spaß, uns das ab und zu zu sagen«, antwortete Marion. »Aber du weißt sehr gut, daß wir es keine acht Tage hintereinander zusammen aushalten würden, nicht einmal, wenn die Woche vier Donnerstage hätte, erinnere dich …«

»Ich spreche nicht von zusammenleben, sondern von lieben.«

»In diesem Fall liebe ich dich auch, junger Mann.«

»Also?« fragte Jacques.

»Du bist ein richtiger Kindskopf«, erwiderte Marion

und küßte ihn auf seine goldene Schläfe. »Zu allem bereit, weil du nichts zu tun hast. Zwischen uns ist etwas ganz anderes als Liebe.«

Sie blieben Schulter an Schulter stehen, über die Heckreling gebeugt, und betrachteten das gewaltig schäumende Kielwasser des Schiffs. »Lieber stürze ich mich da hinein, als daß ich nach Saint-Cloud zurückkehre«, sagte sich Jacques, der nicht den leisesten Wunsch verspürte, seinem Leben ein Ende zu setzen. Einstweilen begehrte er alles; alle Frauen des Universums, außer der seinen – die Welt ist doch schlecht bestellt; er wollte fischen, jagen, reisen, vor allem aber wollte er Jugend, ja, das war es, Jugend. Und was hinderte ihn, zwanzig Jahre alt zu sein und alle Frauen der Welt zu besitzen – außer Patricia?

Auf der Arafura-See wurde die Hitze bald zum Ersticken. Auf der spiegelglatten Wasserfläche, die funkelte wie Quecksilber, wirbelte die *Moana* mühevoll ein paar Schaumflocken auf, die lange Zeit in ihrem Kielwasser dahintrieben. Im Hitzedunst am Horizont konnte man die Sunda-Inseln erahnen, mit dichtem Dschungel bedeckt, und darüber wölbten sich Wolkendecken, die die gleiche Form hatten wie die Inseln.

Südlich von Singapur schaukelte die *Moana* hinüber auf die südliche Halbkugel, und die Passagiere

mußten sich bei der Überquerung des Äquators den Narrenpossen aussetzen, an denen die Seeleute, die alle abergläubisch sind, so grimmig festhalten. Die Maschinen wurden gestoppt, zwei bengalische Feuer angezündet, und die als »Neptun und sein Gefolge« abscheulich verkleidete Mannschaft tauchte aus den Rettungsbooten, die zu Wasser gelassen worden waren, brüllend auf, um die Passagiere mit Ketchup zu übergießen, während sie die rituellen Formeln der Äquatortaufe rezitierten.
Es war an diesem Abend, daß Alex Betty zum zweitenmal schön fand. Sie trug für diese Zeremonie einen weißen, goldbestickten Sari, der das Jungfräuliche an ihr betonte. Ihre Schulterblätter sprangen ein wenig vor unter der Seide, was ihm gefiel, und ihre hellen Augen wirkten melancholisch, was ihm den Mut gab, mit ihr zu sprechen. Aber er fühlte sich alt, und er war von der alten Schule, also begnügte er sich damit, ihr Bali zu beschreiben, wo die *Moana*, wegen der politischen Lage, nicht anlegen konnte, und dann flüchtete er sich zu Baudelaire, Loys Masson, Supervielle … Er zitierte Gedichte über die »Traurigen Tropen«, obwohl er ein wenig Angst hatte, ihr lächerlich zu erscheinen. Es war schwierig, einer Frau über Dreißig Verse zu rezitieren, dachte er mit seinem völligen Mangel an psychologischem Einfühlungsvermögen, und Betty war kein so ganz

junges Mädchen mehr ... Er fürchtete, schulmeisterlich zu wirken, aber im Grunde liebte er die Schule, und Betty brachte sie ihm wieder näher. Er sagte ihr nichts Wesentliches, aber dachte an sie in der Nacht, und sie erschien ihm als das junge Mädchen, das er hätte haben wollen. Zumindest redete er es sich ein.

Das erste ist aus Silber ganz
Sein Flimmername heißt Pâline ...

wiederholte er gerührt, und er konnte nicht anders, als die folgenden Verse mit wirklichem und vergeblichem Mitgefühl auf Iris zu beziehen:

Das siebte schmachtete sich blind
*Bald Frau, bald Rose, todestrübe ...**

Er wußte noch nicht, daß auch er eine Grenze, einen Äquator überschritten hatte.
In dieser Nacht kamen zwei fliegende Fische beim Fenster herein und landeten elendiglich auf dem Spannteppich, große Sardinen mit Libellenflügeln.
Die Temperatur schwankte weiterhin zwischen dreißig und vierzig Grad: Der Himmel blieb bleiern,

* Guillaume Apollinaire, *Die Sieben Schwerter*, zitiert nach *Gedichte*, französ. und deutsch, Darmstadt und Neuwied 1976, S. 36

auch das Meer bleiern, die Sonne unsichtbar, aber stechend, und die Passagiere, erschöpft vom Nichtstun, schleppten sich dahin in einer undurchsichtigen Materie, einem Zwischending zwischen Luft und Wasser. Ein Zwischending zwischen Freundschaft und Gereiztheit war es auch, das ihre Beziehungen in chronisch schlechter Laune versteinerte – ein Zustand, der den Ehepaaren gut, den Freunden aber, die selten zu ständigem Zusammenleben verurteilt sind, wenig bekannt ist. Dennoch entfernte sich die *Moana* sichtlich vom Äquator, und die Arafura-See vermischte sich allmählich mit dem lebhafteren und blaueren Korallenmeer.

Nach sechzehn Tagen und siebzehn Nächten öder Fahrt gab ihnen der Anblick von Land auf wunderbare Weise die Freude am Leben und aneinander zurück. Es war eine kleine, sehr grüne und ganz frische Insel, Vorposten des riesigen südlichen Kontinents, und nach dem vielen Wasser sah ein jeder der Reisenden dankbar, wie sich dieses Stück festen Bodens näherte, auf den man endlich den Fuß setzen konnte, ohne schwankende Planken darunter zu spüren.

Ein Motorboot löste sich von Thursday Island, um ihnen einen Lotsen zu bringen. Seit Port Said waren sie stets von Lotsen mit mehr oder weniger olivfarbenem Teint in die Häfen geleitet worden. Der Ein-

geborene, der nun langsam den Steg heraufschritt, hatte, wie die Beobachter auf Deck von oben sehen konnten, feuerrotes Haar. Also hatten sie zu den Antipoden reisen müssen, um diese Flammenfarbe wiederzusehen, die von so weit her gekommen war, diese Bastion der Weißen, und was für ein Weiß war das, das zarteste, durchsichtigste! Völlig unpassend auf der Hemisphäre, die normalerweise den Farben Gelb, Rot und Schwarz vorbehalten ist.
Der Kommandant kannte diesen Teil der Welt gut: Jetzt, nachdem sie am Kap York vorüber waren, würde, wie er sagte, der erhabene Teil der Navigation beginnen, in einer der am wenigsten befahrenen und befahrbaren Zonen der Welt, die aber so schön sei, daß es einem ans Herz griff. Hier habe sich nichts geändert seit den legendären Seefahrern Torrès, Entrecasteaux, Cook und La Pérouse, der im übrigen nicht weit von hier aufgefressen worden sei. Die *Moana* sollte südwärts fahren, zwischen der australischen Küste, die rechter Hand lag und gebirgig und völlig unberührt war, und dem Großen Korallenriff zur Linken: dreitausend Kilometer Inseln für jeden Geschmack, und jede war ein Paradies, bewaldet oder kahl, mit Sandstränden oder felsigem Ufer, stark gegliedert und wild oder sanft und einladend, flach oder hoch, einige spärlich bevölkert. Diese Inseln begrenzten die gefährliche, endlose Mee-

resstraße, durch die die Entdecker des 17. Jahrhunderts auf ihren zu plumpen, schwer zu steuernden Schiffen gesegelt waren, mit ihren vom Skorbut dezimierten Mannschaften, inmitten von Klippen und Tücken, von denen die Kanaken und ihre unbekannten Absichten nicht die geringsten waren, bis zu der Durchfahrt schließlich, der Meerenge, die sie von der paradiesischen Hölle erlöste. Den Inseln dort hatten sie auch manchmal ihren Namen gegeben, als Gegenleistung für ihre Rettung.

Man hätte anlegen sollen. Aber warum lieber hier als dort? Und außerdem war Tahiti, wo Yves den Hauptteil seines Filmes drehen sollte, noch weit. Und dann war die Hitze in der Arafura-See für Iris eine schwere Prüfung gewesen. Sie wollte ihre Kabine nicht mehr verlassen, trotz Alex' beharrlicher Bitten. Denen, die sie zu überreden suchten, erklärte sie, daß sie schon einen gut Teil der Welt gesehen habe und daß eine Insel so sei wie die andere.

»Ich bin ganz Ihrer Meinung«, sagte Tiberius, »die schönste Insel der Welt kann nur das bieten, was sie zu bieten hat!«

Iris zuckte die Schultern. Tiberius irritierte sie noch mehr als alle anderen. Ein himmlischer Tag – was war das schließlich für sie, die sich zu jeder Jahreszeit einen solchen Tag »leisten«, auf die Kanarischen Inseln oder die Bahamas oder anderswohin fahren konnte, überall dorthin, wo einem himmlische Tage verheißen wurden? Es war weder ein Wunder noch ein Geschenk. Man brauchte nur einen einfachen Entschluß zu fassen, etwas, das immer möglich war, das in Form von Geldscheinen auf ihrem Bankkonto ruhte unter anderen möglichen Dingen – Häusern, Schmuck, Bildern, allem nur Erdenklichen dieser Erde. Die Inseln, Tempel, die Feste – es waren austauschbare Banknoten.

Alle Träumer tragen *ihre* Südseeinsel in sich. Als sie das Große Korallenriff entlangfuhren, erkannte Alex die seine, und er konnte ihr nicht widerstehen: Die *Moana* warf Anker. Sie war es wirklich, ganz rund, mit blendend weißem Sand, den seit Jahrhunderten niemand mehr betreten hatte, da war er sicher ... Kokospalmen krönten sie: Speise, Trank, Kleidung und Obdach bietend. Leere Muschelgehäuse der Arten, die man kaufen kann – so teuer und traurig sahen sie aus in den Vitrinen der Tierausstopfer in Paris –, Treibholz, das die Signaturen der bedeutendsten Künstler zu tragen schien, und weiße Skelette unbekannter Tiere aus einem von Salz und Sonne veredelten Material übersäten den wie offene Arme geformten Strand. Hier durfte man nicht anders baden als nackt, nackt wie die Sonne und der Sand, nackt wie das Wasser.

Das Beiboot wurde ans Ufer gerudert: Alex verbat

es sich, daß vor seiner Insel der Motor in Gang gesetzt wurde, auf der sogar die Stille schöner war als anderswo. Sie badeten, beinahe ehrfürchtig. In den Tropen gibt es keine Dämmerung, der Tag erlischt mit einem Schlag. In einigen kurzen Sekunden verblassen die Farben, und die Landschaft färbt sich silbern, bevor sie grau und schwarz wird unter den rasch aufflammenden Sternen.

Das erste ist aus Silber ganz
Sein Flimmername heißt Pâline …

sagte sich Alex zärtlich vor, während er Betty ansah, und nur sie, die eben ins Meer ging, glitzernden Schaum aufwirbelnd, sie, die aus dieser Insel geboren zu sein schien, ihrer Insel, so rein wie eine Kokospalme, wie eine Muschel, wie ein Tropfen Wasser. Es war das letztemal, daß Alex sie schön fand. Von nun an begehrte er sie und beurteilte sie nicht mehr: Sie war das Schwert Pâline, das ihm das Herz durchbohrt hatte.
Vom oberen Deck der *Moana* aus beobachtete Iris die Szene aus der Ferne und fragte sich, warum sie sich nach dem Tod sehnte. Auf jeden Fall war ihr Platz nicht auf dieser Insel. Erstens wollte sie nicht nackt baden; und dann, je schöner die Landschaft war, desto mehr fühlte sie sich fehl am Platz. Bäume

wirken niemals zu alt, auch Fische nicht oder wilde Tiere, dachte sie; warum werden allein die Menschen von dem langen häßlichen Alter befallen in der Mitte ihres Lebens? Und warum sehen alte Männer stets weniger abstoßend, weniger anstößig aus? Abgesehen von einer kurzen Schmetterlingszeit ist die Welt nicht für Frauen gemacht – doch infolge einer grausamen Umkehr des normalen Zyklus beginnen sie als Schmetterlinge und finden sich plötzlich in Raupen verwandelt, ihrer kostbaren Flügel beraubt und der ebenso kostbaren Schönheit. Richtige Raupen aber bergen immerhin noch die dunkle Vorahnung in sich, eines Tages Schmetterlinge zu werden. Iris empfand nur Scham und Entsetzen bei dem Gedanken an das, was sie werden sollte. Sie strich sich mit der Hand über den Bauch, eine Geste, die ihr zur Gewohnheit geworden war: Weich und nachgiebig war er wie eine Raupe. Raupenbrüste. Eines Tages würde man sie achtlos zertreten. Sie konnte sich nur noch verstecken – wie die Tiere, die niemand mag.

10
Das Schulheft

Elftausend Meilen zurücklegen, auf die andere Halbkugel gelangen, ganz genau zu den Antipoden von Paris, um dann in der Stadt zu landen, die die am wenigsten poetische, am wenigsten exotische Stadt überhaupt ist, eine Stadt, die so gar nicht am Ende der Welt zu liegen scheint, eine Stadt, wie man sie sich in seinen düstersten Träumen nicht vorstellen kann! Produkt einer Kreuzung aus einer Fertighäuser-Ortschaft des amerikanischen Mittelwestens und des rückständigsten Nestes in Frankreich, bietet Cairns den spärlichen Besuchern nur eine Reihe einförmiger Blocks, getrennt von rechtwinklig angelegten Straßen. Eine jede davon hat ihr Damenmodengeschäft, in dem stil- und alterslose Kleider an Bügeln hängen; Hutläden, in denen Hunderte breitkrempiger, beigefarbener Anzaks ordentlich aufgestapelt liegen, das patentierte Modell für den Abenteurer. Milchgeschäfte, die Kliniken gleichen. Bistros, die aussehen wie Milchgeschäfte.

Es gab nichts zu kaufen, kein bodenständiges, hand-

gefertigtes Produkt außer den »Souvenirs vom Großen Barriere-Riff« – Korallenblöcke, die mit unfehlbar schlechtem Geschmack pistaziengrün oder rosa gefärbt waren und unter der grauenerregenden Bezeichnung *curios* in den Tabakläden verkauft wurden. In den Straßen sah man einige wenige Tasmanier, die die Menschenjagdausflüge des letzten Jahrhunderts überlebt hatten.
Die intensive Hitze, die in diesen unbarmherzigen Straßen herrschte – man hatte jegliches Grün aus ihnen verbannt, damit sie sauberer aussähen –, trieb uns ganz selbstverständlich in eine Kneipe in der Hauptstraße.
»Six beers, please«, sagte Alex langsam und deutlich.
Der Lokalbesitzer, ein aufgedunsener Koloß, der sich für einen Mann hielt, kam unwirsch heran und erklärte, daß in Australien den Damen kein Alkohol serviert werde, auch den Minderjährigen nicht im übrigen.
»Und den Hunden?« fragte Tiberius.
Die Damen erklärten, daß sie aus den Gläsern ihrer Männer trinken würden. Der Besitzer präzisierte, daß Frauen und Minderjährige auch nicht das Recht hätten, sich in Gastwirtschaften niederzusetzen, auch wenn sie nichts konsumierten. »Es ist Gesetz«, sagte er mit zufriedener Miene. Alles, was die Frau-

en tun könnten, sei, auf dem hitzedurchglühten Gehsteig zu warten, bis diejenigen, die über ein Anhängsel zwischen den Beinen verfügten, ihren legitimen Durst gestillt hätten.
Es war das erstemal, daß ich bedauerte, kein Transvestit zu sein: Ich hätte meinen Rock gelüpft, das Höschen heruntergezogen und mein Glied auf den Tisch gelegt mit den Worten: »Ein Bier für ihn, bitte!«
Betty versuchte es mit Pariser Charme. Kommt nicht an in diesem Land.
»In jedem Puritaner steckt eine Hure«, sagte dieser Trottel von Tiberius.
Iris, die es nicht gewohnt war, von Leuten mattgesetzt zu werden, die sie für untergeordnet hielt, geriet in Wut und sagte dem Wirt, daß Frankreich auf ganz Australien scheiße! Das Antlitz des australischen Despoten verfärbte sich auf der Stelle in tugendhafter Entrüstung, die ihn in dem Gefühl bestärkte, daß der Gesetzgeber sich nicht geirrt hatte, als er diesen Tieren da das Bier verbot. Die Tiere fanden sich also auf dem Gehsteig wieder, denn der Kellner weigerte sich, die Menschen zu bedienen, bevor die weiblichen Münder nicht außer Reichweite waren.
»Nun, nun, ihr Frauen«, sagte Tiberius jovial, als er, einen Schaumschnurrbart über den Lippen, wenige Minuten später aus der Kneipe trat, »regt euch nicht

auf: Ich hab' erfahren, daß auch die Schwarzen hier keinen Zutritt haben!«

»Von Australien hab' ich genug!« dekretierte Iris. »Wie wär's, wenn wir an Bord zurückkehrten? Wenn nicht, bring' ich jemanden um.«

Aber wir wollten noch unbedingt das berühmte australische Rindfleisch kosten, das nach dem von Kobe – die Ochsen werden dort täglich auf der Wiese massiert, um das Fleisch mürber zu machen – angeblich das beste rote Fleisch der Welt war.

»Merkwürdig, daß man euch rotes Fleisch gestattet«, sagte Tiberius. »Das macht kampflustig. Ich würde zu Nudeln raten.«

Das herzerfrischende *Hotel Imperial* bot uns seine Kasernenfassade dar, wir traten ein. In dem riesenhaften Speisesaal, der verfliest war wie ein Krankenzimmer, kreischte eine Tafelrunde alter Australierinnen. Sie trugen Hüte, die von Kirschen und Kolibris überquollen, und pastellfarbene Sandalen – wie kleine Mädchen. Es gibt niemanden, der alten Damen aus angelsächsischen Ländern das Wasser reichen könnte bei der Gründung von Clubs, in denen sie sich wie Pensionatsmädchen aufführen, die endlich dem Kloster entronnen sind! Die Speisekarte bot Tournedos Rossini an, genau das, wovon wir träumten.

»Underdone«, hatten wir dem Haushofmeister erklärt. *»Very red please.«*

»Not like sat«, fügte Tiberius hinzu, mit dem Finger auf die grauen Scheibchen in den Tellern der Australierinnen weisend. Sie waren dünner als Seidenpapier und schwammen in einer mehligen Sauce. Die Damen wurden indessen immer aufgeregter von ihrem Fruchtsaft.
Trotzdem legte man uns *sat* auf die Teller. Das einzige, womit man es vergleichen könnte, ist Bündner Fleisch in Scheiben, das man ein Jahr lang hinter einem Heizkörper vergessen hat.
»Diesmal, liebe Kinder, hauen wir ab«, sagte Iris. »Wir fahren nach drüben.«
Drüben – das war Neukaledonien, unseres, wo Französisch gesprochen und französisch gegessen wurde und wo die Französinnen ihren Durst löschen konnten, ohne an ihr Geschlecht denken zu müssen.
Wir wollten noch an diesem Abend die Anker lichten, sofort nachdem wir unsere postlagernden Sendungen abgeholt hätten. Wir wollten sie nicht mehr sehen, diese viereckige, kleine Stadt und die Mangroven am Ufer ihres Flusses, die so taten, als seien sie exotisch. Allerdings vergaßen wir die Vorschriften, denen es gelungen ist, einem jedes Vergnügen ebenso zu vergällen wie das Autofahren: Wir mußten die amtsärztliche Untersuchung abwarten, die frühestens am nächsten Tag stattfinden konnte. Der australische Beamte, der uns sechzehn Stunden

später besuchte, weigerte sich, im Gegensatz zu seinem indischen Kollegen, sich für unseren Puls zu interessieren, examinierte aber genauestens unsere Hände, spreizte uns die Finger einen nach dem anderen ab, auf der Suche nach einem eventuellen Ausschlag.
»Doktor, ich habe eine merkwürdige Beule in der Leistengegend«, sagte Tiberius auf französisch. »Ich wäre nicht erstaunt, wenn es eine Pestbeule wäre.«
»Oh, Tiberius, ich flehe Sie an«, unterbrach ihn Iris. »Keine Scherze! Das könnte uns noch einen weiteren Tag hier eintragen.«
Glücklicherweise hatte der Arzt aus Cairns keine Instruktionen bezüglich der Pest erhalten und sprach auch nicht Französisch. Er ließ uns ziehen.
»Kommandant, Teuerster, wir fahren noch heute abend«, sagte Iris zum Kapitän, der eben den Salon betrat.
»Das würde mich erstaunen«, antwortete er und reichte ihr die Sondermeldung, die Radio Sydney gerade ausgesendet hatte.
»Zyklonwarnung«, las Iris vor. »Druck im Zentrum: 945 Millibar. Orkanartige Winde bis zu 200 Seemeilen vom Epizentrum. Höchststärke 14 ...«
»Also 80 bis 90 Knoten«, erläuterte der Kommandant.
»... Die Depression bildet sich im überhitzten Lan-

desinneren von Australien und wandert mit einer Geschwindigkeit von zwanzig Knoten Richtung Queensland, wobei sie sich aushöhlt ...«

Queensland, da waren wir. Blieben wir im Hafen, erklärte der Kommandant, dann setzten wir uns – selbst wenn unsere Ankertaue hielten – der Gefahr aus, daß sämtliche Schiffe dort gegeneinandergeschleudert würden. Nach Osten konnten wir nicht entkommen wegen des Großen Barriere-Riffs. Es gab also nur eine Lösung: nicht allzu weit von hier eine einsame Bucht zu finden, die durch Inseln vor der starken Dünung geschützt war, die unfehlbar aufkommen würde. Die Bucht müßte auch groß genug sein, daß die *Moana* mehrere hundert Meter Kette Spielraum hatte, um dem Rückprall standzuhalten. Wenn wir die Motoren mit voller Kraft arbeiten ließen, das Heck im Wind, hatten wir gute Chancen, vor Anker liegenzubleiben. Da sich der Wirbelsturm mit zwanzig Knoten Geschwindigkeit vorwärts bewegte und wir mit fünfzehn Knoten fuhren, blieb uns gerade noch Zeit, Richtung Süden zu entkommen.

»Und wenn wir uns im *Hotel Imperial* einmieteten, um das Material zu schützen?« flüsterte Tiberius.

»Lieber sterben«, sagte Iris.

Wir waren nicht beunruhigt, nein, aber wir stellten ganz plötzlich fest, daß eine seltsame Schwüle herrschte! Im Nordwesten hatte sich in einer scharf abgegrenzten Ecke des Himmels eine tintenschwarze Wolke gebildet, aus der Regenfahnen niederhingen, von der Sonne schräg beleuchtet; es sah aus wie auf den Erstkommunionsbildchen von Sacré-Cœur. In diesen Weltgegenden ist der Himmel so weit, daß sich darauf oft mehrere Dinge gleichzeitig abspielen. Die Nacht brach an, und wir wollten gerade abfahren, als uns mitgeteilt wurde, daß der Zyklon nun mit fünfundzwanzig Knoten auf uns zukommen und uns folglich einholen werde, bevor wir Heyman Island erreicht hätten, den vom Kapitän ausgewählten Zufluchtsort. Außerdem war an der Hafeneinfahrt soeben die rote Fahne gehißt worden – wir saßen fest. Ich empfand eine heimtückische Schadenfreude, wie das schlimme Kind, das sich in seinem zu geordneten Leben einen Unfall wünscht, nur um zu sehen … Ich stellte mir die *Moana* vor, auf der Seite liegend, der Salon endlich seiner Würde entkleidet, die abscheulichen Fauteuils aus unseren Zimmern planlos dahintreibend, die Kombüsen verwüstet – und wir in einem Rettungsboot auf dem Weg zu einer Insel, wo wir Meereicheln essen und Holz zum Feuermachen suchen müßten. Da endlich würde ich zeigen dürfen, was in mir steckt! Ich gefalle mir so gern in der Vorstellung, daß ich einen wunderbaren Robinson abgeben würde.

Aber leider, am nächsten Morgen war das Barometer wieder gestiegen. Wir begannen den Kommandanten schief anzusehen. Nun? Was war mit dem Sturm? Er stand auf dem Programm, wir wollten das Schauspiel zu sehen bekommen!

»Die Wirbelstürme«, sagte der Kommandant mit einem rachsüchtigen Blick auf die anwesenden Damen, »sind wie Frauen: unberechenbar.«

Unserer näherte sich nur mehr mit drei Knoten und änderte nochmals die Richtung. Aber er konnte sich jeden Moment rückwärts bewegen oder auch, im Gegenteil, drei Tage lang über uns toben. Es blieb uns nichts anderes übrig, als die Launen des Ungeheuers abzuwarten, während wir in dem langweiligsten Hafen des langweiligsten Landes der Welt festlagen. Und wir konnten in Cairns nicht mehr an Land gehen, sonst riskierten wir eine zweite amtsärztliche Untersuchung! Da wir also eingesperrt waren wie Häftlinge, beschlossen wir, uns im »Sprechzimmer« zu versammeln, um gemeinsam die Post zu lesen, die wir gerade aus Frankreich erhalten hatten, so wie Insassen derselben Zelle die Pakete von zu Hause untereinander aufteilen. Was mich betrifft, so hatte ich eine in meinen Augen betrübliche Nachricht erhalten: Dominique schrieb mir, daß sie schwanger sei. Gerade daß sie nicht, wie als kleines Kind, hinzufügte: »Es ist

nicht meine Schuld, ich hab's nicht absichtlich getan!«
»Kurz und gut, der Engel des Herrn brachte Marion die Botschaft«, sagte Tiberius.
Und wahrhaftig, im Jahrhundert der Kernspaltung kommt ein Kind noch immer so unvorhergesehen auf die Welt wie ein Wirbelsturm, wie die Röteln oder der Heilige Geist! Himmel, Arsch und Zwirn, wie man so sagt. Es ist, als glaubten die Frauen nicht an die Spermatozoen, als könnten die Mädchen es auch heute noch nicht erwarten, die physiologische Funktion zu erfüllen, die ihnen anscheinend als einzige das Gefühl zu existieren, zu leben vermittelt. So, als würden sie bei der Hochzeit zum Stier geführt. Die Besamung folgt unmittelbar auf die Trauungszeremonie, als wäre sie deren uneingestandener Zweck. Für Dominique jedenfalls ist Schluß mit dem Studium. Du wirst niemals Ärztin werden, mein Schatz, aber dir bleibt ja die wahre Berufung der Frau, dieser Beruf mit dem schauerlichen Namen – noch schauerlicher als das, was er bezeichnet: Du wirst Hausfrau sein, meine Tochter.
Wir hatten oft darüber mit Dominique diskutiert, und sie war ganz unserer Meinung gewesen, *vorher* ... Und dann! Alle diese Amazonen werden weiterhin sofort schwanger, als habe der Bauch Vorrang vor dem Hirn. Die Geschichten von Blütenstaub,

Stempel und Bienen, nur sie sind wahr, leider. Die Intelligenz, Studium, die Theorien von Freiheit und Gleichheit, sie sind für die Mädchen nichts als Blütenblätter: Sie fallen ab, sobald sie ihren Zweck erfüllt haben, nämlich den Blütenstaub auf noch raffiniertere Weise anzuziehen als der Geruch einer liebestollen Katze oder einer läufigen Hündin.

»Und was ist mit der Pille?« fragte Iris. »Frédéric ist doch Arzt!«

»Ja, aber aus Toulouse«, antwortete ich. »Südlich der Loire sieht man es nicht sehr gern, wenn die Frauen arbeiten oder Zeit haben, sich mit ihrer Persönlichkeit zu beschäftigen. Man zieht die Mamas vor …«

Die Huren und die Mamas – eine Welt, in der jedes Ding seinen vom Herrgott vorbestimmten Platz hat. Man heiratet ein hinreißendes Mädchen, und dann hat man nur noch einen Gedanken: sie so schnell wie möglich zur mehrfachen Mutter zu machen; mit Krampfadern, damit sie zu Hause bleibt. *Da* ist ihr Platz und ihr Glück.

»Wie alt ist Dominique?« fragte Iris.

»Gerade einundzwanzig, das Alter, in dem man das Recht haben sollte, an sich zu denken, fertig zu studieren zum Beispiel.«

»Immerhin«, sagte Jacques, »du übertreibst ein bißchen. Wenn Dominique auf diese Weise glücklich ist? Es war Patricia, die mit dem Studium aufhören wollte, als wir heirateten, und ich hab' sie nie so glücklich gesehen wie mit einem Baby im Arm. Sie hat es niemals bereut, das Jurastudium aufgegeben zu haben.«

»Ihr Leben ist noch nicht zu Ende«, sagte Iris boshaft.

Mit Wonne hätte ich Jacques ein wenig beschimpft, seine Ansichten sind zum Kotzen, hätte ihm ein paarmal in den Bauch getreten, damit er's merkt ... Hochspannung lag in der Luft, die mich ermutigte, aber Yves, der Diskussionen verabscheut, sobald sie interessant werden, schlug eine Partie Bridge vor. Und das schaurige Spiel senkte sich auf Alex, Yves, Jacques und Tiberius herab wie ein Bleimantel, verwandelte sie für mehrere Stunden in unheilbar Taubstumme. Wieder ein Tag im Eimer!

Der nächste Tag war natürlich ein Sonntag, einer dieser australischen Sonntage, die wüster und öder sind als die Große Australische Wüste; englische Sonntage erscheinen dagegen wie Bacchanale. Das Wetter war schön, aber dieser idiotische Wirbelsturm rührte sich nicht vom Fleck. Alex und Jacques wollten Jagd auf das Wallaby machen, das arme, kleine, wehrlose Känguruh, das die Australier mit dem Jeep jagen. Höchstwahrscheinlich aber geht dieses Känguruh sonntags zur Messe, da es an die-

sem Tag nicht verfolgt werden darf. Es blieb uns nichts anderes übrig, als das gleiche zu tun wie die Australier: ein Picknick zu veranstalten auf einer Nachbarinsel, die speziell für den Sonntag geschaffen und mit geradezu zwerchfellerschütternder Phantasie Sunday Island getauft worden war.
Es war eine sterilgekochte Insel, befreit von ihrem Ungeziefer, von ihren Eingeborenen und deren Pirogen mit den langen Stangen, eine schöne Insel mit einem marmornen Hotel, das ein Unterwasser-Panoramafenster hatte, so daß man die Korallen und Seeschlangen aus der Nähe sehen konnte, ohne naß zu werden; da saß man mit schönen, wohlgenährten und muskulösen Australiern und jungen blonden Frauen, deren Nasen sorgfältig mit Sonnenschutzcreme bedeckt waren, denn ihre Haut war nicht für diese Breiten vorgesehen gewesen; mit prächtigen rosig-weißen Kindern, wahren Reklamen für den Westen, fröhlich, unausstehlich, glücklich. Napfkuchen, runde Brötchen, Weißbrot, Schinken aus der Büchse und Fruchtsaft aus der Konserve im Land der Viehzucht und des Frischobstes. Kein schädliches Tier auf dem Erdboden, nicht einmal eine Fliege. Die Antipoden von Aden! Nur für das Meer konnte noch nicht garantiert werden, und Schilder warnten vor Haifischen.
Am Abend begann uns die Zeit lang zu werden. Das

Bridge wütete ohne Unterbrechung. Es war das erstemal, daß sich unser Schiff nicht wie ein Eisenbahnzug aufführte, sondern gezwungen war, die Elemente zu berücksichtigen. Jetzt oder nie wäre für mich die Gelegenheit gewesen, Bridge zu lernen … Na ja: wäre. Niemals! Bridge und Rugby … Vorurteile, die mir teuer sind. Und außerdem hatte ich Proust, der viel interessanter war. Aber unter diesem mit Elektrizität geladenen Himmel, im Korallenmeer, am Rand dieses absurden Kontinents, auf dem pro Quadratkilometer ein Mensch lebt, in Erwartung eines Zyklons namens Godot – wie soll man da Proust zu würdigen wissen? Schön, diesmal werde ich die verlorene Zeit eben noch nicht wiederfinden. Proust kann man nur in einem Dorf mit Kirchturm, Apotheke, Notar und Weizenfeldern rundherum lesen. Ich zog es vor herumzumäkeln, um Yves zu ärgern, lungerte andauernd an den Luken, um den von Blitzen durchzuckten, doch regenlosen Himmel anzuschauen, und las nochmals die Zeitungen aus Frankreich. Im »Atelier« spielte man »Das Ei«, ich hätte es gern gesehen. In der Bretagne blühten wohl schon die Kamelien. An Land war mir nie langweilig. Auf der *Moana* habe ich zum erstenmal in meinem Leben erfahren, was Langeweile ist.
Gegen Mitternacht, als die Bridgespieler die Revanche zur entscheidenden Partie begannen, erschien

der Kommandant, um uns zu verkünden, daß der Sturm in zwei Städten, in Ayre und in Bowen, arge Schäden angerichtet habe, nachdem er Heyman Island, wo wir eigentlich sein sollten, verwüstet hatte. Jetzt zog er nach Südwesten ab, mit Windstärke vierzehn. Wir waren frei: Morgen konnten wir losfahren.

Immerhin, der Kommandant legte Wert darauf, uns zu zeigen, welcher Gefahr wir entgangen waren und was von einer Stadt übrigblieb nach einem Zyklon.

Wir erreichten die Bucht von Bowen erst in der Abenddämmerung. Es roch sehr stark nach umgeackerter Erde und zerquetschtem grünen Laub, sogar weit draußen auf dem Meer, wo wir vor Anker gehen mußten, denn es gab keinen Leuchtturm, keinen elektrischen Strom mehr an der ganzen Küste. Totenstille herrschte, als habe hier nie eine Stadt existiert.

Am Morgen gingen wir an Land, um nachzusehen, aber es gab nichts zu sehen. Bowen war dem Erdboden gleich, mit Ausnahme von zwei oder drei stabilen Gebäuden, den Banken, die unversehrt und symbolisch über einem Wirrwarr von Blech, Holzplanken und zersplittertem Glas emporragten. Es gab keine Restaurants mehr, keine Brunnen, keine Lady-Shops. An einem Strand verkaufte eine Frau unter freiem Himmel Obst und Kekse. Kein Schiff im Hafen lag in normaler Position: Sie waren gekentert, gesunken oder ineinander verkeilt, oder auch weit weg in den Vororten der Stadt gestrandet, in einem Garten oder auf dem flachgedrückten Dach eines Hauses. Die Einwohner jedoch gaben sich sehr ruhig, gänzlich resigniert gegenüber ihrem jährlichen Wirbelsturm.

Die Umgebung bot ein noch befremdlicheres Bild der Zerstörung: Von dem Wald, der die Stadt einschloß, waren nur kahle und schwarze, völlig entlaubte Stämme übrig. Ein Weltuntergangswinter schien das ganze Gebiet heimgesucht zu haben.

Tiberius hatte seine Kamera mitgenommen, aber eigentlich gab es *nichts* zu filmen außer diesem Skelettwald. Diese Städte aus Holz und Blech stürzten bei jedem Wirbelsturm zusammen, als bestünden sie aus Kartenhäusern, und das ergab nicht einmal malerische Ruinen.

»Die Windgeschwindigkeit im Auge des Zyklons betrug mehr als 200 Stundenkilometer«, erläuterte der Kommandant. »Diesen Geschwindigkeiten hält nichts stand, nichts bleibt stehen.«

»Das Auge mit dem Todesblick«, scherzte Tiberius.

»Tatsächlich«, meinte Iris, die sämtliche Kalauer und Bonmots dieses Individuums ignorieren wollte, »ist Australien nach einem Orkan genauso häßlich

wie vorher. Nichts wie weg von hier, Kommandant, und bringen Sie uns anderswohin.«
Da uns der Zyklon auch von den Zollbehörden befreit hatte, von der Polizei und vom Gesundheitsdienst und da kein einziges Schiff mehr in der Lage war, uns zur Küste zu lotsen, konnten wir unverzüglich Kurs auf unser kleines Kaledonien nehmen, das tausend Seemeilen von hier entfernt war. Noch vier Tage auf See, das schien mir lang, selbst im Korallenmeer. Sobald man das Land aus den Augen verliert, gleicht eine Welle ganz fürchterlich der anderen.
»Du redest wie Iris«, sagte Yves, der sich keineswegs langweilte, denn er hatte eine Zahnfistel. Sie diente ihm zum Vorwand, sich in die klimatisierte Kabine zu flüchten, wo die Filme gelagert waren, und dort lagerte er nun auch seinen Zahn und sich selbst dazu ... Das heißt, von ihm war da nicht sehr viel, denn er war gleichsam ganz zum schmerzenden Zahn geworden.
Er hat im Augenblick keine Lust, mit mir zu sprechen, ich gehe ihm auf die Nerven. Ich weigere mich nämlich, Bridge zu lernen – ich ziehe Belote vor, das keine quasi religiösen Riten mit einschließt –, und statt das Privileg, in Australien zu sein, gebührend zu schätzen, schwärme ich ihm von Kerviniec vor; und ich freue mich auch nicht am Komfort und

der Untätigkeit, die mir dieses Schiff bietet, sondern ich sehne mich manchmal nach meinem Leben in Paris. Wir rühren hier beide an ein entscheidendes Problem, das beinahe etwas von einem sekundären Geschlechtsmerkmal an sich hat. Yves fühlt sich vage irritiert, daß ich mich nicht in einem Zustand fortgesetzter Seligkeit befinde, weil ich nicht kochen muß oder einkaufen oder sonst eine undankbare Arbeit verrichten. Ich kann nicht sagen, daß ich diese Arbeiten hasse; was mich fertigmacht, ist die Tatsache, daß sie unausweichlich zu meinem Schicksal gehören. Und daß ich auf dem Pazifik herumschwimme, sogar vier Monate lang, ändert nichts an meinem Schicksal. Es wartet auf mich! Diese Schicksalhaftigkeit verleitet ihre Opfer zu ungerechten, aber gerechtfertigten Reaktionen. Jedesmal wenn mir Yves im Lauf dieser zwanzig Jahre sagte: »Wir essen heute abend nicht zu Hause, freust du dich? Da brauchst du nichts vorzubereiten«, dachte ich an den unausgesprochenen, stillschweigend enthaltenen Folgesatz: »Aber morgen wirst du's natürlich wieder tun.« Diese Stunden der Freiheit haben nichts mit *der* Freiheit zu tun, sie sind Freizeit, aber niemals bezahlte Freizeit wie bei anderen Arbeitenden.

»Nimm dir doch eine Hilfe«, sagte der toleranteste aller Gefährten zu mir, wenn ich ihm von Zeit zu Zeit

meinen Standpunkt über die Doppelbelastung der Frau darlegte, die im und außer Haus arbeitet.
Und es gelingt mir nicht, ihm verständlich zu machen, daß eine solche Hilfe die Sache nicht grundlegend ändert. Etwas von jemandem *machen lassen* heißt immer noch *machen*, es wird nur stellvertretend gehandelt; und man selbst ist nach wie vor voll verantwortlich! Die einzige wahre Freiheit ist aber die Freiheit von Verantwortung. Das haben auch die tolerantesten aller Gefährten sehr schnell herausgefunden, und sie zögern nicht, in ihrem Heim als ungeschickte Tölpel oder geistig Zurückgebliebene aufzutreten und sich in eine liebenswerte Unfähigkeit zu flüchten: Sie fragen, ob sie Fischbesteck auflegen sollen, während man gerade Merlane brät, oder geben ein Leben lang vor, sich nicht daran zu erinnern, wo man den Dosenöffner aufbewahrt ... Kaum haben sie aber die Türschwelle überschritten, werden sie wieder glänzende Ingenieure oder Supermanager. Die besten unter ihnen glauben, sich mit Anstand aus der Affäre gezogen zu haben, wenn sie das Ausschenken der Alkoholika übernehmen oder sonntags den Tisch decken. Würden sie das jeden Tag tun, dann dürfte das nichts an der wesentlichen Unvereinbarkeit der weiblichen und der männlichen Lebensbedingungen ändern. Denn ein Lohnempfänger, selbst wenn er sich verbessert, wird kein Chef.

Und wenn der Chef sagt: »Ich verstehe Ihre Probleme sehr gut, was wollen Sie denn …«, täuscht er sich gewaltig. Er kann die Art, in der der Proletarier lebt, ebensowenig verstehen, wie ein Mensch männlichen Geschlechts begreifen kann, was die Sklaverei eines Menschen weiblichen Geschlechts bedeutet, der Hausfrau und Mutter ist. Nicht was lästige Arbeiten und Stundenzahl anbelangt – nein, das gehört in den Bereich der Anekdote; sondern als Schlag gegen das Individuum und als nicht wiedergutzumachende Veränderung der Persönlichkeit.
Um so mehr, als alles dabei so zusammenwirkt, daß man seine Situation als biologische Schicksalhaftigkeit akzeptiert. Unsere Freunde brechen weniger wegen der Tatsache, daß ich arbeite (ohne daß ich deshalb unfruchtbar bin oder unfähig, ein Ei zu kochen), in stürmische Begeisterung aus, sondern weil Yves manchmal kocht. Also, da geraten sie in Ekstase!
»Was, Sie? Ein so intelligenter Mensch?« sagen die Augen der Ehemänner unserer Freundinnen, die es nur nicht unter ihrer Würde fanden, sich zur Herstellung einer Speise herabzulassen, als in ihren Zweitwohnsitzen die Barbecues Mode wurden – eine Art des Kochens, die ihrer Eitelkeit ein Alibi verschafft, erinnert sie doch an die Rückkehr des prähistorischen Jägers in die Höhle: Er wirft den eben erlegten

Bison auf den Herd, um den sich seine Frauen demütig zu schaffen machen.
Kurz, Yves hatte das Pech, mir freundlich zu sagen: »Es ist doch großartig für dich, eine so lange Zeit hindurch keine fade Hausarbeit machen zu müssen – oder?« Und ich habe ihm geantwortet, daß das höchstens noch fünf oder sechs Wochen dauern und daß mich in Paris die Wohnung mitsamt Pauline in einem erbärmlichen Zustand erwarten werde. Da wiederholte er, diesmal weniger freundlich: »Ja, aber im Moment ist es großartig, nein?« Und ich machte: Pah!, denn ich wollte einfach schlechter Laune sein an diesem Tag; und er fragte mich, mit stetig abnehmender Freundlichkeit, ob ich es bedauere, diese Reise mitgemacht zu haben, worauf ich erklärte, daß es mir immer zuwider gewesen sei, als Schmarotzer zu leben, ohne zu arbeiten; da wies er in ausgesprochen eisigem Ton darauf hin, daß ich mich in Paris über meine »Verurteilung zur Zwangsarbeit« beklagt hatte, und ich antwortete – ich weiß nicht mehr, was, aber sicher etwas Ekelhaftes; er jedoch schwieg darauf, denn leider Gottes bricht er Streitereien immer ab, und er ging hinaus, »sich abkühlen«, unter einem anständigen Vorwand – dem Zahnabszeß –, und seither sind unsere Beziehungen gespannt. Ich glaube aber, es wird sich wieder einrenken. Man darf nicht vergessen, daß Yves seit einem Jahr gewis-

sermaßen das Herz in Gips trägt und daß die ständige Gesellschaft, die wir bei Tisch, an Land und an Bord aushalten müssen und die mich schrecklich bedrückt, für ihn eine nützliche Barriere darstellt gegen meine allzu reale Anwesenheit, die durch Yangs Abwesenheit noch realer wird. Nur selten gibt es zwischen uns Stunden echter Vertrautheit. Bei Yves ist jedoch alles eine Frage des Augenblicks, man müßte ihn anfallen wie ein Tiger.

»Das werden wir später sehen, wenn es dir recht ist«, sagt er in ersterbendem Tonfall jedesmal, wenn ich ungelegen komme, und er wirft mir dabei einen Blick zu wie ein Verwundeter einer Lumpensammlerin, die ihn mit ihrem verdächtigen Hakenstock wegtreiben möchte.

Aber eines Tages wird er den Gips lossein, so, wie auch wir schließlich von dem Großen Barriere-Riff loskommen werden, das dreimal länger ist als Frankreich und dessen Schönheit uns, wie das Elend in Indien, zuletzt langweilte. Hätten wir zwei solche Inseln irgendwo an der französischen Küste, nur zwei! Welch ein Gedränge, welch ein Staunen! Aber hunderttausend Paradiese, und wir sind blasiert, spielen Karten, lesen oder quengeln, anstatt Augen und Sinne vollzutanken mit diesen Kostbarkeiten. Wir haben doch keine Chance, sie jemals wiederzusehen! Der Spielraum zwischen dem Zuviel und dem

Zuwenig, zwischen Bewunderung und Überdruß ist sehr eng.

Allmählich kommen wir in andere Gewässer: Das Jadegrün des Korallenmeers mit seinem Sandgrund zerfließt im Marineblau des tiefen Pazifik, und die Dünung, majestätisch und langgezogen, kündigt den großen Ozean an. Wir haben den Wendekreis des Steinbocks überquert, und das Thermometer ist auf achtundzwanzig Grad gefallen, auf die tiefste Marke seit drei Wochen. Ist es diese relative Kühle oder die baldige Ankunft auf französischem Territorium, was uns belebt und in neuer Heiterkeit und Freundschaft vereint?

Am 21. Februar erscheint es uns endlich am Horizont, sehr hoch, umrahmt von einem riesigen Ring aus weißem, brüllendem Schaum – unser Neukaledonien, das so weit entfernt ist vom Mutterland. Wir alle hegen die naive Hoffnung, daß der erste Franzose, dem wir nach dieser langen Seereise in englischen Gewässern begegnen, nicht in Gestalt eines weinseligen, schlampigen und kleinkarierten Zollbeamten erscheinen möge. Wieder ist sie da, diese Furcht, daß das, was ich liebe, sich nicht in seinem besten Licht zeigt, wie damals, als Pauline und Dominique bei dem alljährlichen Schulkonzert ihr Stück spielten – vor dem schlimmsten Publikum, den Eltern der anderen!

»Ein wahrer Schatz!« schreit Iris, als sie ihn an Bord kommen sieht, unseren ersten Franzosen, einen kleinen, rundlichen Kerl mit Baskenmütze, der mit den Händen redet ... mit südfranzösischem Akzent. »Die Karikatur übertrifft die Realität, so hätte man ihn gezeichnet!«
Auch den Hafen von Noumea hätte man so gezeichnet mit seiner schattigen Promenade, den Terrassencafés, den vertrauten Krippenfiguren: dem Zollbeamten, Briefträger, Matrosen, Gendarmen und dem Schaulustigen. Der Kommandant hatte Noumea schon mehrmals angelaufen; und um seine Rückkehr zu feiern, hatten seine Freunde ein Kanaken-Ständchen für ihn vorbereitet: Etwa zehn riesenhafte Negerinnen in »Missionskleidern« – weiten, sexlosen Jäckchen, von den Nonnen entworfen –, auf einem Podium gruppiert, brüllten Kirchenlieder, mitten im Getöse der Motoren und dem Freudengeschrei.
»Sie sehen, Iris«, sagte Yves, »die Karikatur übertrifft immer noch die Wirklichkeit, wie der harmonische Gesang dieser verwirrenden *vahines** beweist.«
Der Ansturm begann auf der Stelle, wie auf jeder Pazifikinsel bei der Ankunft eines Schiffes. Alle Frauen, die zum Hafen hatten kommen können,

* Polynesische Bezeichnung für Frauen

überschwemmten das Deck und die Kabinen, küßten alle Leute, für alle Fälle, auf den Mund – das macht immer Spaß –, unter dem Vorwand, eigentlich den Mund des Kommandanten zu suchen oder den von Matrosen, die sie kannten. Nur die kanakischen Sängerinnen wurden von zwei Nonnen, die aufpaßten wie die Schießhunde, eisern an Land zurückgehalten und kreischten weiter; ihnen war es untersagt, ihrer Freude auf fleischlichere Art Ausdruck zu verleihen. Eine Stunde später war kein Mensch mehr an Bord mit Ausnahme jener Unglücklichen, die Wache halten mußten. Irgend jemand hatte uns Schnecken in Knoblauchsauce à la Marsupilami angekündigt … ein anderer hatte uns zum Mittagessen, zum Abendessen und zum Übernachten eingeladen … Wir liefen auf den Kai, aufgeregt wie Kinder zu Schulschluß. Wir brauchten so schnell wie möglich knusprige, weiße Brötchen, roten Burgunder, Camembert. Wir stöhnten: »Ah, das sind ja Baguettes im Schaufenster … Oh, seht, hier, ein richtiges Bistro!« Wie die Idioten.

Im Restaurant haben wir sie bekommen, unsere Schnecken in Knoblauchsauce, zwar in großen, spitzen und sandfarbenen Gehäusen, aber drinnen war genau das gleiche Tier wie zu Hause, das graue, geschlechtslose, von Düften durchzogene Fleisch. Und der Pastis auf der Terrasse. Und die schönen

Geschichten des Patrons. Und dann, ich weiß nicht, was da in der Luft lag, der Geruch der Pommes frites vielleicht, aber es roch einfach französisch. Auf dem Wasser ist man doch niemals wirklich daheim! Alle sahen einander gerührt an: Das alles sind wir?

11
Noumea–Tonga: 1104 Meilen

»Liebe Kinder, wir betreten das Land der Erotik«, verkündete Tiberius und setzte einen siegesgewissen Fuß auf den Kai von Noumea. »Ich fühle, daß nun das wahre Leben beginnt.«

»Warte damit bis Französisch-Polynesien«, antwortete Alex. »Die Kanaken gelten als die häßlichste Rasse der Welt.«

»Und was die Erotik angeht«, unterbrach Iris, »so ist sie doch ohnehin nur was für dekadente Intellektuelle. Hier beschränkt sich die Liebe anscheinend auf den engsten Sinn des Wortes: das Ding hinein ins Dings – und keine Faxen! Das habe ich bei T'Serstevens gelesen.«

»Na gut, wir geben uns damit zufrieden«, sagte Tiberius heiter, »was, Jacques? Wir sind eben keine Intellektuellen!«

Und sie begannen, auf dem Kai herumzuhüpfen, und um die Wette gaben sie dem Glücksgefühl Ausdruck, das man empfindet, wenn man einen neuen

Jagdgrund betritt, ohne daß die Ehefrau auf der Schwelle wacht.

»Mein armer Liebling«, sagte Marion zu Yves.

»Wieso?« fragte Yves.

»Na, weil's anfängt.«

»Was denn?«

»Ozeanien! Eine der Gegenden der Erde, in der man seine Frau am wenigsten braucht.«

»Ich brauche dich immer, auch wenn ich es nicht sollte. Das hast du mir oft genug vorgeworfen! Aber es stimmt, ich bin ein armer Liebling, weil du es dir nicht verkneifen kannst, mir die Rechnung zu präsentieren, egal, was ich mache oder nicht mache! Das weiß ich nur zu gut.«

Marion legte ihm den Arm um die Mitte.

»Und stell dir vor, ich bin bereit«, fügte Yves mit dieser düsteren Stimme hinzu, mit der er die schönsten Dinge zu sagen pflegte.

Sie zog ihn enger an sich. Bereit, ja – aber wozu? fragte sie sich im stillen. Zu verzichten? Sich zu verstecken? Oder die Eifersucht seiner Frau heldenmütig zu ertragen? Übrigens, sie fühlte sich ebenfalls bereit. Man kommt nicht nach Polynesien, um dort die Sittenpolizei zu spielen. Allerdings, vorläufig waren sie erst in Melanesien.

Um »die Langeweile einer zu langen Seefahrt vergessen zu machen«, wie der Kommandant, der

Euphemismen liebte, sagte, hatte er an diesem Abend bei Freunden sämtliche hübschen Mädchen und leicht zugänglichen Frauen »der Kolonie« versammelt. Es waren im übrigen die gleichen: Wie sollte man die Ausgelassenheit nicht lieben an dieser Miniatur-Riviera, in dieser kleinen Provinzstadt ohne Provinz rundherum, wo man abgeschnitten von der Basis lebte, fern von der Familie, fern von alten Leuten, die, hinter Vorhängen verborgen, überwachen, was die anderen treiben? Man ist von der Sorge um seine Achtbarkeit befreit in diesem Land, in dem man nicht altert, sich nur wenig langweilt, wo man im allgemeinen Geld hat und immer das herrlichste Klima. Und für die Durchreisenden war es das gleiche: Noumea schien so fern zu sein vom Mutterland, daß sie sich von der Entfernung ebenso geschützt fühlten wie von einer Maske.

Bei den Freunden des Kommandanten, in einer Strohhütte, die sie sich selbst hinten in ihrem Garten gebaut hatten, war es sehr dunkel – »um ihre Laster zu tarnen«, wie sie sagten. Sie hatten die Hütte mit Netzen, Muscheln und Lampions geschmückt. Ein riesenhaftes Aquarium im Hintergrund, in dem giftige Anemonen und Fischungeheuer, die einen starr anglotzten, nach Luft schnappten, verbreitete ein grünliches, unirdisches Licht. Die Luft war mit Alkoholdunst geschwängert. Marion trank, um sich

Mut anzutrinken; Yves trank, weil er den tahitianischen Punsch mochte; Jacques, weil er lebte; Tiberius aus Gewohnheit; Iris, um unterschiedslos Vergangenheit, Gegenwart und Zukunft zu vergessen. Nur Alex trank nicht, um Betty besser anschauen zu können. Er staunte über den Verdruß, den er empfand, als er sie in den Armen der Franzosen »aus der Kolonie« sah, die auf neue Körper lauerten. Er hatte von Natur aus diese sinnlose Fleischbeschau und die Erregung von zehn Uhr abends bis zum Morgengrauen bei XY, u. A. w. g., nie geschätzt. Außerdem konnte er nicht tanzen. Gegen ein Uhr nachts lagen schon mehr Leute auf dem Boden, als noch standen.

Er setzte sich neben Marion, die sich anscheinend langweilte, und sah mit seinen hellen, kalten Augen den Mädchen und Frauen zu, wie sie nach und nach ihre Kleidungsstücke und ihre Hemmungen ablegten.

Marion beobachtete Yves, der bereits völlig integriert war in dieses neue Aquarium. Sie sah zu, wie er die einheimischen Gesöffe trank, auf den Balkon trat, um die Sterne zu betrachten, die Hand lässig auf die Schulter eines halbnackten Mädchens gelegt, wie er zurückkam, um mit einer anderen über Paris zu plaudern; wie er die Unterwasserjagd pries gegenüber Toto, dem Hausherrn, der mit der Dame des

Hauses – man nannte sie Lolotte, und auch sie war ein lockerer Vogel – den Punsch zubereitete.
»Allein diese Namen!« sagte Marion, die ihre menschenfeindliche Stimmung zu nähren suchte. »Solche Abende sind der Tod für Ehepaare; in unserem Alter sollte man nicht gemeinsam ausgehen.«
»Yves ist es sicher lieber, daß Sie da sind«, sagte Alex.
»Sagen wir, daß es ihn nicht stört«, gab Marion zurück. »Wenn ich tun will, was ich möchte, dann stört es mich, Yves in der Nähe zu wissen. Und es stört mich, ihm zuzuschauen, wenn er das tut, was er möchte! Sie sehen, es fällt mir schwer, mich zu amüsieren.«
»Yves schüchtert Sie immer noch ein«, meinte Alex. »Ich finde das wunderbar.«
»Es ist auch peinlich. Ich kann es Ihnen nicht erklären ... Wenn er nicht da ist, kann ich plötzlich Geschichten erzählen, flirten, Dummheiten sagen, wenn es mir Spaß macht ... Aber wenn ich weiß, daß er in der Nähe ist, dann werde ich steif und stolz und bin überhaupt nicht lustig, und ich merke es ... Nur, was soll ich tun?«
In einer Ecke zupfte ein Mädchen die Gitarre, ein Kerl lag ausgestreckt auf ihren Beinen; sie sahen glücklich aus und hörten nicht, daß jemand *La Comparsita* auf den Plattenteller gelegt hatte, einen Tan-

go aus Alex' Jugendzeit. Iris tanzte engumschlungen mit Toto, der seine Hand in den Ausschnitt ihres Kleides geschoben hatte. Alex sagte: »Bei dieser Melodie hätte ich tanzen lernen sollen, in einer lächerlichen Tanzschule, die ›Georges und Rosy‹ hieß, glaube ich, oder so ähnlich. Aber anscheinend war ich unbegabt: Ich kann Sie immer noch nicht zum Tanzen auffordern, nicht einmal zu einem Tango!«

»Es ist die Schüchternheit«, sagte Marion.

Sie standen lächelnd auf, und sie half ihm, den Rhythmus zu finden.

»Sie als nüchterne Person«, sagte Alex, »was denken Sie von einem Mann meines Alters, der sich plötzlich gerührt und wehrlos fühlt einem jungen Mädchen gegenüber?«

»Ich denke, daß Sie das Bedürfnis haben, glücklich zu sein, Alex. Und zu lieben. Denn geliebt zu werden ist, im Grunde genommen, uninteressant. In dieser Hinsicht sind Sie wie ich, glaube ich. Lieben ist etwas Magisches. Das ist das Außergewöhnliche daran. Wenn es einen packt, ist man deshalb bereit, einen hohen Preis zu bezahlen oder die anderen einen hohen Preis bezahlen zu lassen …«

»Ja, es ist magisch«, sagte sich Alex. »Und idiotisch, und ich versteh's überhaupt nicht. Dieses kleine Mädchen hat nichts mit mir gemeinsam.« *La Com-*

parsita gewann Macht über ihn und überschwemmte ihn mit einer schrecklichen Sehnsucht. Die Platte war zu Ende, und das war noch schlimmer. Er ging hinaus, unter dem Vorwand, Luft zu schnappen, und fand Betty draußen, die Ellbogen auf die Balustrade der Veranda gestützt, die rund um die Strohhütte verlief.

»Genauso habe ich mir eine Tropennacht vorgestellt«, sagte sie. »Diese Düfte ... diese Milde ... Ich habe Lust, das Meer aus der Nähe zu sehen. Begleiten Sie mich, Alex?«

Sie gingen die Küstenstraße hinunter. Gerade war ein kurzer Wolkenbruch niedergegangen: Die Asphaltstraße schimmerte, die Luft war göttlich rein wie auch die Stille nach dem Lärm der Menschen und der Musik. Das Meer rauschte sehr leise. Alex sagte nichts. Er war wieder der schüchterne junge Mann, der auf der Küstenstraße von La Baule eine unsagbare Liebe für ein junges Mädchen mit langem Hals mit sich herumtrug. Ein junges Mädchen, das er zwei Sommer lang heimlich geliebt hatte; er sah dann zu, wie sie sich mit einem anderen verlobte, ihn heiratete und nicht glücklich wurde. Jetzt war da das gleiche junge Mädchen, sorglos und spontan, aber er war alt geworden, sehr alt, und er hatte es niemals verstanden, mit solchen jungen Mädchen zu reden – mit denen, die er liebte. Und heute war es zu spät; es

blieb ihm nichts anderes übrig, als sie anzuschauen. Er fühlte sich nicht berechtigt, Betty die einzige Wahrheit dieser Nacht zu sagen: daß sie schön war und daß sie das erstorbene Feuer in ihm neu entfachte. Also erzählte er ihr von der Insel Nou, von den Haifischen, die als Wächter für Sträflinge dienten, von den Kommunarden, die hier gelebt hatten, von Rochefort, Louise Michel, und dann ... Dann entstand ein Schweigen, und Alex hörte sich sagen:
»Sie sind sehr schön, Betty.«
»Finden Sie?« fragte Betty. »Ich mag mich nicht so besonders. Ich wäre lieber so eine Frau wie Louise Michel*, verstehen Sie? Nicht hübsch, aber mit faszinierenden Augen ... Und dieses Feuer! Aber die Männer mögen solche Frauen nicht ...«
»Und Sie glauben, daß es wichtiger ist, geliebt zu werden?« fuhr Alex fort, der von einem so holdseligen Gesprächsthema nicht abrücken wollte.
»Keineswegs. Aber ich habe nun eben nicht die Persönlichkeit einer Louise Michel. Also mache ich's wie alle. Häufig Dummheiten.«
»Tiberius?« fragte Alex.
»Oh, Tiberius und andere. Ich bin sechsundzwanzig, wissen Sie.«
»Und ich bin zweiundfünfzig. Genau doppelt so alt«,

* Französische Revolutionärin und Kommunardin, 1830–1905

präzisierte Alex, der sich für seine Ungeschicklichkeit verfluchte. »Das muß Ihnen schrecklich alt vorkommen, zweiundfünfzig Jahre!«
»Wofür?« fragte Betty lächelnd. »Um Sie zu küssen?«
Mit einer Sanftheit, die ihren ironischen Ton Lügen strafte, legte sie den Kopf auf Alex' Schulter. »Sie sind auch nicht glücklich, nicht wahr? Und diese Nacht ist so schön ... und man ist noch viel einsamer, wenn es schön ist.«
Alex hielt sie in den Armen, ohne sie zu küssen, die Kehle zugeschnürt, den Mund in ihrem Haar. Da er ihr Gesicht nicht sah, sagte er: »Es ist nicht, weil die Nacht schön ist, Betty. Oder weil ich nicht glücklich bin; daran habe ich mich schon lange gewöhnt. Sondern weil *Sie* es sind.«
Er spürte, wie sich Nausikaas kleine Brüste an ihn preßten. Er vermied es, sie anzufassen, erst wollte er sie über seinen Körper streichen fühlen. Er wollte weinen. »Was für ein Blödsinn«, dachte er, hoffend, daß dieses Wort die Emotion, die wie von sehr weit weg auf ihn zukam, dämpfen würde. Also war sein Leben nicht zu Ende? War in ihm wirklich all diese Kraft, all dieses Verlangen, all diese Zärtlichkeit? Sehr sachte löste er sich von ihr, um sie anzuschauen. Er hatte Zeit. Man hat jede Menge Zeit, wenn man alt ist.

»Das erste ist aus Silber ganz
Sein Flimmername heißt Pâline …

Ich habe sofort an diese Verse denken müssen, als ich Sie sah. Apollinaire«, fügte er hastig hinzu, damit sie ja nicht danach fragte … Sechsundzwanzig Jahre zwischen ihnen, die Kluft war schon breit genug.
Er nahm sie wieder in die Arme. Schon hatte er Angst gehabt, diese Wärme, kaum gefunden, wieder zu verlieren. Wie hatte er nur all die Jahre gelebt? Er spürte, daß Betty, an ihn geschmiegt, leicht zitterte. Sicher war es die Kühle der heraufziehenden Morgendämmerung. Er fühlte sich wie sein eigener Vater und Sohn zugleich, und in beiden Rollen hatte er gleichermaßen Angst.
»Betty«, begann er. »Ich bin ein Idiot.«
»Sagen Sie nichts, bitte«, sagte Betty.
Er war ihr dankbar für diese Worte und machte keine Bewegung mehr. Er spürte ihren Atem an seinem Hals und hielt den Mund an Bettys Stirn gepreßt, die Lippen kaum bewegend. Langsam hob sie den Kopf und legte die Lippen an seinen Mund. Eine Quelle war in ihm neu aufgebrochen: Er war in dem Garten in La Baule, und das junge Mädchen sagte endlich ja, und er küßte sie endlich zum erstenmal. Er hörte die Wogen des Atlantiks an dem unermeßlich weiten Strand und das Rauschen des Windes in den Kiefern.

Endlich war er am Ziel dieser sehr langen Liebe angekommen, und nie mehr wollte er von diesem Mund lassen. Er konnte sich nichts Schöneres vorstellen, als Betty eng an sich gepreßt zu halten, und sie lagen lange Zeit auf dem Korallenstrand, ohne sich zu bewegen, dicht beisammen, und im Dunkel ihrer Körper strebten sie zueinander.

Als Alex auf die *Moana* zurückkehrte, war es sechs Uhr morgens. Er trat in sein Zimmer, ohne Licht zu machen.

»Nun? Schönen Abend verbracht?« schrie Iris.

»Muß sie jetzt wirklich diese schreckliche Rolle spielen?« dachte er mitleidig.

»Und du?« antwortete er mit weicher Stimme.

»Ich? Ich hab' mir Toto aufgerissen.«

»Toto?«

»Ja, den Gastgeber, den vulgärsten von allen.«

»Na ja, wenn's dir Spaß gemacht hat«, sagte Alex.

»Weniger als dir, auf alle Fälle.«

»Hör zu, Iris«, fuhr Alex leise fort. »Ich habe mir diese Nacht niemanden aufgerissen. Ich habe mich an Augenblicke meiner Jugend erinnert, hab' mich Träumen hingegeben, das ist alles. Betty ist halb so alt wie ich, es ist dir doch wohl klar, daß das zwischen uns nicht ernst sein kann.«

»Leck mich am Arsch«, sagte Iris. »Wenn ein Fünfundzwanzigjähriger mich lieben würde, dann könnte

es nicht ernst sein. Aber mit einem Mädchen ist alles möglich. Du bist ein Naivling. Und ein Schweinehund obendrein«, fügte sie mit einem Zittern in der Stimme hinzu.
»Hör einmal, Kleines, es ist spät. Schlafen wir, ja? Es ist idiotisch, eine Szene zu machen wegen einer Nacht, in der wir alle ein wenig getrunken haben.«
Alex legte sich neben Iris, die ihn krampfhaft umarmte und an sich drückte.
»Ich will nicht, daß du mich verläßt«, sagte sie.
»Aber, mein Kleines, davon ist keine Rede«, antwortete Alex. »Du phantasierst. So schlaf doch.«
Yves wiederum kehrte mit Marion zurück, die solche Nächte aggressiv machten, und Jacques brachte ein Mischlingsmädchen mit nach Hause, von dem er sich allerhöchste Befriedigung erwartete – sie allein war es schon wert gewesen, daß er überlebt hatte. Sie schien ihm unwiderstehlich mit ihrem Kraushaar, dem anmutigen Körper und vor allem diesen Arschbacken, schwarz und prall und hart wie die Kruppe eines Rehs. Wie göttlich sind die Frauen in ihrer Verschiedenheit! Sie trug nur einen Pareo. Jacques legte die Hand mit den blonden Härchen auf den kleinen, harten Schamhügel, auf dem sich das Haar kräuselte. Sie begann zu lachen, und ihre Augen funkelten. *Das* war Liebe – fröhliche Schwelgereien, und nicht diese Zeremonie im Dunkeln, geladen mit

quasireligiösen Implikationen, aus der das Lachen verbannt war, als wäre es ein Sakrileg. Plötzlich sah Jacques Patricias Gesicht vor sich im Augenblick des Orgasmus. Ohne genau zu wissen, warum, hatte er es im allgemeinen vermieden, seine Frau während des Liebesaktes anzuschauen. Mit einemmal fiel ihm ein Vergleich ein, der wie eine Erleuchtung war: In diesen Sekunden erinnerte ihn Patricia an seine Mutter, wenn sie vom Tisch des Herrn zurückkam, das Gesicht verschlossen, streng, die Augen gerade so weit geöffnet, daß sie zu ihrem Betschemel zurückfand ... Als kleiner Junge hatte er die gleiche Scham empfunden, wenn er seine Mutter und all die frommen Damen defilieren sah, die Hostie am Gaumen klebend, eine Ekstase zur Schau tragend, die Jacques als heuchlerisch, ja sogar als lächerlich empfand. Genauso schloß Patricia die Augen, wenn das Manna des Mannes in sie fiel, doch sie verspürte nur deshalb Lust dabei, weil Gott es so gewollt hatte. Jetzt aber wollte Jacques lachen bei der Liebe und einer Frau in die Augen schauen, die ebenfalls vor Freude lachte.
Tiberius legte sich mit einem Mädchen auf den Boden, das er beim Aufwachen abscheulich fand. Aber solche Dinge kommen eben vor. Es genügte, sich danach ordentlich zu duschen.

»Und nun«, sagte der Kommandant drei Tage später, »frage ich Sie nicht nach Ihrer Meinung: Ich bringe Sie zur Île des Pins, der Fichteninsel!«
Auf der Karte war das ein schwarzer Punkt, siebzig Meilen von Noumea entfernt, ein paar tausend Einwohner. An Land erwartete sie dann eine Utopie, der Phantasie Rousseaus entsprungen, ein unsicheres, empörendes Paradies, eine Insel von vollkommener Schönheit, auf der einige Kanakenstämme in einem primitiven Glück leben unter der zweifachen Ägide der französischen Republik und der katholischen Kirche. Hier sind alle Wilden gut, daher auch voller Freude. Alles ist idyllisch, heil: die Folgen eines Wunders, von dem man erst später merkt, daß es eigentlich ein Skandal ist. Aber ist es das wirklich? Auf alle Fälle existiert es, und Kirche und Staat marschieren hier Hand in Hand wie auf einem erbaulichen Bild aus Epinal: die Kirche in Gestalt der christlichen Missionen, die Republik in Gestalt von Monsieur Citron, der die Funktion eines Gendarmen und eines Statthalters in sich vereinigt. Seine Frau ist die Postmeisterin. Die Schwarzen spielen die braven Schwarzen, ohne sich lange bitten zu lassen, scheint es, versunken in einer Art von Weisheit, welche von den Behörden, die ihr Leben auf zwei oder drei unerläßliche Beschäftigungen eingeschränkt haben, sorgfältig gefördert wird. Zwangs-

arbeit, Geld – das sind die Zeichen der Sklaverei. Hier gibt es keine Sklaven, keine Arbeit und kein Geld. Im einzigen Hotel-Restaurant der Insel, dem *Roques*, streben die Dienerinnen, die der Hotelier mit Ach und Krach eingestellt hat, nur nach einem: entlassen zu werden. Was sollten sie denn schließlich anfangen mit ihrem Lohn? Es gibt nichts zu kaufen, nicht einmal Schnaps, dessen Verkauf an Eingeborene verboten ist. Nur der Gendarm Citron kann zu Hause seinen Pastis schlürfen. Es gibt keinen Laden, da man Eßbares genug auf den Bäumen und im Meer, einem der fischreichsten der Welt, findet; Kaffee und Bananen wachsen ganz von allein. Hier herrscht der Überflußkommunismus. Es gibt keine Waisen: Kinder gehören, wie Fische und Früchte, der Gemeinschaft. Wenn ein Mann nach Noumea fährt, bestellt sein Nachbar das Feld für ihn und bewacht sein Hab und Gut. Vor wem, im übrigen? Der Gendarm Citron braucht niemals mit Strenge einzuschreiten.

»Weißer Mann immer rennen, immer arbeiten!« sagen die Kanaken mit aufrichtigem Mitleid und einem unbeschreiblichen Akzent.

Dieses ideale Material haben sich die christlichen Missionen nicht entgehen lassen: Das kindische Universum der Nonnen feiert Triumphe. Niemand wird hier je erwachsen. Ist das vielleicht der

Schlüssel zum Glück? Mächtiger als die von Monsieur und Madame Citron verkörperte französische Administration, haben die Missionen das Unterrichtswesen übernommen. Sie behalten die Mädchen in der Schule bis zur Heirat; die Ehe wird übrigens nur schriftlich geschlossen, wobei die Nonnen den Vertrag aufsetzen, da sie den Mädchen kaum Schreiben beibringen. Seht doch den Westen … wohin führt sie denn, die Bildung? Sie können auch nicht sehr gut rechnen, wozu denn auch? Das Geld ist bei denen, die es können, besser aufgehoben. So kam zum Beispiel Mathilde, Wäscherin im Hotel *Roques*, um 2000 Franc, den Lohn mehrerer Monate, von ihrem von den Nonnen gehüteten Schatz abzuheben: Sie will das Geld dem Pfarrer geben, der am Sonntag in der Predigt dazu aufgerufen hat.

Die Zeit der Verführung – des Baus von Schulen und Hospitälern – ist vorbei. Jetzt, da sie die Seelen besitzen, pfeifen sie auf den Geist. Ein Mönch war im Jahr zuvor gerügt und dann versetzt worden, weil er mit dem Geld der Schule für jeden Schüler ein Eßgeschirr und eine Gabel gekauft hatte. Warum diese Leute zum Luxus erziehen, der doch nicht in ihrer Natur liegt? fragt die Hierarchie. Sie sind es gewohnt, mit den Fingern aus einem Trog in der Mitte ihres Tisches zu essen: Respektieren wir die

Tradition, und die Tröge werden praller gefüllt sein. Die der Kirche, versteht sich.
In moralischer Hinsicht werden die Eingeborenen in der Furcht vor dem weißen Mann und vor der Metropole erzogen, die ihnen als ein wahres Sündenbabel dargestellt wird, das alles verdirbt, was mit ihm in Berührung kommt. Sie erlernen keinen anderen Beruf als den des Fischers, der vom Vater auf den Sohn vererbt wird, und sie haben alle ihre Fertigkeiten vergessen. Die Tracht der Mädchen war von den Nonnen entworfen worden, eine Art von Sack mit grellbunten Blumen, der bis zu den Waden herabfiel und am Hals mit einem kleinen Kragen aus unechter Spitze abschloß. Während der zehn Schuljahre lernen die Mädchen kochen und fertigen Stickereien an, die für Wohltätigkeitsbasare ins Mutterland geschickt werden; denn die Bürgersfrauen dort, denen man unvorsichtigerweise das Lesen viel zu gut beigebracht hat, finden sich nicht mehr zahlreich genug in den Arbeitsstuben der Klöster ein. Ganz anders auf der Île des Pins: Gewissenhaft werden die Eingeborenen in einem Paradies für Zurückgebliebene gehalten, und zwar von »Zivilisierten«, denen wenig daran liegt, ihnen unsere Universitäten zu öffnen und sie solchermaßen zu potentiellen Revolutionären zu machen.
Der Gendarm Citron, der wenig Gelegenheit hatte,

seine Statthalterfunktionen auszuüben, bot seinen Gästen an, sie in seinem Kombiwagen auf der Insel herumzukutschieren und in jedem Dorf diejenigen, die man noch »die Häuptlinge« nannte, zu ersuchen, einen »Pilou« zu Ehren der französischen Gäste zu veranstalten. Man hatte diesen Häuptlingen ihre Insignien belassen, die Totems und den traditionellen Kopfputz, die Ausrüstung der Wilden gewissermaßen – so wie man des lieben Friedens halber einem Kind erlaubt, bei Tisch seinen Feuerwehrhelm aufzubehalten. Aber alle ihre Tänze waren ihnen verboten worden – sie könnten sie auf schlechte Gedanken bringen, ausgenommen eben der Kriegs-Pilou. Den Kirchen nämlich erschienen Schlachten immer weniger subversiv als die Liebe. Auf dem großen Festplatz, der auch als Fußballplatz diente, fielen die Kanaken von heute, verkleidet als Kanaken von gestern mit Schurz und Federn, spielerisch übereinander her, wobei sie schrecklich mit den Augen rollten zum Klang eines aus Frauen bestehenden Orchesters, die mit Rohren aus Asbestzement auf alte Kessel oder auch auf den Boden trommelten – tragisches Symbol der Degeneration einer Rasse, der man sogar den Geschmack an ihren alten Musikinstrumenten abgewöhnt hat. Es gibt hier nicht einmal eine Trommel oder ein Tamtam. Die Kanaken erzeugen keinen einzigen Gegenstand mehr, ob nützlich oder unnütz, ein sicheres Zeichen für ihr Absterben. Da alles vom Mutterland geliefert wird, ist die Kunst erloschen – und mit ihr die Seele des Volkes.

Die Kanaken haben viele weiße Männer gefressen im letzten Jahrhundert. Heute fressen die weißen Männer *sie*, aber bei lebendigem Leib!

Am Abend, an dem der Pilou stattfand, aßen Alex und seine Freunde im Hotel *Roques*. Die hüttenartigen Bungalows des Hotels, entlang dem Strand, verhießen eine Tropennacht am Rand der Lagune, mit modernem Komfort, Mondenschein und Palmen, die sich leise in dem nach Ylang-Ylang duftenden Wind wiegten; eine Nacht, wie man sie im Winter in Frankreich erträumt, wenn man sonntags im Bett liegt, während eisiger Regen gegen die Fenster klatscht, und man Reiseprospekte studiert, die so überschwenglich klingen, daß man schwören möchte, so etwas könne nicht stimmen.

»Und wenn wir uns für die Nacht eine Hütte mieten?« schlug Marion vor. »Es muß wunderbar sein, da zu schlafen …«

»Hängt ganz davon ab, wen man in seine Hütte nimmt«, sagte Iris mit dürrer Stimme.

»Denn im Gegensatz zu allem, was man uns versprochen hatte, sind wir noch immer nicht im Land der Erotik«, unterbrach Tiberius, in der Hoffnung, Iris'

Gedanken in eine andere Richtung zu lenken. »Man hat uns zum besten gehalten auf dem Schiff. Es kann keine Rede davon sein, auch nur die klitzekleinste Kanakin aufzureißen«, schloß er und verfluchte die christlichen Missionen, die alle jungen Mädchen aus dem Verkehr zogen, um »sie vom Übel zu erlösen und von der Gemeinschaft der Leiber«.

Iris verdrehte die Augen. Tiberius' Witz versetzte sie von Tag zu Tag mehr in Wut.

»Jedenfalls«, sagte sie und stand auf, »kann keine Rede davon sein, daß man eine Hütte mietet, um sein eigenes altes Kanakenweib da hineinzunehmen. Ich gehe lieber wieder an Bord.«

Alex folgte ihr und vermied es, Bettys Blick zu begegnen. Yves und Marion entfernten sich allein in Richtung Lagune, an deren Ufer sich etwa ein Dutzend Strohhütten aneinanderreihte.

»Und ist es interessant für dich, deine alte Kanakin am Pazifikstrand spazierenzuführen?« fragte ihn Marion. »In den Prospekten sieht man nur junge Paare, die händchenhaltend im Wasser herumplanschen ...«

»Könnte es sein, daß Iris' Gerede dich am Ende doch beeindruckt?«

»Sie sagt so viel Wahres«, antwortete Marion.

»Das macht ihre aggressive und defätistische Mentalität.«

»Jedenfalls wird ihr das Leben recht geben: Sie wird verstoßen werden zugunsten eines Mädchens, das mit fünfzig vielleicht ebenso unausstehlich sein wird wie sie. Betty ist kein einfaches Gemüt, was? Aber, wie Iris sagt: Ein Mann schaut nur auf die Verpackung!«

»Ich finde es ekelhaft, wenn du so redest wie sie«, sagte Yves. »Außerdem weißt du sehr wohl, daß das Alter für mich völlig bedeutungslos ist. Erinnere dich an Mercedes ...«

»Richtig, alles zwischen fünfzehn und fünfundsiebzig ... Allerdings mit stark abnehmender Progression. Mit sechzig muß man genial sein! Aber du bist außergewöhnlich in dieser Hinsicht, sieh dich nur um ... Ich habe Glück, daß ich mit einem Abnormalen lebe!«

Sie gingen den Strand entlang unter den Kokospalmen. Es war hier fast unanständig schön. Von der Hütte aus, die sie sich hatten reservieren lassen, hörte man, wie in der Ferne der Ozean gegen das Barriere-Riff donnerte und, ganz nahe, das, was von ihm blieb nach dieser Prüfung: winzig kleine Wellen, die sich sanft auf dem Sand brachen.

»Wie herrlich!« sagte Marion. »Das erinnert mich an die Hütte, die ich hinten im Garten meiner Großeltern hatte, über dem Meer. Ich hatte überall meine Lieblingszitate hingemalt, und an der Tür stand der

Satz von Bachelard, den ich übrigens immer wahrer und wahrer finde: ›Es gibt ein Prinzip beim Träumen: Es ist die Bescheidenheit des Zufluchtsortes.‹ Die Bescheidenheit des Zufluchtsortes, das ist so richtig ... Die *Moana*, siehst du, die bringt den Traum um, die ist zu imposant, zu reich und unbescheiden. Hier habe ich Lust, dir was zu sagen.«

Yves nahm sie in die Arme, und sie blieben unter dem Palmendach stehen und schauten dem Meeresleuchten zu.

»Es ist komisch mit Alex ... ich hätte es nie geglaubt. Zuerst dachte ich, daß *du* dich in Betty verlieben würdest.«

»Also, da siehst du's! Du denkst zuviel«, sagte Yves. »Auf diese Idee wäre ich nie gekommen. Gut, nicht? Bist du zufrieden?«

»Wenn du auf Betty niemals Lust gehabt hast, so finde ich da nichts besonders ›Gutes‹ dran«, erklärte Marion.

»Schön, ich werde dir eine Freude machen: Ich hatte nicht die geringste Lust, heute abend mit dir hierherzukommen, aber ich habe mich überwunden. Ist das nun gut? Hast du's gern, daß man sich überwindet? Hältst du die Überwindung für einen Liebesbeweis? Wenn ich nur deshalb gekommen wäre, weil ich Lust dazu hatte, ist es dann nicht mehr interessant?«

»Du machst mich rasend, sogar auf einsamen Inseln,

mein Liebster, zu Wasser, zu Lande, zu Pferd und zu Schiff«, sagte Marion, während sie ihm beide Arme um die Taille legte und ihn an sich drückte, um ihm weh zu tun.

»Ich wollte dir gerade haargenau dasselbe sagen, Chérie«, antwortete Yves.

Am nächsten Morgen, bevor die *Moana* Kurs auf Tonga nahm, wollte der Statthalter noch unbedingt, daß seine Gäste das Innere der Insel besuchten, die man wahrhaftig selig nennen mußte, wuchsen hier doch Sandel, Mango, Agaven, Kaffee auf das üppigste, ebenso wie die erstaunlichen Fichten der Siedler, von Cook hier gepflanzt in der Zeit, als die großen Seefahrer sich bemühten, auch Humanisten zu sein, und Gelehrte, Konstrukteure und Botaniker in ihre Mannschaften aufnahmen. In den Dörfern taten kanakische Frauen – wahrscheinlich vom Fremdenverkehrsverein dafür bezahlt – so, als stampften sie Hirse in einem Holztrog während der Besuchsstunden; dafür öffneten sie wohl am Abend, wenn die Touristen abgefahren waren, eine Büchse Schmalzfleisch, das sie auf ihrem Einheitstisch aus dem Kaufhaus, Modell »Südsee-Insel«, Palisanderfurnier, in ihren wieder aufgebauten Strohhütten verspeisten. Die Dörfer waren gut instand gehalten, ordentlich, mit Blumen geschmückt wie Nekropolen.

»War diese Zivilisation im Aussterben begriffen, oder hat der Westen sie umgebracht?« fragte Alex beim Besteigen des Kleinbusses, der die Gruppe zum Hafen zurückbringen sollte.
»Victor Ségalen sagt, daß die Polynesier …«
Den Rest von Yves' Satz hörte Alex nicht mehr. Betty hatte verstohlen ihre Hand in die seine gelegt. Er schloß die Augen, um sie besser zu spüren. Was sie eben getan hatte, war schrecklich, konnte sie es ermessen? Er streckte sein Bein dicht neben dem Bettys aus. All diese Gesten, die er seit langer Zeit lächerlich fand, erschienen ihm plötzlich notwendig und köstlich. Das Aussteigen aus dem Bus war für ihn wie ein schmerzhafter Einschnitt; gerade hatte er den Anfang der Liebe erlebt, an dem alles neu beginnt, an dem man niemals zu alt oder zu tot ist, um nicht zu spüren, wie erregend die ersten Berührungen sind – so, als wäre es das erstemal.
Er sah Iris an: Alles war fertig an ihr, gelebt, verbraucht, und sein Herz machte einen Sprung bei dem Gedanken, was ihm alles mit Betty zu tun blieb. Es blieb ihm … alles; alles neu zu leben. Die erste ganze Nacht, die er an ihrer Seite verbringen würde … das erste Erwachen, von ihren Aquamarin-Augen begrüßt … Er würde ihr Schwarzafrika zeigen, das er gut kannte; Iris mochte die Neger nicht. Er würde mit Betty wieder in die Museen gehen; Iris verab-

scheute Museen, und allein besuchte er sie nicht mehr. Die Welt schien ihm plötzlich von Reichtümern überzuquellen, da er sie mit Bettys Augen sah. Nähme man ihm jetzt Bettys Augen weg, risse man ihm das Schwert Pâline aus dem Herzen, dann, so meinte er, würde er zum Greis werden. Sie war die letzte, die seinen Weg kreuzte, die er nicht einmal mehr erhofft hatte. Er verstand nun besser, was Jacques ihm seit drei Monaten erklärte. Auch er war bereits tot gewesen, ohne es zu wissen, ein Kanake von der Fichteninsel, der automatisch weiterhin die Gesten der Lebenden ausführte. Naiv redete er sich ein, daß er ohne Betty nicht mehr leben könnte, und vergaß dabei, daß er sich vor drei Monaten nicht unglücklich gefühlt hatte. Hinter ihr stieg er den Laufsteg zur *Moana* hinauf; von nun an hatte seine Existenz die Gestalt von Betty.

Auf dem Kai von Kunié schwenkten der Gendarm Citron und seine Frau lange die Taschentücher, dann entschwanden sie nach und nach den Blicken der Passagiere. Nur die Cook-Fichten blieben lange am Horizont sichtbar.

Dann geriet die *Moana* wieder in das endlose Schaukeln dieses niemals stillen Ozeans. Jeder Gegenstand zeigte wieder dieses abwegige Verhalten, die Schubladen öffneten sich von allein, die Kleider flatterten in einem Winkel von fünfundvierzig Grad von den Bügeln, die Körper kollerten herum wie Würstchen in einer Pfanne, sobald man einschlief und vergaß, sich abzustützen. Die Seelen aber versackten in einem Brechreiz auslösenden Nirwana, das wenigstens den Vorteil hatte, jede Gefühlsregung zu ersticken und jede Diskussion zu entmutigen. Nicht einmal die schönste Liebe hält der Seekrankheit stand.

12
Das Schulheft

Alle hatten genug vom Pazifik, als wir die majestätische Barriere überwunden hatten, die wie eine weiße, zerzauste Federboa die Hauptinsel der Tonga-Gruppe einschließt, dieses kleine verrückte Königreich, wo eine 2,04 Meter große Königin herrscht, fern von allem bewohnten Land, abseits der Routen der großen Handelsschiffe, ohne regelmäßige Verbindung mit der Welt, nur von mehr oder weniger einsamen Seefahrern besucht. Wir glaubten, wir würden mit Freudenausbrüchen empfangen werden, aber kaum befanden wir uns in der Riff-Passage, als sich die Behörden von Tonga auf uns stürzten, um uns das Anlaufen ihrer Küsten zu untersagen: Anscheinend ist es hier verboten, zwischen 17 Uhr und dem Sonnenaufgang zu landen, denn der Archipel ist bis jetzt von einem fürchterlichen Käfer verschont geblieben, der in Ozeanien Verheerungen anrichtet und nur nachts ausfliegt: der Kokospalmen-Nashornkäfer. Er bohrt sich mittels seines Horns in den Baum und saugt ihm den Saft aus.

Innerhalb eines Jahres verkümmert die Kokospalme, die so vielen Zwecken dient, die Speise, Trank und Obdach bietet, und stirbt ab. Tagsüber schlafen diese Viecher glücklicherweise, versteckt in den Hohlräumen der Schiffe. Nachts aber müssen wir weiter als eine Meile von der Küste entfernt sein, eine Distanz, die der Nashornkäfer nicht überwinden kann.
»Na schön, lassen wir die *Moana* draußen für diese Nacht, und gehen wir mit Ihnen an Land«, schlug Alex vor, »wir werden im Hotel schlafen.«
Die Beamten aber erwiderten, daß es in Nukualofa, der Hauptstadt, weder ein Hotel noch ein Restaurant gebe, da »Touristen hier niemals Station machen«.
Alex und Iris wollten die Königin sehen und ersuchten die Behörden, eine Audienz für sie zu erbitten. Sie vergaßen, daß Tonga, wiewohl ein unabhängiges Königreich, die britische Herrschaft gekannt hatte, deren unauslöschliches Erbe der englische Sonntag ist.
»Ich bedaure«, sagte der dickste der Beamten, die alle Riesen waren, »Sie können die Königin heute abend nicht sehen, wegen des Nashornkäfers ...«
»Er hält sich für Ionesco«, unterbrach Iris.
» ... und morgen ist Sonntag«, fuhr der dicke Beamte fort, »und niemand darf der Königin an diesem Tag auch nur die geringste Bitte vortragen. Sie müssen damit bis Montag warten.«

»In diesem Fall organisieren Sie bitte für morgen einen Fisch-Ausflug«, sagte Alex fröhlich.
»Fischen an einem Sonntag? Daran ist nicht zu denken«, schrie der Beamte, empört über unsere Sitten. »Fischen und Jagen jeglicher Art ist auf dem gesamten Territorium verboten. Und machen Sie kein Picknick: Es ist verboten, am Sonntag ein Feuer anzuzünden.«
»Na, dann machen wir uns aus dem Staub«, sagte Iris. »Es gibt Tausende Inseln wie diese im Pazifik.«
»Ausgeschlossen«, erklärte der Beamte. »Am Sonntag können wir Ihnen keinen Lotsen zur Verfügung stellen. Übrigens auch nicht am Samstag nach 17 Uhr«, fügte er hinzu, nachdem er auf die Uhr geblickt hatte. »Und ohne Lotsen dürfen Sie nicht hinausfahren.«
»Aber wir sind durch die Nordpassage hereingekommen, ohne Lotsen«, führte der Kommandant ins Treffen. »Wir besitzen ausgezeichnete englische Seekarten und ...«
»Sie bekommen aber eine Strafe wegen Einfahrens in die Bucht ohne Lotsen«, fuhr der Beamte dazwischen, der unser halbwildes Benehmen immer strenger beurteilte.
»Kurz, wir sind nicht nur Gefangene dieser Insel bis Montag, sondern auch Gefangene auf diesem Schiff?« fragte Iris.

»Sie können morgen ein *kaltes* Picknick auf einer der kleinen Inseln veranstalten, das ist erlaubt, aber daß ich ja keine Angelrute oder ein Unterwassergewehr entdecke ...«
»Ein Picknick«, sagte Iris erbittert. »Aber es regnet ja ohne Unterlaß in Ihrem Land!«
Tatsächlich prasselte gerade ein schöner schwarzer Äquatorialwolkenbruch hernieder und überschwemmte die flache Küste, wo riesige Kokospalmen mit dünnen Stämmen aufragten, die ihre Wedel im plötzlich aufkommenden Wind schüttelten.
»Es regnet nur abends, Madame«, sagte der dicke Beamte.
»Und sonntags nie?« fragte Iris ironisch.
Er hatte die Güte, den Satz zu übergehen, und zeigte uns, wo wir das Schiff verankern sollten, in ziemlicher Entfernung von der Küste, wegen des »Nashorns«. Der Ankerplatz war von »Bataten« übersät, die bis zur Wasseroberfläche reichten, und wir mußten zwischen diesen Klippen lavieren. Am Riff schäumte eine gewaltige Wassermasse zum Himmel empor wie eine Warnung. Und plötzlich, als wir um eine kleine Insel herumfuhren, glaubten wir, Opfer einer kollektiven Halluzination zu sein: Inmitten eines mit Zedern und Nordmannstannen bepflanzten englischen Gartens erhob sich zwischen Erkern und Türmchen ... das Wirtshaus zum Weißen Rößl!

»*The residence of Queen Saloté*«, sagte ehrfürchtig der Lotse, der unsere Bestürzung für Bewunderung hielt.
Vor dieser Operettenszenerie mitten im Stillen Ozean warfen wir Anker und verbrachten den Abend und die Nacht im Regen, in Quarantäne. »Sie« spielten Bridge bis zwei Uhr morgens. Man hätte ein Nashorn fliegen hören können.

Sonntag, 8. März

Und der englische Sonntag brach herein über das Königreich Tonga. Vier religiöse Sekten teilen sich die Bevölkerung von Tongatabu, der Hauptinsel, und ebendiese Vielfalt sichert das Glück der Insulaner. Denn die fünfzigtausend Einwohner werden gleichzeitig von der Wesley-Kirche heftig umworben, der Freien Protestantischen Kirche von Tonga, der römisch-katholischen Kirche und »anderen Sekten«, zu denen die Mormonen, die Adventisten der Siebenten Stunde und verschiedene Grüppchen zählen, von denen jede Ehre dareinlegt, *ihre* Kirche und *ihre* Schule zu bauen und dem Nachbarn die Schäfchen wegzuschnappen durch so fromme Mittel wie die Verteilung von Süßigkeiten, zusätzliche Goldverbrämungen an den Schuluniformen, zahllose Tombolas und anderen Krimskrams, der früher dazu gedient hatte, die schwarzen Leiber zu kaufen; heute bezahlt man damit, was geblieben ist: die Seelen.

Das Wetter war schön, wie der Beamte Ihrer Majestät versprochen hatte. Am Kai vergnügten sich kleine, ganz nackte schwarze Kerle damit, in das klare Wasser des Hafens zu tauchen, Arme und Beine gespreizt. In den Straßen von Nukualofa, wo die Fayence-Heiligen der rivalisierenden acht oder neun kleinen Kirchen einander anblickten, wurden die Gottesdienste alle zur selben Zeit abgehalten, bei weit geöffneten Türen, damit die Passanten den Glauben der Pfarrkinder an der Klangfülle der Psalmen ermessen konnten, und die Gläubigen waren gehalten, lauter zu brüllen als die der Kirche gegenüber.

Am Nachmittag schlafen die Bewohner von Tonga, zusammengerollt in ihren Matten im Schatten ihrer wundervollen Bäume; so warten sie, daß der Tag des Herrn vergehe und ihre kleine Hauptstadt mit den verödeten Straßen und festverschlossenen Läden wieder erwache. Es war nicht verboten, zu Fuß zu gehen oder einen Wagen zu mieten, und wir hatten immerhin eine Inselrundfahrt unternehmen können. Wohlgejätete Kokospalmenhaine, Bananen-, Orangenbäume, Pandangs, Eisenholzbäume mit duftigem grauem Laub, Brotfruchtbäume …

Das ist ein Königreich, wie ich es gern habe; es könnte wirtschaftlich autark existieren, ein kleines Reich im Maßstab des Menschen, das einzige, dessen Königin ich werden wollte, hätte es nicht schon eine auf dem Thron, und eine enorme noch dazu, die sich außerdem eines guten Dutzends solider Nachkommen erfreut. Ohne das Korallenriff – es war von einem Gott erdacht worden, der gerührt war beim Anblick seiner Schöpfung und das Schönste schützen wollte, was das Weltall hervorgebracht hatte – hätte die Dünung des Stillen Ozeans diesen kleinen, kaum aus dem Wasser ragenden Archipel schon lang verschlungen, und die vierundsechzigtausend Einwohner wären ertrunken mitsamt ihrer höchsten Erhebung, Saloté Tupou, der zwei Meter großen Königin. Aber hinter seinem Korallenring schlägt das exquisite kleine Königreich dem Pazifik ein Schnippchen und führt weiterhin sein beschauliches Dasein.

Iris hat darauf verzichtet, an Land zu gehen. Sie leidet unter einem Ausschlag an einer dummen Stelle und verbringt diesen überirdischen Tag mit dem Hintern in einer Schüssel voll Permanganat-Wasser. Wie die Wirbelstürme, trägt dieser Ausschlag einen weiblichen Namen: Er heißt Betty. Und Iris' ganzer Reichtum und alle Schönheit von Tonga vermögen nichts gegen dieses Leiden.

Auf der Rückfahrt filmte Tiberius mehrere abgestorbene Bäume, die den Fledermäusen als Schlafstätte dienen. Diese Fledermäuse sind dick wie Katzen, eingehüllt in ihre eklige Membran wie in Schals, die sie sich zum Schlafen bis zum Hals hinaufgezogen haben, sie hängen an den Ästen, Kopf nach unten, scheußliche Früchte, die piepsen und sich unausgesetzt bewegen.

Montag, 9. März

Es regnet auf mein Königreich. Wir haben heute morgen eine riesige Krabbe gefischt. Iris geht es besser, aber sie hat nicht mehr den Wunsch, die Königin »Salopp« zu sehen. Yves, der die Monarchin gerne filmen möchte, ist am Morgen im Palast vorstellig geworden, wo eine kleine britische Sekretärin ihn zum »Premier« führte, einem jungen Riesen, dem ältesten Sohn Ihrer Majestät. Aber es regnet, und wenn es regnet, steht Ihre Majestät nicht auf. Niemand darf ihr Schlafzimmer auch nur betreten. Und morgen, wenn es nicht regnet, begibt sich Ihre Majestät um sechs Uhr früh auf eine offizielle Reise zu einer Nachbarinsel, um ihre Untertanen zu besuchen. Zu früh für unsere Kameras.

Wahrhaftig, dieses Königreich ist doch ziemlich ärgerlich, und ich verzichte darauf, einen Staatsstreich auf Tongatabu anzuzetteln. Im übrigen sind meine Truppen von der pazifischen Krankheit befallen: Jacques hat, infolge einer dieser schwer heilbaren Verletzungen durch Korallen, ein Furunkel am Knöchel, Yves einen zweiten Zahnabszeß, der in Wirklichkeit nur eine Auferstehung des ersten und all der anderen ist, die ihn quälen, seit ich ihn kenne, und die er nicht behandeln lassen will, nicht einmal von Jacques; und Alex leidet seltsamerweise an einem Ausschlag jugendlicher Akne, für den vielleicht nicht allein der Stille Ozean verantwortlich ist. Tiberius aber ist, zum erstenmal auf dieser Reise, niedergeschlagen.

»Seit einiger Zeit habe ich nicht einmal mehr Lust auf Sex«, gesteht er uns beunruhigt, denn seine Leistungen auf diesem Gebiet nimmt er sehr ernst. »Seit drei Tagen schon denke ich nicht mehr daran!«

»Oh, drei Tage«, sagt Iris, »das ist noch nicht beängstigend.«

»Doch. Für mich schon. Ich weiß nicht, was ich habe, wahrscheinlich Entkalkung.«

»Warte bis Tahiti«, rät Iris, »da wirst du ihn schon kriegen, deinen Kalk!«

Die *Moana* fuhr nun unter einem warmen, starken Tropenregen dahin.

»Und mit Bedauern verlassen wir die Tonga-Inseln,

ein Land der Kontraste«, verkündet Yves mit der Stimme des Sprechers in Kulturfilmen.
Kaum hatten wir die Passage hinter uns, begann der Pazifik wieder mit seinen Mätzchen. Tiberius drohte ihm mit der Faust: »Anscheinend ist das Meer sehr schlecht dafür«, sagte er, aufrichtig bekümmert.

Dienstag, 10. März

Abfahrt von den Tonga-Inseln und Überquerung des 10. Längengrades, dieses geheimnisvollsten aller Meridiane, der uns zwang, unsere Uhren auf einmal um vierundzwanzig Stunden zurückzustellen. Als wir die Zeiger vorgerückt hatten, waren wir den Parisern zwölf Stunden voraus gewesen, nun waren wir zwölf Stunden hintennach, und ein Dienstag, 10. März, wird morgen auf Dienstag, 10. März, folgen. Das soll einer verstehen.
Eisgekühlte Getränke auf Deck. Es rollt, aber, wie Tiberius sagt, weniger arg als gewöhnlich. Yves betäubt seinen Schmerz in seiner Kabine und Iris den ihren in der ihren. Da kein Land mehr in Sicht ist und mir das Meer zum Hals heraushängt, lenke ich meine Aufmerksamkeit auf die Männer, vor allem auf Jacques, der seit einiger Zeit besonders schön ist. Wie herrlich, ein so schlechtes Gedächtnis zu haben:

Ich habe ganz vergessen, daß ich ihn ja gehabt habe ... ich würde gern wieder anfangen. Die große Weite tut seinem Teint gut. In der Rue Paul-Valéry, in unserem Hotel, glich er einem großen Hirsch, der in ein Zimmer gepfercht worden ist. Manche Männer passen in ein Zimmer, sie haben die Gabe, es zu beleben, während andere unwiderstehlich werden im Wald oder auf einer Insel. Ich finde, daß wir zur Zeit auf viele Inseln kommen!
Alex wird wieder zum Jüngling und verändert sich im Zusehen. Er hält sich gerade, bricht bei allen Scherzen Tiberius' in Gelächter aus, selbst bei den skandalösesten, begeistert sich für alles nur Erdenkliche – eine Insel, eine Woge, das Wetter, egal, wie es ist. Naiv glaubt er, Iris' Verdacht zu zerstreuen, indem er seine Aufmerksamkeit ihr gegenüber vervielfacht: Wie hat sie diese Nacht geschlafen? Wie war die Verdauung? Was macht der Ausschlag? Ich wäre auf der Hut. Aber was für einen Rat soll ich Iris geben? Ich weiß nur, was sie nicht tun dürfte ... wenn sie es kann: »Seufzen, weinen, beten ...« Das wäre in ihrem Fall schlimmer als feig, nämlich ungeschickt. Aber gerade in ihrem Fall, und das macht ihn so unerträglich, ist alles, was man sich nur ausdenken kann, schlecht. Bestenfalls völlig nutzlos. Wir können nur diesem Schiffbruch zusehen, der sich vor unseren Augen abspielt, in Zeitlupe, außer-

stande zu helfen. Man hört erregte Stimmen nachts in ihrer Kabine. Tagsüber, vor Betty, die so tut, als gehe sie das alles nichts an, bemüht sich Iris, den Eindruck zu erwecken, als nehme sie dieses kleine Mädchen nicht ernst. An Land verflachen die Gefühle, die Spannung läßt nach; aber auf See, als Gefangene dieses riesigen Schiffs, das auf die Dimensionen einer Zelle zusammengeschrumpft ist, sehen wir einander aus zu großer Nähe, als daß wir nicht manchmal aneinandergerieten.

An diesem zweiten Dienstag, den 10. März, sind wir wieder einmal auf Deck versammelt, heuchlerisch, mit unseren zurückgedrängten Wünschen, unseren sorgfältig verborgenen Hintergedanken, den eiskalten Gläsern in der Hand, und tun so, als bekundeten wir lebhaftes Interesse für diesen Meridian.

»Man müßte seine Verbrechen hier begehen«, sagte Tiberius. »Unschlagbar, was die Alibis betrifft. Montag, den 9. März, Herr Vorsitzender? Den Tag habe ich bei von Brauns verbracht. Ich konnte also meinen Kompagnon gar nicht in seinem Büro getötet haben.«

»Das Dumme ist«, bemerkte Alex, »daß man diesen Meridian gewählt hat, weil er so gut wie nirgends festes Land durchschneidet.«

»Also müßte man sagen: Herr Vorsitzender, ich konnte mich an diesem 10. März gar nicht auf der mit Opium beladenen Dschunke aus Fu Mandschu befinden, weil ich auf Lady Dockers Jacht war!«

»Wie wär's, wenn wir alle zusammen einen Kriminalroman schrieben?« schlug Iris vor. »Da würde wenigstens die Zeit vergehen. Und da wir diesen Dienstag ein zweitesmal leben müssen ...«

»Aber dazu haben wir keine Zeit mehr, liebe Kinder: In drei oder vier Tagen sind wir im Land der Erotik! Wenn es eins gibt auf dieser Welt, dann ist es dieses«, sagte Tiberius.

»Ich fahre dorthin, wo Baum und Mensch voll Saft lange unter der Glut des Klimas ohnmächtig sind ...« rezitierte Alex, dem die Liebe plötzlich jedwede Scham genommen hatte. Iris warf ihm einen wütenden Blick zu.

»Der Baum und der Mann zur Not«, bemerkte sie, »aber nicht die Frau! Ich habe mir sagen lassen, daß die männlichen Tahitianer unauffindbar sind. Wer hat je von den amourösen Großtaten der Tahitianer gehört? Wir anderen werden uns wieder einmal blendend unterhalten, ich fühle es.«

Mittwoch, 11. März

Trübes Wetter. Dieser Ozean ist monoton und viel langweiliger als der Atlantik mit seinen ehrlichen Unwettern. Die Pazifische Krankheit zehrt weiter an uns. Beulen und Furunkel sprießen, und die Wunden heilen nicht. Im übrigen blühen gerade auf den Trauminseln die schrecklichsten Krankheiten: Auf Tahiti, heißt es, befördern die Kranken im letzten Stadium der Elephantiasis ihre ungeheuerlich vergrößerten Organe in einem Schubkarren. Die Hoden, das kann ich mir noch vorstellen, aber das andere Ding? Wird es auch befallen? Welche ausgeklügelte Strafe für einen Don Juan!

Donnerstag, 12. März

Starkes Schlingern, niedriger Himmel, schwül. In dieser Atmosphäre wird alles und jedes begierig aufgenommen. So etwa, daß Iris heute beim Kopfwaschen die Tuben verwechselt hat und sich Enthaarungscreme aufs Haupt schmierte. Einige Haare begannen sich merkwürdig zu kräuseln, als wären sie abgestorben … andere gingen beim Spülen aus. Es sind welche übriggeblieben. Aber dieses Mißgeschick hat Iris' Stimmung nicht gerade gehoben.

Freitag, 13. März

Der große Tag naht heran; es ist ein bißchen wie die lang erwartete Vorstellung der Verlobten: Morgen wird der gute alte Pazifik diese Person bringen,

Vahiné Tahiti, von der wir schon soviel gehört haben. Eines jedenfalls ist gewiß: Als einzige von all ihren polynesischen Schwestern hat Tahiti siegreich der englischen Besetzung getrotzt, den protestantischen Pastoren und dann den katholischen Missionaren, indem es sich mit verblüffender Standhaftigkeit weigerte, einen wesentlichen Punkt der christlichen Religion anzuerkennen: den fleischlichen Akt als Sünde anzusehen. Dieser mutige Widerstand genügte, um Tahiti einzigartig und bestürzend für uns Arme zu machen, die wir in Ketten gelegt sind durch den unsühnbaren Makel. Alle anderen Todsünden – einverstanden; die Kommunion – sehr interessant; Fronleichnam – großartig; Weihnachten – sehr lustig … ein bißchen weniger als der 14. Juli, der Nationalfeiertag, aber immerhin lustig. Ein kleines Baby, das macht immer Freude. Aber der Begriff der fleischlichen Sünde – also das, nein! Da muß man denn doch sehr lachen. Arme Missionare! Entweder waren sie krank, oder sie hatten *Es* verloren, in einem Krieg. Nein? Nicht verloren? Also, dann werden wir Sie heilen, zu Ihrem Besten. Sie werden sehen, um wieviel besser Sie sich danach fühlen. Sehen Sie doch uns an! Und dann, Ihr ewiges Leben in Ehren, aber wissen Sie, ob Sie dort oben, in Ihrem Paradies, *Eines* haben werden? Es wäre zu schade, wenn Sie *Es* hier unten nicht ausnützten, wie?

Endlich Leute, die zufrieden sind mit den Organen, die sie zum Leben bekommen, und mit dem Land, das sie sich gewählt haben. Wer von so weit her kam, um den Menschen auf Tahiti Entsagung, Keuschheit und Hoffnung auf ein ewiges Leben zu predigen, während ihnen dieses Leben hier so viele Befriedigungen gewährt, mußte entweder sehr mutig sein oder sehr blind.

Samstag, 14. März

Klein, kleiner, als wir erwartet hatten, mit Wolkenreifen um seine Gipfel wie Rauchringe, da ist es! Wir fahren an Moorea, der Schwesterinsel, entlang, deren schmale, verkrümmte Berge Hexenfingern gleichen … Wir gleiten durch die Passage an der kleinen Insel Motu-Uta in der Lagune vorbei, und da liegt Papeete, ein bescheidener, stiller Hafen, rührend, schlampig gebaut, mit baufälligen Hütten, französische Unordnung. Wir hatten uns irgendwie so etwas wie das Saint-Tropez der Tropen vorgestellt – es war aber eher wie Collioure*, aber ohne Schloß, eingefaßt in aquamarinfarbenes Wasser, am Fuß von Bergen, die mit einem üppigen grünen Vlies bedeckt sind; sie steigen an, fast als klettere der eine über den

* Badeort am Mittelmeer, südlich von Perpignan

anderen, bis hinauf zu den im Dunst verschwimmenden Gipfeln, ganz oben in zweitausendfünfhundert Meter Höhe. Ein hellgrauer Himmel – es ist das Ende der Regenzeit.

Ganz Tahiti ist am Kai, und wir sind alle an Deck: ein wahrhaft liebevoller Empfang. Die Majoretten des Stillen Ozeans erwarten uns mit Blumenkränzen, goldbraune Tänzerinnen grüßen uns von einem Podium aus mit dem Bauch, und alle Franzosen von Tahiti sind gekommen mit ihren *vahinés*. Die Matrosen der *Moana*, ganz in festlichem Weiß, beenden mit großer Mühe die Manöver inmitten von Blumen, Küssen und dem berauschenden Duft des Tiaré. Keine Warensendung macht hier je so viel Freude wie die Ankunft von Menschen. Jedermann hat Freunde auf Tahiti – oder Freunde von Freunden; man duzt sich sofort, küßt, lacht. Gewaltsam behängen uns die Majoretten mit den rituellen Blütengirlanden, unmöglich, ihnen zu entkommen. Ich hasse es, verkleidet zu werden, und ich kann solche Sachen nicht tragen: Sie sind nur hübsch auf dem nackten Busen von Zwanzigjährigen, und ich erfülle keine dieser Bedingungen. Die Mädchen in Baströcken haben bereits das Oberdeck erobert, wo sie zum Klang von zwei oder drei Holztrommeln, die ein Tahitianer gebracht hat, tanzen, während die französische Kolonie auf dem Kai uns Zeichen macht, als wären wir die teuersten aller Freunde. Hier gibt es weniger Französinnen als in Noumea, aus Gründen, die niemandem entgehen können! Die Melanesierinnen sind häßlich, dick, ihr Haar ist Barthaaren ähnlich. Die Schönheit der Polynesierinnen dagegen veranlaßte die Beamten, die unvorsichtig genug gewesen waren, ihre legitimen Gattinnen mitzunehmen, diese so schnell wie möglich nach Hause zurückzuschicken. Die meisten Männer am Kai, auch die ältesten, sind in Begleitung von prächtigen Mädchen. Alle haben sie langes Haar, rote, grüne oder blaue Pareos mit weißen Blumen, und ihr Körper, der niemals U-Bahn, Fabriken, Büros und Vorortzüge gekannt hat, ist appetitlich.

Am Hafen, neben den Schonern oder Ketschen, in denen die Familien der herumzigeunernden Seeleute wohnen, läßt sich ein bleiches Pariser Mannequin, das am Morgen mit dem Wasserflugzeug angekommen ist, für *Marie-France* fotografieren. Inmitten eines Kreises von halbnackten Tahiti-Mädchen mit schönen, festen Beinen, die das Modell heimlich kichernd betrachten, präsentiert es ein sandfarbenes, gerade geschnittenes Sackkleid, steif in der Hüfte und mit verdrehtem Oberschenkel, nach Art der Mannequins, das Auge sorgsam jedes Ausdrucks entleert, finsteren Gesichts und mit aggressiv vorstehenden Schlüsselbeinen. Eine riesige, orangefarbene Beuteltasche baumelt am Ende ihres mageren Arms, und ein orangeroter Topfhut, bis zu den Augen heruntergezogen, verbirgt die wunderbare Landschaft vor ihren Blicken. Das also ist gerade Mode in Paris! Ja richtig, das hatten wir ein wenig vergessen seit vier Monaten. Und doch, wir werden sie wieder tragen müssen, wenn wir in unsere Zivilisation zurückkehren, diese Taschen, Perücken, dieses fahle Make-up, die falschen Wimpern. Wir werden einen gelben oder violetten Mund haben, wenn man es uns befiehlt, wir reißen uns sämtliche Haare aus, wenn man es uns sagt, und wir werden alle früher oder später in den sauren Apfel beißen, so grotesk es uns hier, mitten im Stillen Ozean, auch erscheinen mag. Kaum war ich die Girlanden losgeworden, wurde ich, am selben Abend, mit einem Blumenkranz aufgeputzt. Berückend, duftend, ja, einverstanden … aber sie geht mir auf die Nerven, diese Amüsier-Uniform. Wir Pariser glichen den Bonvivants in den Nachtclubs, die es für ihre Pflicht halten, Papierhüte aufzusetzen, weil Silvester ist. Die Mädchen von Tahiti, die waren hier in ihrem Element, fühlten sich wohl, sahen vorteilhaft aus. Der Kranz aus Tiarés ist der nationale Kopfschmuck.

Zufällig mag ich weder Feten noch die aufgezwungene Lustigkeit oder Tänze, die ich nicht tanzen kann (und ich habe seit zehn Jahren keinen mehr gelernt), oder die im Chor gegrölten Lieder, oder die Vertraulichkeit, die nicht auf echter Sympathie beruht, oder, natürlich, die allzu verführerischen Mädchen und die Blicke, die ihnen die Männer zuwerfen. Ein »Gelage« auf Tahiti ist aber all das zusammen. Es gab tahitianischen Punsch in Suppenschüsseln, ein *Chop Suey*, das zwei Mädchen bereits fertiggekocht »vom Chinesen« geholt hatten (der Chinese macht hier alles, er verkauft sogar lauwarmes Wasser an Tahitianerinnen, die sich nicht getrauen, ihren Gasherd anzuzünden), und eine große Schüssel mit lauwarmem, klebrigem Reis. Da blieb einem nichts anderes übrig, als zu ernsthaften Dingen überzugehen: sich zu amüsieren.

Die Fete fand bei Roger statt, einem französischen Filmer, den Yves in der Zeit der Polarexpeditionen kennengelernt hatte und der jetzt auf Tahiti lebte mit Toumata, einer – was selten ist – nicht sehr hübschen *vahiné*. Aus allen Nachbardörfern kamen Leute, um sich zu amüsieren, immer das gleiche Gespann: ausschließlich weiße Männer, gekoppelt mit ausschließlich tahitianischen Mädchen. Kein einziges gleichartiges Paar, ausgenommen die Unglücklichen von der *Moana*. Und in der ganzen Gesellschaft nur zwei Tahitianer, die aber aus dem Verkehr gezogen waren: zwei Gebrauchs-Tahitianer sozusagen, an ihre Gitarren geschmiedet.

Sofort wickelte sich die Hausherrin – weit mehr Herrin als Haus – in einen richtigen Pareo, der den Busen freiläßt, und begann den Tamouré zu tanzen mit einem kleinen, ganz zarten chinesischen Mischlingsmädchen, das mich an Yang erinnerte. Alle sangen, den Mund voll Reis, standen auf, um zu tanzen, spielten Gitarre, schleppten Punsch an und freuten sich des Lebens. Es war ein bißchen wie eine unschuldige, spontane Spielart der Folies-Bergère. Jedermann spielte eine Rolle um des Vergnügens willen, sie waren alle Adams und Evas, die den Fluch des Herrn nicht vernommen hatten, weiterhin glücklich lebten und in Frieden ihren Apfel aßen! Der verführerische Zauber der *vahinés* kommt daher, von dieser Großzügigkeit in der Liebe, von dem universalen Rassengemisch. Man ahnt die brutale Kraft eines Norwegers in diesem beinahe blonden Mädchen, das Vergnügen der Franzosen, Amerikaner, Chinesen, der Rothaarigen, der Seeleute, Abenteurer, Desperados, der Beamten, der großspurigen und der armseligen, keiner von ihnen ist so alt oder so häßlich gewesen, daß er sich nicht die Illusion hätte leisten können, Don Juan zu sein ... All diese Freuden, genommen und gespendet, lassen sich an diesen wunderbar verschiedenartigen Mädchen ablesen wie aus einem offenen Buch: Glänzendes, glattes Haar bei den Chinesenmischlingen oder gewellt wie bei Dorothy Lamour, seltener gelockt, niemals kraus; die Hautfarbe reicht vom blassesten Gelb – demjenigen Yangs – bis zum hellen Mahagoni. Und dann die runden Arme, runden Hüften, diese Beine, geschaffen zum Schwimmen, Tanzen, um einen Männerleib an sich zu pressen …

Betty hatte beschlossen, die schwierigen Bewegungen des Tamouré zu lernen, und übte lachend, Rücken an Rücken, mit Taumata und Terii. Ich hatte mich schon mit zwanzig nicht getraut, Rumba zu tanzen! Beim Tamouré muß der Bauch nackt sein. Der Pareo wird sehr eng um die letzte Rundung der Hüften geschlungen, so weit unten, wie man ihn befestigen kann, ohne daß er hinunterrutscht. So sieht man die exquisite Körperpartie: vom unteren Teil der Rippen bis zum unteren Teil des Bauches, die sanfte Gitarrenform, die braune, elastische Haut. Die Bewegungen sind weniger langsam und gewunden als bei arabischen Tänzen, sie sind lebhafter, fröhlicher, auch animalischer – herrlich animalisch.

»Letzten Endes«, flüsterte mir Iris verstohlen zu, »sind wir einzig und allein da, um zu sehen, wie sich unsere Landsleute, genauer: unsere Männer, an fremden Frauen aufgeilen, nicht an uns …«

Der Kranz aus weißen Tiarés und flammendroten, mit Farn durchflochtenen Blüten – Toumata hatte sie angefleht, ihn auf dem Kopf zu behalten – verlieh

Iris das Aussehen eines gealterten Clowns; und sie spürte es. Keine Frau hier war fünfzig Jahre. Was macht man mit den Alten auf dieser Insel? Iris suchte den glücklichen Alex mit dem Blick. Doch was hätten sie sich zu sagen gehabt? Und was die anderen Franzosen betraf, so hatten sie ihr Land gerade deshalb verlassen, weil sie nicht mehr mit Damen leben wollten, die Iris ähnlich waren! Gipfel des Unheils – Iris hatte Probleme, und das war ihr, wie ihr Alter, mitten ins Gesicht geschrieben. Für Probleme hat man nicht sehr viel übrig auf diesen Inseln; man pfeift auf alles, was langweilig oder schwierig ist. Auch Roger ist nahe den Fünfzigern, er ist älter als Yves. Aber er ist eben ein Mann. Seine Geschlechtsorgane geben ihm jegliches Recht, auf Tahiti ebenso wie in Australien. Die Armaturen außen statt eingebaut, und schon kann man in den Kneipen auf der ganzen Welt saufen, sich einen dicken Bauch zulegen, einen glänzend kahlen Schädel haben oder einen Atem, der nach kalter Pfeife stinkt, ohne daß man deswegen auf Blumenmädchen oder wahre Liebe verzichten muß. Zu Ehren der Mädchen muß aber gesagt werden: Für sie ist die Haut, das Äußere, nicht das wichtigste. Roger, der vor drei Jahren zufällig nach Tahiti gekommen war, um einen Film zu drehen, hatte es nicht über sich gebracht, wieder wegzufahren. Auf der einen Seite dreißig Jahre Schinderei beim Film, bei der man doppelt so schnell altert, eine schäbige Wohnung in der Vorstadt, in Levallois, ein Talent, das sich nicht durchzusetzen vermochte, eine Sekretärin als Frau, die er von allen Seiten ausgelotet und dann verlassen hatte, zwei Kinder, um die sie sich viel besser kümmerte als er – aus dem einfachen Grund, weil er nie die Gelegenheit gehabt hatte, es zu versuchen ... Auf der anderen Seite die Unterwasserjagd, das Leben in der frischen Luft (und in was für einer Luft!), ein Faré* am Wasser, kleine Arbeiten da und dort als Regieassistent bei zahlreichen Filmen, die gerade auf den Gesellschafts-Inseln gedreht wurden, ein Traumklima, ein ganz neues Mädchen und dazu die Möglichkeit, sie ohne Drama wieder auszutauschen ... Was anderes als hoffnungsloses Pflichtgefühl hätte ihn ermutigen können, Frankreich zu wählen? Und doch, Toumata war häßlich, so als habe Roger es nicht gewagt, sich alles auf einmal zu leisten. Er hatte eine Tahitianerin mit etwas kanakischem Einschlag gefunden, plump, mit einer dicken Nase und dicker Haut, ohne eine Spur der Grazie und des anmutigen Ganges, den die anderen hatten. Schwer betrunken lümmelte er auf Kissen, der Kranz war ihm nach vorn hinuntergerutscht, und er betrachtete mit star-

* Tahitianisches Haus aus Holz und Lianen mit Palmdach

rem Blick die bezaubernden vorüberschwirrenden Körper; er bot das Bild des Wracks, das er wahrscheinlich in zehn Jahren sein würde, wenn er hierblieb.

Da ich nicht so recht wußte, was ich nach dem Abendessen tun sollte, setzte ich mich zu Iris. Schließlich war ich ja nur fünf Jahre jünger als sie, und auch ich fühlte mich an diesem Abend fehl am Platz.

»Gibt es ein Land, in dem die Fünfzigjährigen nicht schon als Tote angesehen werden?« fragte sie.

»Nizza!« schrie Tiberius, der eben vorbeikam und, wenn er zu saufen begann, zynisch wurde.

»Dieser Schweinekerl!« sagte Iris. »Aber er hat recht. Was hab' ich hier verloren? Es interessiert mich nur mäßig, Frauenbäuche zappeln zu sehen.«

Sie bat Alex, sie an Bord zurückzubegleiten, eine Bitte, der er mit verdächtiger Eile nachkam.

Ich getraute mich nicht, Yves zu sagen: Gehen wir heim, mir ist langweilig. Das wäre unmenschlich gewesen. Unmenschlich auch, allein schlafen zu gehen, mit nutzloser Creme im Gesicht und Proust, Band VII, in der Hand, während Yves sich mit diesen auf Wollust spezialisierten Nymphen herumtrieb. Also? Oh, ihr amerikanischen Frauen, wie haltet ihr das hier aus? Und ihr Männer, wie würdet ihr reagieren, wenn es für uns glückliche Inseln gäbe, wo die schönsten Jungen an nichts anderes dächten, als uns zu beglücken, wie immer es um unsere Schönheit, unseren Reichtum und unser Alter bestellt wäre!

»Ist das dein Mann?« fragte mich plötzlich ein großgewachsenes Wunder mit Pferdeschwanzfrisur, mit dem Finger auf Yves deutend. »Leihst du ihn mir? Meiner ist in Borra-Borra«, fuhr sie mit dem harten Akzent der burgundischen Bauern fort, den man so gar nicht erwartet aus dem Mund von Göttinnen.

»Das machen sie immer«, erklärte mir ein Franzose. »Es ist ein Test; und wenn die Ehefrauen sich irgendwie kleinlich zeigen, dann folgt der Blitzangriff; sie legen sich abwechselnd ins Zeug, und es ist selten, daß nicht wenigstens eine von ihnen selbst die strengsten Prinzipien über den Haufen wirft. Auch aus diesem Grund sieht man hier so wenige weiße Frauen. Ein paar sind auf Tahiti geblieben, aber ganz allein, aus Liebe zu diesem Land. Nahezu keiner ist es gelungen, einen Ehemann ihrer Hautfarbe zu behalten, und keine hat einen Tahitianer geheiratet.«

»Siehst du, ich trage heute meine Zahnprothese nicht«, erklärte eine andere Göttin mit einem dieser tahitianischen Vornamen, die zum Träumen anregen: Vahiréa. Und freundlich öffnet sie die lächelnden Lippen über zahnlosen Kiefern.

»Robert hat mir den Zahnarzt gezahlt, und daher legt

er, jedesmal wenn er auf die Inseln fährt, die Prothese in sein Safe; er glaubt, daß mich das von der Liebe abhält, der Arme!«
Sie lacht, reißt den Mund auf, begeistert von dem Streich, den sie ihrem Tané* spielt.
Mit geschlossenen Lippen ist sie schöner als eine Hindin, schöner als das schönste Mannequin, als sämtliche Misses der Welt, mit diesem biegsamen, wie der Stamm einer Kokospalme geschwungenen Hals, den ebenso geformten Schenkeln, den mandelförmigen und dennoch großen Augen und der Haarmähne, die bis zu den Knien reicht. Sie ist zwanzig. Aber dieser Schock jedesmal, wenn sie den Mund öffnet und einen Feldwebel-Wortschatz in bäuerlichem Tonfall zwischen ihren Kiefern hervorstößt! Alle Romantik der Welt, wenn man diese Frauen ansieht – und wenn man ihnen zuhört: gepfefferte Witze, heitere Obszönität. Man tut's, oder man läßt es bleiben, so wie es ist. Im allgemeinen tut man's.
»Willst du heimgehen?« schlug Yves vor, der in meinem Gesicht las.
»Aber warum auch du?« fragte ich.
»Weil ich morgen um acht Uhr arbeite.«
»Aber, ich weiß genau, daß du dableiben würdest, wenn ich nicht da wäre.«

* Der Mann, mit dem man lebt

»Natürlich, mein Liebes, aber du bist da.«
Ich wollte mich nicht lächerlich machen und ihn wieder einmal fragen, was er, absolut gesehen, vorzog. Jedenfalls werde ich immer überzeugt sein, daß er wirklich nur dann er selbst ist, wenn er ohne mich ist. In dieser Hinsicht bin ich unheilbar.
»Was für ein komischer Abend«, sagte Yves. »Wie hast du's gefunden? Es ist noch viel tahitianischer, als ich es mir vorgestellt habe.«
»Na ... Bäuche und noch einmal Bäuche. Großartig, hinreißend ... Aber was soll ich damit anfangen?«
»Kurz, wir gehen, ich hab' verstanden.«
»Aber du?« wiederholte ich. »Du wirst doch wohl Maeva oder Vahiréa nicht abschlagen, mit ihnen zu schlafen? Ich werde daraus kein Drama machen, weißt du. Glaubst du mir nicht?«
»Nein, mein Liebes«, sagte Yves sehr ruhig.
»Auch gut. Gehst du *deshalb* mit mir zurück?«
»Nein, mein Liebes«, sagte Yves.
»Aber ich hab' mich geändert, weißt du.«
»Ich mich auch«, erklärte Yves.
»Ich will aber nicht, daß du dich änderst! Nicht weil du mir gefällst, wie du bist, sondern weil ich Angst habe, daß du anders schlimmer wärst. Vor allem, wenn du dich zum Guten änderst ...«
Schließlich weiß ich nun, was ich habe, und ich beginne mich so ziemlich daran zu gewöhnen. Und

außerdem hat Yves nicht das Zeug dazu, sich zu bessern: Unter seiner scheinbaren Ruhe sieht es bei ihm aus wie in einem Mikadospiel: Zieht man ein Stäbchen weg, kann das ganze Gefüge einstürzen. Ich hatte immer Angst, ihn anzurühren. Der Humor, die Ausgeglichenheit, die Liebe zum Leben, die ich an ihm mag – ich bin sicher, daß sie nur an einem dünnen Faden hängen. Und ich weiß nicht, an welchem. Neben ihm fühle ich mich entsetzlich gefestigt und zugleich verwundbar, weil ich es ablehne, mich zu verteidigen, lächerlich empfindlich gegenüber den geringsten seiner Taten und Gesten, aber unverwüstlich. Was für ein Gewicht hat er doch am Bein! Und welcher seltsame Mechanismus bewirkt eigentlich, daß wir vielleicht einer dem anderen unentbehrlich sind?
Als wir den Faré verließen, sahen wir Jacques, der an dem schwarzen Strand mit drei Mädchen badete. Seine Haare phosphoreszierten geradezu im Mondlicht. Er gefällt mir, er rührt mich, er hätte mich nicht leiden lassen, ich wäre sehr gut mit ihm fertig geworden, aber nie hätte ich es zwanzig Jahre mit ihm ausgehalten. Nicht einmal fünf. Jacques winkte uns fröhlich zu: Er hatte sein Paradies gefunden. Die Blonden, Blauäugigen werden hier angebetet – mehr noch, wenn möglich, als die Schwarzen, die Rothaarigen, die Brünetten oder die Glatzköpfigen.

Mittagessen im *Hôtel des Tropiques* unter Regenschauern. Selbstverständlich wurde mir gesagt, das sei selten zu dieser Jahreszeit. Ich grinste spöttisch. Dann Besuchsrunde bei den neuen Freunden: ein Schluck bei einem gewissen Jean-Claude, der in Gips liegt, und in dem Faré, in dem jeder huhu! schreit, weil es dort weder Fenster noch Türen gibt, sondern nur Vorhänge aus Lianen, die man dort hinunterläßt, wo man sich gerade abschirmen möchte. Die nassen Blumen duften betäubend, riesige Kokospalmen werfen ihren Schatten auf den Strand, und in fünfzig Meter Entfernung sieht man das Korallenriff, wo im knietiefen Wasser die Langustenfischer waten. Dann besuchen wir den Admiral. Huhu, noch ein Schluck. Dann zum Fotografen, der seinen Laden schließt, um mit uns einen zu heben und uns in einem der Hafencafés die Attraktion von Tahiti zu zeigen: die einzige Tahitianerin, die sich nicht nur aus Liebe hingibt! Wir geben ihr den Spitznamen Goelette, »Schoner«, weil sie sechs Knoten die Stunde macht, und alle sind offensichtlich hingerissen von diesem Scherz, sie selbst inbegriffen. Bei jeder Station gewinnen wir neue Freunde, und alle zusammen pferchen sich in einen der Lkws, und es gibt immer eine Gitarre irgendwo und jemanden, der singt, und dann fahren wir wieder los,

und so vergeht der Tag, und ganz selbstverständlich finden sich alle zum Abendessen auf der *Moana* ein: Vahiréa ohne Zahnprothese, Roger und Toumata, Terii, die kleine Chinesin, der Fotograf und seine *vahiné*, ein gewisser Zizi, Dentist in Papeete, mit der seinen, und noch viele andere, niemandem zugeteilte *vahinés*, und schließlich »der Kater«, ein mit einer hinreißenden Tahitianerin verheirateter Keramiker, ein richtig verheirateter, wie man sagt, kirchlich und standesamtlich, seit zehn Jahren schon. Seine Frau Faréhau hat fünf Kinder in allen Hautfarben, derjenigen des Keramikers inbegriffen – er ist blond und blauäugig –, aber sie hat immer noch das Aussehen und Gehabe eines jungen Mädchens. Faréhau wirkt wie ein Star unter diesen Frauen, vielleicht weil sie die beste Tänzerinnentruppe der Insel leitet, vielleicht weil sie richtig verheiratet ist und bleibt, trotz zahlreicher Abenteuer; allerdings spürt man, daß diese in den sukzessiven Berichten ausgeschmückt wurden. Sie gipfelten in folgendem Prosagedicht, das Faréhaus Freundinnen alle auswendig konnten und zu dessen besten Stellen sie applaudierten:
»Am Anfang unserer Ehe«, berichtete Faréhau, »als ich den Tamouré tanzte, der Kater, er war sehr verärgert.« (Sie lächelte ihren Mann entwaffnend an.) »Besonders wenn ich aufs Schiff ging, um ihn für die Touristen zu tanzen. Da schmollte er. Ich hab'

darüber gelacht. Und weil es ermüdend ist, ganz allein zu schmollen, mehr noch als arbeiten, haben wir uns also versöhnt. Und jetzt, der Kater, er schmollt nie mehr … Es lohnt sich nicht! … Am Anfang auch, er wollte immer Schallplatten von Bach und Mozart spielen. Oje! Das ging mir auf die Nerven! Ich hab' immer geglaubt, die Messe zu hören. Und dann, die französische Frau des Staatsanwalts hatte absichtlich was organisiert, um Bach zu hören, man konnte nicht singen, man konnte nur zuhören! Ich glaube, man nennt das Konzert. Gott sei Dank gibt es jetzt keine mehr: Die Frau ist zurückgefahren in die Heimat.« (Alle wanden sich vor Lachen bei dieser Erinnerung.) »Der Kater, er ermahnte mich andauernd: ›Halt die Beine still … schnalz nicht mit den Fingern … Sprich nicht während der Musik.‹ Oje! Ich mag Bach nicht. Aber Mozart, den kann ich jetzt von Zeit zu Zeit hören, ohne mit den Fingern zu schnalzen.«
In Wirklichkeit liebt Faréhau nur eines im Leben: den Tanz. Und die Liebe natürlich, aber das ist dasselbe.
»Mögen Sie Cocktailpartys?« fragte sie Iris, die in ihren Augen höchstwahrscheinlich – auch altersmäßig – so aussah, als liebe sie Cocktails. »Einmal, der Kater, er hat mich mitgenommen. Wieder nach einem Haufen Ermahnungen: nicht zu laut lachen,

nicht die ganze Zeit reden, nicht viel trinken. Und da standen wir und redeten, und ich wartete die ganze Zeit, daß getanzt wird. Und die Damen sprachen nur von ihren Babys und von dem Kindermädchen, das gut war oder nicht gut, und von ihren Krankheiten … Ich fand das nicht interessant, von ihren Krankheiten zu hören! Und ich frage den Kater vor der Dame, die die Gastgeberin war: ›Na? Wann beginnt der Tanz?‹ Und er macht große Augen zu mir und sagt, man tanzt niemals auf Cocktailparties. ›Also, was macht man denn?‹ hab' ich gefragt, ›man redet nur?‹ Der Kater, er war nicht glücklich. Und man hat nur geredet. Und die Männer redeten nur von ihrer Arbeit, das war nicht interessant. Man hat geredet und ist fortgegangen. Oje! Ich mag keine Cocktails.«
Vahiréa, die zu Tiberius' Füßen lag, lachte ihn mit weit geöffnetem, zahnlosem Mund an. Mit geschlossenem Mund hatte sie ihn verführt: Als sie zu sprechen begann, war es zu spät, alles geht so schnell hier!
»Ah«, sagte sie zu ihren Nachbarn, völlig hingerissen. »Wie hat es mir doch gestern abend weh getan in der Möse, oje! Ich kann nicht mehr laufen.«
Von den *vahinés* ausgesprochen, wirken solche Sachen charmant, denn für sie ist alles schön, was natürlich ist, selbst die Worte, die die weiblichen Geschlechtsorgane bezeichnen, die bei uns häßlich

oder doch irgendwie abstoßend klingen – wenn sie nicht überhaupt ein Schimpfwort geworden sind. In Tahiti ist alles milde, vor allem das, was der Liebe dient.

Terii sprach von ihren Kindern. Sie hatte nur das erste gestillt, »denn es ist langweilig, immer das Tittchen zu geben«. Sie hatte ein zweites zur Welt gebracht, ein so hübsches blondes, daß sie es ihrer Cousine schenkte, die keine Kinder haben konnte. Sie hätte sich gerne noch eines machen lassen, aber wieder ein blondes, wenn möglich. Sie warf Jacques einen einladenden Blick zu.

Dann schlug jemand eine weitere Fete für diesen Abend vor, bei Zizi; aber Yves und Tiberius gingen ins Bambou-Kino, um sich die Positive der in Benares gedrehten Leichenverbrennung anzuschauen, die gerade per Luftpost eingetroffen waren. Alle wollten mitkommen.

In die Welt der Hindus zurückzukehren, von diesem Land, dessen Bewohner von keinerlei metaphysischen Leiden gepeinigt werden und mit ironischem Mitleid die Leidenschaften dieser verrückten Europäer betrachten – sei es Ehrgeiz, Liebe oder Geld –, war völlig irreal. Aber das Klima von Tahiti hatte noch nicht auf die Leute von der *Moana* abgefärbt. Blieben sie, dann würden sie sehr rasch wie die anderen Popaas, die anderen Europäer, werden, kein

einziges Buch mehr lesen, sich nicht mehr für Politik interessieren, noch weniger für die Zukunft der Welt, völlig aufgehend in ihren Liaisons, dem Geschwätz über die Liaisons der anderen, den Gelagen, der Unterwasserjagd und den Fahrten zu den anderen Inseln, um andere Gelage zu besuchen. Die schnell fertiggestellten Positive in Farbe und Cinemascope waren von furchterregender Schönheit. Wir hatten schon ein wenig vergessen, Benares muß man vergessen: Es ist unerträglich. Die *vahinés* hielten es übrigens nicht aus. Sie mochten nur Westernfilme und Fußballmatches im Kino. Sie begannen hinten im Saal zu schwätzen und verstohlen zu lachen wie Schülerinnen, wenn der Professor langweilig ist.
Nach der Vorführung pferchten wir uns in Autos, die unter Gitarrenklängen dahinrollten, und begaben uns auf einen Schluck zu Zizi, der mit Emilie, Faréhaus Schwester, in der Nähe von Papeete lebt, am Rand eines ganz schwarzen Strandes. Als wir ankamen, bemerkten wir, daß Alex und Betty fehlten. Nach einer Stunde waren sie noch immer nicht da.
»Also wirklich«, explodierte Iris, »es ist verrückt, wo ist Alex? Wir müssen ihn suchen.«
»Einen Ehemann darf man niemals suchen«, sagte Faréhau freundlich und nahm Iris um die Schulter. Iris aber riß sich brutal los. »Ich teile weder Ihre Auffassungen noch Ihre Sitten.«

»Hören Sie, Iris«, sagte Yves, der Szenen dieser Art nicht erträgt, »Sie sind müde, und ich bringe Sie an Bord zurück, wenn Sie einverstanden sind. Sie nehmen ein Schlafmittel, legen sich hin, und morgen ist alles besser, Sie werden sehen.«

»Genau das – Oma wird ins Bettchen gesteckt, und dann gehen wir wieder zurück und amüsieren uns. Ihr seid alle Arschlöcher«, erklärte Iris, setzte sich in Zizis Garten auf den Erdboden und fing an zu weinen.

»Wollen Sie wirklich nicht, daß ich Sie heimbegleite?« fragte Yves nochmals, in dem eisigen Ton, den er anschlägt, wenn man sich nicht so benimmt, wie er es gern hätte, ungeachtet der Motive.

»Ich weiß wirklich, daß ich diese Hure nicht mehr auf meinem Schiff haben will!« schrie Iris. »Und ich will nicht länger auf dieser Hureninsel bleiben.«

»Unter diesen Umständen werden wir alle hier das Schiff verlassen«, sagte Yves. »Ich lege Wert darauf, meine Aufnahmen abzudrehen. Zum letztenmal: Wollen Sie, daß ich Sie zurückbringe, Iris?«

»Ja, bringen Sie mich zurück«, sagte Iris mit dünner Kinderstimme. »Und hindern Sie mich, soviel Punsch zu trinken, der zeigt mir die Wahrheit allzu kraß.«

Wie eine Ertrinkende klammerte sie sich an Yves'

Arm. In Zizis Faré sangen die glücklichen Mädchen weiter in ihrer weichen, vokalreichen Sprache:

»Te manu Pukarua
E rua puka manu …«

Und im Chor wiederholten sie den verblüffenden Refrain, und die Fremden getrauten sich erst nach einiger Zeit, ihn zu verstehen:

»Hata po po po
*Te haua ragoût de pommes de terre!«**

Dienstag, 17. März

Iris hat sich den ganzen Tag in ihrer Kabine verbarrikadiert. Betty schert sich nicht darum. Sie ist ein beinhartes, vielleicht eigenmächtiges kleines Ding und der Meinung, dieses Problem gehe sie nichts an, es betreffe Alex und seine Frau; sie selbst tue Alex nur einen Gefallen, wenn sie ihm die Gelegenheit biete, sich aus einer derart schiefen Situation zu befreien, die niemanden glücklich macht. Alex ist total verwirrt. Er, der sich stets mit der weichen Unbestimmtheit seiner Existenz abgefunden hatte,

* Etwa: Kartoffelauflauf

ist niedergeschmettert, oder genauer: völlig verblüfft von Bettys Härte, die er für die unbeugsame Reinheit der Jugend zu halten scheint. »Sie ist ein anouilhsches junges Mädchen«, sagt er immer wieder entschuldigend zu uns. Verstört schleicht er herum, klopft an Iris' Tür, die ihn zum Teufel jagt, schließt sich mit Betty ein, kommt noch verstörter heraus, inmitten einer Horde von Tahiti-Mädchen, die auf der *Moana* aus und ein gehen, als wären sie hier zu Hause, sehr neugierig, dieses Drama der Popaas zu verfolgen, das sie einfach nicht ernst nehmen können. Man findet sie überall: in der Bar, in den Kabinen, wo sie begeistert unsere Halsketten probieren, im Salon, um zu singen oder zu erzählen, wie ein Soundso im Bett ist, in den Betten, auch um zu »tanzen«.

Wir haben das Abendessen, auf dem Boden sitzend, eingenommen, diesmal beim Kater, und Faréhau hat den Tamouré wundervoll getanzt, und dann setzten sich alle Mädchen, eine dicht hinter die andere, auf den Strand, um ein sehr altes und schönes Lied mimisch darzustellen, das an die heldenhaften Seefahrten der Maori erinnerte. Und dann wurde die ganze Nacht hindurch Gitarre gespielt, und natürlich erklang das unvermeidliche *Hata po po po ragoût pommes de terre.*

Als ich gegen zwei Uhr morgens an Iris' Kabine

vorbeikam, mußte sie nach mir ausgespäht haben, denn sie rief mich. Sie schien ruhiger zu sein. Sie hatte drei Schichten Nachtcreme aufgelegt, die ihr für den Moment wieder Mut einflößten: Solange die Creme einwirkte, hatte sie eine Gnadenfrist, der Alterungsprozeß war gestoppt. Zumindest stand das auf dem Beipackzettel. Drei Koffer waren aus den Schränken geholt worden.
»Setz dich«, sagte sie und wies auf ihr Bett. »Ich sag' du zu dir, du erlaubst doch? Ich brauche es.«
Sie trug ein mauvefarbenes Nylonnachthemd mit Rüschen. Nylon ist etwas Bösartiges. Man sah den Ansatz ihrer schweren Brüste, vor allem den Ansatz, denn das übrige hing herab. Je zwei Falten zu beiden Seiten des Mundes. Ihr schönes Haar wirr; zu viele Ringe an den mageren Händen; die dunklen Augen tragisch; klein war sie und verletzlich, mit all dem Geld, das nichts gegen ihr Elend vermochte. Schließlich hatte Alex erst vier graue Haare an seinem hageren Oberkörper. Das ist auch traurig, vier graue Haare. Und sie hatte Krampfadern am linken Schenkel; und dicke, gerade, eng zusammenstehende Zähne, wie sie an den Kiefern von Eselsschädeln haften, die man manchmal noch am Strand findet. Aber Alex' Zähne waren bräunlich und gelb vom Nikotin, und ein schnurriger Zahnarzt, der wohl als Schmied begonnen haben dürfte, hatte an der Vorderseite der

Zähne Klammern hinterlassen, Plättchen und Plomben, so daß Alex' Mund einem Lagerplatz für Buntmetalle glich. Glücklicherweise lachte er selten und nur gepreßt. Warum hatten alle diese Schandmale keinerlei Bedeutung bei ihm?

»Siehst du, ich hab' beschlossen abzuhauen«, sagte Iris und zeigte auf ihre Koffer. »Ich hab' einen Platz im Wasserflugzeug reserviert, das morgen startet. Ich fahre nach New York zu meiner Schwester.«

»Haben Sie denn keine Angst, Alex dazulassen, einfach so?«

»Alex und Betty dazulassen, meinst du? Doch, ich habe schreckliche Angst. Aber hierbleiben und ihnen zuschauen, das würde mir noch mehr angst machen. Was soll ich, deiner Meinung nach, tun? Und wenn ihr mich alle verlaßt, kannst du dir mich ganz allein auf diesem Schiff vorstellen, Aug in Aug mit Alex? Im übrigen würde Alex nicht bei mir bleiben, das weiß ich. Wenn ein Mann wie er überschnappt …«

Sie verschob ihre Kissen, ich sollte nicht bemerken, daß ihr die Tränen kamen, und zündete sich eine Zigarette an.

»Nein, wenn ich irgendeine Chance haben soll, daß er zurückkommt, dann muß ich sofort verschwinden. Ihm keine Gründe geben, mich zu verlassen. Und

wenn ich bleibe – du kennst mich –, dann gebe ich ihm welche. Meinst du nicht, daß ich recht habe?«
Ich meinte es ja, aber recht haben, wohin führte das? Daß er sie verlassen würde – genauso, als ob sie im Unrecht wäre; und sie würde höchstens drei Monate dabei gewinnen. Alex aber würde sie verlassen. Wenn Betty nicht stirbt oder ihn stehenläßt, will er nur eines, und zwar schleunigst: heraus aus seiner Existenz, die ihm nun wie ein Gefängnis erschien, und dieses junge Mädchen an den Haaren packen, um in sie hineinzutauchen, um ihr Leben zu trinken. Iris wollte fort, ohne jemanden einzuweihen; sie konnte nicht anders als sich vorstellen, daß der Schock über ihre Abreise Alex treffen und vielleicht veranlassen würde, zu ihr nach New York zu kommen. Selbst wenn diese Chance nur eins zu einer Million stand.
»Wovor ich Angst habe, ist, daß Alex immer alles ernst genommen hat. Er wird auch seinen Irrsinnsanfall ernst nehmen … dieser Trottel, wenn er glaubt, daß er glücklich sein wird mit einem Mädchen wie sie …«
Sie sank schluchzend auf das Kopfkissen. Ich zwang mich, ihr über das Haar zu streichen und Dinge zu sagen, an die ich nicht glaubte: daß der lange Aufenthalt an Bord unter Ausschluß der Öffentlichkeit uns ein bißchen durcheinandergebracht habe, daß

Tahiti ein Land sei, in dem man die wahren Werte vergißt, und daß alles wieder in Ordnung kommen werde, sobald wir in unserer gewohnten Umgebung wären. Sie antwortete: »Glaubst du?«, ganz begierig, wie ich es auch gewesen wäre in schlimmen Zeiten, sich an einen brüchigen Strohhalm zu klammern, um noch einen Augenblick länger an der Oberfläche zu bleiben.

»Aber du«, sagte sie, »wie hast du's angestellt, um es zu ertragen? Hast du nicht manchmal Lust gehabt, dich aus dem Staub zu machen?«

Nun ja, nein, niemals! Und ich verstand nicht mehr, wie ich es fertiggebracht hatte, all die Zeit hindurch Widerstand zu leisten. Hätte ich mir, so wie ich heute bin, einen nüchternen Rat geben können, so hätte ich mir gesagt: »Meine gute Alte, liebes armes Ding, du wirst dich selbst zerstören, das ist nicht zum Aushalten. Geh weg, aus Mitleid mit dir selbst.« Mit dem Hintergedanken, daß dies Yves zu einer Entscheidung zwingen würde, in jedem Fall aber dazu, meinen Stellenwert an der Leere abzuschätzen, die ich hinterließ. »Ich habe mein Glück erkannt an dem Krach, den es machte, als es wegging«, sagt Prévert. Heute erscheint mir das als die vernünftige Lösung. Aber das Vernünftige – was für eine Farce! Jedes Unglück löst vielleicht zugleich auch die besondere Gnade aus, die man braucht, um es zu überleben. Ich

habe mich schließlich so gut wie möglich an die Dinge angepaßt, denn wir sind immer noch zusammen und froh, es zu sein. Heute könnte ich nicht mehr so handeln: Rückblickend bewundere ich mich und bin verblüfft. Vielleicht jedoch müßte ich jetzt anders handeln. Also, was sollte ich Iris sagen? Man hat schließlich so wenig Wahlmöglichkeiten. Iris hat nicht die Kraft zu bleiben; sie hat die Kraft zu gehen. Also soll sie das tun, wozu ihre Kraft reicht.
Am nächsten Tag begleitete ich sie nach Faaa. Das Wasserflugzeug startete um 5.45 Uhr, und wir konnten mitsamt dem Gepäck ungesehen von Bord gehen. Natürlich hatte ich Yves davon erzählt. Ich habe keine Geheimnisse vor ihm, außer meinen eigenen. Und außerdem möchte ich gern wissen, was er von solchen Situationen hält, selbst wenn er sich geflissentlich hütet, mich auch nur ahnen zu lassen, was er an der Stelle der anderen täte. Im übrigen macht man ja nie das, was man geplant hat, wenn die Stunde einmal gekommen ist. Der Schmerz wirft alles über den Haufen, das Beste und das Schlimmste.
In Faaa gab es keine Blumenkränze. Es war ein hastiges Begräbnis, das – Gipfel der Bitterkeit – bei einem so vollkommen schönen Sonnenaufgang stattfand, daß es jedermann Glück zu verheißen schien. Iris weinte nicht. Sie hatte immer schon das Drama geliebt, und der Gedanke an diesen effektvol-

len Gag brachte ihre Augen vor Erregung zum Funkeln. Gern hätte sie Alex' Gesicht gesehen am Abend, wenn ich ihm bei Tisch die Neuigkeit verkünden würde, vor den anderen, wie sie es gewünscht hatte. Immerhin ermöglicht es das Geld, sich in solchen Fällen Kompensationen zu verschaffen, darauf habe ich sie hingewiesen.

»Aber du willst nicht begreifen, daß das überhaupt nichts ändert«, antwortete sie. »Im Gegenteil. Niemand hat Mitleid mit den Reichen; man findet es beinahe unmoralisch, daß sie sich erkühnen, unglücklich zu sein. Ich würde lieber auf mein Vermögen verzichten und Ivan und Alex bei mir haben. Ich, ich habe alles verloren.«

»Es hätte auch sein können, daß Sie Ihren Mann so verlieren, wie Rogers Frau den ihren, und daß Sie verlassen in einer dreckigen Vorstadt dahinvegetieren ...«

»Sei nicht so banal und plebejisch, das ist eine Seite an dir, die mir hochgradig auf die Nerven geht«, fuhr Iris dazwischen.

Die Passagiere nach Samoa wurden aufgerufen. Iris drückte mir verstohlen ein Päckchen in die Hand und flüsterte mir zu, während sie mich küßte:

»Sag Alex, daß ich ihm nicht als erste schreiben werde. Er weiß sehr gut, daß ich mich nicht geändert habe und daß ich auf ihn warte.«

Ich umarmte sie fest. Ich empfand keine wirkliche Freundschaft für dieses reiche Mädchen und weniger Mitleid, als ich für eine andere empfunden hätte, wegen ihres ungeheuren Reichtums … Es stimmt schon, es war ungerecht. Aber ich mochte sie aus weiblicher Solidarität, und weil ich für alle verlassenen Frauen seit Berenike und davor, die zu sehr an die Liebe geglaubt hatten, um für Rückzugsmöglichkeiten zu sorgen, Verständnis habe.

»Ich werde Tahiti in scheußlicher Erinnerung bewahren«, sagte Iris zum Abschied.

Immerhin warf jemand einen Kranz aus Tiarés ins Meer, während er die Gangway hinaufstieg. Das plumpe Wasserflugzeug hob sehr langsam ab, und beinahe wären mir die Tränen gekommen – allerdings wegen eines Films namens *Tabu*, der mir nach so vielen Jahren wieder einfiel; und zwar nur wegen der letzten Szene, alles übrige hatte ich vergessen. Die Erinnerung daran war herzzerreißend: ein Mann, der bis zur Erschöpfung hinter einem von Tahiti abfahrenden Schiff herschwimmt, das die geliebte Frau entführt, und da schwimmt der Kranz, immer kleiner werdend, armseliges Symbol der Inseln der Seligen, das bald untergehen wird, spurlos. *Tabu!* …

Niemand schwamm hinter Iris her. Weder Blumen noch Kränze. Im engsten Familienkreis. Amen.

Und dann waren's nur noch fünf.

13
Tahiti: 1040 km^2, 28000 Einwohner

Die Kunst des Lebens ist nicht denkbar ohne die Verzweiflung am Leben«, sagte sich Alex, als er, nicht ohne eine gewisse Selbstgefälligkeit, in Iris' leerer Kabine stehend, seinen Lieblingsautor zitierte. Aber die Zuflucht zur Literatur, die er respektierte und von der er sich edle Auswirkungen erwartete, konnte nicht lange den tosenden Strom der Freude eindämmen, der ihn überflutete: Genau zu der Stunde, in der Iris in Faaa ins Flugzeug stieg, war Alex, der in dieser Nacht nicht an Bord zurückgekehrt war, erwacht, neben Betty, mit der er die erste Nacht verbracht hatte. Er betrachtete sich im Spiegel und erkannte sich nicht wieder. Er war es, den Betty liebte, sie hatte ihm diese unglaublichen Worte in ebendieser Nacht gesagt. Und er, Alex, zweiundfünfzig Jahre alt, Leiter der Afrikanischen Abteilung bei der UNESCO, hatte sie geliebt, im Sand wie ein Gassenjunge! Und dann hatten sie eine Strohhütte des *Hôtel des Tropiques* gemietet und sich wieder geliebt, in einem Bett, ganz nahe am Ufer des Pazifiks. Er lächelte seinem Spiegelbild zu: »Na, Alter«, sagte er halblaut zu sich, da ihm in der Aufregung nichts Besseres einfiel.

All das wäre in Paris nie passiert – da war die UNESCO, da waren die Kollegen, da gab es die offiziellen Reisen und die großen Diners zu Hause, all diese Fesseln oft angenehmer Gewohnheiten und nicht immer unangenehmer Verpflichtungen, die er für den üblichen Alltag eines Mannes in seinem Alter gehalten hatte. »Ich bin kein junger Mann mehr«, sagte er oft, ohne allzu großes Bedauern. Er war sogar schon so weit gegangen zu denken: Die Gesundheit ist das kostbarste Gut. Fatale Verirrung, die Reflexe eines alten Mannes! Das höchste aller Güter war die Freude, die er jetzt empfand. Eine so heftige Freude, die ihm in so kurzer Zeit so wichtig geworden war, daß es ihm lächerlich erscheinen mußte, über Iris' Unglück nachzudenken. »Ich bin schließlich ebenso kostbar wie sie«, sagte sich Alex, »warum soll ich mich noch länger einer Frau opfern, die nicht glücklich ist, und einem Glück, das zu garantieren ich mich außerstande fühle?« Im Grunde ist die Lebenskunst nicht ohne Lebensglück denkbar, folgerte er, Camus korrigierend, und, ziemlich befriedigt, schloß er die Tür des Zimmers seiner früheren Frau hinter sich.

Er hatte noch nicht von den bittersüßen Freuden der Schuld, der Feigheit gekostet in diesen Momenten der Schwebe, bevor die Stunde kommt, sich für das Böse zu entscheiden und es zu tun; die Zeit, in der man noch heuchlerisch genießen kann, indem man sich einredet, daß diese Stunde niemals kommen und daß alles gut werden wird, während jeder Tag, jede Freude eine Rückkehr zur Vergangenheit, eine Umkehr, immer unmöglicher machen. Tahiti hatte Alex bei seiner Veränderung geholfen. Vielleicht weil diese Insel zum Glücklichsein berufen ist, hatte Alex den Egoismus entdeckt, dieses für die Gesundheit unerläßliche Laster, und der Wunsch, sich selbst Freude zu bereiten, ersetzte bei ihm zum erstenmal die verdrießliche Genugtuung, die zu empfinden man gehalten ist, wenn man sich für andere opfert. Auch Jacques hatte sich mühevoll zu einer Entscheidung durchgerungen, deren Last er seit Monaten trug, ohne es zu wissen. Tahiti bot ihm eine unverhoffte Möglichkeit, eine Kombination, die nicht weit von seiner Idealvorstellung entfernt war: eine kindlich-feminine Gesellschaft, sinnlich und heiter, die ihm genau die Art von Beziehungen sicherte, die er mit dem weiblichen Teil des Menschengeschlechts zu unterhalten wünschte; und parallel dazu die Kameraderie von Männern, die der körperlichen Fitneß, der Unterwasserjagd, der Jagd, dem Segeln, dem Spaß – also den Feten und den Inseltouren auf abgetakelten Schonern – große Bedeutung beimaßen. In Frankreich gelang es einem nicht mehr, diese beiden Aspekte säuberlich zu trennen. Jacques bewunderte Zizi, mit dem zusammen er einst in Paris studiert hatte, daß er es schon als ganz Junger fertiggebracht hatte, sich zu entscheiden. Zizi war bei seiner dritten Frau angelangt, aber da er nie richtig verheiratet gewesen war, hatten diese Bande nichts Bedrückendes. Er lebte seit fünfzehn Jahren auf Tahiti, und der Gedanke, wieder elf von zwölf Monaten lang einen Zweireiher zu tragen, jeden Abend nach Hause zu kommen, um in einem gut abgeschlossenen Eßzimmer Gemüsesuppe zu löffeln, sich mit einem Buch und bald auch mit einer Brille ins Bett zu legen, das Fenster halb geöffnet, um das Kohlenoxyd einzuatmen, der Gedanke, Sonnenbräune, Freiheit und Strand aufzugeben im Austausch gegen Steuerbeamte, Verkehrspolizisten, Snobs und Intellektuelle, ging über seine Kraft. Jacques hörte ihm zu, als er von seinem Leben erzählte, so wie die Wüste den erquickenden Regen aufsaugt. Frankreich war sehr fern, aber die *Moana* war doch immerhin auf dem Rückweg, und Angst begann sich in sein Herz zu schleichen, dieses arme Herz, das er nicht mehr überfordern durfte! Er hatte nie wirklich an die Heimkehr gedacht, aus Disziplin, sagte er sich, um sich nur mit seiner Genesung zu beschäftigen. Aber dieser Zizi, der von Zweireihern sprach, von Suppe, Eßzimmern ... diese Vorstellungen taten ihm so weh an der Stelle, an der er den Infarkt gehabt hatte. Er würde später daran denken, viel später ... wenn alles gutging.

Zizi war es, dem er sein Projekt eröffnete, »einige Zeit auf Tahiti zu bleiben«, wie er es schamhaft nannte. Sein Instinkt sagte ihm, daß er von dieser Seite keinen ernsthaften Widerspruch zu erwarten habe.

»Aber, Jacques, alter Junge«, sagte Zizi zu ihm, »das ist kindisch! Ich habe eine Zahnarztpraxis, und ich arbeite nicht den ganzen Tag. An Zahnärzten fehlt es hier zwar nicht, es kommen mit jedem Schiff welche an. Aber mit dir ist es was anderes: Ich gebe dir einen Teil meiner Patienten ab, ich hab' zu viele. Ich bin seit langer Zeit da, du verstehst. Und du hast doch ziemlich wenig Geld, oder?«

»Aber meine Frau?« fragte Jacques, der vertrauensvoll auf den schlechten Rat seines Freundes wartete.

»Was glaubst du denn? Wir hatten alle unsere Frauen in Frankreich, oder fast alle. Und für dich, mein Alter, ist es eine Frage von Leben und Tod. Sie hätte was davon, deine Frau, wenn du dir in drei Monaten wieder einen Infarkt holst!«

»Ich würde meine Aktien verkaufen«, sagte Jacques.

»Und ein Haus in Cherbourg, das ich von meinen Eltern geerbt habe. Natürlich werde ich das alles Patricia lassen. Im übrigen hat sie einen reichen Vater. In dieser Hinsicht wird sie sich keine Sorgen zu machen brauchen«, schloß er, indem er verschmitzten Gesichts von der Möglichkeitsform zur Zukunftsform überging.
Die beiden hüteten sich, die anderen »Hinsichten« zu streifen. Sie hatten ein bißchen getrunken beim Mittagessen, die Sonne schien für alle gleich, und von Tahiti aus betrachtet, sah nichts sonderlich ernst aus. Alex sollte eben Patricia erklären ... Die Kinder würde er herkommen lassen, sie würden die Sommerferien hier verbringen, das würde sie verändern! Tahiti würde ihnen wunderbar gefallen. Kurz, alles war bestens.
Und später – na, er würde schon sehen. Vielleicht. Inzwischen würde für ihn alles anders werden. Von der Entscheidung, die er soeben getroffen hatte, erwartete er sich das Paradies, alles, was er bis jetzt nicht gefunden hatte, die Utopie »Sinn des Lebens« inbegriffen. Jedenfalls war das eine angenehmere Art, für seine Vergangenheit zu sterben, als durch Selbstmord oder einen Herzinfarkt.
Zizi und Jacques verließen das chinesische Restaurant, einer vom anderen begeistert. Das war sie, die echte, wahre Männerfreundschaft! Emilie und Terii

erwarteten sie in Lafayette. Die wollten sie überraschen! Mit weit ausholender Geste wies Jacques auf seine neue Heimat: »Ich glaube, ich werde nicht mit der *Moana* zurückfahren«, sagte er. »Ich habe beschlossen, eine Weile hierzubleiben ... Man hat kein Recht, Tahiti so schnell zu verlassen, es ist zu schön.«

»Oé« rief Terii begeistert.

Jacques blickte über sein Reich und sah nicht, daß eine Insel auch ein Gefängnis ist. Er sah auch nicht die grausame Langeweile hinter der glänzenden Fassade, die Langeweile dieser ein wenig schäbigen kleinen Stadt, an der sich die Sorglosigkeit und Schlaffheit eines Volkes ablesen ließen, das seine Lebenskraft verloren hat. Er betrachtete Teriis köstlichen Körper und bemerkte nicht, daß ihr Blick leer war, daß sie ihm niemals irgend etwas Intelligentes sagen und daß ihm die Intelligenz eines Tages fehlen würde, auch bei einer Frau, auch ihm. Niemand erinnerte ihn daran, daß Gauguin hier Jahre in Armut und Bitterkeit verlebt hatte, verfolgt von den Behörden, verachtet von Weißen und Einheimischen, von allen als der letzte aller Schmieranten eingeschätzt. Jacques konnte noch nicht wissen, welche heimliche Niederlage diese alternden Franzosen, die sich zu lange auf Tahiti hatten zusammenpferchen lassen und die nicht die Lust, sondern die Mittel verloren haben wegzugehen, hinter der malerischen Schäbigkeit der Tropen verbergen. Sie könnten nicht einmal mehr anderswo leben, diese greisen, enttäuschten Verbannten, die von zuviel Schönheit gefesselt, von zuviel Leichtigkeit zerstört wurden, und seit langem schon stellen sie in den Augen der Tahitianer keine Attraktion mehr dar. Immer öfter sprechen sie mit den Glücklichen, die mit dem Schiff aus Frankreich kommen und hier Zwischenstation machen; sie werden wahrscheinlich nicht mehr dorthin zurückkehren, da man hier nicht viel Geld verdienen kann, man lebt mit wenig, und das ist schon viel. Sie sprechen von ihrer Lieblingsprovinz – »Die Bourgogne, kennen Sie sie? ... Dort habe ich immer mit den Eltern und meinen Schwestern die Ferien verbracht, in einem dieser typischen alten Häuser aus goldfarbenem Stein ...« Auf Tahiti sind die Häuser aus Holz, Blech oder Beton. Immer häufiger träumen sie vom Herbst, dieser ewige Frühling, das ist doch kein Frühling mehr, sie träumen vom Schnee, von Seegras, einem Strand der Normandie, von einer Mutter vielleicht, Symbol ihrer Vergangenheit. Man friert ohne Vergangenheit, selbst in einem heißen Land. Ihre Maeva oder Théoura oder Hinano holt heißes Wasser beim Chinesen, um Nescafé zu machen; es ist so ermüdend, den Butangaskocher anzuzünden. Leute mit Weltschmerz sind auch ermüdend, uninteressant. Die Frauen haben herrliche Arme und Schultern. Eine Haarmähne, wie man sie in Paris nie sieht. Oder in der Bourgogne. Sie riechen immer gut. Sie haben immer Lust auf Liebe. Sie piesacken einen niemals, wenn es auf Ultimo zugeht, und sie fordern keine Waschmaschine. Aber sie gehen weg, von einem Tag auf den anderen, wenn sie *fiu* sind, wenn sie genug haben; sie haben einen nie gefragt, welchen Beruf man früher ausgeübt hat, welche Bücher man liebte. Arbeit, Bücher, das ist uninteressant. Für sie ist man ein Geschlechtsorgan mit etwas rundherum, egal was.

Am nächsten Tag lud Jacques Alex, Yves, Marion und Tiberius zum Abendessen ein, um ihnen alles zu erklären. Sie bestellten Krevetten, diese köstlichen kleinen Süßwassergarnelen, die ähnlich riechen wie die bretonischen. Es war nur noch eine Portion da, wie gewöhnlich. Die Tahitianer würden gleich noch ein paar aus ihren Bächen holen, die davon überquellen; sie holten aber nie genug, um ein Restaurant ordentlich zu versorgen. Sie machen nichts ordentlich oder ernsthaft: Ihren Grundbesitz verpachten sie den Chinesen, ihre Vanillesträucher lassen sie von den Chinesen abernten, die Kopra von den Chinesen ausbeuten. Geld verdienen – das ist uninteressant.

»Also«, sagte Jacques, ein wenig gehemmt durch Marions Anwesenheit (Männer unter sich verstehen

gewisse Feigheiten besser), »man hat mir vorgeschlagen, als Zahnarzt hierzubleiben.«
Alex fühlte sich nicht imstande, darüber zu urteilen, er war noch dabei, sich zu fragen, ob er Iris gegenüber schuldig oder ob er endlich einer zu lange dauernden Sklaverei entkommen sei.
»Schließlich und endlich, wenn ich an diesem Infarkt gestorben wäre …«, sagte Jacques ohne weitere Einleitung.
»Patricia fände das vielleicht weniger traurig«, meinte Marion leise.
»Ich habe ihr immerhin zwanzig Jahre meines Lebens gewidmet.«
»Sie dir auch«, gab Marion zurück. »Genauso viel. Und es würde mich erstaunen, wenn sie ihr Leben neu beginnen könnte, mit den fünf Kindern, die du ihr hinterläßt … Noch dazu, da sie Pflichtgefühl hat. Keine Chance!«
»Alle Frauen haben Pflichtgefühl, das ist physiologisch bedingt«, sagte Jacques. »Und es ist nicht immer etwas Bewundernswertes: Es kommt oft daher, daß sie unfähig sind, sich selbst an einem anderen Platz vorzustellen, unfähig sind zu fliehen.«
»Na, da siehst du, das ist der Beweis, daß du ein richtiger Mann bist«, antwortete Marion. »Wie wirst du ihr die Neuigkeit beibringen?«
»Es brennt nicht«, sagte Jacques. »Zunächst werde

ich ihr schreiben, daß ich nicht mit euch weiterfahre, weil mich die Seefahrt ermüdet, und daß ich ein wenig auf Tahiti bleibe. Und dann habe ich Zeit weiterzusehen. Ich weiß nur, daß es derzeit über meine Kräfte geht, zurückzukehren.«
»Hoffen wir, daß Patricia nicht zuviel Vorstellungskraft hat«, sagte Yves.
»Ehrlich, was denkt ihr im Grund von meinem Benehmen, wie man so sagt? Marion, dich frage ich nicht, deine Meinung kenne ich. Außerdem bin ich sicher, daß du mir tief im Innern zustimmst. Ist das richtig, ja oder nein?«
»Leider«, erwiderte Marion.
»Aber ihr anderen?«
»Was willst du, daß wir dir sagen? Nur du kennst die einzelnen Elemente gut genug, um es abzuschätzen«, antwortete Yves. »Und außerdem bist du es, der beinahe gestorben wäre. Wie können wir denn wissen, wie sich das auf einen Menschen auswirkt?«
»Das stimmt«, sagte Alex. »Yves hat recht. Und ich sitze im Moment genauso in der Tinte wie du. Ich habe Ivan verloren, ich bin dabei, Iris zu verlieren – ist das ganz und gar meine Schuld? Ich habe den Eindruck, die Flucht ins Paradies ist mehr als eine Problemlösung, sie ist vielleicht eine Notwendigkeit, ein Verhängnis im Leben eines Mannes.«

»Hat man das Recht, jemandem fürs ganze Leben eine Entscheidung aufzuhalsen, die man mit zwanzig Jahren getroffen hat?« fragte Jacques, der durch Alex' persönliche Situation unerwartete Schützenhilfe erhielt. »Sogar die lebenslänglich Verurteilten werden nach einer gewissen Zahl von Jahren freigelassen …«

»Das Ärgerliche«, sagte Marion, die sich verpflichtet fühlte, die Argumente der Verteidigung vorzubringen, »ist, daß du nicht freigelassen wirst; du fliehst. Für dich wird sich die Frage so stellen: Hat man das Recht, sich davonzumachen wie ein Dieb, aus einem Gefängnis, das man geliebt oder scheinbar geliebt hat – zwanzig Jahre lang?«

»Es ist eine Frage von Leben und Tod«, erklärte Jacques. »Ich kann nicht mehr. Auch wenn ich zurückkehrte, würde ich alles hinschmeißen.«

»Ich glaube, daß niemand hier daran denkt zu sagen: Fahr nach Haus, es ist deine Pflicht. Wer an diesem Tisch hat immer seine Pflicht getan?« fragte Marion lächelnd, wobei sie im besonderen Yves ansah. »Niemand, Gott sei Dank.«

»Wenn es darum geht zusammenzuleben, ist die Pflicht …« sagte Alex.

Jacques legte einen Arm um die Schulter seines Freundes. Daß alles gesagt, alles entschieden war, befreite ihn von einer Zentnerlast; wie ei-

nen Gymnasiasten, der, entschlossen, seine Examen zu schwänzen, die Schultasche ins Wasser geworfen hat.
»Du wirst mir sehr fehlen«, sagte Alex zu ihm. »Den Kurs zu ändern ist auch nicht immer leicht ...«
»Mein armer Jacques«, meinte Tiberius, »es wird hart sein für dich.«
»Idiot«, antwortete Jacques und puffte ihn mit der Faust. »Wie wär's, wenn wir jetzt baden gingen? Zizi wartet auf uns.«
Er fühlte sich plötzlich wunderbar leicht. Jede Spur seines Infarktes war verschwunden. Er war wieder wie vorher, aber er wußte jetzt, wie man sterben kann, nämlich ganz dumm. Er würde nicht mehr sterben, unter der Bedingung, daß diese zehntausend Kilometer Meerwasser zwischen ihm und seinem früheren Leben blieben.

Am Donnerstag, dem 19. März, war es trüb wie in Ostende, und Yves, der alle Innenaufnahmen abgedreht hatte, konnte nicht, wie vorgesehen, in der Leprastation von Orofara filmen. Jacques klapperte die ganze Insel ab auf der Suche nach einem freien Faré. Er hatte wohl eine kleine Wohnung in Papeete gefunden, aber seine Flucht schien ihm nur dann wirklich gerechtfertigt, wenn er sich in einer Palmblatthütte häuslich einrichtete. Tiberius trieb sich in

Papeete herum; Alex und Betty waren nicht mehr zu sehen. Yves und Marion waren allein, zum erstenmal vielleicht seit der Abreise. Sie beschlossen, den Tag in Moorea zu verbringen.
Es war schön wiederzuentdecken, daß sie sich miteinander wohl fühlten, und über Dinge zu reden, die sie mochten. Zum erstenmal seit sehr langer Zeit schien die Vergangenheit ihren Griff zu lockern. Und das, obwohl hier eine Unmenge Yangs herumliefen, da die chinesischen Lebensmittelhändler viele Ahnentafeln gelöscht hatten im Austausch gegen ein paar Pfund jungen, zarten tahitianischen Fleisches. Aber war das wichtig? fragte sich Marion. Das Leben ist wie die Kultur: Das Wesentliche ist das, was bleibt, wenn man nicht mehr ist, wenn man gelebt hat. Und sie lebten zusammen, beide, und wußten sehr gut, was sie am anderen liebten, ohne es immer zu billigen, und was sie verabscheuen würden bis ans Ende ihrer Tage. Niemals aber war da Gleichgültigkeit. Niemals auch totale Übereinstimmung, die man auf die Dauer nicht mehr wahrnimmt, so vollkommen ist sie. Marion erkannte die Liebe an einer gewissen Gewalt, die ihrem Geschmack, ihren Vorlieben angetan worden war, an einer gewissen Aufweichung ihrer Persönlichkeit gegenüber dem anderen. Yves wiederum wußte nicht, was das war, Liebe. Er hatte es nie gewußt. Es

drehte ihm den Magen um bei dem Gedanken, in die Enge getrieben zu werden, und sei es auch nur durch ein Gefühl – vor allem durch ein Gefühl. Die Windspiele, diese armen Geschöpfe, sind sich nicht im klaren, daß die Frau, mit der sie ein wenig länger zusammenleben, allmählich in ihren intimsten Lebensbereich eindringt, in ihre Fasern, in ihre Vergangenheit, und daß sie auf diese Weise untrennbar mit ihnen verbunden werden, ohne daß sie es merken. Nach einer ausreichenden Anzahl von Jahren sind sie organisch außerstande, sich von ihnen loszumachen, ohne sich selbst zu vernichten. Die Frau ist mit ihrem Leben verwoben wie andersfarbige Wolle, die man zusammen mit der ursprünglichen ein wenig achtlos mitgestrickt hat und die man nicht mehr entfernen kann ohne Gefahr, die ganze Arbeit auftrennen zu müssen. Ein Teil von Yves' Textur war mit Yang getönt. Dann war dieser Faden ausgegangen. Marions Faden lief weiter – vorher, während, nachher –, ein endloses Geschlinge. Das Schwierigste war es gewesen, die ersten fünfzehn Jahre ohne Sicherheit, daß man ihn verwenden würde, zu überstehen.

»Warst du eine Sekunde lang versucht, das gleiche zu tun wie Jacques?« fragte Marion.

»Alles ist Versuchung für mich, das weißt du gut. Ich war auch versucht, es wie Ivan zu machen.«

»Es ist traurig, nicht wahr, zu wissen, daß man seinen Versuchungen widersteht?«
»Es ist nicht gerade erhebend … aber mir ist vollkommen bewußt, was an meiner Haltung infantil, ja sogar illusorisch ist. Ich vermute, daß es die Versuchung als solche ist, die mir gefällt, das Prinzip der Versuchung. Übrigens hat Jacques nicht einer Versuchung nachgegeben, er hat einem nicht zu unterdrückenden Bedürfnis gehorcht. Hätte er das nicht getan, so wäre er, glaube ich, wirklich gestorben. Wirklich.«
»Würdest du in einem solchen Fall nachgeben? Ich würde nicht mit einem Toten leben wollen.«
»Wir haben gut gelebt mit einer Toten«, sagte Yves. Es war das erstemal, daß er über dieses Thema scherzte. Sie beide, die zu Yangs Lebzeiten so ironisch vom Ehebruch zu reden pflegten, hatten seit jenem Selbstmord jede Anspielung darauf vermieden.
Marion faßte sich ein Herz und fragte: »Die Toten verschwinden doch am Ende, nein?«
»Ja, Liebste«, antwortete Yves. »Zum Glück.«
Marion wußte nie, was sie sagen sollte, wenn Yves einmal die Wahrheit entschlüpfte, das, was er wirklich dachte. Sie tauchte die Nase in ihr Glas mit Fruchtsaft. Die Schamhaftigkeit der Seelen ist oft viel unüberwindlicher als die der Leiber.

»Eigentlich ist es recht gut, daß du noch eine Weile ganz allein auf Tahiti bleibst ... Es wäre idiotisch, wenn du als einziger nicht von dieser Insel profitieren solltest, mit der Begründung, daß du deine Frau mitgebracht hast!«
»Kommt es dir niemals in den Sinn, daß ich nicht davon profitiere, weil ich dich liebe?«
»Nein«, antwortete Marion spontan. »Ich suche immer nach anderen Gründen.«
Ganz plötzlich wurde ihr bewußt, daß sie tatsächlich nie angenommen hatte, Yves könnte sie genügend lieben, um sein Verhalten zu ändern.
»Im großen und ganzen ist es angenehm, dich zu lieben«, sagte Yves. »Du merkst überhaupt nichts!«
»Doch«, erwiderte Marion und legte ihre Hand auf die seine. »Doch ... aber sag mir eines: Wenn ich nicht da wäre, würdest du mich dann vielleicht zwar ganz genauso lieben, aber doch mit den Tahitianerinnen schlafen?«
»Natürlich«, sagte Yves. »Ich bin zwar kein Sexbesessener, aber wenn du nicht da wärst, dann sähe ich nicht ein, warum ich, in drei Teufels Namen, allein schlafen gehen sollte. Oder was du davon hättest. Und ich bleibe dabei, daß ich dich genauso lieben würde. Das aber, ich weiß es, wirst du niemals zugeben.«
»Ärgert es dich?« fragte Marion.

»Insoweit es dich hindert, mit mir glücklich zu sein, ja.«

»Es soll dich nicht ärgern, mein Tané«, erklärte Marion. »Ich brauche es, daß du nicht so bist, wie ich möchte. Ich hab' das Gefühl, daß es mir keinen Spaß mehr machen würde, dich zu lieben, wenn du in allem meinen Träumen entsprächest.«

»Und macht es dir noch Spaß?« fragte Yves. »Es ist schön, das zu hören. Aber ich sehe dich nicht oft lachen ...«

»Es gibt zwangsläufige Momente. Aber sie müssen sein ... na, so sagt man nachher. Wenn ich dich nach zwanzig Jahren liebe, dann deshalb, weil du mir noch auf die Nerven gehen kannst! Und das trifft auch auf dein Aussehen zu. Ich mag es, daß du immer etwas an dir hast, das nicht stimmt, daß du nicht aussiehst wie ein Playboy. Es gefällt mir, daß du dir ein lächerlich teures Sakko kaufst, aber dazu deine durchlöcherten Schuhe behältst. Weißt du, Typen wie Tiberius ... ich hasse sie. Aber schließlich gilt das nur für mich. Ich weiß, es würde dir davor grauen, wenn ich nicht so wäre, wie du möchtest.«

»Das heißt, daß ich mir – zu Recht oder zu Unrecht – eine bestimmte Vorstellung von dir gemacht habe und daß ich mich nicht gern irre. Ich habe nicht den geringsten Wunsch, in bezug auf dich einen zweiten Irrtum zu begehen.«

So redeten sie leichthin über ernsthafte Dinge, beinahe losgelöst von sich selbst, da sie sich, infolge einer unwahrscheinlichen Verkettung von Zufällen, mitten im Pazifik befanden, unter den Kokospalmen des einzigen und prächtigen Hotels von Moorea saßen, am Rand einer grünen Lagune. Sie wandten die Augen voneinander ab.

»In einer Woche bin ich in Paris«, sagte Marion. »Ich kann es nicht eine Sekunde lang glauben.«

Der Lokalbesitzer kam herbei mit der Speisekarte. Es waren nur zwei weitere Gäste auf der Terrasse, zwei Amerikaner. Yves schob sein Glas zurück und nahm die Speisekarte. Es gab keinen frischen Fisch, sondern nur aus Neuseeland importierte Büchsenware; und das, obwohl ein paar Dutzend Meter von hier Eingeborene in ihren Pirogen zu sehen waren, die in der klaren Bucht fischten.

»Sie fischen nur für den eigenen Bedarf«, erklärte der Chef. »Wenn sie einen Fisch für die Familie gefangen haben, hören sie auf und drehen um. Sie wollen kein Geld, sie finden, daß sie zuviel dafür bezahlen!«

Dennoch begannen die ersten amerikanischen Touristen einzutreffen, in vollgepackten Flugzeugen. Man wollte, so schien es, Hoteltürme bauen, die so aussehen sollten, wie sie Amerikaner überall vorzufinden gewohnt sind. Das Geld würde bestimmt auch die Tahitianer verseuchen. Und das erstaunliche Gleichgewicht, das wie durch ein Wunder zwischen den französischen Behörden und dem, was von der Maori-Seele geblieben war, hergestellt worden war, würde hinweggefegt werden und Tahiti zum zweitenmal sterben. Eine gewisse Wurstigkeit auf seiten der Franzosen, die Freude an der Liebe, der gallische Humor, der im diametralen Gegensatz steht zum englischen Puritanismus, hatten jedoch immerhin in diesem Gewaltakt gegipfelt: Tahiti war degeneriert, vulgarisiert, sorgfältig von seinem religiösen und traditionellen Gehalt gesäubert, seine Monumente waren zerstört und seine Tempel von allzu eifrigen Missionaren geschleift worden, es war künstlerisch tot; aber dennoch blieb es die einzige Insel im Pazifik, auf der es noch ein wenig von dem Zauber, der Kraft und der Ursprünglichkeit der Sitten gab, die die Seefahrer, die Tahiti – zu seinem Glück so spät – entdeckt hatten, verblüfften. Es war einer der letzten Flecken der Erde, in den die westliche Zivilisation ihre Klauen schlug. Ein wenig von jenem Zauber also war noch zu spüren, der Cook erschreckte, als er am Kap Vénus landete, und den er zu bannen glaubte, indem er die Insel »George III.« taufte. Auch Bougainville war entzückt gewesen, der Tahiti drei Monate später zu entdecken glaubte; er jedoch nannte es Nouvelle-Cythère, das neue Kythera, und stiftete damit die Liebesehe der Franzosen mit der Perle des Pazifiks.

»Wir erleben die letzten Jahre von Tahiti«, sagte Yves. »Ich bin froh, daß wir es gemeinsam gesehen haben.«

»Hast du bemerkt, was ich heute morgen bekommen habe?« fragte Marion und hob den Arm. »Iris, die arme Iris, hat es bei einem Handwerker in Papeete bestellt.«

Sie hielt ihm ein goldenes Armband hin, an dem ein länglicher Tiki aus Perlmutt hing, der polynesische Gott mit dem Krötengesicht, letzte Spur der alten, mächtigen Religion.

»Auf den Marquesas wirst du erst Tikis sehen! Ich möchte gern, daß du uns einen großen mitbringst, aus Stein.«

»Ich weiß nicht, ob wir letzten Endes auf den Marquesas haltmachen werden. Ohne Jacques, ohne Iris, ohne dich ... es wird eher traurig sein an Bord. Natürlich fahren wir auf die Galapagos, um das Ende des Films zu drehen; und dann lassen wir das Schiff in Panama und kommen per Flugzeug zurück.«

Sonntag, den 22. März, um fünf Uhr morgens begleitete Yves seine Frau nach Faaa. Die Regenzeit war nun endgültig vorbei, und man konnte endlich die ausgezackten Berge oberhalb von Papeete bis hinauf zu den zweitausendfünfhundert Meter hohen Gipfeln sehen; sie schienen zahllose Hügelchen geboren zu haben, die an ihren Flanken hochkrochen. Das Wasserflugzeug wirkte riesig und pausbäckig mit seinen zwei Etagen und den ganz kleinen Flügeln.

»Umgekehrt wäre es mir lieber gewesen!« stellte Marion bei dem Anblick fest. »Aber diese Leute sehen schließlich nicht aus wie solche, die sterben wollen … Wir werden sehen! Immerhin, ich habe zwölftausend Kilometer im Flugzeug vor mir …«

»Es wird kein Schlingern geben, freu dich.«

Fünf Uhr morgens ist eine schlechte Zeit, um in Schönheit abzureisen: Das Morgengrauen ist rührenden Szenen nicht förderlich. Außerdem blieb Yves allein … Marion verlor dieses Detail nicht aus den Augen.

»Vergiß vor allem unsere Muscheln nicht«, sagte sie. »Oder das Perlmutt. Es liegt alles bei Zizi!«

»Nein, Liebste, ich werde auf Tahiti nichts vergessen. Nicht einmal dich.«

»Ich kenne deine Art, nichts zu vergessen«, lachte Marion.

»Aber stell dir vor, ich habe Angst, mich sehr verändert zu haben … das ärgert mich sehr.«

»Sei ganz ruhig. Faréhau hat mir versprochen, sich um dich zu kümmern, sie verfügt über entschlossene und wohlgeübte Truppen: Du brauchst nicht einmal den kleinen Finger zu rühren.«

Sie verabschiedeten sich lachend. Nur eine leichte Trübung im Auge hinderte Marion, die leichte Trübung von Yves' Blick zu sehen.

»Und vergiß nicht«, schrie Marion, »bloß keine Romantik:

Hata po po po
Ragoût pommes de terre …«

Die Maschine startete in einer Wassergarbe. Von oben sahen Tahiti und Moorea noch schöner aus, eingefaßt in ihrer jadegrünen, von weißem Schaum umkränzten Lagune, die da und dort von tiefblauen Kanälen durchzogen wurde. So viele Träume barg sie, diese winzig kleine Insel, Träume, die zu groß für sie waren, Neu-Kythera, Jacques' Heimat, und bald war sie nur noch ein grüner Punkt im Stillen Ozean.

14
Das Schulheft

Vier Monate hatte das Schiff von Toulon nach Tahiti gebraucht, und mir genügten sechsunddreißig Stunden, Zwischenstopps nicht mitgerechnet, um an die amerikanische Ostküste zu gelangen. Ich habe den Eindruck, aus dem Kloster ausgetreten zu sein und nun ganz allein auf die Welt losgelassen zu werden. Bedeckter Himmel. Das Wasserflugzeug fliegt tief, aber es fliegt, eine alte, müde Hummel, die schon längst verschrottet sein sollte – so wie all die löchrigen Schoner, die die Tahitianer zu den Inseln bringen. Wahrscheinlich wachen die Tikis über sie. Aus den Luftdüsen kommt ein eiskalter Strahl, und ich mumme mich fest ein.
Zu Mittag Wasserung in der riesigen, mit Inselchen übersäten Lagune von Aiutaki. Ein ordentlicher warmer Wolkenbruch geht nieder, aber da ich hier zum letztenmal im Pazifik baden kann, stürze ich mich, die Sehnsucht, die ich später empfinden werde, ahnend, in dieses einzigartige Wasser. Der Strand von Aiutaki wird so alle acht Tage eine Stunde lang von

meist amerikanischen Passagieren heimgesucht. Sobald die Maschine angekündigt wird, geht eine Maorifrau im Pareo hinaus auf die Mole, löst ihr Haar und setzt sich mit ihrer Ukulele an den Rand des Wassers. Die Touristen umringen sie gehorsam, um sie zu fotografieren. Gedrungene Kokospalmen wachsen aus dem sehr weißen Sand. Meine Kokospalmen, die ich nicht mehr sehen werde! Das Wasser der Lagune ist tief blaugrün, dunkler als Aquamarin, wie das Wasser in allen Lagunen. Was treiben die vierundsechzig als pazifische Touristen verkleideten Reisenden, die jede Woche über diese so unschuldige Insel hereinbrechen? Was hat dieses eiserne Ding auf dem klaren Wasser zu suchen, zwischen den Pirogen mit ihren Auslegern? An seinen Flügeln machen sich an die zehn Männer zu schaffen, und man kann nur wünschen, daß sie Fachleute sind ...

Nach dem Frühstück im Stil »International Snack« werden wir wieder in das Eisending gepfercht, und das Atoll ist für eine Woche von seinem okzidentalen Ungeziefer befreit.

Am Abend kamen wir auf den Samoa-Inseln an, und sofort witterte ich den englischen Pazifik: runde, tadellos aufgereihte Hütten, alle einander gleich wie in den Dörfern Englands, wohlgepflegte Pflanzungen, eine Kirche pro Quadratkilometer, die jede einer anderen Sekte gehörte, Luxus, Ruhe und wenig

Wollust. Es regnete wieder einmal. Yves behauptet, daß es in der Wüste Gobi regnen würde, wenn ich dort wäre.

Übernachtung im *White Horse Inn* in Apia, die Zimmerwände sind halbhohe Trennwände, so daß man hört, wie der Nachbar so lebt. Auf der einen Seite meiner Box spielte eine tahitianische Familie die ganze Nacht Gitarre. Auf der anderen schluchzt laut ein Mädchen: Die Adventisten schicken sie weit weg von ihrer Insel, nach Australien, wo sie Englisch studieren soll. Wenn sie wüßte ...

Abends im Speisesaal ließen es sich die Amerikaner schmecken: Brotfruchtsuppe; neuseeländischer Rinderbraten, dunkelgrau; wäßriges Kartoffelpüree; sechs kleine grüne Erbsen; heiße Brotfrucht und Brotpudding.

Auf der ganzen, fünfundvierzig Kilometer langen Strecke zwischen Apia und dem Flughafen fragten die Amerikaner, lebhaft an allem interessiert: »Wie viele Einwohner pro Dorf? ... Wie viele Dörfer auf der ganzen Insel? ... Wieviel verdienen die Eingeborenen? ... Ist der Häuptling *a nice man?* ... *Ah, good*«, antworteten sie, ehrlich erleichtert, wenn man ihnen sagte, daß er *very nice* sei. Auf freundliche Art interessierten sie sich auch für das Leben ihrer Zimmernachbarn und baten mich, das weinende junge Mädchen aus Tahiti auf französisch zu fragen, warum sie Kummer habe und ob sie ihr helfen könnten.

Das Wasserflugzeug der TEAL hat einen Vorteil: Es fliegt sehr tief, und ich entdecke, daß dieser Winkel des Stillen Ozeans den Champs-Élysées gleicht. Nach der prachtvollen kleinen Palmerston-Insel mit ihren rechteckigen Formen und nach den Samoa-Inseln fliegen wir andauernd über Atolle, die bloß weiße Ringe im Blau sind, fast alle öde; dann die dreihundert Fidschi-Inseln. Es sieht aus, als habe eine Hand mit einer einzigen Bewegung diese Inselkette weggeschleudert, die einer Milchstraße im Meer gleicht. In Nandi umsteigen in ein anderes Flugzeug: Wir nähern uns zivilisierten Ländern, und die QANTAS löst die TEAL ab.

Dann noch eine Zwischenlandung auf Canton Island um fünf Uhr früh, das zu den Phoenix-Inseln gehört. Ich habe Yves eine Karte geschrieben, die aber seltsamerweise eine Marke von den Gilbert-Inseln bekommt, und da wir jedenfalls wieder die Datumsgrenze überqueren und Ozeanien in Myriaden kleiner Inseln zerfällt, die allen Ländern der Welt gehören, gebe ich es restlos auf, verstehen zu wollen, wie die einzelnen Nationen diese wunderbaren kreisförmigen Gebilde untereinander aufgeteilt haben. Im übrigen ist Canton Island kaum eine Insel, eher eine Abstraktion, eine unglaubliche Schöpfung, ein kah-

les Atoll, wo nicht einmal eine einzige Kokospalme wächst; den Menschen aber ist es gelungen, einen Flughafen dorthin zu pflanzen. Hier gibt es nicht einmal einen Fingerhut Erde, erklärt uns die Hosteß stolz, als sie uns auffordert, ein paar Schritte auf den Korallen zu tun, um uns ein wenig die Beine zu lockern. Kein einziger Eingeborener, kein Haus, aber ein Flughafen in einsamer Pracht, in gleicher Höhe mit dem Wasserspiegel.
Diese danteske Vision markierte das Ende Ozeaniens, des echten, da die letzte Handvoll polynesischer Inseln nach Norden geraten ist, viel zu nahe an die Vereinigten Staaten, als daß sie nicht amerikanisiert worden wären bis zum letzten Haifisch. Auf Hawaii also waren drei Stunden Rast vorgesehen, im *Reef Hotel*, Waikiki Beach: luxuriöse Zimmer, weit offene Terrassen über einem methylenblauen Meer, fünfundzwanzig Kilometer langer Strand, aus dem Tausende bunter Sonnenschirme wuchsen. Der Aufzug verströmte zugleich sanfte Musik und desinfizierendes Parfum. In der riesigen Halle wurden Hawaiiröckchen aus synthetischem Bast verkauft, Halsketten aus künstlichen, künstlich parfümierten Tiarés, gefärbten Muscheln, Hawaiigitarren zu Hunderttausenden, so daß einem das Ragoût-pommes-de-terre zum Hals heraushing.
»Pretty, hey?« fragte ein hochgewachsener Kerl hin-

ter mir, sichtlich hingerissen, Amerikaner zu sein. Ich drehte mich um: Er hatte wohl schon graue Haare, aber sehr helle Augen, schöne Zähne und trug einen schönen, ungefütterten Baumwollanzug – alles war schön an ihm, sein glückseliger Ausdruck mit eingeschlossen; ich konnte nicht anders, als diesen Burschen ebenfalls anzulächeln, obwohl ich Französin bin, schüchtern von Geburt, und obwohl ich die Sicherheit der Zwanzigjährigen verloren habe.

»*Handmade*«, fügte er bewundernd hinzu und zeigte auf die Kette aus gefärbten Muscheln, als sei die menschliche Hand ein unerhörtes, beispielloses Werkzeug geworden, dessen man sich nicht mehr zu bedienen wüßte.

Er sei seit den Fidschi-Inseln mit mir im selben Flugzeug gesessen, fuhr er fort, und er heiße Bing. Er fliege über San Francisco nach Los Angeles, wie ich, er habe die Passagierliste gesehen, weil er bei QANTAS arbeite. Bis nach Paris gehe meine Reise? *Wonderful!* Pariserin also? fragte er lüstern und hingerissen. Ich hätte hundert Jahre alt sein können. Da ich noch nicht ganz soweit bin, nahm ich Bings Einladung auf ein Eis an.

Er war wie aus einem Fernsehfilm, *made in U. S. A.* Der Gang eines Rangers, ein fester, kräftiger Körper, etwas derbe Knöchel und Aknenarben im gebräun-

ten Nacken. Eine superbe Kreatur, hätte Iris gesagt. Im Grunde ist Amerika ein Tahiti für Frauen. Unglücklicherweise bleiben die Amerikanerinnen aber nicht in ihren Hütten versteckt. Wie lange noch wird sich das Prestige der Französinnen wohl halten? Sicher noch so lange wie ich. Einstweilen schleppte Bing meine Koffer und verhandelte mit seiner Gesellschaft, um für mich, die ich Touristenklasse gebucht hatte, einen Platz in der ersten zu bekommen. In der folgenden Nacht konnte ich endlich, dank seiner Bemühungen, die Beine ausstrecken, den Sitz nach hinten klappen und nach vier Tagen verrückt spielender Meridiane und Zeitzonen schlafen.
San Francisco – das war für mich Jeanette MacDonald und ihr Gaumenzäpfchen, das man sah, wenn sie sang. 1906! Aber das habe ich Bing nicht gesagt, damit er sich keine Vorstellung von meinem Alter machen könne. Ich fühlte mich gut in Form, und meine Falten hatten sich nicht zu sehr vertieft während der sechs Monate Untätigkeit ... Er mietete einen riesenhaften, lila Chevrolet mit Heckflügeln, die länger waren als die des Wasserflugzeugs von Tahiti, und wir besichtigten San Francisco. Dann führte er mich zu *Bob's Inn*, einem Restaurant, das mir sicher gefallen würde, wie dieser anscheinend ahnungslose Mann sagte, wegen der »Pariser Atmosphäre«. Es war dort, am hellen Mittag, sehr dunkel,

so daß man kaum die Speisekarte entziffern konnte. Das war übrigens besser so, und ich bat Bing, mir etwas Typisches und vor allem nichts Pariserisches auszusuchen.
»That's a good girl«, sagte er mit seinem guten Lachen.
Ich fühlte mich mindestens wie seine Großmutter mit meinen zehn Jahrhunderten Geschichte auf dem Buckel und den zehn Jahren, die ich ihm voraus hatte, und er nannte mich *a good girl!* Das war spaßig.
Als wir hinausgingen, regnete es in Strömen. Ich wagte nicht, Yves davon zu schreiben. Wir müssen es doch eines Tages mit der Wüste Gobi versuchen. Ich wollte zurück ins Hotel, schlafen gehen. Wunderbar. Als wir durch die Stadt fuhren, kamen wir an einem Nachtasyl vorbei, an dessen Tür ein riesengroßes Schild angebracht war: *When have you last written to your mother?* Wer würde es in Frankreich wagen, einem Clochard bei der Heilsarmee diese Frage zu stellen, ohne ein homerisches Gelächter fürchten zu müssen?
Die Fenster meines Zimmers öffneten sich auf das schönste Panorama der Welt – wieder eines –, das jedoch im Regen versank. Ich verfügte über ein Radio und einen Fernseher. Auch über einen Mann, wenn ich wollte, ich brauchte nur, so hatte er mir

gesagt, auf einen Knopf auf meinem Nachttisch zu drücken. Da ich zehntausend Kilometer von Paris entfernt war, eine schöne Entfernung und eine, die ich wohl nicht mehr so bald wieder würde finden können, hab' ich gedrückt, und Bing kam heraus aus einer Falltür, fix und fertig und lächelnd. Er sagte nicht: *That's a good girl!*, aber er dachte es offensichtlich. Yves? In deiner Sprache bedeutet *a good girl*: »Du bist kultiviert«, nicht wahr? Ich werde jetzt lieben wie ein Tahiti-Mädchen, siehst du, das ist ansteckend; oder, noch einfacher, wie ein Mann. Ich habe Fortschritte gemacht, findest du nicht? Ich beginne zu lernen, wie man lebt. Aber das werde ich dir nicht sagen. Du kommst erst in zwei Monaten zurück, dann werde ich's vergessen haben. Und dann, es passieren manchmal Unfälle, selbst so von der Zivilisation Verdorbenen wie dir. Aber ich möchte nicht, daß dir etwas zustößt. Wir haben genug riskiert.

Eine der vierzehn TV-Stationen strahlt einen Western aus ... Wie sehe ich einen Western richtig? Es war der beste, den ich je gesehen habe! Ich hielt einen dieser falschen Abenteurer in den Armen, von denen es auf den Bildschirmen wimmelt, mit wiegendem Gang, die Beine etwas O-förmig vom vielen Reiten, das Auge hell wie die endlose Weite, die es widerspiegeln soll, und er brennt in einer von der frischen Luft genährten, kurzlebigen Sehnsucht nach einer dieser Puppen, die niemals begreifen werden, was für eine Ehre es ist, ein Mann zu sein. Ein köstliches Mißverständnis!

Wir blieben bis zum nächsten Morgen zusammen ...

Wie lerne ich San Francisco am besten kennen? Wenn mir jetzt wer von dieser Stadt erzählt, denke ich zunächst nicht an Jeanette MacDonald, aber eine kurze Geistesabwesenheit genügt, daß ich den Freunden antworte: »O ja, San Francisco. Kenn' ich gut. Superbe Kreatur!«

15
Paris–Kerviniec: 534 Kilometer

Alles ist schön.
Man muß von einem Schwein reden
wie von einer Blume.

JULES RENARD

Die Züge der Bretagne sind »mehr Zug« als andere. Das Kontingent an Emigranten, das sie täglich, seit einem Jahrhundert, auf dem Pariser Bahnhof Montparnasse ausspeien, hat aus den angrenzenden Straßen einen Vorposten der Bretagne gemacht. Erst von hier aus fährt man wirklich ins Exil.

Die Französischen Staatseisenbahnen hielten es für überflüssig, auf der Strecke Paris–Quimper Schlafwagen einzusetzen, außer im Juli und August für die Reisenden, die *keine* Bretonen sind. Sie haben zwar mehrere Abteile mit Liegeplätzen vorgesehen, in erster Linie aber Sitzplätze, die nicht für Hunde gut genug sind. Die Bretonen verstehen es noch nicht, für ihr Wohlergehen Geld auszugeben – wenn sie nur dort ankommen, wo sie ankommen wollen, ist ihnen die Müdigkeit egal. In anderen Kreisen sagt man das gleiche, aber da heißt es genau das Gegenteil: »Die Gesundheit hat keinen Preis.« Iris pflegte es oft zu sagen.

In einem Zug, der in die Bretagne fährt, findet man immer eine Frau mit dem hohen bretonischen Kopfputz; diesmal ist es ein besonders kunstvoller. Sie kann nicht daran denken, sich hinzulegen oder auch nur den Kopf anzulehnen. Es ist auch unmöglich, diese Haube in einem Eisenbahnabteil herunterzunehmen. Die Frau wird die ganze Nacht kerzengerade dasitzen, gläubig und würdevoll, ahnungslos, daß sie ein höchst unwahrscheinliches Phänomen verkörpert – die letzte europäische Bastion des Widerstandes gegen die Mode, die Werbung, die Frauenzeitschriften, den Sinn für das Praktische, gegen das Bedürfnis, zu sein wie alle anderen. Zusammen mit einigen anderen Frauen legt sie unentwegt Zeugnis ab für eine Pfarre, symbolisiert durch dieses sehr akkurate Gerüst aus Spitzen und Bändern, das sie jeden Tag ihres Erwachsenenlebens getragen hat. Sogar die Nonnen haben unter dem Druck eines funktionellen Zeitalters auf ihre Flügelhauben verzichtet. Nicht diese Bretoninnen. Aber sie sind nun alle alt und undurchlässig geworden, unzugänglich für den Wunsch zu gefallen. Wozu sich ändern, wenn man »da ist, um zu sterben«? Diejenigen aber, die aus finanziellen Gründen den Kopfputz schließlich seinlassen, wagen es nicht, auch noch den kleinen Haarknoten aufzugeben, der zur Befestigung der Haube gedient hatte. Man ahnt sie immer noch auf ihren Köpfen, wie ein Gespenst.

Das Abteil, in dem Marion sich niederläßt, ist, wie üblich, voll. Das ganze Jahr über ist der Zug voll, weil so viele Bretonen außerhalb der Bretagne leben und zu Hause so viele Verwandte haben. Ein altes Ehepaar, Bauern, hat die unteren Liegen besetzt. Sie sind dabei, Dinge zu essen, die sie aus einem großen, violett gewürfelten Sacktuch herausholen: Sie haben immer Angst, daß ihnen etwas abgehen könnte, wenn sie ihre Höfe verlassen, und sie hüten sich vor dem Essen, das man dort »draußen« fabriziert! Ein Bauer in einem so engen Raum, der kann sich nicht richtig bewegen, der ist stocksteif. Während der Mann sorgsam kaut, liegen seine Hände still auf den Knien, halb geschlossen, hohl, als umklammerten sie den Stiel eines Werkzeuges. Sobald beide mit dem Essen fertig sind, sammelt die Frau die Brotkrusten und den Rest der Pastete ein, putzt die Krümel weg und macht Ordnung – wie alle Tage ihres Lebens seit ihrem sechsten oder siebenten Jahr.

Oben liegen noch eine Frau und zwei Männer, jüngere Leute als die Bauern. Sie sehen durchschnitt-

lich aus. Einer dreht sofort das Licht aus. Es wird nicht viel gelesen in diesen Zügen, und deshalb hat die Französische Staatseisenbahn es unterlassen, die kleinen Lämpchen über den Liegen zu installieren wie auf den anderen Strecken und die Waggons zu modernisieren. Im Schnellzug Paris–Quimper wird das alte Material aufgebraucht. Da er doch auf alle Fälle immer voll ist! Außerdem – wenn man Liegewagen genommen hat, dann doch, um zu schlafen, wie? Jemand fragt: »Wann kommen wir denn eigentlich in Rosporden an?«
Und Marion lächelt: Sie ist zu Hause, wieder zu Hause.
Die mittlere Liege ist die unbequemste. Die Decke riecht nach Schweiß, und jemand hat das Fenster einen Spaltbreit geöffnet, so daß die Gardine im kalten Nachtwind knattert. Jetzt fährt Yves gerade auf die Marquesas zu, auf einem hochbordigen Schiff, über ein berückend schönes Meer, und sie, Marion, rollt in einem klapprigen Waggon Richtung Quimper Corentin, »wohin das Schicksal einen führt, will es, daß man wütend wird …«
Für das harte Kissen, die Decke – das Liegen, mit einem Wort – hat sie 14 Franc bezahlt. Nach diesen fünf Monaten in einem seltsam losgelösten Zustand – alle Kosten waren von der Filmproduktion getragen worden – hat Marion wiederentdeckt, was die

Dinge kosten, und das macht sie auch wieder kostbar für sie. Die Sprache hat eine Intuition für tiefe Wahrheiten!

Immer schon war es so, daß die Züge in die Bretagne lange vor Morgengrauen an ihrem Bestimmungsort ankamen, aus dunklen Gründen, zu denen aber niemals der Vorteil oder die Bequemlichkeit der Reisenden zählen. Es nieselt an diesem Tag in Quimperlé, wie an so vielen anderen Tagen. Auf der Place de la Gare, vor dem Bahnhof, erhebt sich immer noch das Häuschen mit der Aufschrift »Frauen – Männer« mit dem Labyrinth davor, das nicht nur die Geschlechter trennen soll, sondern auch die Kunden für Flüssiges und die für Festes, wobei erstere kein Anrecht auf einen Sitzplatz haben. Aus Gründen, zu denen ebenfalls nie die Bequemlichkeit des Benützers zählt, hängt man in Frankreich weiterhin hartnäckig an solchen barbarischen Institutionen, in denen sich alle Männer die Hosen bespritzen und die Damen mit ihren Kleidern zweifelhafte Rinnsale aufwischen.

Der Bus nach Pont-Aven fährt, wie die Erkundigungen ergeben, erst in einer Stunde vierzig Minuten, aus Gründen, zu denen ebenfalls nicht … usw. Das *Hôtel de la Gare* hat noch nicht geöffnet, der Zeitungskiosk ebenfalls nicht: Er sperrt erst im Lauf des Tages auf, wenn keine Reisenden mehr ankommen.

Im Café *Au Rendezvous des Cars* schiebt ein junges Mädchen die Rollbalken hoch, und die Fahrgäste nach Pont-Aven, Névez, Trégunc und Concarneau lassen sich dort nieder, um zu warten. Die Patronne an der Theke spricht Bretonisch mit den Gästen, die Weißwein trinken. Marion bestellt einen Milchkaffee mit Butterbroten und schmökert im *Ouest-France*.

In Pont-Aven wartet Denise auf sie. Sie ist in ihrem Peugeot gekommen, begleitet von ihrem Vater und ihrem kleinen Sohn, den sie an der Schule absetzen will.

»Créac'h ist nicht mehr in Kerviniec«, sagt Denise in dem ruhigen Ton, in dem man hier vom Schicksal spricht. »Er ist nicht gestorben, aber er hat einen Anfall von Urämie gehabt, und er mußte ins Dorf gebracht werden, zu seiner Tochter. Für ihn ist es das Ende.«

Sie überquerten die alte Brücke über den Aven, unter der kein Fluß mehr fließt, sondern die Abwässer der anliegenden Konservenfabriken. Auch hier hat Gauguin gelebt, aber die runden Felsblöcke, die er im Bois d'Amour gemalt hat, sind heute von schleimigem, klebrigem Moos überzogen.

»Der Sohn von Jeanne hat geheiratet«, fährt Denise fort, »ein Mädchen aus Melgven. Die Tochter von einem Metzger«, fügt sie irgendwie neidisch hinzu.

Es heißt, daß die Metzger in dieser Gegend schnell reich werden.
Malecoste sitzt vorn neben seiner Tochter, und Marion betrachtet diesen Ledernacken, der von tiefen Falten durchzogen ist, wie man sie nur bei Bergbewohnern und Seeleuten sieht. Die Mütze, die er tagsüber stets aufbehält, außer um sich den Kopf zu kratzen, hinterläßt eine Rille, unterhalb der eine Reihe grauer Locken hervorlugt. Wenn er die Mütze zufällig hebt, sieht sein Gesicht ganz anders aus, wehrlos, rührend, mit einem breiten, weißen Streifen, einem Stück Haut, das die Sonne nie erreicht hat. Er hält seinen Enkelsohn auf den Knien, der Jean-Yves heißt wie er selbst, ein sechsjähriger, sehr blonder Junge, ein bißchen weich, zart und empfindsam. Wenn man diese rauhen, schwieligen Väter und Großväter ansieht, wortkarg, mit klobigen Händen, dann staunt man verblüfft darüber, daß sie die gleichen Söhne haben wie unsereins, schmächtig und mit so feiner Haut. Gern würde man sich einreden, daß sie schon derber auf die Welt kommen, diese Kinder, abgehärtet, mit einem Wort: geschaffen, um in der Zukunft zur See zu arbeiten. Aber nein! Aus diesen zarten Körpern werden erst zur gegebenen Zeit Matrosen gemacht.
»Und Ihr Mann, Denise? Haben Sie gute Nachrichten?«

»Ich habe seit drei Wochen keinen Brief bekommen«, antwortet Denise. »Es dürfte nicht weiß Gott wie gut gehen. Wenn das Schiff nicht ans Land kommt, dann ist es deshalb, weil's nicht genug Thunfisch hat …«
Auf den letzten Kilometern kennt Marion jede Kurve. Josèphes Haus, der kleine Kiefernwald, der Bauernhof weiter unten, die Radspur voll Wasser, wo man immer angespritzt wird, wenn man vorüberkommt … und schließlich das Häuschen, schön viereckig, am Wegrand.
Nach einer langen Abwesenheit liebt es Marion, allein in ihrem Haus anzukommen. Die Anwesenheit Dritter, vor allem wenn sie männlichen Geschlechts sind, verpatzt das Wiedersehen und erschwert die rituellen Zeremonien der Wiederinbetriebnahme. Die tolerantesten Gefährten werden in diesen Stunden zu Kokospalmen-Nashornkäfern; sie saugen einem den Lebenssaft aus.
»Vor allem mach dir keine Umstände für das Abendessen«, sagen sie. »Koch uns etwas Einfaches« – eine Phrase, die ihnen das Gewissen erleichtern soll, die aber nichts zu sagen hat. *Nichts*. Ob das Mahl einfach oder kompliziert ist – es ist nur ein gradueller Unterschied, nicht ein substantieller. Der einzige wirkliche Unterschied besteht zwischen *tun* und *nicht tun*!

Die Sonne fängt an, durch den Dunst zu schimmern, sie hat die Farbe eines geschmolzenen Anisbonbons; Marion öffnet die Tür. Ich werde nichts herrichten, sagt sie sich, vor allem nichts Einfaches. Ich werde das tun, was ich will, wann ich will, und ich werde mit mir reden. Ich werde Brot essen, mit Knoblauchpaste bestrichen. Es ist ordinär, aber ich liebe es so sehr!

Alle Fenster sind jetzt offen. Die Luft hat hier etwas Intelligentes, denkt sie, während sie tief einatmet, sie ist vielfältig, sie schmeckt nach etwas. Eine noch junge, aber schon alte Frau geht auf der Straße vorbei, sie zieht einen Leiterwagen mit Reisig, auf dem ihr kleiner Junge sitzt, in einen rosa Kittel gekleidet. Hinter ihrem neuen Haus am unteren Ende des Dorfes sind Reihen von Porree gepflanzt, Möhren, Knoblauch und Zwiebeln für den Winter …

Diese Existenz, in der alles auf ein Leben in einem geschlossenen Kreislauf ausgerichtet ist, alles genutzt wird, die Brombeerhecken, die Pilze, die Schüsselschnecken, das Grünfutter für die Kaninchen, diese Existenz, in der man Schätze aufwenden muß, um besser zu leben, in der die Plackerei nicht zählt, weil sie kein Geld kostet und weil sie, wenn man es geschickt anstellt, Benzin und Strom ersetzen kann, die Geld kosten … Marion empfand Zärtlich-

keit für diese Art Leben. Sie hatte Iris niemals beneidet.
Plötzlich springt sie auf: Es wurde heftig an die Tür geklopft, und hastig läuft sie hinunter.
»Ah! Bist du endlich zurück?« fragt der rosa Hund. »Ich habe geglaubt, du hast mich verlassen, im Ernst diesmal!«
»Ach, mein armer Finaud, du bist es! Wer hat dir gesagt, daß ich da bin?«
»Unwichtig«, sagt Finaud, »laß mich herein. Du siehst doch, daß ich ein Skelett bin!«
»Ich bin eben beim Fegen, mein Liebling, ich möchte nicht, daß du jetzt hereinkommst. Wart im Garten auf mich, ich bring' dir eine Suppe.«
»Immer das gleiche«, brummt Finaud. »Da heißt es ›Liebling‹, aber was für ein Getue, wenn's darum geht, die Tür zu öffnen. Na ja, Gott sei Dank kenn' ich die Musik«, schloß er weise und abgeklärt und streckte sich auf der Granitstufe aus, unmittelbar vor der Eingangstür.
Marion läuft hinein, um vorgekochten Reis aufzusetzen und die zweihundert Gramm Schmorbraten, die sie bei ihrer Ankunft für Finaud gekauft hat: das rituelle Wiedersehensmahl. Sie getraut sich dem Metzger nicht zu sagen, daß der Braten nicht für sie ist: Man sieht es hier nicht sehr gern, wenn für ein Tier Geld ausgegeben wird.

»Ich bin's, der Briefträger«, ertönt eine Stimme, und der Mann taucht vor der Tür auf, deren oberer Teil sich öffnen läßt, wie früher bei den Stalltüren.
»Na? Wieder heimgekehrt?«
»Ach ja, ich bin wieder zu Hause.«
»Sie haben kein schönes Wetter mitgebracht!«
»Was wollen Sie … Hoffen wir, daß es morgen …«
Derlei muß gesagt werden. Mußte gesagt werden, einfach so. Danach darf man plaudern. Der Postbote bringt einen Brief von den Töchtern: Sie kommen beide morgen in Dominiques Auto. Frédéric kann nicht mit: Sein Vater ist sehr krank. Und Eddie ist schlimm dran seit meiner Heimkehr. Es wird sein wie früher, meine Lieben, wie damals, als ihr meine beiden kleinen Mädchen wart, als man im ganzen Haus auf Muscheln trat und auf Melonenkerne, als du, Dominique, immer irgendwo in einem stinkenden Winkel eine verletzte Möwe verstecktest oder halbtote Kätzchen, aus einem Bach gefischt; damals, als du – die du immer die Gabe hattest, die Worte so wunderbar zu verdrehen – sagtest: »Komm, schau, Maman, diesmal hab' ich wirklich ein Haar auf dem Phöbus!« Ich bin froh, daß morgen kein Mann bei uns ist. Olivier tot, Yves am anderen Ende der Welt, Frédéric bei seiner eigenen Sippe – und wir werden uns hier wiedersehen, wir; die einzigen, die zählen. Ich spüre sie immer, wenn ich euch zusammen bei

mir sehe, diese alberne Ruhe des Baumes, der seine Früchte getragen hat, dieses unterirdische Glück. Jede von uns kommt aus der anderen, und auch dein Kind, Dominique, wird aus mir hervorgehen.

Bild des Unendlichen
Wenn das kleine Mädchen
Seine Muscheln zeigt
Tief unten im Sammelbecken der Mütter
Vierfache Lippe
Natürliche Mandorla
Eine durch die andere, unaufhörlich
*Schaffen sie die Welt, ewiges Ineinanderfüllen.**

Die eine aus der anderen, unaufhörlich, schaffen wir die Welt. Wenn man alt wird, beginnt man an sein Blut zu denken, an die Vorfahren, die gewissermaßen verteilt in einem wohnen; wenn man seine eigene Tochter schwanger sieht, wird man zur eigenen Mutter, man wird sich dieses »Bildes des Unendlichen« bewußt ... Und der Tod einer Mutter, den man akzeptiert, verdaut, machtlos geworden glaubt, fällt einem wieder ein, schmerzlich schneidend wie am ersten Tag. Ich mochte meine Mutter nicht mehr sehr, als sie starb, über kaum etwas waren wir noch

* Hélène Vérins, Poèmes biologiques

einer Meinung gewesen. Aber es gibt Tieferes als das, was man für tief hält, und das Unbewußte ist es, das aufheult, wenn die Eltern sterben. Es ist nicht einmal die Kindesliebe, es ist der Sinn für die Kontinuität, das sehr hinduistische Gefühl des Verschmelzens in der Art. Ich frage mich, ob ein Mann beim Tod seiner Mutter etwas anderes verspürt als eisige Einsamkeit. Jeder Mann ist in einem gewissen Maß ein Ende.

Mit dem Unbewußten muß man auch seine Kinder lieben, wenn man nicht will, daß sie einen zugrunde richten. Paulines idiotische Vorsätze … eigentlich müßte ich sie hassen.

»Statt mir Arbeit zu suchen, solltest du mir lieber meine Ferien bezahlen, meine arme Maman, damit ich dem Sohn des Industriellen X oder des Fabrikanten Y begegnen kann!«

»Ich glaube nicht an den Sohn des Fabrikanten Y, sondern an die Tugenden der Arbeit.«

»Und ich glaube nicht an die Tugend, sondern an die Arbeit des Fabrikantensohnes Y.«

»Warum hast du also ein Jahr mit dem Sohn von Z vertrödelt?« fragt Dominique.

»Ah, weil ich auch an die Liebe glaube«, antwortet Pauline. »Das ist sogar das einzige, was mich die Absurdität der Arbeit vergessen machen kann.«

»Kurz, leben heißt für dich also, das Leben vergessen können?«
»Genau. Wie willst du dich für eine Sache begeistern? Alle enden im Niedrigen. Siehst du, Maman, ich finde es wunderbar, daß du noch an den Fortschritt glaubst. Dir würde man auch gebratene Eiscreme verkaufen!«
»Du redest wie Ivan. Oder so, als ob du hundert Jahre alt wärst.«
»Nicht ich hab' mich gemacht!«
Alle Reden Paulines enden mit diesem Satz, auf den es keine Antwort gibt, mit dieser unheilverkündenden Folgerung dessen, der zurücktritt. Welches Wunder bewahrt Dominique und mich vor diesem Gefühl des Absurden, das Pauline mit Recht empfindet?
Wunder und Trübsal der Verwandtschaft. Kostbar und zum Davonrennen. Und doch, mein ganzes Leben ist nichts für mein Leben.
»Maman, wo sind die Kissenbezüge?« schreit Dominique.
Zu Hause ist sie nun nicht mehr zu Hause. Sie bewahrt ihre eigenen Kissenbezüge auf, an einer Stelle, die sie dafür bestimmt hat, und wenn sie »bei uns« sagt, denkt sie an Frédérics Haus. Wunder und Trübsal, die man nicht mehr voneinander trennen kann. Yves fehlt mir mehr als je zuvor, wenn meine

Töchter beide da sind, ein kompakter Block der Jugend, der so gleichgültig ist im Grunde. Ich bilde ein Gegengewicht gegen ihn, mein Mangel an Zukunft und ihr Mangel an Vergangenheit gleichen einander schmerzlos aus. Ich finde, daß die Galapagos sehr weit weg sind heute abend.

Auf der anderen Seite der Wand streiten Dominique und Pauline: Sie haben wieder die keifenden Stimmen der feindlichen Schwestern. Im Zimmer im Erdgeschoß liegen ihre Sachen überall herum. Wie Tiere haben sie ihr Territorium durchstreift und markiert. Jetzt wühlen sie in den Schränken, auf der Suche nach alten, vergessenen und sehr wichtigen Sachen.

»Oh, meine blaugestreifte Weste, Maman, erinnerst du dich?« schreit Pauline, als sie in mein Zimmer stürzt.

Und der Strohhut von Dominiques erster Liebe – der Junge ist schon gestorben –, ein alter, schäbiger Tschako, den niemand wegwerfen will. Und Bücher, die nach Mäusen riechen, und Ferienbriefe … Wer war das doch, dieser Jean-Claude, Maman?

Es sieht so aus, als würden die Kühe neurasthenisch in den neuen, fleckenlosen und zu gut beleuchteten Ställen. Auch sie brauchen ihre Ablagerungen, einen vertrauten Geruch und eine geheime Zuflucht, wie wir dieses bescheidene, höhlenartige Haus brau-

chen, in dem wir unsere Spuren hinterlassen können. Hier gewinnt allmählich meine Bauernseele wieder die Oberhand. Ich habe keine Lust, den Proust auszulesen. Robbe-Grillet, weg da! Her mit den Blumenkatalogen, den heimischen oder dem Bakker Hillegom aus Holland – letzte Zuflucht naiver Lyrik! Ich möchte heute abend einen ganz anderen Rosenroman lesen, den von der Rose Peer Gynt, »deren fünfundvierzig seidige Blütenblätter in tiefem, leuchtendem Primelgelb am Rande krapprot angehaucht sind«, oder die Geschichte dieser Teerosen-Kreuzung, »kompakt und kräftig, deren Blüte sich langsam entfaltet und sich lange aufrecht hält, während sie sich allmählich karminrot färbt«. Ich will auch von der Lagerstroemia hören, der Kaiserin der blühenden Sträucher ... Sprache der Seligen, tiefes, langsam wachsendes Glück der Gärten.
Morgen werden wir dicke Butterbrote in unsere Kaffeetöpfe tauchen, Dominique wird verschwollene Augen haben und Pauline ein Negligé, das lächerlich wirkt in einer Bauernhütte. Wir werden sie verspotten, und sie wird sagen: »Du hast mich zu dem gemacht, was ich bin.«
Und Dominique wird ihren Kaffee umschmeißen, während sie uns eine ihrer schweinischen Geschichten erzählt, an denen wir alle beide unsere Freude haben. Und wir können uns nicht entschließen, uns

anzuziehen, wie damals, als Yves uns zu Mittag im Morgenrock vorfand, und für Augenblicke stellen wir uns vor, wir seien geschaffen, um alle drei zusammenzuleben, ohne Mann.

Und dann ist es elf … ein Freund kommt vorbei, um Pauline oder Dominique zu besuchen, und plötzlich sind sie sehr weit weg von mir, fünfundzwanzig Lichtjahre.

»Macht's dir was aus, Maman, wenn wir nicht zum Mittagessen heimkommen?«

»Aber natürlich nicht, meine Lieben.«

Und ich gehe in meinen Garten, um nach Panama zu schreiben, postlagernd. Daß er es ist, den ich liebe. Daß er keine superbe Kreatur ist, daß der Heißwasserspeicher nicht funktioniert, das Velosolex kaputt ist, das Zimmermädchen von der *Moana* nicht gekommen ist, um mein Bett zu machen, aber daß die alte Seemannsmütze immer noch im Treppenflur hängt, beruhigend und gerade nur ein klein wenig verschimmelt, daß ich mir einen *Hata po po po*-Kartoffelauflauf zusammenmanschen werde, daß mein Neukaledonien, mein Altkaledonien, meine Fichteninsel, mein Tahiti hier sind, in diesem Garten, und daß Yves in Kerviniec ein Platz erwartet, der genau auf ihn zugeschnitten ist.

Auf ihn zugeschnitten? Vielleicht nicht. Aber vielleicht der Figur angepaßt, die wir gegenseitig voneinander geformt haben, mit der Axt, durch leichte Reibungen, dadurch, daß wir zusammenleben. Figuren, die echter geworden sind als die wirklichen. Yves, mein Liebster, diesmal, glaube ich, sitzt du verdammt fest in der Falle. Du hast mich am Ende doch eingeholt, und ich fühle mich überhaupt nicht mehr allein, nicht einmal wenn du so tust, als segeltest du zu anderen Inseln.

16
Kerviniec

> Was, Sokrates, nützt es dir,
> das Lyraspiel zu lernen,
> da du doch sterben wirst?
> Um die Lyra zu spielen,
> bevor ich sterbe.
>
> PLATO

In diesem Nest im Département Finistère-Sud schläft alles. Es ist Sommer. Ganz hinten, im letzten Häuschen, knapp vor dem Brunnen, dessen Umrandung aus einem einzigen Granitblock gehauen ist und den der Bürgermeister an eine andere Stelle versetzen möchte, weil er in die Straße hineinragt und die spärlichen Autos behindert, schrillt ein Wekker. In der Höhlung des Bettes ist es schön und warm wie in einem heißen Land, und das Läutwerk schneidet in die Träume der Schlafenden, scharf wie eine Säge. Der Mann und die Frau verziehen die Gesichter, aber sie schleudern die Decken weg und stehen auf, ohne sich in endlose Zärtlichkeiten zu

verlieren. Er, die Beine steif vom Schlaf, geht Kaffee kochen. Sie, die Augen noch halb geschlossen, öffnet die schweren, mattblau gestrichenen Holzläden, aus denen ein Herz ausgesägt ist, und stellt ruhig und sachlich fest: »Scheiße, es regnet!«
Schweigend schlüpfen sie in die Trainingshosen, die Rollkragenpullover, Wollsocken, in die hohen Gummistiefel, in das gelbe Ölzeug, die Südwester und gehen hinaus in den Sprühregen; wie jeden Morgen fragen sie sich, was sie wohl dazu zwingt, eine so qualvolle Anstrengung zu unternehmen, zu einer so qualvollen Stunde, bei so scheußlichem Wetter, und das nicht einmal für Geld! Vielleicht, weil »zu guter Stunde« früh heißt?*
Der Mann und die Frau gehen zu Fuß zur Helling hinunter, auf einem von Tamarisken gesäumten Weg, die über und über mit Wasser bestäubt sind.
»Das ist kein Regen«, sagt Yves.
»Nein, es ist Nieseln«, antwortet Marion.
Der Himmel fließt völlig mit dem Meer zusammen, und auch die Luft ist grau. Auch der Strand, an den die Nachtflut die Abfälle der Feriengäste geschwemmt hat, deren Fußspuren sie verwischt hat, ist perlgrau. Es ist die Stunde, in der die Vögel vergessen, daß sie Flügel haben, und auf dem jung-

* Wortspiel: de bonne heure = früh; bonheur = Glück; »de bonne heure on trouve bonheur« = Morgenstund hat Gold im Mund

fräulichen Sand am Wasser entlangspazieren, wo sie Abdrücke in Form kleiner, dreistrahliger Sterne hinterlassen.
Der Mann schleift den Kahn an den Wasserrand. Die Vögel lassen sich nicht stören; es ist nicht der Moment, Angst zu haben; jeder ist da, weil er da sein muß. Die Frau beginnt zu rudern. Auch die Geräusche sind noch nicht wach, sie sind gedämpft, haben noch nicht ihren richtigen Klang.
Man braucht fünf bis zehn Minuten, um den Ankerplatz zu erreichen, je nach Windstärke. Der Kahn hat eben an der blauen Pinasse angelegt, die solid und sicher ist wie ein Haus. Schwerfällig in ihren Stiefeln, eingemummt ins Ölzeug wie Mumien, klettern sie beide an Bord, bedächtig und genau wie Elefanten, die ihre Strecke kennen. Alles ist feucht, das Schiff, der Himmel und die Luft dazwischen. Unter den feinen, dicht aufprallenden Tropfen hat das Meer eine Gänsehaut bekommen. Die beiden schließen das Ölzeug bis hinauf zum Kinn und machen sich bereit, diesen täglichen, vergeblichen Kampf gegen die Elemente zu beginnen, sie zu hindern, ins Innerste der Kleider zu dringen, bis zu den Hautfalten, in denen noch ein wenig von der Bettwärme ge- blieben ist. Aber sie wissen sehr gut, daß Meer und Regen am Ende immer dort eindringen, wo sie wollen.

Nun kniet der Mann nieder, schiebt die Persenning in der Gleitschiene zurück, öffnet den Benzinhahn, dreht den Startschlüssel, preßt den Gashebel hinunter und drückt auf den Starter. Da es regnet, schießt eine Ätherwolke aus einem stinkenden Kasten und zerstäubt über der Luftzufuhr.
Die Frau breitet eine blaue Plane auf dem Deck aus, wo sie später das Netz aus dreimaschigem Garn einholen werden, sie kramt den Haken hervor, den Bootshaken, den Austernkorb. Sobald sie das ruhige Tuckern des Dieselmotors hört, löst sie den Karabinerhaken, der an der Ankerboje befestigt war, und macht dem Mann ein Zeichen. Sie sprechen nicht. Wozu auch? Sie kennen jeden Handgriff, jeder weiß, was der andere in jedem Augenblick tut, und sie beide wissen, daß sie glücklich sind.
Andere Boote laufen ebenfalls aus zu ihren Fangplätzen hinter der Île Verte oder nach Süden, auf die Glénan-Inseln zu, zu geheimen Stellen, die die Kollegen verschämt nicht zu kennen vorgeben, die sie aber eines Tages ausprobieren werden, heimlich.
Die *Tam Coat* kommt endlich zu den zwei Bojen an der Stelle, wo sich ihre Netze befinden, und nun beginnt die eigentliche Arbeit, diejenige, derentwegen sie um 5.30 Uhr aufgestanden sind und in feuchten Kleidern stecken, von deren Geruch allein ihnen in ihrer Pariser Wohnung übel geworden wäre, den

sie hier aber mit einer nachsichtigen Grimasse einatmen; die Arbeit, für die die Frau auf ihre Dauerwellen pfeift, sich die Nägel bricht, Schwielen an den Händen bekommt und der Mann zwei Stunden still in der triefenden Nässe ausharrt, der er eines Tages seinen Rheumatismus verdanken wird ... Diese Arbeit, die einen so sanften Namen hat, als Zeitvertreib gilt, obwohl sie eine Leidenschaft sein kann: das Fischen.

Der Mann drosselt das Tempo und rutscht aus auf dem Kranz aus altem Kork, den die Frau mit dem Bootshaken faßt und rasch wieder an Deck hievt.

Wie ein glücklicher Mensch, so hat auch die Fischerei keine Geschichte; Liebe läßt sich schwer erzählen. Die Frau hat den günstigeren Platz, am Bug, sie zerrt an dem Netz, mit einer Bewegung, die das Gegenteil der Geste des Sämanns ist, die Augen starr in die Tiefe gerichtet, aus der weiße und braune, schillernde Flecken emporsteigen, undeutliche Massen, die sie nun in einer Wassergarbe triumphal an Bord schwingt, während sie dem Mann einen Namen zuruft; er stimmt den Motor auf ihre Arbeit ab.

Wenn Seezungen, Meerbarben, Schollen, Meeräschen, Lippfische, Kabeljaus, Wittlinge, Krabben und Seespinnen aus dem Netz gewickelt und befreit sind, ordnet die Frau sie in einen oder zwei Körbe, und zwar so, daß der Neugierige oder ein Kollege, der sich darüberbeugt, irregeführt wird über die tatsächliche Zusammensetzung des Fangs. Dann hockt sie sich vor dem Haufen von Netzen hin, um sie zu reinigen, atmet tief den fruchtigen Geruch der vom Meeresgrund aufgestiegenen Algen ein und sagt: »Scheiße, wir haben es hier besser als in Paris!«

»Scheiße«, sagt sie, weil man, wenn man in Schaftstiefeln im Regen auf einem Fischerboot ist, wenn einem vom Heraufziehen von fünfzig Meter Netz der Rücken so weh tut, als wäre man gerädert, und die Finger wund sind, Worte braucht, die der Müdigkeit gerecht werden, gute, handfeste Flüche, die saftig über den Ozean schallen.

Während die Frau die Netze ausklaubt, läßt der Mann seine Schleppangeln ins Wasser und beschreibt große Kreise auf dem Meer im Weiterfahren, und er scheucht die Kormorane auf, die stets an der wilden Seite im Südwesten der Île Verte versammelt sind. Er greift ein Thema auf, das ihm teuer ist: »Wenn wir ein etwas größeres Boot hätten, mit einem Schutzdach, so wäre das nicht schlecht, weißt du.«

»Ja, wenn es wirklich größer wäre, sonst hätten wir ja, wegen des Dachs, weniger Platz für die Netze und Behälter. Hier fühl' ich mich so wohl.«

»Ja, aber wenn es echt größer wäre, dann könntest

du nicht ganz allein fischen gehen, falls ich nicht da bin …«

Es war die ewige, spannende Diskussion über die Wahl des besten Bootes, eine Diskussion in Episoden, die immer wiederaufgenommen, niemals beendet wurde, die sie, nach unwiderleglichen Argumentationen, vom Kutter mit zwei Kojen zu einem Boot mit leichtgängigem Ruder geführt hatte, dann von diesem Typ, der einen zu schwachen Motor hatte, zu dieser soliden Fischpinasse mit Dieselmotor und Besegelung, an der sie nun auch zu zweifeln begannen. Sie träumten von einem Boot mit geringem Tiefgang, aber dennoch seetüchtig, geräumig, aber klein, klassisch, aber doch aus Plastik – da mußte man es nicht alljährlich neu streichen –, mit einem Aufbau, so daß man vor den Inseln ankern und übernachten konnte, aber mit völlig offenem Deck für das Fischen … Dieses Problem würde sie bis ins hohe Alter begleiten.

Gegen neun Uhr kehren der Mann und die Frau an die Helling zurück. Um diese Zeit öffnen die Fremden die Fensterläden ihrer Villen und rufen ihrerseits aus: »Zu blöd, es regnet!«

Etwas später, »wenn es sich aufklärt«, gehen sie mutig – denn in der Bretagne haben die Feriengäste das Pflichtgefühl und den Wunsch, möglichst viel vom Jod zu profitieren – in Karawanen hinunter auf

die Strände, die nun von den Fischern und den Vögeln verlassen sind; wahre Kamele, beladen mit dem immer vollkommener werdenden Material des Strandbesuchers: faltbare Badekabinen, Eimer, Schaufeln, Netze, die zu überhaupt nichts gut sind, nicht zu vergessen das Ringolo- oder das Boccia-Spiel, Omas Klappsessel (sie findet, daß der Boden so flach ist), Mamas Handarbeit (sie strickt schon für den Winter), Papas Transistorradio (er langweilt sich immer mächtig am Strand, und er möchte sein Match nicht versäumen) und die Pralinenschachtel (für nach dem Bad).
Auf dem Weg begegnen die Touristen dem Mann und der Frau, die ein wenig schlottrig hinaufgehen mit ihrem Korb, aus dem das Maul der dreipfündigen Seezunge hervorschaut, die weiße Seite nach oben. Die beiden haben es darauf angelegt, daß ein kleiner Pariser Junge herankommt und ausruft: »Papa, komm, schau dieses riesengroße Viech an, was ist das?« und ein Vater, heroisch in Shorts gekleidet wie alle jene, die gerne belehren, herantritt und doziert: »Das, siehst du, ist eine Rotzunge.« Und dann antworten sie in neutralem Ton: »Es ist eine Seezunge, Monsieur.« Hierauf entfernen sie sich bescheiden, die Stiefel über den Boden schleifend.
In der Hütte wird dann »Die Heimkehr des Seemanns« gespielt. Die Freundin, die »nicht im Mor-

gengrauen aufstehen« wollte, kommt aus ihrem Zimmer, in einer Wolke aus rosa Nylon, das Gesicht beschmiert mit Placenta-Creme, und weicht entsetzt zurück, als die beiden ihr den Guten-Morgen-Kuß geben wollen.
»Wir stinken nicht«, sagt der Mann jovial, »wir riechen nach Fisch.«
Auch Pauline kommt fröstelnd herunter und schaut glasigen Blicks auf die regengrauen Tamarisken.
»Was kann man denn heute noch tun?« fragt sie düster.
Den beiden Komplizen ist das gleichgültig. Für sie ist der Tag zu Ende, und es ist ein gewonnener Tag. Es kann ruhig regnen. Sie holen den kalten Speck aus dem Kühlschrank, braten zwei Eier und trinken einen zweiten Milchkaffee unter dem angstvollen Blick der Freundin, der sich der Magen umdreht.
»Du brauchst nur heute abend mit uns zu kommen, die Netze auslegen«, schlägt Marion Pauline mit einladender Miene vor, denn sie liebt es, den Mißmut ihrer Tochter zu erregen, wenn sie selbst gut gelaunt ist.
»Danke, bei mir macht sich schon eine Halsentzündung bemerkbar«, antwortet Pauline haßerfüllt.
»Apropos, hättest du vielleicht ein Hustenmittel für mich, Marion? Mein Zimmer ist besonders feucht, glaube ich«, sagt die Freundin, während sie einen

Zwieback in ihren chinesischen Tee taucht und dabei diesen beiden Rohlingen zuschaut, die in einer Aura von Fischgeruch, glücklich dreinschauend, essen, die Ellbogen auf dem Tisch.

»Du mußt zugeben, daß ich kein Glück habe«, fährt der Gast fort. »Jedesmal wenn ich in die Bretagne komme, ist das Wetter schlecht!«

»Das Wetter ist nicht schlecht in der Bretagne«, sagt Marion. »Es ist veränderlich.«

Auf dem Küchentisch ist der Fang ausgebreitet. Die Krabben scheinen vor Wut zu geifern, und die Meerspinnen zappeln und krabbeln in dem Versuch, die Nordwand des Spülbeckens zu erklettern. Der Mann und die Frau betrachten die Früchte ihrer Arbeit und haben das kindische, berauschende Gefühl, die karge Kost für ihre ganze Familie dem Meeresboden abgerungen zu haben.

Später werden sie – geduscht, abgeseift, angekleidet – wieder ein Herr und eine Dame werden wie die anderen, die Gastgeber ihrer Freundin. Wenn nicht der leichte Tanggeruch an den Fingerspitzen wäre, der allen Parfums widersteht und der sie daran erinnert, daß sie morgen wieder beginnen werden, gemeinsam.